BASTEI
LÜBBE
TASCHENBUCH

Weitere Titel der Autorin:

Geliebte Spionin
Gefährliches Spiel der Versuchung

Titel in der Regel auch als E-Book erhältlich

Über die Autorin:

Andrea Pickens lebt in New York und arbeitet als Creative Director für ein Lifestyle- und Sportmagazin. Sie besuchte die Yale University und besitzt einen Abschluss in Grafik-Design. Seit sie *Stolz und Vorurteil* von Jane Austen gelesen hat, ist sie fasziniert von der Regency-Zeit und nutzt jede Chance, nach London zu reisen, wo sie am liebsten auf den Trödelmärkten und in Antiquariaten stöbert.

Auf Andrea Pickens englischsprachiger Homepage www.andreapickensonline.com erhalten Sie weitere Informationen über die Autorin.

Andrea Pickens

DIE SCHARLACHROTE SPIONIN

Roman

Aus dem amerikanischen Englisch von
Jutta Nickel

BASTEI
LÜBBE
TASCHENBUCH

BASTEI LÜBBE TASCHENBUCH
Band 16 094

1. Auflage: September 2011

Vollständige Taschenbuchausgabe

Bastei Lübbe Taschenbuch in der Bastei Lübbe GmbH & Co. KG

Deutsche Erstausgabe

Titel der amerikanischen Originalausgabe: »The Scarlet Spy«
Originalverlag: Forever, Hachette Book Group USA
Dieses Werk wurde vermittelt durch die Literarische Agentur
Thomas Schlück GmbH, 30827 Garbsen.

Textredaktion: Kerstin Fuchs, Frankfurt am Main
Titelillustration: © Franco Acconero via Agentur Schlück
Umschlaggestaltung: Rainer Schäfer
Satz: Urban SatzKonzept, Düsseldorf
Gesetzt aus der New Caledonian
Druck und Verarbeitung: GGP Media GmbH, Pößneck
Printed in Germany
ISBN 978-3-404-16094-5

Für Frances Jalet-Miller

Danke für Deinen aufmerksamen Blick
und die klugen Anmerkungen!

Du hast wirklich geholfen,
die Merlins fliegen zu lassen!

1. Kapitel

Kerzenlicht küsste funkelndes Kristall. Raschelnde Seidenröcke wirbelten im Takt des Wiener Walzers, und der schmeichelnde, süße Klang der Violinen vermischten sich mit dem Duft nach Rosen und Jasmin. Das Lachen der Lady strahlte so hell wie die Perlen an ihrem Hals.

»Lass deine Hand ein wenig tiefer gleiten ...« Ihr Partner, ein dunkelhaariger Gentleman mit engelsgleichen Augen und teuflischem Lächeln, ließ die behandschuhten Finger auf seine Hüfte gleiten. »*Sí, sí!* Ach, wenn ich dich nur darum bitten dürfte, sie in meiner Hose verschwinden zu lassen, *bella!*«

Sie zwang sich zu einem Lachen. »Du bist ein Flegel! Ich ...«

»*Non, non, NON!*« Der Tanzmeister klopfte mit seinem Elfenbeinstock gegen das Pianoforte. »So plump wie ein Elefant! Ich habe gesehen, wie Ihre Hand in seine Westentasche geschlüpft ist.«

»Verzeihung.« Die Schülerin, die nur unter dem Namen Sofia bekannt war, senkte zerknirscht den Kopf.

»Versuchen Sie es noch einmal!« *Klopf.* »Und Sie, Marco, hören Sie endlich auf, Sofia zu verwirren!«

»Ah, aber ich kann nichts dagegen tun.« Marcos Lippen zuckten. »Wir Italiener haben eine Schwäche für himmlische Schönheit, und die Signorina ist nichts als ein Kunstwerk, eine ätherische Venus in Samt. Botticelli persönlich hätte nicht besser ...«

Ein Schlag unterbrach die blumige Erwiderung. »Wenn Sie Ihre lebhafte Einbildungskraft nicht zügeln können, ständig zu Sofias Hintern zu schweifen, werden Sie den Rest des Unterrichts damit verbringen müssen, die Ställe auszumisten!«

»Diese Hände sind nicht dazu geschaffen, im Dung zu wühlen«, murmelte Marco und lupfte die wohlgeformten Brauen.

»Die Meisterklasse ist kein Kinderspiel, Monsieur Musto! Sofia muss nicht nur die raffinierte Etikette im Ballsaal beherrschen, sondern auch raffiniert in die Tasche eines Gentlemans greifen können. Der Erfolg einer Mission könnte davon abhängen.«

»Es war mein Fehler, Monsieur Lemieux!«, meldete Sofia sich rasch zu Wort. »Ich fürchte, dass mir Hirschlederhosen und Stiefel viel bequemer sind als Satin und Tanzschuhe. Und meine Hände sind es viel mehr gewohnt, ein Schwert zu greifen als einen Goldsplitter.«

»Wenn du doch nur nach meinem Schwert greifen würdest, *bella*«, murmelte Marco.

»Halt die Klappe!« Mit einem diskreten Tritt an sein Schienbein verlieh sie ihren Worten Nachdruck. »Sonst sorgst du noch dafür, dass wir beide unsere Hände tief in den Dreck tauchen müssen.«

Marco bemühte sich um eine ernsthafte Miene. »*Prego, bella!* Ich möchte nicht, dass du für meine Sünden büßen musst.«

»Die, wie der Himmel weiß, im Überfluss vorhanden sind«, murmelte Sofia, als die Musik wieder zu spielen begann. »Versuch wenigstens, dich zu benehmen, Marco! Ein dunkler Fleck in meiner Akte ist kein Grund zum Lachen. Schlechte Bewertungen kann ich mir nicht erlauben.«

Disziplin. Pflicht. Die Akademie verlangte mehr von ihren Schülerinnen als die meisten anderen Internate. Aber schließlich bestand der Auftrag von *Mrs. Merlin's Academy for Select Young Ladies* auch nicht darin, die hochgeborenen Töchter der Salons zu Diamanten allererster Güte zu schleifen. Nein, es ging vielmehr darum, eine Truppe von Waisenkindern – wegen ihres Muts und ihrer Klugheit sämtlichst handverlesen aus den Londoner Armenvierteln – zu einer Geheimwaffe zu formen, zu der nur weibliche Krieger zählten. Tanz und Benehmen im Salon gehörten zum Unterricht. Und das galt auch für Fechten, Schießen und Reiten – nicht zu vergessen die geheimen Kriegskünste und die Kunst der Verführung. Die Lektionen, die im Klassenzimmer gelehrt wurden, konnten den Unterschied zwischen Leben und Tod bedeuten.

»*Attendez-vous!* Die Violinen und Cellos setzen erst in der letzten Strophe ein.«

Sofia zwang sich zur Entspannung. Der Erfolg des Kunststücks hing davon ab, genau den richtigen Moment zu erwischen. Eine Drehung, ein Herumwirbeln …

Diesmal glitten ihre Finger in Marcos Westentasche hinein und wieder hinaus, ohne auch nur einen einzigen Faden zu berühren. Als die Melodie zum finalen Crescendo anschwoll, hielt Sofia die goldene Taschenuhr in die Höhe.

Der Tanzlehrer – ein früherer Juwelendieb, der mit seiner Ausbeute ganz Paris hätte erpressen können, bis der Terror seiner Karriere ein Ende setzte – nickte grimmig. »Schon besser! Gleichwohl lässt sich immer noch an den Feinheiten arbeiten.«

»Aber heute ist unsere Zeit leider begrenzt.« Mrs. Merlin, die Direktorin der Akademie, erhob sich. »Nun, ich habe für morgen eine Doppelstunde angesetzt. Es ist erheblich wichtiger, ein Dokument oder einen Brief aus der Westentasche eines Gentlemans zu fischen, ohne dass irgendjemand etwas bemerkt.« Gekleidet in taubengraue Seide, die zu ihren silbrigen Locken passte, sah sie so zerbrechlich aus wie eine Feder. Aber hinter ihrem Lorgnon glitzerten ihre Augen immer noch mit falkenhafter Aufmerksamkeit, als sie den Blick durch den Ballsaal der Akademie schweifen ließ.

Sofia schaute sich ebenfalls um. Vom polierten Tanzparkett

bis zur verzierten Decke war jedes Detail wie das Duplikat eines prächtigen Herrenhauses in Mayfair gearbeitet. Die Direktorin war der festen Überzeugung, dass die Schülerinnen ihre Fähigkeiten unter solchen Bedingungen erwerben sollten, wie sie sie im echten Leben vorfinden würden. Dem Auge einer Lady würde es nicht entgehen, wenn die Blüte einer Rose oder die Falten eines Samtvorhangs sich nicht am rechten Platz befänden.

Sichtlich zufrieden wandte Mrs. Merlin den Blick von den dekorativen Vasen am Eingang ab. »Scheint so, als würden Sie gute Fortschritte machen, Sofia! Sie dürfen sich eine kurze Pause gönnen, bevor die nächste Stunde beginnt.«

Gute Fortschritte. *Aber auch gut genug?* Sofia unterdrückte einen Seufzer.

»Ich habe veranlasst, dass Erfrischungen serviert werden. Probieren Sie den Champagner! Sie sollten sich mit seinem Geschmack vertraut machen und mit seiner Wirkung. Er steigt Ihnen zu Kopfe.« Die Direktorin entfernte sich, um sich mit dem Tanzmeister zu beraten, als der Diener sich mit dem Tablett voller Getränke näherte.

»Ich muss ehrlich gestehen, dass es mir schwerfällt zu entscheiden, welchen Unternehmungen ich außerhalb des Unterrichts am liebsten nachgehe – dem Tanz oder der Kunst.« Giovanni Marco Mustos, der ›Marco‹ all seinen übrigen Namen vorzog, offizielle Pflichten an der Akademie bestanden darin, dem Reit- und Fechtlehrer zu assistieren. Er wurde jedoch ebenso oft gebeten, der fortgeschrittenen Kunstklasse Modell zu stehen; eine Aufgabe, die er mit schamlosem Vergnügen erfüllte, denn schließlich wurde verlangt, dass er nackt posierte. Mit seinen dunklen Augen, dem sinnlichen Mund und den schwarzen Locken, die sich wie zur Zeit der Renaissance um seinen Kragen kringelten, war er der Inbegriff männlicher Schönheit.

Und war sich darüber nur zu sehr im Klaren.

»Ich würde meine Fähigkeiten viel lieber am Säbel erproben«, murmelte Sofia.

»*Sí?*« Marco neigte den Kopf. »Du hast doch ein ausgesprochen talentiertes Händchen für raffiniertere Übergriffe.«

»Die habe ich mehr als genug geübt.« Sofia zwang sich zu einem ironischen Lächeln, obwohl sie sich nicht oft um die Erinnerung an ihr früheres Leben bemühte. »Diebstahl gehört zu den grundlegenden Fähigkeiten, die man beherrschen muss, wenn man auf der Straße überleben will. Wer nicht gut stehlen kann, hält nicht lange durch.«

Trotz seines Hangs zur Prahlerei und seiner schlüpfrigen Scherze war Marco aufmerksam genug, um die Anspannung in ihrer Stimme wahrzunehmen. »Es ist nichts Beschämendes daran, am Leben zu bleiben, *bella*«, erwiderte er sanft, »und Signorina Merlin ist offenbar der Meinung, dass diese frühen Lektionen gut genutzt werden könnten.«

»Ich würde viel lieber an meiner kriegerischen Ausbildung arbeiten.«

»Nur Arbeit, niemals Vergnügen, das ist eine trostlose Existenz, *bella.*« Im Bruchteil einer Sekunde war seine Prahlerei zurückgekehrt. Marco drückte ihr ein Glas Champagner in die Hand und zog sie in die ferne Ecke des Ballsaales. »Lass uns anstoßen und trinken. Schließlich gehört es zu deiner Ausbildung, dass du lernst, wie man in feiner Gesellschaft einen guten Wein genießt.«

»Ich frage mich immer wieder, warum all das zum notwendigen Teil des Unterrichts gehört. Merlins werden im Kampf gebraucht.« Sofia wartete, bis sie hinter einem marmornen Pfeiler verborgen war, bevor sie eine Grimasse zog. »Es ist viel wichtiger, Klingen und Kugeln zu beherrschen.«

»Aber Schönheit kann auch zur tödlichen Waffe werden.«

Grinsend hob der Italiener das Kristallglas an die Lippen. »In der Tat, die Wirkung der Schönheit auf Männer kann tödlich sein.«

»Ich habe nicht vor, jemandem einen tödlichen Stoß ins Herz zu versetzen«, bemerkte Sofia ein wenig schnippisch. Normalerweise war Marcos Spott recht amüsant. Aber in letzter Zeit war ihre Stimmung angeschlagen, obwohl sie nicht genau den Finger darauf legen konnte, woran es lag. Abgesehen von dem kleinen Stolpern auf dem Parkett erntete sie nichts als höchste Auszeichnungen in jedem Unterrichtsfach. Und doch, so ungern sie es sich auch eingestehen mochte: Die tägliche Routine war tatsächlich etwas trostlos geworden. »Anders als du versuche ich, an mehr zu denken als nur an die Freuden des Fleisches.«

»Nun, deine Gedanken scheinen dich nicht besonders glücklich zu machen. Wenn du mich heute Nacht in meinem Bett besuchst, würde ich mich glücklich schätzen, den verdrießlichen Zug um deinen Mund in ein Lächeln zu verwandeln.«

Sofia musste unwillkürlich lachen.

»*Va bene* – schon viel besser!« Marco neigte den Kopf. »Was beschäftigt dich, *bella?*«

»Nichts«, log Sofia. »Nur dass Siena und Shannon niemals in diesem Maße im Ballsaal ausgebildet worden sind.«

Sie wandte den Blick ab und glättete ihre Röcke, versuchte, den Gedanken an ihre früheren Zimmergenossinnen zu verscheuchen. Während der Jahre in der Akademie waren die drei sich so nahe gekommen wie Schwestern. Das Elend, das sie geteilt hatten, war vielleicht doch ein stärkeres Band als Blut. Allen dreien war es gelungen, die rauen Armenviertel zu überstehen, ohne Familie, ohne Freunde. Namenlos. Schülerinnen, die in die Akademie aufgenommen wurden, führte man vor einen großen verzierten Globus, und während sich die Kugel um ihre eigene Achse drehte, wählten sie einen Namen aus den wirbelnden goldenen Lettern der Städte. *Siena, Shannon, Sofia.*

Und jetzt ... Jetzt waren ihre Kameradinnen plötzlich verschwunden. Innerhalb der vergangenen acht Monate hatte man beiden schwierige, gefährliche Missionen anvertraut. Nicht nur, dass sie die Aufgaben mit Bravour erledigt hatten; sie hatten ebenfalls ein neues Leben begonnen und neue Verantwortlichkeiten außerhalb der Mauern der Akademie übernommen.

Und sie als Einzige des eng zusammengeschweißten Trios zurückgelassen, als Einzige, die man nicht aufgefordert hatte, ihre Flügel in einer echten Mission zu spreizen.

Sofia unterdrückte das aufwallende Selbstmitleid. Sie konnte nicht anders, als sich ein wenig einsam, ein wenig verloren zu fühlen. Unter den drei Freundinnen hatte sie immer die Stimme der Vernunft und der Zurückhaltung verkörpert, hatte die Waghalsigkeit ihrer Zimmergenossinnen gezügelt, um sie vor disziplinarischen Strafen zu schützen. Waren die Vorgesetzten etwa der Meinung, dass es ihr an Schneid fehlte, um ein echter Merlin zu sein?

Rasch spülte sie die Zweifel mit einem kleinen Schluck Champagner hinunter, als sie sah, dass Marco die Augen besorgt zusammenkniff. »Ihre Siege bestehen in verwegenen Kämpfen und nicht in einem Griff in die Westentasche eines Gentlemans beim Walzer«, fuhr Sofia fort, »mag sein, dass ich das Schwert nicht ganz so scharf führen kann wie sie, aber im Reiten und Schießen kann ich ihnen auf jeden Fall das Wasser reichen. Und ich wage die Behauptung, dass ich im Kampf mit dem Feind durchaus bestehen kann.« Ihre Stimme klang eine Spur hitzig, ganz im Gegensatz zu ihrer gewöhnlich kühlen Selbstbeherrschung. »Es scheint, als wäre ich in letzter Zeit so tief gesunken, dass ich nur noch Pflichten der Salons übernehmen darf.«

»Jeder Merlin wird für eine andere Mission in Anspruch genommen, Sofia.« Wie durch einen Zauber erschien plötzlich der Marquis of Lynsley im Bogen eines Alkovens. Gekleidet in düsteres Kohlenschwarz und Grau war er in der Dunkelheit kaum zu erkennen. Zweifellos kein Zufall; der Marquis verbrachte die meiste Zeit in der Schattenwelt.

»Eine Mission, die ihren einzigartigen Talenten und Fähigkeiten angemessen ist«, fuhr er fort, »denn nicht jeder Feind kann mit Stahl oder Schießpulver zur Strecke gebracht werden. Sie besitzen eine natürliche Würde und Eleganz, die viel schwieriger zu erlernen sind als Fechten oder die Schießkunst. Fähigkeiten, die es Ihnen gestatten, sich in höchsten Kreisen der Gesellschaft zu bewegen, ohne unnötig die Aufmerksamkeit auf sich zu lenken.«

Sofia spürte, wie ihr Herz flatterte. »Soll das heißen, dass Sie etwas ganz Bestimmtes im Sinn haben, Sir?« Lord Lynsley war nicht nur der Gründervater und wichtigste Wohltäter der Akademie, sondern auch der oberste Befehlshaber über die Elitetruppe der weiblichen Kriegerinnen, die innerhalb ihrer Mauern ausgebildet wurden. Er war es, der jedes Kind persönlich aussuchte und ihm einen Platz in der Schule anbot; und er war es, der beschloss, welche Angehörige der Meisterklasse so weit war, gegen Englands Feinde kämpfen zu können.

»Vielleicht.« Im flackernden Kerzenlicht war es schwer, seine Miene zu erkennen. »So sehr ich Mrs. Merlins ausgezeichnete Erdbeertörtchen auch schätze – ich bin nicht nur dafür aus London hierhergereist.«

»Musst Du mich wirklich schon verlassen, mein kleiner Teufel?«

Lord Deverill Osborne schwang die Beine von den Laken aus Satin und setzte sich auf. Blinzelnd versuchte er, den trüben Schatten des Gegenstands auf der Messingkommode genauer in den Blick zu nehmen. Konnte es sein, dass es sich um eine dritte Flasche Brandy handelte? Oder doch nur um den kristallenen Flakon von Colettes französischem Parfum? Bedachte man den mehr als betäubenden Duft, der am Bettzeug und seinem Körper klebte, dann musste der Flakon ebenso leer sein wie das Glas, das auf den Teppich gefallen war.

»Es ist schon nach Mittag.« Sein Blick hatte sich genügend geklärt, um die Zeiger auf der teils vergoldeten Bronzeuhr zu erkennen.

»Dann bleib doch bis morgen! Denk nur an all die kleinen Sünden, denen wir uns hingeben könnten, bevor der nächste Tag anbricht.« Die Kurtisane senkte die Stimme. »Kannst du dir eigentlich vorstellen, welche ungezogenen Dinge man mit einer Straußenfeder anstellen kann?«, murmelte sie rauchig.

»Ich hege nicht den geringsten Zweifel daran, dass ein Käferchen mit deinen Talenten es damit zu einem beachtlichen Einfallsreichtum bringt.« Er lachte sanft, als sie mit den Fingern über seinen Unterleib glitt. Genau wie alles andere an ihr waren diese Finger weich, anschmiegsam, sinnlich … und in letzter Zeit ein wenig zu gierig. »Aber ich fürchte, meine Kapazitäten sind erschöpft, Süße.«

»Du brauchst nur ein bisschen Ruhe und einen kleinen Champagner. Ich bin überzeugt, dass ich dich dann wieder zu neuem Leben erwecken kann.«

»Ich habe genug getrunken.« Osborne zog sein Hemd unter der zerwühlten Tagesdecke hervor. Die Hose hatte ein ähnliches Schicksal erlitten. »Wie dem auch sei, ich muss gehen.

Ich bin mit Lord Harkness bei *Tattersall's* verabredet, und es sieht danach aus, als müsste ich kurz bei meinem Stadthaus einkehren, um die Kleidung zu wechseln.« Er atmete tief durch. *Und um ein Bad zu nehmen.*

»Kommst du heute Abend zurück?«

Er schüttelte den Kopf. »Tut mir leid. Aber ich habe versprochen, zu Lady Havertons Ball zu erscheinen.«

Colette zog einen Schmollmund. »Deverill, ich habe nicht die Absicht, für immer und ewig dein Zeitvertreib zu bleiben. Mit einer Hochzeit könntest du eine respektable Lady aus mir machen, und dann könnte ich dich in die glitzernden Ballsäle von Mayfair begleiten!« Ihre Augen glänzten; ein Funken Gier blitzte auf. »Stell dir nur vor ... Wir könnten essen und trinken bis Sonnenaufgang, und jeden Nachmittag, wenn du aufwachst, liege ich an deiner Seite!«

Hochzeit?

Osborne unterdrückte einen Schauder. Höchste Zeit, *La Belle Colette* den Abschied zu geben. Länger als alle anderen war sie seine Geliebte gewesen; vielleicht lag es daran, dass es zu anstrengend schien, nach einem Ersatz zu suchen.

»Ach, Süße, du bist die schönste Frau der Welt!« Er fand seine Schuhe unter dem Bett und zog sie an. »Lass uns offen sprechen. Wir ziehen beide einen Vorteil aus unserem Arrangement. Und das wird nicht darin gipfeln, dass wir in der St. George am Hanover Square zum Altar schreiten.«

»Aber du findest mich doch *très* amüsant, *n'est-ce pas?«*

»Nein. Nicht wenn du klingst wie ein zänkisches altes Weib.« Er knotete sich das Halstuch über dem Kragen, hatte das Gefühl, als würde sich eine Schlinge um seinen Nacken spannen. Plötzlich war die Luft stickig geworden, und er bekam fürchterliche Kopfschmerzen. »Das Gejammer steht dir nicht gut zu Gesicht.«

»Pfui! Was bist du nur für ein undankbarer, gefühlloser Kerl! Nach all dem, was ich getan habe, um dir vergnügliche Stunden zu schenken ... Wie kannst du es wagen, mir vorzuwerfen, ich würde jammern!«

Inzwischen klang ihre Stimme eher kreischend als jammernd.

Osborne hatte genug gehört. Er drehte sich weg, um nach seinem Mantel zu greifen, duckte sich gerade noch rechtzeitig, um der Figur aus Sèvres-Porzellan auszuweichen, die sie ihm an den Kopf schleuderte. Er bahnte sich den Weg durch die Scherben, hielt inne, um eine Hand voll Banknoten auf die Kommode zu werfen.

»Such dir bei *Rundell and James* ein Abschiedsgeschenk aus«, sagte er ruhig, bevor er die Tür hinter einer Tirade französischer Beleidigungen schloss.

Puh. Die Süße hatte ein Vokabular, das jedem hartgesottenen Matrosen die Schamesröte ins Gesicht treiben würde. Sie hielt sich nicht länger damit auf, was sie mit der Straußenfeder anstellen würde – vielmehr ließ sie sich nun darüber aus, dass sie seine Kronjuwelen am liebsten mit Knoblauch und Olivenöl sautieren würde.

Osborne nahm an, dass er sich glücklich schätzen konnte, zwar nicht besonders würdevoll, aber doch mit heilen Gliedmaßen geflüchtet zu sein. Seufzend fuhr er sich mit der Hand durch das zerwühlte Haar und stopfte die hinteren Hemdzipfel in seine Hose. Früher hätte er solche Szenen höchst unterhaltsam gefunden. Aber jetzt erschienen sie ihm nur noch höchst ... deprimierend.

Er trat auf die Straße, hielt eine vorbeifahrende Droschke an und lehnte sich auf dem Weg zurück zum Grosvenor Square in die Polster. Die Müdigkeit steckte ihm in den Knochen, und das lag nicht nur an der leidenschaftlichen Nacht.

Um die Wahrheit zu sagen, das verwegene Leben, das er führte, drohte ihn zu erschöpfen. *Kann es sein, dass ich alt werde?* Oder nur übersättigt? Schließlich war ihm doch früher immer alles so leichtgefallen.

Zu leicht? Mag sein. Osborne befürchtete, dass er Gefahr lief, seiner Umgebung achtlos und kaltschnäuzig gegenüberzutreten. *Es ist schwer, die Dinge wertzuschätzen, für die man sich nicht anstrengen muss, um sie zu besitzen,* dachte er. Das Studium in Oxford hatte er in Windeseile durchlaufen und es dabei zu höchsten akademischen Ehren gebracht; also sollte er doch wohl klug genug sein, um den Grund seiner misslichen Stimmung herauszufinden. Aber irgendwie schien sich dieser Grund jeder Logik zu entziehen. Nüchtern betrachtet besaß er alles, was ein Mann sich nur wünschen konnte. Und doch schien das Wesentliche zu fehlen.

Im Fenster erhaschte er einen Blick auf sich, starrte ein paar Sekunden auf das verschmutzte Glas. Blondes Haar, blaue Augen, die Gesichtszüge wie gemeißelt und so klassisch, dass die Ladys sie gewöhnlich als engelsgleich beschrieben. Ihm war klar, dass er als Liebling der Salons galt, ein begehrter Gast bei jeder Gesellschaft. Sein Gesicht hielt man für höchst attraktiv, seine Plaudereien für höchst amüsant, sein Benehmen für höchst einnehmend – sowohl die Frauen als auch die Männer. Zusammen mit einer makellosen Ahnentafel öffneten solche Eigenschaften die Türen zu den höchsten Kreisen.

Attraktiv. Geistreich. Charmant. Die gewisperten Worte hinterließen einen schalen Geschmack in seinem Mund. Das alles klang so unglaublich hohl. Oberflächlich, ohne Tiefgang anstelle echter Substanz.

In einem plötzlichen Regenschauer löste sich das Bild auf. Und worin bestand das wahre Bild dessen, was er wirklich verkörperte?

Osborne schloss die Augen, presste die Fingerspitzen an die Schläfen und dachte darüber nach, wie er seine Zeit verbrachte. Einige Stunden in der Woche sah er militärische Dokumente für den Geheimdienst durch; das war der Teil seines Lebens, der sich am meisten lohnte. Diese Herausforderung wies die Langeweile in ihre Schranken. Vielleicht konnte er seinen Freund in Burrands Generalstab überzeugen, ihm mehr Arbeit zu geben.

Der Gedanke half ihm, die grüblerische Stimmung abzuschütteln. Höchstwahrscheinlich würde er Major Fenimoore heute Abend beim Ball treffen. Und falls nicht, konnte er immer noch auf dem Heimweg im *White's* vorbeischauen.

»Die Lage ist eher ungewöhnlich.« Mrs. Merlin schenkte sich eine Tasse Tee ein, bevor sie das Notizbuch öffnete.

»So könnte man es auch nennen.« Lynsley stand auf und ging zum Kamin. Aber auch das lodernde Feuer konnte nichts daran ändern, dass ihm das Blut eiskalt durch die Adern zu rinnen schien. »Der Duke ist auf rein persönlicher Ebene an mich herangetreten. Wir kennen uns bereits seit Jahren. Obwohl er nicht die geringste Ahnung hat, worin meine wahren Pflichten in Whitehall bestehen, dachte er, ich könne ihm ganz vertraulich raten, was er tun solle.«

»Auf den ersten Blick sieht es aus wie eine private Tragödie, dass sein Großsohn an einer Überdosis Opium verstorben ist. Und nicht wie eine Angelegenheit, um die die Regierung sich zu kümmern hätte.«

Der Marquis nickte. »Das dachte ich auch. Obwohl Sterling darauf beharrte, dass der junge Mann düstere Machenschaften entdeckt hatte, die hier in London am Werk sein sollen.«

»Trauer kann die seltsamsten Einbildungen hervorrufen«, bemerkte die Direktorin sanft, während sie sich ein paar Notizen machte. Mit ihren angenehmen Manieren und der gekräuselten Seide wirkte sie wie der Inbegriff einer sittlichen und anständigen älteren Dame – abgesehen von der rasiermesserscharfen Dolchspitze, die aus ihrem Ärmel hervorlugte.

»In der Tat«, stimmte Lynsley zu. »Gleichwohl habe ich ein paar interne Erkundigungen eingezogen. Ich dachte, für den Fall, dass ich tatsächlich Hinweise auf ein falsches Spiel finden kann, könnte ich seinen Schmerz ein wenig lindern, indem ich dafür sorge, dass die Schurken ihre gerechte Strafe bekommen.«

Mrs. Merlins Stift glitt über die Seite. »Und?«

Lynsley stieß den Atem aus. »Und ich fürchte, dass die Anschuldigungen ein Körnchen Wahrheit enthalten könnten.« Die Kohlen knackten, während er nachdenklich in die Flammen blickte. »Es gibt ein altes Sprichwort ... wo Rauch ist, ist auch Feuer. In diesem Fall hat es sehr beunruhigende Erkenntnisse zutage gefördert, ein paar Opiumhöhlen zu besuchen, die von den Salons bevorzugt werden. Lord Robert Woolsey war nicht der erste Gentleman, der unter verdächtigen Umständen zu Tode gekommen ist. In den letzten sechs Monaten hat es insgesamt sieben getroffen, eingeschlossen einen Diplomaten aus Antwerpen und einen Gesandten aus Venedig.«

»Beunruhigend, in der Tat. Aber nichts, wofür Ihre Abteilung der Regierung die Befugnis zum Eingreifen besäße. Es scheint mir eher ein Fall für die örtliche Verwaltung zu sein als einer für unsere Merlins.« Mrs. Merlin hielt kurz inne. »Wie auch immer, falls es sich nur um eine schmutzige Geschichte um Drogen und Ausschweifungen handelte, wären Sie nicht hergekommen.« Für einen kurzen Augenblick, als sie lächelte, wurden ihre Lippen weicher. »So sehr ich Ihre Gesellschaft zum Tee auch schätze, Thomas, mir ist durchaus bewusst, dass Sie Ihre Zeit nicht mit Aufwartungen verschwenden.«

»Sie haben ganz recht. Es liegt ein tieferes, dunkleres Geheimnis in der Sache«, antwortete der Marquis. »Ein Netz von Intrigen, das sich von den Armenvierteln in St. Giles bis zu den herrschaftlichen Anwesen in Mayfair zieht. Der Himmel allein weiß, wohin es sich von dort aus erstreckt.« Lynsley seufzte. »Opium ist nur ein kleiner Teil der Mixtur. Meinen Informanten sind Gerüchte über ein ausgefeiltes System von Unterschlagungen zu Ohren gekommen. Ein System, das irgendwie Geld aus rechtmäßigen Regierungsverträgen abzieht und in ein privates Konsortium einspeist. Manche Lieferungen werden abgelenkt und auf private Rechnung verkauft, während andere mit minderwertigem Material beladen werden, sodass die Differenz als Profit eingesteckt werden kann.«

Es entstand eine kurze Stille, als Lynsley die Handflächen an den marmornen Kaminsims presste. »Unglücklicherweise weiß ich nicht näher, was genau betroffen ist. Aber wenn die Sache stimmt, dann werden wesentliche Dienste und die militärische Versorgung in Mitleidenschaft gezogen, während ein kleiner Kreis von Verschwörern ein Vermögen macht.«

»Das wirft ganz sicher ein anderes Licht auf das persönliche Leid des Dukes.« Mrs. Merlin stellte die Teetasse ab. »Falls es der Wahrheit entspricht.«

»Wir können es uns nicht leisten, der Spur zu folgen, um zu sehen, wohin sie uns führt«, erwiderte er, »wenn hohe Regierungskreise versucht sind, sich korrumpieren zu lassen, könnte es die heftigsten Erschütterungen für unser Land nach sich ziehen. Ein Skandal zu diesem Zeitpunkt würde unsere Anstrengungen, Napoleons Marsch nach Osten aufzuhalten, ernsthaft schwächen.«

»Dennoch zögern Sie.«

»Es fällt mir niemals leicht, eine unserer Schülerinnen der Gefahr auszusetzen. Ganz besonders dann nicht, wenn der Feind zwar bösartig ist, aber nichts weiter als eine Wolke aus Rauch und Schatten.«

»Natürlich ist es nicht leicht, Thomas«, stimmte Mrs. Merlin zu, »ja, es ist ein schwieriges, schmutziges Geschäft, England vor allen seinen Feinden in Sicherheit zu bringen. Aber genau deshalb gibt es die Akademie.« Als sie sah, wie er die Finger um den polierten Marmor schloss, fügte sie hinzu: »Vielleicht ist es ein Trost, dass die Mädchen die Gefahren begreifen, denen sie ausgesetzt sind, und die Herausforderung annehmen. Sie glauben so stark wie wir daran, dass unsere Freiheit lohnt, in den Kampf zu ziehen.«

»Sehr wortgewandt, wie immer. Sie sind also der Meinung, ich sollte ein reines Gewissen haben?« Der Marquis hob den Kopf und betrachtete das gerahmte Porträt des Sir Francis Walsingham, aber auch die strengen Gesichtszüge des ersten englischen Meisterspions boten ihm wenig Mitgefühl. »Obwohl ich darüber nachdenke, eine unserer Merlins in ein Schlangennest zu schicken, mit kaum mehr in der Hand als ein paar Gerüchten und dunklen Andeutungen?«

»Wenn Sie mich um eine zweite Meinung bitten, dann würde ich Ihnen antworten, dass kaum etwas anderes übrig bleibt. Ich nehme an, dass Sie Ihrer Einschätzung nach diesmal nicht über die gewöhnlichen Kanäle in Whitehall ermitteln können.«

Er nickte. »Bedenkt man die heikle Natur dessen, was auf dem Spiel steht, dann würde ich nicht darauf vertrauen, andere Abteilungen einzubeziehen.«

Mrs. Merlin öffnete ein Dokumentenschränkchen auf ihrem Tisch und zog einen Stapel Papier heraus. »Einer unserer Agenten, der in den ostindischen Häfen tätig ist, hat kürzlich einen Bericht über die Einfuhr illegaler Waren aus Indien und China vorgelegt. Das sollte uns auf ein paar nützliche Spuren führen. In der Tat, an einen Hinweis erinnere ich mich sofort. Es gibt eine neue, noch nicht identifizierte Quelle eines überaus starken Opiums, das aus dem Osten kommt. Gleichzeitig hat die Levant Company unter dem Verlust einer ganzen Reihe Sendungen zu leiden, wodurch der Preis gestiegen ist.«

Lynsley runzelte die Stirn. »Ich werde einen meiner Männer anweisen, genau im Auge zu behalten, was sich rund um die Mincing Lane abspielt. Und an der nächsten Versteigerung im Garraway's Coffee House teilzunehmen, die alle vierzehn Tage stattfindet.« Er dachte kurz nach. »Außerdem sollte ich eine Probe des Narkotikums, das ich neben Lord Roberts Leiche gefunden habe, zu Lady Sheffield schicken, um die Substanz analysieren zu lassen. Die Lady könnte in der Lage sein, die Herkunft zu identifizieren.«

»Lady Sheffield?« Mrs. Merlin kniff die Brauen zusammen. »Ist das nicht die Frau, die kürzlich angeklagt wurde, ihren Ehemann vergiftet zu haben?«

»Boshaftes Geschwätz«, entgegnete Lynsley. »Der Earl war ein brutaler Kerl, der sich selbst zu Tode getrunken hat. Was die Lady betrifft, sie ist eine ernst zu nehmende Gelehrte, ein hochrespektables Mitglied der Wissenschaftlichen Gesellschaft und eine brillante Chemikerin. Ich habe früher schon mit ihr zu tun gehabt, und sie leistet tadellose Arbeit.«

»Ich hätte mir die Wahrheit auch denken können. Die Salons sind immer rasch dabei, wenn es gilt, eine Frau mit reicher Einbildungskraft und Intelligenz anzugreifen.« Die Direktorin griff nach einem Blatt Kanzleipapier. »Diese Ermittlungen sollten uns ein paar Antworten bringen. Was ist mit den Verdächtigungen des Dukes, hat er Ihnen irgendwelche Hinweise darauf verschafft, wonach wir überhaupt suchen?«

»Wir haben nicht viel in der Hand«, gab Lynsley zurück und schürzte die Lippen. »Aber im Zimmer des jungen Mannes wurde ein Tagebuch gefunden. Sterling ist überzeugt, dass sein Großsohn einer Gruppe auf die Schliche gekommen ist, die sich selbst *Scarlet Knights* nennt – scharlachrote Ritter. Sie sind berüchtigt für ihre scharlachroten Westen und wilden Gelage.«

»Mir sind Gerüchte über ihre Ausschweifungen zu Ohren gekommen.« Mrs. Merlin tippte sich mit dem Stift ans Kinn. »Zechen, Glücksspiel und in den weniger begüterten Teilen der Stadt einen höllischen Krach schlagen ... nicht ungewöhnlich für die Rotzlöffel aus den Salons. Aber man behauptet, die Knights würden die Ausschweifungen auf die Spitze treiben.«

Lynsley drehte sich vom Feuer weg und verschränkte die Hände hinter dem Rücken. »Es könnte als jugendlicher Übermut durchgehen, wenn nicht andere Menschen betroffen wären. Es heißt, Lord De Winton gehöre als Stammgast dazu, genau wie einige ausländische Adlige. Lord Robert hat die Namen mit roter Tinte in sein Tagebuch eingetragen.« Er zog einen kleinen Gegenstand aus seiner Westentasche und legte ihn auf die lederne Unterlage. »Das hier hat man ebenfalls gefunden.«

Die Direktorin nahm den goldenen Schlüssel in die Hand. Sorgfältig betrachtete sie die blutrote emaillierte Mohnblüte am Ende. »Wozu dient das?«

Lynsley presste die Lippen zu einem dünnen Strich zusammen. »Genau das müssen wir herausfinden. Unglücklicherweise hat Lord Robert uns in seinen Aufzeichnungen keinerlei Hinweise hinterlassen. Aber mich beschleicht das unabweisbare Gefühl, dass dieser Schlüssel die Tür zu unseren Geheimnissen aufschließen wird.«

»Wenn wir ihn in die richtigen Hände legen.«

»Ja. In die richtigen Hände.« Der Marquis sprach so leise, dass das Zischen der glühenden Kohlen ihn beinahe übertönte.

Die Direktorin nahm sich einen Augenblick Zeit, um die Feder zu spitzen. »Ich denke, wir sollten Sofia zu uns rufen.«

2. Kapitel

Sofia wischte einen Krümel Schießpulver von ihrer Hirschlederhose und setzte sich auf die hölzerne Bank vor dem Privatzimmer der Direktorin. Die dunkle Wandvertäfelung und der Steinfußboden boten dem Blick einer ängstlichen Schülerin wenig Ablenkung. Denn hinter der Aufforderung, zum Rapport bei der Direktorin zu erscheinen, steckte niemals nur der Wunsch nach einem reinen Höflichkeitsbesuch. Üblicherweise ging es um ernste Störungen des Schulbetriebs – und um Disziplinarstrafen, Arrest, Tadel. Oder die Entlassung stand bevor, weil man sich den strengen Anforderungen an die Ausbildung nicht gewachsen gezeigt hatte.

Sie atmete tief durch und berührte die Tätowierung über ihrer linken Brust. Nur wenige Schülerinnen hatten es überhaupt jemals in die Meisterklasse geschafft und das kleine schwarze Abzeichen erhalten, den Falken, der sie als echten Merlin auszeichnete. Den übrigen vertraute man die weniger anspruchsvollen Verpflichtungen an; die jungen Frauen dienten England, indem sie rund um den Globus Augen und Ohren aufsperrten.

Konnte es sein, dass Mrs. Merlin und der Marquis an ihren Fähigkeiten zweifelten? Vielleicht wollte Lord Lynsley seine verblümten Worte als freundliche Warnung verstanden wissen? Obwohl seine ernste Miene nur selten irgendwelche Gefühle zu erkennen gab, glomm in den blauen Augen immer ein Fünkchen Wärme, wenn er den Blick über die Schülerinnen schweifen ließ. Schließlich war er es gewesen, der sie alle ausgesucht hatte – dürre kleine Waisenkinder, die sich in den Armenvierteln herumtrieben –, und er hatte ihre Entwicklung über viele Jahre beobachtet. In mancher Hinsicht war er wie der Vater, den keine unter ihnen jemals kennengelernt hatte.

Habe ich ihn etwa enttäuscht? Unwillkürlich überlegte Sofia, ob die Tatsache, dass man in jüngster Zeit größeren Wert auf ihre Ausbildung zu einer Lady gelegt hatte, sich ungünstig auf ihre kriegerischen Fähigkeiten auswirkte. Sie schaute aus dem Fenster nach draußen, wo sich die Fechtböden, die Ställe, die Schießstände und Übungsgelände so weit erstreckten, wie das Auge blicken konnte. Ein Merlin musste jedem Mann im Kampf gewachsen sein, sei es mit Waffen oder im Handgemenge. Vielleicht zweifelten die Direktorin und der Marquis an ihrer Entschlossenheit. Vielleicht wollten die beiden sie sogar aus ihrer Ausbildung entlassen?

Sofia beruhigte ihre Nerven, indem sie an ihrer Halskette unter dem verschwitzten Hemd herumnestelte. Die filigrane Kette war neu, erstanden bei einem Ausflug zu den extravaganten Läden in der Bond Street, aber das goldene Medaillon war schon in ihrem Besitz, seit ... seit sehr langer Zeit.

Mit den Jahren hatte sich Patina über das flache Etui gelegt: Die Gravur war kreuz und quer mit Kratzern überzogen, die schwache Kontur eines Großbuchstabens unleserlich. Sofia gefiel der Gedanke, es könnte ein *S* sein, das einst auf das kostbare Metall graviert worden war. Aber um welchen Buchstaben auch immer es sich handeln mochte – in schwierigen Zeiten hatte ihr das Medaillon als Talisman gedient. Als Glücksbringer. Es hatte sie sicher durch die rauen Straßen geleitet; es hatte ihr bei der schwierigen Gewöhnung an das Leben in der Akademie geholfen.

Sofia zog es aus dem Hemd, öffnete das abgegriffene kleine Etui und betrachtete das Porträt. Die Farbe war mit den Jahren verblasst, hatte die Gesichtszüge verschwimmen lassen, das Lächeln, die schwarzen lockigen Haare, die das feine Gesicht umrahmten; und doch hatte sich das Bild unauslöschlich in ihr Gedächtnis eingeprägt. Jede Einzelheit kannte sie auswendig. Als sie noch ein Kind gewesen war, hatte sie sich eine Ähnlichkeit zwischen der jungen Lady und sich selbst eingebildet. *Und jetzt?*

Ihr meergrüner Blick löste sich von dem Bildnis. Es war nicht besonders klug, sich den Kopf über kindliche Träumereien zu zerbrechen. In der Akademie hatte sie gelernt, dass man stets praktisch und pragmatisch denken musste. *Leidenschaftslos.* Gefühle hatten keinen Platz, wenn es darum ging, seinen Pflichten nachzukommen. Es spielte keine Rolle, woher sie kam, sondern einzig und allein, was aus ihr geworden war.

Seltsam, aber ihre Zimmergenossinnen hatten niemals besondere Gedanken an ihr Erbe verschwendet. Es hatte sie nicht gestört, nichts über ihre Herkunft zu wissen, über ihre Eltern. Weil sie nicht zu sentimental erscheinen wollte, hatte Sofia ebenfalls so getan, als würde sie sich den Teufel für all das interessieren. Aber insgeheim war es, als würde das Bild ihr immer dieselbe Frage ins Ohr wispern …

Wer bin ich?

»Sofia, Mrs. Merlin möchte Sie jetzt sehen.«

Rasch ließ sie das Medaillon wieder in die Falten des Leinenhemdes zurückgleiten, erhob sich und straffte die Schultern. Nein, sie würde sich keinerlei Blöße geben. Schließlich war sie ein geborener Merlin.

»Melde mich zum Dienst.« Sofia nickte zum Gruß, als sie vor dem Eichenholzschreibtisch angekommen war.

»Sofia.« Die Direktorin betrachtete die militärische Bekleidung und die schmutzigen Stiefel mit gerunzelter Stirn, bevor sie die Feder in ihrer Hand beiseitelegte. »Ich gemeinte nicht, dass Sie schnurstracks von den Ställen hierhermarschieren sollen, meine Liebe!« Sofia bemerkte, dass die Direktorin einen raschen Blick auf Lord Lynsley warf, der am marmornen Kamin stand. »Gehen Sie zurück in Ihre Unterkunft und wechseln die Kleidung! Sie könnten zum Beispiel das indigoblaue Seidenkleid tragen, wenn es Ihnen nichts ausmacht. Der Marquis und ich haben es nicht eilig.«

Sofia hatte das Gefühl, dass man ihr die Kehle zuschnürte, machte auf dem Absatz kehrt und hielt dann inne. *Zum Teufel noch mal mit all der Etikette und dem damenhaften Benehmen.* Wenn sie schon aus der Akademie geworfen wurde und kein Merlin mehr sein durfte, dann wollte sie keinesfalls kleinlaut das Feld räumen.

»Ich möchte lieber so angezogen bleiben, wie ich bin.« Trotzig schob sie das Kinn nach vorn. »Bei allem gebotenen Respekt, ich empfinde es als ungerecht, dass mir die Beherrschung der Etikette übel angekreidet wird. Mag sein, dass ich den Säbel oder das Stilett nicht so flink handhaben kann wie Siena oder Shannon, aber ich kann besser schießen, und ich bin viel geschickter, wenn es um Täuschungen und Tarnungen geht. Es nicht gerecht, mich in den Rang einer bloßen Beobachterin zurückzustufen, ohne mir die Gelegenheit zu geben, mich in einer Mission zu beweisen.«

»Sie glauben also, dass wir Sie nicht für geeignet halten, in einer echten Mission zu bestehen?« Mrs. Merlin stellte den Teller mit den Erdbeertörtchen beiseite und wischte sich die Zuckerkrümel von den Fingerspitzen.

»Warum sonst sollten Sie den Wunsch äußern, mich in Seide und Spitze zu sehen?«, erwiderte Sofia zaghaft. »Ich ... ich hatte angenommen, dass Sie mich für niedere Tätigkeiten in Anspruch nehmen wollten ... wie zum Beispiel als Zofe in die Dienste einer Lady treten zu lassen. Einer Lady, die mit einem ausländischen Diplomaten verheiratet ist.«

»Alle unsere Schülerinnen verrichten wichtige Arbeiten«, entgegnete die Direktorin eine Spur vorwurfsvoll, »ganz gleich, ob als Schankwirtin oder als Straßenmädchen.«

Sofia errötete. »Ich hatte nicht die Absicht, meine Mitschülerinnen zu entwürdigen. Ich ... ich hatte nur befürchtet, dass ... « Sie brach ab, unschlüssig, wie sie ihr Missbehagen ausdrücken sollte.

»Sie hatten befürchtet, dass es im Vergleich mit Ihren früheren Zimmergenossinnen so aussehen könnte, als hätten Sie versagt?« Es war Lord Lynsley, der das unangenehme Schweigen durchbrach.

Sofia nickte, wagte aber nicht, seinem Blick zu begegnen.

»Wie ich früher bereits erwähnte, jeder Merlin besitzt besondere Fähigkeiten. Das ist ja gerade die Stärke dieser Schule.« Seine Lippen zuckten. »Wenn all unsere Schülerinnen solch ein explosives Temperament besäßen wie Shannon, dann wäre dieser Ort schon längst in Rauch aufgegangen.«

»Und Siena hätte sich mit einer Rätselhaftigkeit umwoben, die für viele Missionen einfach untragbar wäre«, fügte Mrs. Merlin hinzu.

Shannon lässt tatsächlich gern die Funken sprühen, dachte Sofia. Aber ihr frisch gebackener Ehemann, dieser geheimnisvolle russische Spion namens Alexandr Orlov, schien sie gezähmt zu haben. Die beiden arbeiteten wunderbar zusammen, hielten sich im Moment irgendwo in Preußen auf und hinderten Napoleon daran, noch weiter nach Osten vorzudringen.

Auch Siena hatte sich jüngst verheiratet. Ja, tatsächlich, und zwar mit einem Earl – zusammen waren sie zu einer geheimen Mission nach Italien aufgebrochen. Sofia seufzte lautlos. Zwar war sie Lord Kirtland noch nie begegnet, aber Shannon hatte behauptet, dass Byrons poetische Helden im Vergleich zu diesem Earl mit rabenschwarzem Haar recht blass aussahen ...

»... ich meine, dass Sie keinen Grund haben werden, sich zu beklagen. Vertrauen Sie mir«, schloss die Direktorin.

»Ich bitte um Verzeihung.« Sofia riss sich aus ihren Grübeleien.

»Mrs. Merlin will nur sagen, dass Sie Ihre Situation genauso herausfordernd finden werden wie die, denen Ihre Freundinnen sich gegenübersahen.« Das Kerzenlicht fing sich in den tiefen Sorgenfalten seiner Augenwinkel, als Lynsley sich umdrehte. »Und nicht weniger gefährlich. In der Tat, um aufrichtig zu sein, ich habe lange gezweifelt, ob ich überhaupt jemanden bitten soll, den Auftrag zu übernehmen. Es ist vielleicht eine Unmöglichkeit, sogar für einen Merlin.«

»Worum auch immer es sich handelt, ich würde es gern versuchen, Sir«, meinte Sofia, und als sie sah, wie er die Stirn in Falten legte, fügte sie rasch hinzu: »Was habe ich schon zu verlieren?«

»Ihr Leben, zum Beispiel.« Lynsley sah ernster aus, als sie ihn je zuvor gesehen hatte. »Und was die restlichen Konsequenzen betrifft, so wünschte ich, ich wüsste selbst Bescheid. In diesem besonderen Fall kann ich Ihnen leider nicht den Namen des Feindes nennen oder sein Gesicht beschreiben. Ich muss Sie in das Herz der Londoner Gesellschaft stoßen ... in ein Spinnennetz, wie seidig auch immer es gesponnen sein mag ... und darauf hoffen, dass Sie selbst in der Lage sein werden, die Lügen und Intrigen zu durchschauen.«

»Sir, es ist mir gelungen, hier an der Akademie einige schwierige Situationen zu meistern.« Sofia versuchte, ruhig zu bleiben und sich zu beherrschen, obwohl das Herz ihr wie wild an die Rippen pochte. »Ich bin recht geschickt darin, sowohl meine Waffen als auch meinen Verstand zu benutzen. Was auch immer verlangt wird, ich werde Sie nicht enttäuschen.«

»Ich mache mir keine Sorgen um mich selbst«, erwiderte er Marquis sanft. »Ich schicke keinen Merlin in den Kampf, ohne nicht wenigstens eine kleine Chance zu sehen, dass unser Falke den Sieg erringen kann.«

Sofia konterte rasch. »Wir haben gelernt, mit Widrigkeiten zurechtzukommen, nicht wahr? Wir existieren doch nur aus dem einzigen Grund, nämlich just in dem Augenblick eine Aufgabe zu übernehmen, wenn es aussichtslos erscheint, sie auch bewältigen zu können.«

»Sie hat ins Schwarze getroffen, Thomas«, stimmte Mrs. Merlin zu.

Lynsley seufzte und gestattete sich ein kleines Lächeln. »Sofia, ich sehe, dass Sie das Wort genauso geschickt führen können wie das Schwert. Was den Zweck der Akademie angeht, so haben Sie recht. Aber das macht es keineswegs leichter, Sie einer tödlichen Gefahr auszusetzen.« Er griff in seine Tasche und zog ein schmales, mit schwarzem Wachs versiegeltes Paket heraus. »Lesen Sie diese Dokumente, bevor Sie in London ankommen.«

Das Papier in ihren Händen ließ ihre Haut prickeln.

»Unglücklicherweise kann ich nicht bleiben, um Ihnen genauere Instruktionen zu geben. Ich habe eine dringliche Verabredung heute Abend in der Stadt. Mrs. Merlin wird die Grundlagen des Auftrags mit Ihnen durchgehen und mit Ihnen daran arbeiten, die Fertigkeiten zu verfeinern, die Sie brauchen, um in der Maskerade einer Lady von edler Geburt zu glänzen.«

»Ich habe Sie allerdings nicht darum gebeten, die Kleidung zu wechseln, weil ich mein Sofa vor dem Dreck schützen wollte«, bemerkte Mrs. Merlin trocken. »Sobald Sie die Lederhosen gegen blaue Seide eingetauscht haben, werden wir jede Stunde des Tages nutzen, um Ihren glänzenden Auftritt zu verbessern. Lord Lynsley möchte, dass Sie übermorgen bereit sind, nach London aufzubrechen.«

»Anders als die meisten anderen Missionen wird diese uns die Gelegenheit verschaffen, uns in der Gesellschaft zu begegnen«, kündigte der Marquis an. »Denn schließlich werden Sie die Salons auf dem Höhepunkt der Saison betreten, und als Witwe eines italienischen Grafen werden Sie sich rasch auf den Gästelisten der besten Häuser finden.«

»Wie ...«, begann Sofia.

»Ich hoffe, dass die Einzelheiten geklärt sind, wenn Sie in der Stadt eintreffen.« Lynsley griff nach seinem elfenbeinernen Spazierstock und den grauen Handschuhen. »Bis es so weit ist, hören Sie genau auf jedes Wort, das Mrs. Merlin Ihnen noch auf den Weg mitgibt.«

Sofia schwirrten tausend Fragen im Kopf herum, aber sie hielt ihre Antwort schlicht und einfach. »Ja, Sir.«

»Vielen Dank für den ausgezeichneten Tee und die Törtchen, Charlotte!« Lynsley schob sich eine große Ledertasche unter den Arm. »Und für die verschwenderische Portion Weisheit, die Sie mir außerdem noch serviert haben.«

»Schöne Beine ... wohlgeformte Brust ... gutes Stehvermögen ... hält lange durch, meinst du nicht auch?«

»Ein bisschen zu lange.« Osborne zuckte zusammen. »Puh, ich glaube, dass ihr Kreischen bis weit nach Kew Gardens zu hören gewesen ist.«

»Ich spreche über das Pferd, Dev.« Lord Nicolas Harkness schnaubte leise. »Verdammt, versuch doch wenigstens, dich zu konzentrieren! Das Angebot wird dich einiges kosten.«

»Colette auch«, witzelte er, »hat mich eine hübsche Stange Geld gekostet, der Affäre ein Ende zu setzen.«

»Du kannst von Glück sagen, dass es dich nicht dein bestes Stück gekostet hat.« Harkness lachte leise, als er von dem Hengst zurücktrat und sich mit einem Fuß auf den Zaun stützte. »Nach deinen Worten zu urteilen, hatte sie es darauf abgesehen, dich um etwas ganz anderes zu erleichtern als nur um ein bisschen Geld.«

»Bin ihr um … um Haaresbreite entkommen.« Osborne grinste und zuckte wieder zusammen, als der mächtige Hengst ein scharfes Wiehern ausstieß. Sein Mund fühlte sich so trocken an wie Stroh, und der Missklang der stampfenden Hufe und schrillen Gebote, die quer über den Hof hallten, verschlimmerte noch das Pochen in seinem Kopf. Ganz zu schweigen von dem durchdringenden Gestank. Die Versteigerung erstklassiger Pferde bei *Tattersall's* zog immer zahlreiche Gentlemen an, die kaufen oder verkaufen wollten.

Osborne nahm auf einem Heuballen Platz und massierte sich die Schläfen. »Tut mir leid, dass ich keine angenehme Gesellschaft bin, Nick. Gib mir ein paar Minuten, damit ich mich sammeln kann. Ich möchte gern einen genaueren Blick auf das Tier werfen.«

»Es lohnt sich, sich ein wenig Zeit zu nehmen. Ich vertraue auf dein Urteil.« Harkness zündete sich eine Zigarre an. »Selbst wenn dein Hirn noch halb in Brandy getaucht ist.«

In seiner gegenwärtigen Stimmung war Osborne nicht so hoffnungsvoll wie sein Freund. In letzter Zeit hatte sein Urteilsvermögen oft kläglich versagt. Die Szene mit seiner Geliebten war nicht mehr als der jüngste in einer ganzen Serie beschämender kleiner Vorfälle. Bei Lady Haversticks Hauskonzert hatte er die Limericks, die er über ein korpulentes Mitglied hochadliger Kreise verfasst hatte, ein wenig zu lautstark vorgetragen; zwar hatte er die Reime klug gewählt, und die Gäste hatten gelacht, aber er hatte eine Bekanntschaft öffentlich bloßgestellt und war am nächsten Morgen beschämt aufgewacht.

»Ich bin mir nicht ganz sicher, dass ich in der Verfassung bin, irgendeinen Makel an deinem Hengst zu entdecken, wenn ich bedenke, dass ich mich in der letzten Zeit benommen habe wie ein Esel.«

Harkness zog die Stirn kraus. »Kann es sein, dass sich da eine düstere Wolke über dem Kopf unseres Lord Sunshine zusammenballt?«

Osborne fluchte laut genug, um einen ältlichen Gentleman zu erschrecken, der in der Nähe ein Paar Zugpferde für die Kutsche begutachtete. »Wenn du mich noch einmal so nennst, kannst du deine Zähne aus einem Haufen Pferdedreck raussuchen.« Es lag an den blonden Haaren und an seinem überschäumenden Temperament, dass mehrere Ladys ihm diesen Spitznamen gegeben hatten. Gewöhnlich schob er den Spott anderer Männer mit Gelächter beiseite, aber im Moment war ihm überhaupt nicht nach Lachen zumute.

»Schlechte Laune?«

Osborne stieß einen unterdrückten Fluch aus.

»Gibt es irgendeinen besonderen Grund dafür?« Sein Freund stieß einen blauen Rauchkringel aus. »Abgesehen davon, dass du deinen Platz in Colettes Bett verloren hast.«

Osborne zuckte nur die Schultern. Mochte sein Freund nur denken, die schlechte Stimmung wäre auf Sex zurückzuführen – oder auf den drohenden Mangel daran.

»Nicht dass es dir an eifrigen Anwärterinnen fehlen wird, den Verlust auszugleichen. Mir ist zu Ohren gekommen, dass Lady Pierson gestern aus Yorkshire zurückgekehrt ist. Den alten Lord hat sie auf dem Land bei seinen Pferden und Hunden zurückgelassen.«

»Die lüsterne Lucinda?« Osborne schauderte spöttisch.

»Ich habe keine Lust, vom Regen in die Traufe zu geraten. Neben ihrer ausladenden körperlichen Ausstattung neigt sie zu gefühlsmäßigen Exzessen.«

»Lady Wellton scheint schon immer ein Auge auf dich geworfen zu haben. Du bist ein Glückspilz!« Harkness hustete leise. »Mag sein, dass dir schon längst höchstpersönlich aufgefallen ist, wie sehr sie sich für dich interessiert.«

»Und wenn es so wäre, würde ich mich wie ein Gentleman benehmen und kein Wort darüber verlieren.«

»Schon gut, schon gut!« Sein Freund drückte den Zigarrenstumpen an der Stiefelsohle aus. »Vielleicht ist es das Beste, wenn du eine Nacht ohne weibliche Gesellschaft verbringst, um die düstere Wolke über deiner Stirn zu vertreiben. In den Armenvierteln gibt es ein paar neue Spielhöllen, die einen Besuch wert sein sollen, wie ich gehört habe. Und du hast doch immer ein teuflisches Glück mit den Karten.« Harkness senkte die Stimme. »Man sagt, der Laden in Seven Dials soll recht ungewöhnlich sein.«

Osborne schüttelte den Kopf. »Verlockend. Aber ich habe versprochen, mich bei Lady Havertons Ball zu präsentieren. Sie zählt auf mich, um Silliman und Morse davon abzuhalten, sich zu prügeln.«

»Du liebe Güte, droht immer noch die Gefahr, dass sie sich wegen eines Streits um das Muster auf dem Stoff ihrer Weste gegenseitig den besten Bordeaux aufs Hemd kippen?«

»Mode ist für die beiden eine ausgesprochen ernste Angelegenheit. Aber ich glaube, ich habe eine Idee, wie ich einen Waffenstillstand zurechtflicken kann.«

Harkness verdrehte die Augen. »Nun, wenn überhaupt jemand verletzte Gefühle besänftigen kann, dann du.«

Nur dass ich mich in meiner eigenen Haut leider nicht besonders wohlfühle.

»Aber jetzt zum Pferd, Dev.«

»Genau. Lass uns mal einen Blick darauf werfen ...«

»Ich kann Ihnen gar nicht genug danken!« Das Licht aus den glitzernden Kandelabern fing sich im Lächeln der Lady, als sie die letzten Drehungen des Walzers herumwirbelte. »Ohne Ihre Hilfe hätten die beiden sich gleich hier auf dem Parkett zum Duell aufgefordert. Es hätte uns den ganzen Abend verdorben.«

»Nichts auf der Welt hätte eine solch zauberhafte Gesellschaft verderben können.« Osborne ließ den Blick durch den überfüllten Ballsaal schweifen. »Die Musik ist großartig, die Blumenarrangements sind ganz ausgezeichnet.«

Lady Havertons Wangen wurden so rosig wie ihre Pfingstrosen. »Sie gefallen Ihnen?«

»Umwerfend«, murmelte er, wohl wissend, dass die Lady, eine altjüngferliche Botanikerin, die Dekoration selbst entworfen hatte.

Die Röte auf ihren Wangen verstärkte sich. »Sie sind zu freundlich ...«

»Osborne!« Kaum waren die letzten Takte des Tanzes verklungen, löste sich eine dralle Blonde aus den Armen ihres Partners und tippte ihm auf die Schulter. »Gleich morgen müssen Sie mich besuchen und mir raten, für welches Blau ich mich bei den neuen Vorhängen im Salon entscheiden soll.«

Er verbeugte sich leicht. »Es ist mir ein Vergnügen.«

»Osborne!« Die freudige Begrüßung drang von einer Gruppe Gentlemen herüber, die am Punschkrug stand.

»Wie immer verlangt man nach Ihnen.« Lächelnd nahm seine Gastgeberin die behandschuhte Hand von seinem Arm. »Ich will Sie Ihren Freunden nicht länger vorenthalten.«

»Ich komme wieder. Auf Ihrer Tanzkarte habe ich mich für den Tanz nach dem Abendessen eingetragen.«

»Sehr zum Missfallen aller übrigen Ladys hier im Raum.« Lady Haverton tätschelte seinen Ärmel. »Gehen Sie schon!«

»Osborne!«

»Osborne!«

Langsam bahnte er sich den Weg durch die Menge, hielt immer wieder kurz an, um ein paar höfliche Worte zu wechseln. Als es ihm schließlich gelungen war, sich hinter der Abschirmung mehrerer Orangenbäume zu verbergen, seufzte er hörbar auf und gönnte sich einen Schluck Champagner.

»Sie sind äußerst beliebt, wie ich sehe.«

Osborne drehte sich um und entdeckte Lord Lynsley neben sich. »Scheint so, als hätte ich ein Talent, die Leute zu amüsieren«, erwiderte er leichthin, obwohl die Worte in seinen Ohren einen kaum hörbaren, scharfen Beiklang besaßen.

Der Marquis musterte ihn nachdenklich, bevor er antwortete. »Major Fenimore ist überzeugt, dass Ihre Talente eine ernsthaftere Beschreibung verdient haben als amüsant. Er meinte, dass Ihre Analyse der Taktik der französischen Kavallerie bei der Schlacht von Marengo sich für unsere östlichen Verbündeten als unschätzbar erweisen wird.«

»Das freut mich.« Osborne trank noch einen Schluck Champagner. Er wusste nicht, was er sonst hätte sagen sollen.

Lynsleys offizielle Stellung in Whitehall war nicht besonders bedeutend, aber Osborne war sich darüber im Klaren, dass die wahren Aufgaben des Mannes in der Regierung ein wohlbehütetes Geheimnis waren. Die vagen Gerüchte über die früheren Heldentaten des Marquis' reichten aus, um einem Mann die Haare zu Berge stehen zu lassen. Obwohl Lynsley inzwischen die meiste Zeit am Schreibtisch verbrachte, war Osborne überzeugt, dass er mit gänzlich anderen Dingen beschäftigt war als nur damit, Papiere hin und her zu schieben.

»Ich frage mich … ob Sie vielleicht interessiert wären, uns in noch anderer Weise auszuhelfen?« Im Spiel von Licht und Schatten war es unmöglich, die Miene des Marquis zu erkennen. »Es geht allerdings nicht um eine militärische Expertise.«

»Vielleicht«, erwiderte Osborne und bemühte sich ebenfalls um einen unlesbaren Gesichtsausdruck. »Natürlich würde ich gern hören, was Sie im Sinn haben.«

»Eine diplomatische Antwort.« Kein Zweifel, Lynsleys Lippen hatten gezuckt. »Es handelt sich um eine recht einfache Angelegenheit, in der Tat, besonders für einen Gentleman Ihres Ranges in der Stadt. Sie würden mir einen großen Gefallen tun, wenn Sie eine italienische Gräfin in die Gesellschaft einführen würden. Bei der Lady handelt es sich um eine wohlhabende junge Witwe, die hier in London niemanden kennt.«

»Und Sie wünschen, dass sie in die Salons eingeführt wird«, ergänzte Osborne bedächtig, »dass sie zu allen Abendgesellschaften eingeladen wird. Und auch in die Runde der vormittäglichen Aufwartungen.«

»Genau. Meine nächsten Verpflichtungen erlauben es mir leider nicht, die Aufgabe selbst zu übernehmen.«

»Scheint tatsächlich so, als handelte es sich um eine leichte Aufgabe.« *Viel zu leicht.* Gemessen an der Aura des Geheimnisvollen, die den Marquis umschwebte, vermutete Osborne, dass Lynsley den wichtigeren Teil des Arrangements unausgesprochen ließ. Aber trotz der Fragen, die ihm plötzlich durch den Kopf wirbelten, bemerkte er nur: »Ist sie hübsch?«

»Sehr sogar«, erwiderte Lynsley.

»Das sollte es noch einfacher machen. Ich werde …«

»Ah, Osborne, da sind Sie ja!« Zwei Gentlemen in Uniform

winkten ihn zu sich heran. »Kommen Sie, und helfen Sie uns, den Streit zu schlichten, wer besser mit der Pistole umgehen kann. Manton oder Purdey, dieser Emporkömmling.«

»Verzeihen Sie, aber Captain Tolliver wird sich mit einer Ablehnung nicht zufriedengeben«, meinte Osborne sanft, »ich sollte lieber gehen, bevor die beiden sich halb tot schießen und Lady Havertons Abend ruinieren.«

»Vielleicht sollten Sie in Erwägung ziehen, eine Stellung im auswärtigen Dienst anzutreten«, murmelte der Marquis. »Denken Sie mal darüber nach …«

»Nicht nötig.« Osborne leerte sein Glas und stellte es beiseite. »Wann möchten Sie, dass ich die Lady kennenlerne?«

»Übermorgen. Wenn es Ihnen recht ist, treffen wir uns um zwei Uhr im *White's*.«

»Großartig.« Eine kleine Abwechslung im Alltag mochte genau das sein, was er brauchte, um seine schlechte Stimmung loszuwerden.

3. Kapitel

Schreiten Sie nicht so weit aus, meine Liebe!«, mahnte Mrs. Merlin leise. »Eine Lady gibt sich niemals den Anschein, in Eile zu sein.«

»Verzeihung.« Sofia schluckte einen Seufzer hinunter, während sie noch eine Runde durch den Salon in der Akademie drehte. »Ich gebe mir Mühe, nicht noch einmal zu stolpern.«

Die Direktorin lächelte. »Das machen Sie sehr gut.«

»Sí, sí, bella.« Marco beobachtete sie mit offenkundiger Anerkennung. »Heb das Kinn einen Hauch höher, und dann solltest du noch eine Spur arroganter lächeln … Ja, genau so. Jetzt siehst du so hoheitsvoll aus wie eine echte Contessa.«

»Du siehst aber auch recht anständig aus«, gab sie zurück. Das gestärkte Halstuch bildete einen reizvollen Kontrast zu seinem gebräunten Teint, und die maßgeschneiderte Eleganz seines Abendanzugs betonte die breiten Schultern und die schmale Taille. Sogar das Haar war ihm geschnitten worden, obwohl es immer noch bis fast auf die Schultern reichte. Sofia musste zugeben, dass der Anblick bestechend war. »In der Tat, ich bin überzeugt, dass du dich sogar noch besser tarnen kannst als ich.«

»Was macht dich so sicher, dass ich nur Theater spiele?«, fragte er und vollführte eine tiefe Verbeugung.

Sofia brach das Gelächter mit einer leichten Unsicherheit ab. Die Lehrer an der Akademie bestanden aus einer früheren Kurtisane König Carlos', einem verurteilten Falschspieler, einem dunkelhäutigen Boxer und einem indischen Yoga-Guru. Man musste seine Einbildungskraft also nicht allzu sehr strapazieren, um sich vorstellen zu können, dass der Fechter aus Mailand …

»Achten Sie auf Ihre Schritte, Sofia!«, erinnerte Mrs. Merlin wieder.

Achten Sie auf Ihre Schritte. Die Worte könnten das Mantra für die kommenden Wochen bilden.

»Sie müssen stets ruhig, souverän und beherrscht wirken«, fügte die Direktorin hinzu.

Sofia nickte, obwohl es in ihrem Innern rumorte. Die Reisekoffer standen bereits in der Halle, vollgestopft mit kostbarer Seide und glitzernden Juwelen, durch die sich ein Niemand in eine noble Lady verwandeln würde. Mit den Fingerspitzen befühlte sie das flache goldene Medaillon unter dem mit Spitzen verzierten Schultertuch. Anders als im Märchen gab es keinen goldenen Zauberstab, um ihr bei der Verwandlung zu helfen.

Alle miteinander konnten nur hoffen, dass Mrs. Merlins Zauberei ausreichen würde.

»Ausgezeichnet!« Die Direktorin setzte ihr Lorgnon ab und zwickte sich in den Nasenrücken. »Ich denke, wir können den Unterricht beenden. Lassen Sie uns noch einen Tee trinken, bevor die Kutsche eintrifft.«

Sofia nahm auf dem Sofa Platz und zupfte die Seide zurecht. »Danke«, erwiderte sie mit einem Hauch Arroganz, »Sie haben ja keine Ahnung, wie schwer es ist, in Rom einen anständigen Tee zu bekommen! Nur wenn ich mich in meiner Sommerresidenz in der Nähe von Venedig aufhalte, will es meinem Koch gelingen, eine ordentliche Oolong-Mischung aus Ceylon zu besorgen.«

»Der Akzent ist perfekt«, gratulierte Marco, »du hast ein gutes Ohr für das Italienische, *bella*.«

Sofia lächelte. »Schließlich habe ich dir lange genug gelauscht, wenn du mir deine süßlichen Nichtswürdigkeiten ins Ohr geraunt hast. Es ist, als ob man sich reibt, und irgendwann bleibt etwas kleben.«

»Ein Jammer, dass die Zärtlichkeiten nicht meinen Händen anvertraut worden sind!«

»Benimm dich!«, murmelte Sofia.

»Ah, ja, beinahe hätte ich es vergessen. Ich muss wie ein Gentleman auftreten. Wie unendlich ...« Mit den Lippen formte er das Wort »langweilig« und zwinkerte ihr zu.

Sofia unterdrückte ein Lachen. »Bald geht es los.«

Dampf wirbelte auf, als Mrs. Merlin heißes Wasser über die Teeblätter goss. »Nun, Marco wird ebenfalls nach London reisen. Lord Lynsley kümmert sich darum, dass Ihnen eine englische Begleitung zur Seite steht, die Ihnen den Weg in die Gesellschaft erleichtern wird. Aber in Anbetracht der Schwierigkeiten dieser Mission haben wir entschieden, dass es nicht schaden kann, einen Verbündeten an der Hand zu haben. Außerdem werden seine amourösen Aufmerksamkeiten das Interesse der übrigen Gentlemen entfachen und deren Blicke auf Sie ziehen.«

Marco verkniff sich ein boshaftes Lächeln.

»Ich vertraue darauf, dass ich Sie nicht daran erinnern muss, es mit dem Theater nicht zu übertreiben«, mahnte die Direktorin mit erhobenem Finger.

»*Non, non.* Wenn ich mich anstrenge, Signora Merlin, kann ich mich an sämtliche Regeln der Etikette erinnern.«

Sofia zog zweifelnd die Brauen hoch. »Es schaudert mich, wenn ich daran denke, wo du deine Ausbildung absolviert hast.«

Marco warf ihr einen übertrieben vorwurfsvollen Blick zu. »Meine Familie trägt einen der ältesten und respektabelsten Namen in der gesamten Lombardei.«

Zweifelnd wandte Sofia den Blick zu Mrs. Merlin und bemerkte, dass die Direktorin nickte. »Ich denke, es ist höchste Zeit, dass wir einige Missverständnisse bezüglich unseres zweiten Fechtmeisters aus dem Weg räumen. Marco heißt mit vollem Namen Giovanni Marco Musto della Ghiradelli, Erbe des Conte of Como und seines Vermögens.«

»Ein verdammter *Graf?*« Sofia konnte ihre Erschütterung kaum verbergen.

Marco sah sie entschuldigend an. »Eine Lady sollte nicht fluchen, *bella!*«

»Stimmt. Wenn ich es genau bedenke, sollte ich dich lieber mit bloßen Händen erwürgen.« Sofia fühlte sich betrogen. In Marco hatte sie stets eine verwandte Seele erkannt – einen verwegenen Kerl, der sich nirgendwo auf der Welt zu Hause fühlte. Doch stattdessen reichte seine illustre Ahnentafel weit in die vergangenen Jahrhunderte zurück, und nun fühlte sie sich noch einsamer.

»Verdammt noch mal, du hast mich angelogen!«

Sein amüsierter Gesichtsausdruck war in Sekundenschnelle verflogen. »Niemals. Mag sein, dass ich meine Herkunft teilweise im Dunkeln gelassen habe, aber ich habe dir niemals etwas gesagt, was nicht der Wahrheit entspricht.«

»Das läuft auf das Gleiche hinaus!«, schnappte sie. »Du hast mich mit voller Absicht hintergangen.«

»Die Kunst der Tarnung und Täuschung gehört zu den Grundlagen des Unterrichts an der Akademie. Beides muss uns so vertraut sein wie eine zweite Haut, wenn wir unserem Zweck dienen wollen.« Mrs. Merlin musterte Sofia aufmerksam. »Es war Lord Lynsleys Wunsch, Marcos wahre Identität geheim zu halten. Aber weil er seit seinem Studium in Genf mit einem unserer Verdächtigen bekannt ist, haben wir beschlossen, dass seine Anwesenheit nützlich sein könnte, um Ihre Mission erfolgreich enden zu lassen. Wenn es Ihnen Schwierigkeiten bereitet, Sofia, dann äußern Sie sich bitte auf der Stelle.«

Sofia atmete tief durch und zwang sich, ihr Temperament zu zügeln. »Nein, es bereitet mir keinerlei Schwierigkeiten«, erwiderte sie. »Selbstverständlich haben Sie recht. Es hat mich nur überrascht, dass ein Freund … Es wird nicht wieder vorkommen.«

»In unserer Welt gibt es keine Freundschaft«, mahnte Mrs. Merlin. »Nur ein einziges Gefühl ist gestattet, und zwar eine leidenschaftslose Hingabe an die Pflicht.«

»Der Fehler wird nicht noch einmal vorkommen.«

Einen Moment lang hörte man nichts als das Ticken der Uhr im großen Kasten. Sofia saß auf dem Sofa und rührte sich nicht, hielt das Rückgrat kerzengerade und fragte sich, wie teuer ihr Fehltritt sie wohl zu stehen kommen würde. Vielleicht überlegte Mrs. Merlin gerade, wie oft sie gegen die Regeln der Akademie verstoßen hatte, um ihre Zimmergenossinnen vor Ärger zu bewahren. Solche Treue würde man zweifellos für eine Schwäche halten und nicht für eine Stärke.

In Sofias Ohren klang das Rascheln des Papiers beinahe so laut wie Kanonendonner. Die Direktorin beugte sich vor; das Licht blitzte auf ihr Lorgnon. »Lassen Sie sich das eine letzte Lektion sein, Sofia! Sie dürfen niemals in Ihrer Wachsamkeit nachlassen.«

Ihre Muskulatur entspannte sich kaum merklich. Sofia gestattete sich ein Lächeln. »Ich werde weder Sie noch Lord Lynsley enttäuschen.«

Mrs. Merlin überflog ihre Notizen, schaute auf. »Es kann nicht schaden, wenn wir die letzten Minuten nutzen, um den Auftrag noch einmal durchzugehen. Zuerst werden Sie dafür sorgen, dass Sie in den höchsten Kreisen der Gesellschaft willkommen geheißen werden. Sie sind …«

»… Contessa Sofia Constanza Bingham della Silveri«, rezitierte Sofia. »Mein Vater war ein jüngerer Sohn Lord Whalleys, der als englischer Emigrant in Rom gelebt und dort eine italienische Baronin geheiratet hat. Ich war mit einem venezianischen Adligen verheiratet, der vor gut einem Jahr verstorben ist. Das Trauerjahr habe ich gerade hinter mir gelassen und verspüre jetzt den Wunsch, das Land kennenzulernen, in dem mein Vater geboren wurde.« Sie hielt inne. »Ich nehme an, dass all diese Leute tatsächlich existieren, denn schließlich gehören mehrere Italiener zu der Gruppe, die ich infiltrieren soll.«

»Natürlich«, erwiderte Mrs. Merlin, »Mr. Bingham und seine Frau sind vor vielen Jahren verstorben. Ihre einzige Tochter, die, aber das nur nebenher, in einem Kloster auf Sizilien lebt, ist ihren englischen Verwandten noch niemals begegnet. Und was Ihren verstorbenen Ehemann betrifft: Er war ein notorischer Einsiedler und hat seine junge Braut in den wenigen Monaten, die die Ehe nur dauerte, von der venezianischen Gesellschaft abgeschirmt. Anschließend ist sie mit ihrem Gärtnermeister nach Griechenland durchgebrannt. Ich kann mir nicht vorstellen, dass Ihnen wegen Ihrer Herkunft unangenehme Fragen gestellt werden. Aber falls doch ...«

»Falls doch, muss ich improvisieren«, ergänzte Sofia.

»Ausgezeichnet. Und natürlich wird Marco Ihre Geschichte beglaubigen. Ein oder zwei Tage nach Ihrer Ankunft wird auch er in London auftauchen und im Pulteney Hotel eine Unterkunft beziehen.« Mrs. Merlin blätterte um. »Sobald Sie in die Londoner Gesellschaft aufgenommen sind, ist es Ihre Aufgabe, freundschaftliche Beziehungen zu einer Gruppe Gentlemen zu pflegen, die sich selbst *Scarlet Knights* nennt. Die scharlachroten Ritter.«

Die Direktorin warf einen Blick auf Marco. »Auch hier wird der *Conte* helfen, indem er die nötigen Bekanntschaften stiftet.«

Sofia wich seinem Blick aus. »Wissen wir schon, wie der Mann heißt, der für meine Aufnahme in die Salons sorgt?«

»Noch nicht.«

»Es ist auch gleichgültig. Ich kann mir nicht vorstellen, dass ich ihn noch oft zu Gesicht bekommen werde, wenn ich die erste Runde Festlichkeiten hinter mich gebracht habe.« Rasch konzentrierte sie sich wieder auf ihre Befehle. »Der Plan sieht vor, dass ich andeuten soll, das Leben als junge Witwe sei ein wenig langweilig und dass ich einem kleinen Abenteuer gegenüber nicht abgeneigt bin.«

»Stimmt genau. Von diesem Zeitpunkt an sind Sie gehalten, Ihre weiteren Schritte selbst zu planen. Sie müssen Lord Robert Woolseys Tagebuch lesen. Lord Lynsley möchte nicht nur wissen, ob der Großsohn des Duke of Sterling das Opfer eines falschen Spiels gewesen ist, sondern auch, ob die Hinweise auf Korruptionsfälle in der Regierung stichhaltig sind.«

Die Direktorin schien sich einen Moment lang in die Neige ihres Tees vertieft zu haben, ganz so, als ob ein letzter Ratschlag in den Blättern verborgen sei. »Vermeiden Sie jeden Fehler, meine Liebe! Die Aufgabe ist sehr herausfordernd. Und sehr gefährlich. Bedauerlicherweise kann ich Ihnen nicht mehr Informationen darüber geben, wonach Sie eigentlich suchen sollen. Nach Ihrer Ankunft in der Stadt wird Lord Lynsley Ihnen noch ein paar Einzelheiten mitteilen. Danach müssen Sie sich ganz allein auf Ihre eigenen Instinkte verlassen.«

Noch ein versteckter Hinweis darauf, dass ich niemandem als mir selbst vertrauen darf?

»Ich verstehe.«

Der Schuldiener klopfte brüsk an die Tür. »Die Kutsche ist beladen und wartet, Ma'am.«

Sofia erhob sich. »Höchste Zeit zum Aufbruch.«

Osborne stellte fest, dass Lynsley bereits im Foyer des *White's* auf ihn wartete, und verzichtete darauf, den Übermantel auszuziehen. Der Marquis war pünktlich – bedauerlich angesichts der Tatsache, dass der Club einen der besten Portweine in der Stadt kredenzte.

»Danke, dass Sie die Verabredung eingehalten haben, Osborne!«, begrüßte ihn der Marquis. »Meine Kutsche wartet.«

Osborne geduldete sich mit seiner Frage, bis sie es sich beide in den Polstern bequem gemacht hatten. »Ich gestehe, dass ich neugierig bin, Lynsley. Warum ausgerechnet ich?«

Der Marquis zögerte mit der Antwort. »Wer die Cliquen in London nicht kennt und mit Gepflogenheiten in der Stadt nicht vertraut ist, auf den kann sie sehr abschreckend wirken. Sie bewegen sich mit Leichtigkeit in sämtlichen Kreisen der Gesellschaft, während es einem Fremden sehr schwerfallen würde, durch all die verborgenen Strömungen und Untiefen zu navigieren. Ich hoffe, dass Ihr Charme und Ihre Verbindungen helfen werden, Lady Sofia den Weg zu ebnen.«

Sofia. Das ist ein schöner Name.

»Aber Ihre eigene Stellung in der Gesellschaft würde doch auch garantieren, dass die Lady zu jeder Soiree eingeladen wird, die eine Einladung wert ist«, bemerkte Osborne.

»Meine gegenwärtigen Verpflichtungen erlauben es nicht, dass ich in den kommenden Monaten viel Zeit in der Gesellschaft verbringe. Und die Contessa darf nicht ohne Begleitung bleiben, wenn wir unerwünschtes Geschwätz vermeiden wollen.«

»Ich fürchte, dass Sie meinen Einfluss auf die Gesellschaft überschätzen. Außerdem bin ich mir sicher, dass Sie andere Menschen kennen, die über mehr Macht und Ansehen verfügen als ich. Schließlich bin ich nicht mehr als der jüngste Sohne eines Marquis.«

»Das ist wahr. Aber Macht und Ansehen haben die Neigung, Feinde zu schaffen.« Der Marquis warf ihm einen Seitenblick zu. »Soweit zu hören war, haben Sie keine nennenswerten Feinde.«

Osborne spürte, wie ihm Hitze ins Gesicht stieg. Obwohl Lynsley keinesfalls ein älterer Gentleman war – er schien kaum älter als vierzig zu sein – fühlte er sich wie ein kleiner Junge, der gerade von seinem Schulmeister examiniert wurde.

»Verstehe. Nun, dann erzählen Sie mir ein wenig über die Lady«, entgegnete er und wechselte rasch das Thema.

»Wie ich bereits erwähnte, handelt es sich um die Witwe eines italienischen Grafen«, erläuterte Lynsley, »Ihr Vater hingegen kam aus England, und sie brennt darauf, einige Zeit in dem Land zu verbringen, aus dem ihre Vorfahren stammen.«

Osborne runzelte die Stirn. »Warum kümmert die Verwandtschaft sich nicht um ihre Einführung in die Gesellschaft?«

Lynsley zögerte nicht eine Sekunde. »Der Vater hatte sich von der Familie entfremdet. Sie selbst hat niemals irgendwelche Verbindungen gepflegt und hegt nicht den Wunsch, sich zu versöhnen.«

»Und wie, wenn ich fragen darf, haben Sie die Bekanntschaft der Lady gemacht?«

Wieder antwortete der Marquis, ohne zu zögern. »Ich kenne die junge Lady seit der Zeit, als sie noch ein Kind gewesen war. Meine diplomatischen Reisen haben es mir erlaubt, über die Jahre in Kontakt zu bleiben. In der Tat, ich habe die Schule empfohlen, die sie besucht hat. Es lag auf der Hand, dass sie mich um Rat gebeten hat.«

Die Erklärung klang durch und durch vernünftig. Und doch verspürte Osborne ein unwillkürliches Prickeln im Nacken. Auch die Wege seines besten Freundes, des Earls of Kirtland, hatten sich vor acht Monaten mit Lynsley gekreuzt – und ihn in einem Wirbel aus Geheimnissen und Mordtaten in einem abgelegenen Schloss in Devonshire versinken lassen. Ganz zu schweigen von den seltsamen Gerüchten um die geheimnisvolle tätowierte Lady …

Verdammt noch mal, warum schweigt Kirtland nur so hartnäckig über das, was er erlebt hat? Und dann seine neue Braut! Gleich nach der Trauung war das Paar zur Hochzeitsreise nach Italien aufgebrochen, sodass er dem Earl keine weiteren Einzelheiten abpressen konnte. Dabei gab es zahllose Fragen, die er nur zu gern gestellt hätte.

Osborne schob seine Grübeleien beiseite, als er den leicht spöttischen Zug um Lynsleys Mund bemerkte. »Ah, ja, das erklärt natürlich die Verbindung«, stimmte er höflich zu, überkreuzte die Beine und fuhr fort: »Sie erwähnten bereits, dass die Lady attraktiv ist. Ich nehme also an, dass sie nicht schielt oder hinkt, was ihrer Anerkennung in der Gesellschaft hinderlich wäre. Wie Sie wissen, sind die Klatschtanten recht flink darin, Schwächen auszumachen. Und sie haben eine scharfe Zunge. Es ist nicht so, dass ich in diesem Fall meine Hilfe verweigern würde; ich würde nur gern vorher gewarnt sein.«

»Ich versichere Ihnen, dass Lady Sofias äußere Erscheinung keinen Anlass zur Klage gibt. Ebenso wenig wie ihre Manieren. Sie ist sehr beherrscht, gesittet und glänzend ausgebildet.« Lynsley lächelte eine Spur breiter. »Sie kann sich über Kunst, Musik und Literatur in mehreren Sprachen unterhalten. Am Klavier glänzt sie mit außergewöhnlichen Fähigkeiten, und auf dem Tanzparkett ist sie der Inbegriff von Würde und Eleganz.«

»Klingt so, als wäre sie ein wahrer Ausbund an Perfektion«, erwiderte Osborne. »Ein Muster an Anstand und Sittlichkeit. Dann wird alles reibungslos über die Bühne gehen. In der Tat, ich kann mir nicht vorstellen, was uns in die Quere kommen sollte.«

»Lassen Sie mich einen letzten Blick auf Sie werfen, Mylady.«

Sofia drehte sich so langsam herum, dass die Röcke sanft über den Teppich raschelten.

»Sehr gut.« Die Zofe nickte schroff. »Wenn ich nur noch eine kleine Haarnadel in den Knoten stecken dürfte, dann sind wir fertig.«

»Sie sind sehr geschickt mit den Händen, Rose.« Sofia schaute in den Spiegel, während die flinken Finger die Locken geschickt eindrehten. »Scheint so, als hätten Sie reichlich Erfahrung, eine Lady einzukleiden.«

»Ja, Madam.« Rose glättete das Haarband und trat von der Frisierkommode zurück.

»Haben Sie früher schon mit Lord Lynsley gearbeitet?«

»Ja, Madam.«

Sofia machte keine Anstalten, die Unterhaltung auszudehnen. Wie die gesamte Dienerschaft im Londoner Stadthaus erledigt Rose ihre Pflichten rasch und gründlich, schien aber wenig geneigt, sich über persönliche Angelegenheiten zu unterhalten.

Eine stillschweigende Erinnerung daran, dass wir nicht hier sind, um Freundschaft zu schließen.

»Vielen Dank«, murmelte sie und betrachtete das Ergebnis mit einem trockenen Lächeln. »Ich kann mich selbst kaum wiedererkennen.«

»Ich wage die Behauptung, dass alle Gentlemen Ihnen vorgestellt werden wollen, sobald Sie in der Gesellschaft auftauchen.«

Sofia war sich nicht ganz klar darüber, wie weit Rose über

ihre Mission Bescheid wusste. Recht umfassend, wie sie annahm, denn die Zofe hatte nicht mit der Wimper gezuckt, als sie den Kasten mit den Säbeln und anderen ausgewählten Waffen inmitten der Hutschachteln und Kleiderkoffer erblickt hatte.

»Gehen Sie heute Abend aus, Mylady?«

»Ich … ich weiß noch nicht.« Sofia stellte sich ans Fenster und blickte auf die Straße hinunter. Es war immer noch seltsam, anstelle des kargen Übungsgeländes und der Reitwege der Akademie die Parade der modischen Kutschen und Jagdwagen vorbeirollen zu sehen. Der Lärm, der Schmutz, das Wirrwarr der Farben … all das war wirklich überwältigend.

»Dann würde ich die smaragdfarbene Seide und das gerüschte Mieder herauslegen. Die Farbe wird Ihre Augen wunderbar betonen.« Rose tippte sich ans Kinn. »Zusammen mit den Perlen, die viel ausgefallener sind als Juwelen. Ich glaube, der Marquis wünscht sich unauffällige Eleganz für Ihren ersten Auftritt.«

Unauffällig? Sofia musterte den golden rubinroten Ring an ihrem Finger. Lynsley hatte ein fürstliches Vermögen in die Juwelen investiert, die zu den Koffern mit modischen Kleidern passen sollten. Noch nie hatte sie eine solch reiche Auswahl prächtigster Steine gesehen. Ein einziger Ohrschmuck hätte sie und ihre verwaisten Freundinnen in den Armenvierteln für mehrere Jahre genährt und gekleidet.

Für die finanzielle Ausstattung hatte der Marquis ebenfalls gesorgt – und nicht gerade geizig, glaubte man dem Majordomo, der für ihren Haushalt verantwortlich war. Ihre Befehle sahen vor, das Geld freizügig in den Läden an der Bond Street auszugeben. Sowohl ihr Reichtum als auch ihr Aussehen sollte die Aufmerksamkeit der Scarlet Knights erregen; das Vergnügen, dem sie sich hingaben, war nicht billig zu haben.

Das galt auch für die üppige Auswahl an prächtigsten Ballkleidern und eleganter Tagesgarderobe. Sehnsüchtig warf Sofia einen Blick in das Ankleidezimmer, wo ihre Hirschlederhosen und die Stiefel sicher in einem Koffer verstaut waren. *Zum Teufel mit den Korsetts und Miedern!* Nach den Freiheiten, die die Uniform der Akademie ihr gewährt hatte, fühlte sich dieser weibliche Putz schrecklich beengend an.

»Die elfenbeinfarbenen Handschuhe und der indische Fransenumhang ...« Rose ließ den Blick durch den Schrank mit den Accessoires schweifen. »Und das meergrüne Retikül, das zu den Seidenblüten passt, die ich in Ihr Haar ziehen werde.«

Das Klopfen an der Tür unterbrach das Gemurmel der Zofe. »Lord Lynsley ist da«, kündigte der Lakai an, »zusammen mit seiner Begleitung wartet er im Salon.«

Sofias spürte, wie ihre Nerven flatterten. Beherrschte sie die Manieren einer echten Lady auch wirklich perfekt? Oder würde der Fremde das in ihr erblicken, was sie im Grunde ihres Herzens immer noch war – ein namenloses Waisenkind, ein Nichts, ein Niemand?

Sie straffte den Rücken, erinnerte sich daran, dass sie trotz allem nicht länger das verängstigte kleine Mädchen war, das allein durch die Straßen streunte. Sie war ein Merlin. Ein Falke. *Und Falken müssen fliegen.*

»Hier entlang, Madam!« Der Lakai verbeugte sich, bevor er ihr den Weg über die geschwungene Treppe nach unten wies.

4. Kapitel

»Ah, Contessa!« Aufmerksam hatte der Marquis das Canaletto-Gemälde über dem Serviertisch betrachtet und ging zu Sofia hinüber, um sie zu begrüßen. »Sehr angenehm, Sie in London zu sehen. Ich hoffe, die Reise war nicht zu strapaziös?«

»Nicht im Geringsten, dank der Vorkehrungen, die Sie getroffen haben.« Sofia streckte ihm die Hand entgegen, die Lynsley an seine Lippen führte. »Sie sind zu freundlich, Sir! Ohne Sie wäre ich vollkommen verloren.«

»Es ist mir immer ein Vergnügen, Ihnen eine Hilfe zu sein, Lady Sofia.« Lächelnd hielt der Marquis ihre Finger fest. »Selbstverständlich hatte ich gleichfalls vor, Sie in die Londoner Gesellschaft einzuführen, wie es sich gebührt. Aber bedauerlicherweise werden meine Pflichten im Ministerium in den nächsten Wochen einen großen Teil meiner Zeit in Anspruch nehmen, und es mag auch sein, dass ich auf Reisen gehen muss.« Er warf einen Blick auf seinen Begleiter, einen blonden Gentleman, der neben dem messinggerahmten Bild stehen geblieben war. »Daher habe ich einen Freund gebeten, Ihnen zu helfen, die Spitzfindigkeiten der *beau monde* zu verstehen. Gestatten Sie, dass ich Ihnen Lord Deverill Osborne vorstelle.«

»*Buongiorno*, Lord Osborne«, murmelte Sofia, während der Gentleman vortrat und sich verbeugte.

»Osborne, darf ich Sie mit Contessa Sofia Constanza Bingham della Silveri bekannt machen?«

»Ein ordentlicher Zungenbrecher, nicht wahr?«, sagte sie und musterte ihn durch die gesenkten Wimpern.

»Klingt wie Honig auf der Zunge ... wie eine Süßigkeit, die man in vollen Zügen genießen sollte«, erwiderte er sanft und streifte mit den Lippen über ihren Handschuh. »Es ist mir in der Tat ein Vergnügen, Ihre Bekanntschaft zu machen, Contessa! Und eine große Ehre, dass Lord Lynsley der Auffassung ist, ich könnte Ihnen eine Hilfe sein.«

»Nun, man behauptet, italienische Männer seien die Meister des blumigen Kompliments.« *Klingt der ausländische Akzent nicht vielleicht doch ein wenig zu gezwungen?* »Sagt man den Engländern nicht eigentlich nach, überaus zurückhaltend zu sein, Lynsley? Leider haben Sie versäumt, mich zu warnen ... Dieser Ruf scheint mir maßlos untertrieben.«

»Hingegen scheint es keine Worte zu geben, mit denen man die Schönheit italienischer Frauen übertreiben könnte«, erwiderte Osborne. Kein Wunder, dass Lord Osborne zu den Lieblingen der Salons zählte! So stand es zumindest in Lynsleys Akte. Sofia ließ ein Lächeln über ihre Lippen spielen und neigte den Kopf, sodass sie seinem Blick begegnete.

Sie entdeckte zwei strahlend wasserblaue Augen, die Farbe so klar und so kühl wie der gemalte Ozean hinter ihnen. Das weiche Licht, das durch die großen Scheiben ins Innere drang, schien die schimmernde Wärme noch zu verstärken. Und doch, unter der Oberfläche funkelten Andeutungen einer verblüffenden Tiefe, einer Eindringlichkeit, die dunkler war, als der Anschein seines sonnigen Gemüts es vermuten ließ.

Urplötzlich schauderte sie und wandte den Blick ab.

»Sind alle Ihre Freunde so umwerfend, Lynsley?« Sofia berührte den Marquis am Ärmel. »Ich gestehe, dass es mich ungemein nervös gemacht hat, in die englische Gesellschaft eingeführt zu werden ...«

»Es macht Sie nervös?«, murmelte Osborne, »das ist bestimmt nicht nötig.«

»Stimmt, meine Liebe! Mir will nichts einfallen, worüber Sie sich den Kopf zerbrechen müssten«, versicherte Lynsley.

»Aber es gibt noch so viele englische Sitten und Gebräuche, von denen ich keine Ahnung habe«, entgegnete Sofia, »manchmal weiß ich einfach nicht, wie man die Dinge handhabt.«

»Ich bin mir sicher, dass die Gebräuche nicht viel anders sind als die, die Sie bereits kennen«, antwortete Osborne.

Ha!

Sofia gestattete sich ein leichtes Zucken der Mundwinkel. »Oh, ich fürchte, es gibt noch allerlei, woran ich mich gewöhnen muss.« Sie griff nach dem silbernen Glöckchen auf dem Schreibtisch und klingelte nach einem Diener. »Angefangen damit, dass man jedem Besuch Tee und Kuchen anbietet. Das ist doch richtig, nicht wahr, Lynsley?«

»Korrekt, meine Liebe.« Der Marquis lächelte.

»Da haben Sie es! Ich bin bereits unhöflich gewesen.« Es war einfacher, als sie angenommen hatte, ein wenig nervös zu wirken. »Bitte nehmen Sie doch auf dem Sofa Platz, Gentlemen.«

Würdevoll überquerte Osborne den Teppich. Er bewegte sich so schlank und geschmeidig wie eine Katze, hatte eine schmale Taille und lange Beine – auf den ersten Blick beileibe keine überwältigende Erscheinung. Aber Sofia bildete sich ein, dass der Mangel an beeindruckenden Muskelpaketen und breiten Schultern nicht das war, was die meisten Leute zuerst an Lord Deverill Osborne bemerkten.

Das Gesicht, umrahmt von kunstvoll fallenden, langen blonden Haaren, sah aus wie ein Bildnis klassischer männlicher Schönheit. Die zartgliedrigen Züge, gemeißelt wie aus weichem Carrara-Marmor, besaßen eine perfekte Symmetrie – große ovale Augen, wohlgeformte Wangenknochen, eine gerade Nase. Der schön geschwungene Mund hätte durchaus weiblich wirken können, wenn sich in den Kurven nicht auch eine gewisse Härte andeuten würde.

Hart und weich. Ein Mann voller Gegensätze und Widersprüche.

Kein Wunder, dass die Frauen ihn faszinierend fanden.

Sofia zwang ihren Blick fort, war überrascht, als sie die schwache Hitze auf ihren Wangen bemerkte.

»Ich hoffe, Sie halten mich nicht für aufdringlich, Contessa, aber ich habe mir die Freiheit genommen, Ihnen ein Willkommensgeschenk mitzubringen.« Osborne ging am Sofa vorbei und nahm ein kleines Paket aus dem Regal. »Eigentlich ist es einer Lady nicht gestattet, Geschenke von einem fremden Gentleman anzunehmen, aber in diesem Fall hoffe ich darauf, dass wir die ungeschriebenen Gesetze missachten dürfen.«

Sofia zögerte, sah aber, wie Lynsley nickte, und wickelte das Geschenkpapier von dem Buch. *»Ein Führer durch London und seine Sehenswürdigkeiten.«* Laut las sie den Titel, der auf den Umschlag geprägt war. »Wirklich sehr aufmerksam, Lord Osborne, vielen Dank!«

»Ich hoffe, dass Sie mir gestatten werden, mit Ihnen zahlreiche Sehenswürdigkeiten zu besichtigen«, erwiderte er lächelnd, »obwohl ich überzeugt bin, schon bald nicht mehr über das Privileg zu verfügen, Sie begleiten zu dürfen.«

»Wo wir gerade darüber sprechen ...«, der Marquis wartete, bis das Serviermädchen das Teetablett abgestellt hatte, bevor er fortfuhr, »... haben Sie vor, heute Abend zu Lady Jerseys Ball zu gehen, Osborne?«

»Silence würde es mir nie verzeihen, wenn ich nicht hinginge.« Osborne wandte sich an Sofia und lächelte noch charmanter. »Sally Jersey ist die unangefochtene Königin der Londoner Gesellschaft. Viele halten sie für kalt und hochnäsig, aber ich werde den Eindruck nicht los, dass sie für einen guten Witz immer zu haben ist … genauso, wie sie auch sehr gern ein Schwätzchen hält. Was übrigens auch ihren Spitznamen erklärt, *Silence.* Schweigen.«

»Ich habe auch eine Einladung«, fuhr der Marquis fort, »ich hatte vor, Lady Sofia mitzunehmen. Und ich dachte, es wäre doch die perfekte Gelegenheit, wenn Sie anfingen, sie in der Gesellschaft vorzustellen.«

»In der Tat. Die sechs anderen Gönnerinnen des *Almack's* werden garantiert auch dort sein.« Wieder warf Osborne ihr ein blitzendes Lächeln zu. »Als selbst ernannte Hüterinnen von Sitte und Anstand sind sie eine Macht, mit der man zu rechnen hat. Der Umgang mit Lady Sefton ist am angenehmsten, während Mrs. Drummond-Burrell …«

Sofias Miene musste ihr Missbehagen verraten haben, denn Osborne unterbrach sich mit einem Lachen. »Ich werde Sie nicht mit solch bedeutungslosen Beschreibungen behelligen. Schon bald werden Sie all den Namen auch Gesichter zuordnen können, denn auf Lady Jerseys Geselligkeiten herrscht immer ein großer Andrang.«

»Das klingt tatsächlich ein wenig einschüchternd. Denn ich lebe eigentlich recht zurückgezogen.«

»Ah, aber jetzt, wo Sie hier in London sind, wäre es eine Schande, wenn Sie sich der Fülle der Erfahrungen verweigern würden, die die Stadt Ihnen bietet.« Die goldfarbenen Wimpern verliehen seinem Blick ein engelsgleiches Aussehen – eine Tatsache, der er sich nur zu bewusst zu sein schien, denn er blinzelte, bevor er fortfuhr. »Und wenn ich ein wenig selbstsüchtig sein darf, ich hielte es für ausgesprochen unfair, wenn Sie es vorziehen würden, uns Ihrer wundervollen Gesellschaft zu berauben.«

Irgendetwas in seinem Blick provozierte Sofia zu einer

scharfen Erwiderung. »Flirten Sie immer so heftig, wenn Sie einer Frau gegenüberstehen, Lord Osborne?«

Seine wohlgeformten Brauen zogen sich amüsiert zusammen. »Ich fürchte, ja. Aber ich versichere Ihnen, dass ich ziemlich harmlos bin.«

Das entsprach nicht der Beschreibung, die ihr durch den Kopf geschossen war. *Gefährlich.* Sofia konnte sich nicht erklären, warum ihre Haut plötzlich kribbelte, als sie sich Tee eingoss. Als würden der aufsteigende Dampf ihr eine Warnung zuflüstern …

Umstandslos verscheuchte Lynsley ihre Gefühle, als er weitersprach. »Oh, in der Tat, ich verbürge mich dafür, dass Lord Osborne den Ruf eines tadellosen Gentlemans genießt.«

»Wenn ich verspreche, mich zu benehmen, darf ich dann mit der Erlaubnis rechnen, Sie später am Nachmittag zu einer Ausfahrt in den Park mitzunehmen?« Sein Blick ruhte auf dem Marquis anstatt auf ihr. »Es kann nicht schaden, ein wenig die Neugier der Leute zu kitzeln, wer diese wundervolle Unbekannte wohl sein mag.« Er goss sich einen Spritzer Sahne in den Tee. »Sie wissen doch, wie sehr die Gesellschaft den Tratsch liebt. Im Ballsaal wird es summen und brummen vor Gerüchten, und jeder wird darauf brennen, die Bekanntschaft der Contessa zu machen.«

»Ein ausgezeichneter Vorschlag.« Lynsley räusperte sich. »Fühlen Sie sich den Anstrengungen eines solch langen Tages gewachsen, Lady Sofia?«

Sie nippte zaghaft an ihrem Oolong, bevor sie antwortete. »Oh, ich versichere Ihnen, Sir, ich bin kräftiger, als ich scheine.«

»Dann darf ich Sie ein wenig später nochmals aufsuchen?«, fragte Osborne. »Fünf Uhr ist die angemessene Zeit für eine Spazierfahrt im Park.«

»Ich werde Sie erwarten, Sir.«

»Ausgezeichnet! Dann hole ich Sie ab.« Osborne trank seinen Tee aus und erhob sich. »Aber jetzt muss ich gehen. Ich glaube, Sie möchten sich noch ein wenig allein unterhalten, um sich über die Neuigkeiten auszutauschen.«

Sofia wartete, bis er das Zimmer verlassen hatte, und atmete geräuschvoll aus. »Es mag sein, dass ich es mit dem Akzent übertrieben habe, Sir. Das nächste Mal bin ich schon besser.« Der erste Auftritt in ihrer neuen Rolle wäre unter anderen Umständen schon eine echte Herausforderung gewesen, aber Lynsley als Publikum erhöhte den Druck noch zusätzlich.

»Sie haben Ihre Sache sehr gut gemacht, Sofia!« Der Marquis warf ihr ein väterliches Lächeln zu. »Ich möchte Ihnen nur raten, sich zu entspannen und größeres Vertrauen in sich selbst zu setzen.«

»Ja, Sir.« Sie versuchte, ein wenig ironisch zu klingen. »Ich vermute, es ist mir eine Hilfe, dass ich keine Ahnung habe, wer ich in Wirklichkeit bin. Das macht es einfacher, sich als Chamäleon zu fühlen.«

Für den Bruchteil einer Sekunde zog Lynsley die Brauen hoch, wechselte dann aber sanft das Thema. »Wie würden Sie Ihren ersten Eindruck von Lord Osborne beschreiben?«

Gefährlich. Aber weil sie sich ziemlich dumm vorgekommen wäre, ihr Gefühl laut auszusprechen, formulierte sie ihre Antwort etwas umsichtiger. »Er entsprach nicht ganz meinen Erwartungen«, erwiderte sie.

Es schien, als würde er ihr zuzwinkern. »Zweifellos haben Sie geglaubt, ich würde einen Kerl auswählen, der so alt ist wie ich selbst.«

»Nein! Das heißt . . .«, stammelte Sofia, während ihr die Röte in die Wangen schoss, ». . . Ihre alten Tage sind noch lange nicht angebrochen, Sir. Marco behauptet, dass Sie immer noch in der Lage sind, uns alle beim Pferderennen zu schlagen.«

Lynsley lachte. »Er hat nicht vergessen, wer seine Rechnungen bezahlt.«

»Es hörte sich vielmehr so an, als wäre der Kerl auf das Geld der Akademie gar nicht angewiesen.«

»Der Conte della Ghiradelli steht unter dem Befehl, seine Identität strikt geheim zu halten.«

Sofia senkte den Blick. »Ich hatte nicht die Absicht, Ihre Autorität infrage zu stellen, Sir. Sämtliche Merlins wissen, dass wir unserem Land nur dann nützen können, wenn wir diskret und verdeckt arbeiten.«

»Unter anderem«, murmelte Lynsley.

»Aber Sie hatten nach Lord Osborne gefragt, nicht nach Lord Marco«, warf Sofia rasch ein, »ich hatte nur anmerken wollen, dass er sich Ladys gegenüber sehr aufmerksam zu benehmen scheint. Ich hoffe, dass er sich nicht abhalten lässt, seine Pflichten so zu erledigen, wie Sie es von ihm erwarten.«

»Ah, Sie befürchten also, dass seine amourösen Aufmerksamkeiten unsere Pläne durchkreuzen könnten?« Lynsley presste die Fingerspitzen aneinander und richtete den Blick an die Rosette an der Decke. »Alle meine Informationen deuten darauf hin, dass Osborne darauf achtet, jeden mit seinem Charme zu bedenken. Er achtet geflissentlich darauf, sich niemals ernsthaft auf eine Lady einzulassen, sodass wir in dieser Hinsicht mit keinerlei Schwierigkeiten zu rechnen haben.«

Die Röte auf ihren Wangen verstärkte sich. »Ich habe nicht andeuten wollen, dass der Gentleman mich unwiderstehlich findet. Es liegt auf der Hand, dass seine Flirtereien nicht mehr sind als eine Spielerei. Ich ...« Sie zögerte, war unsicher, was sie eigentlich sagen wollte. »Ich muss feststellen, dass ich so gut wie nichts über die Salons weiß. Wenn Sie also zuversichtlich sind, dass Osborne es richtig machen wird, dann werde ich mich ganz sicher Ihrem Urteil anschließen, Sir.«

»Die Angelegenheit soll uns nicht mehr als zwei Wochen oder so in Anspruch nehmen. Schon bald werden Sie sich selbst ein Urteil bilden können. Die Ladys werden natürlich nicht gerade jubeln, eine neue Schönheit in ihren Reihen willkommen heißen zu müssen, aber sie werden es auch nicht wagen, mit Einladungen zu geizen. Denn dann müssten sie befürchten, dass andere Gastgeberinnen – und all die Gentlemen unter sechzig – sich zuerst glücklich schätzen können, dass Sie deren Ballsaal schmücken.« Der Marquis hielt kurz inne und blickte sie noch ernsthafter an. »Sofia, Sie sollten Ihren eigenen Charme nicht unterschätzen. Die Männer werden Ihre Schönheit garantiert unwiderstehlich finden – und glauben, leichtes Spiel zu haben, schließlich ist die Contessa Witwe. Es wird Ihnen große Geschicklichkeit abverlangen, die Gelüste der Männer in Ihren eigenen Vorteil zu verwandeln. Der Erfolg der Mission hängt allein von Ihren Fähigkeiten ab.«

»Die Unterrichtsstunde in der Kunst der Verführung hat immer genau vor der Selbstverteidigung stattgefunden«, witzelte sie, »ganz gleich, ob das Duell mit Worten oder mit Stahl geführt wird, ich werde mich zu behaupten wissen.«

»Wenn ich nicht fest daran glauben würde, wären Sie nicht hier.«

»Danke, Sir.« Der Marquis hatte recht. Sie würde Osborne nicht besonders lange in Anspruch nehmen müssen. Was angesichts ihrer merkwürdigen Reaktion auf seine Anwesenheit sicher auch das Beste war. »Mrs. Merlin erwähnte, dass Sie ihren Erläuterungen vielleicht noch ein paar Einzelheiten hinzuzufügen hätten.«

»Nur noch ein einziges Detail. Es ist allerdings entscheidend.« Er zog das Taschentuch aus seiner Tasche und rollte es langsam auf. »Das hier lag versteckt in der Bindung des Tagebuchs von Lord Robert.«

Aufmerksam musterte Sofia den Schlüssel und die scharlachrote Mohnblüte. »Die Goldarbeit und das Emaille sehen aus, als wären sie in Venedig gefertigt worden«, meinte sie bedächtig und freute sich, dass der Unterricht in Kunstgeschichte endlich praktisch angewandt werden konnte. »Können Sie sich vorstellen, wozu der Schlüssel gebraucht wurde?«

»Es gehört zu Ihrem Auftrag, das herauszufinden, Sofia. Ich vermute, er gehört zu einer ganzen Serie. Aber Sie müssen ermitteln, wozu der Schlüssel dient und wer noch ähnliche besitzen könnte.«

Langsam begriff sie, warum der Marquis immer behauptete, dass es sich um eine schwierige Mission handelte.

Die Ringe unter seinen Augen schienen noch tiefer und dunkler als vor ein paar Tagen. »Zögern Sie?«, hakte er nach.

»Nicht im Geringsten, Sir! Ein Merlin fühlt sich jeder Herausforderung gewachsen.«

Ihre gespielte Tapferkeit zauberte ein gespenstisches Lächeln auf seine Lippen. »Ich schätze Ihren Mut, Sofia, aber überlegen Sie gut, wie Sie Ihre Flügel spreizen wollen. Seien Sie vorsichtig. In London treiben viele gefährliche Raubtiere ihr Unwesen.« Er erhob sich, stopfte das seidene Tuch wieder in seine Tasche, reichte ihr aber den Schlüssel. »Könnte sich als nützlich erweisen. Also behalten Sie ihn.«

Bedrohlich lag der verzierte Bart des Schlüssels in ihrer Hand.

»Wenn der Abend vorüber ist, wird man uns nicht mehr zusammen in der Öffentlichkeit sehen. Die Scarlet Knights sollen glauben, dass wir bestenfalls eine entfernte Bekanntschaft pflegen. In Wirklichkeit werde ich zwar nicht verreisen, aber ich werde auch nicht in der Gesellschaft auftauchen. Sie können mir über Rose eine Nachricht zukommen lassen, wenn Sie etwas Dringliches zu berichten haben. Andernfalls sind Sie vollkommen auf sich allein gestellt.«

»Machen Sie sich keine Sorgen, Sir! Und wenn ich jedes Schloss in London einzeln überprüfen muss – ich werde das Geheimnis dieser hübschen Mohnblüte ganz bestimmt lüften.«

»Rotten Row? Ein ausgesprochen merkwürdiger Name.«

»Man sagt, dass er sich aus dem Französischen ableiten lässt, aus *Route de Roi.* Oder King's Road. King William III. hat die Avenue im Jahre 1690 bauen lassen, weil er auf einem sicheren Weg zwischen dem St. James Palace und seinem neuen Hof am Kensington Palace reisen wollte.« Osborne legte die Zügel seines Jagdwagens in die andere Hand, um einen Gruß der verwitweten Herzogin von Cranfield und ihrer Gesellschaft zu erwidern. »Abends wurde der Weg von dreihundert Öllampen erleuchtet …«

»Osborne!« In einer Gruppe von vier Ladys, die neben dem Gedränge der Kutschen spazierten, flatterte ein Seidenband auf. »Sie müssen *unbedingt* zu meinem Hauskonzert kommen! Der Tenor stammt aus Mailand. Man sagt, dass er singt wie ein Engel. Aber Ihr musikalischer Geschmack ist göttlich, und ich muss einfach wissen, was Sie dazu meinen.«

»Sie dürfen mit meiner Anwesenheit rechnen, Lady Caroline.« Er zügelte sein Gespann in den Stand. »Gleichwohl nehme ich an, dass Contessa della Silveri, die erst diese Woche vom Kontinent eingetroffen ist, in Bezug auf italienische Sänger eine ausgewiesenere Expertin ist als ich. Gestatten Sie, dass ich Sie und Ihre Freunde vorstelle.«

Die Aussicht schien die Lady nicht sonderlich zu begeistern. Ihr Lächeln gefror, als sie Sofia mit unterkühlter Höflichkeit und eisigem Blick begrüßte. Es brauchte mehrere versteckte Anstöße, bis die Einladung zum Hauskonzert ausgesprochen wurde.

Und was Lady Carolines Begleitung betraf ... Osborne erlaubte sich ein gequältes Lächeln. Er hatte keine Ahnung, wie die Frauen es fertigbrachten, sich über die Gesetze der Physik hinwegzusetzen, indem sie über jemanden die Nase rümpften, der ihnen haushoch überlegen war.

Seine männlichen Bekanntschaften reagierten entschieden freundlicher auf das neue Gesicht. Rasch umrundeten die Reiter den Jagdwagen, um einen genaueren Blick auf die Gesichtszüge werfen zu können, die sich unter dem breitkrempigen Hut verbargen.

»Scheint so, als würden Sie jede Menge Leute kennen, Lord Osborne«, meinte Sofia, nachdem sich die Menge endlich gelichtet hatte.

»Es sieht zwar so aus, als würde ganz London auf diesem Weg spazieren gehen, aber um die Wahrheit zu sagen, die Welt der Salons ist ziemlich klein.« Er lenkte das Gespann an einer schwerfälligen Kalesche vorbei. »Bestimmt sind Sie mit einigen Leuten in der Stadt schon vertraut.«

»Nein, mit keiner Seele, außer Lord Lynsley.«

»Der Marquis erwähnte, dass Ihr Vater Engländer ist. Haben Sie gar nicht vor, die Verbindung zu seiner Familie aufzunehmen?«

»Nein.« Ihre Stimme klang klar und kalt.

»Nun, die Gemeinde der Emigranten in Rom ist recht groß. Kein Zweifel, dass einige Freunde Ihrer Eltern höchsterfreut wären, wenn sie hören, dass Sie sich in London aufhalten.«

»Meine Eltern haben sehr zurückgezogen gelebt.«

Osborne räusperte sich, versuchte, die Unterhaltung mit

einem anderen Thema fortzuführen. »Ihr Englisch ist makellos, Contessa. Lynsley erwähnte, dass er die Schule empfohlen hat, die Sie besucht haben. Mir scheint, dass Sie sich einem strengen Unterricht in Sprachen unterworfen haben.«

»Die Lehrpläne des Internats sahen vor, dass seine Schülerinnen in einer ganzen Reihe Fächer glänzen.«

»Hört sich schrecklich streng an.« Er lächelte, hoffte, sie zu ermutigen, sich ein wenig zu entspannen.

»Ja, das war es auch«, erwiderte sie höflich.

»Nur Arbeit und niemals Vergnügen? Und ich hatte mir eingebildet, dass man schon mit den Zöglingen in Eton recht streng verfährt.« Osborne lachte verhalten. »Wie war doch gleich der Name der Lehranstalt?«

»Ich bin mir sicher, dass Sie ihn noch nie gehört haben, Lord Osborne.« Sofias Tonfall gab zu verstehen, dass sie das Thema zu beenden wünschte.

Osborne beharrte nicht länger auf einer Antwort, manövrierte den Wagen durch das Gedränge in Richtung heimwärts und nutzte das Schweigen, um seine Gedanken zu ordnen. Nur selten kam es vor, dass er nach Worten suchen musste; am wenigsten bei Frauen. Aber die Contessa machte es ihm höllisch schwer, sich zu unterhalten. Ganz offensichtlich sprach sie nicht gern über ihre Vergangenheit.

Seltsam, aber er spürte eine Anspannung an ihr, hinter der mehr zu stecken schien als bloße Schüchternheit. Ihr Blick war misstrauisch; aufmerksam beobachtete sie ihre Umgebung.

Hinter der Sache steckt garantiert mehr, als man auf den ersten Blick erkennen kann.

Er betrachtete sie mit einem Seitenblick. Nein, nicht dass er den Anblick missbilligte. Lynsleys Beschreibung war der Lady nicht gerecht geworden. Denn sie war nicht nur hübsch – sie war einfach umwerfend. Rabenschwarzes Haar kringelte sich um ihr Gesicht, so üppig und dick wie poliertes Ebenholz. Anders als die englischen Ladys hatte sie es der Sonne erlaubt, ihre Haut leicht zu bräunen. Es mochte sein, dass es nicht der Mode entsprach, aber die Wirkung war bestechend. Ihre grünen Augen leuchteten, ihr bronzefarbener Teint schien all ihre Gesichtszüge wunderbar lebendig zu machen. Ihre schrägen Wangenknochen, der kecke Schwung ihrer Nase, die vollen Lippen ... Ihr Antlitz war einfach perfekt.

Und viel zu ausgeprägt – nach gewöhnlichen Maßstäben. Neben Contessa Sofia Constanza Bingham della Silveri wirkten die Schönheiten aus London ziemlich blass. Osborne spürte, wie seine Lippen sich verzogen. Er würde sich nicht wundern, wenn gebräunte Wangen in der kommenden Saison zum letzten Schrei avancierten.

Zögernd folgte Osborne ihrem Blick, als er merkte, dass sie weiter vorn etwas erspäht hatte.

»Interessieren Sie sich für Pferde, Contessa?«, fragte er, als er merkte, dass sie einen schlanken silbergrauen Hengst betrachtete, der über den geschlängelten Weg gelenkt wurde. »Grafton besitzt ein prächtiges Tier, nicht wahr?«

»Die Muskeln sind wunderbar. Aber er hat leichte Gangstörungen.« Sofia ließ den Blick nicht ab, bis Reiter und Pferd um die Kurve gebogen waren. »Ist es auch Ladys gestattet, in diesem Park zu reiten?«

Ah, endlich lässt die Anspannung in ihrem Rückgrat ein wenig nach. »Wenn man so will. Ein ruhiges Schritttempo ist erlaubt, aber über einen Galopp würde man die Nase rümpfen.«

Sofia wirkte enttäuscht. »In der Londoner Gesellschaft existieren zweifellos viele Vorschriften, die einer Frau vorschreiben, was sie zu tun und zu lassen hat. Nun, wie dem auch sei, es ist sicher angenehm, sich ein wenig an der frischen Luft zu bewegen.«

»Haben Sie sich nach Ihrer Ankunft schon um ein Reitpferd kümmern können? Ich würde mich glücklich schätzen, wenn ich mich bei *Tattersall's* für Sie umschauen dürfte. Bedauerlicherweise gehört es zu den ungeschriebenen Gesetzen der Gesellschaft, dass Ladys nicht an Versteigerungen teilnehmen dürfen. Nun, man sagt mir nach, dass ich Pferde gut beurteilen kann. Sie müssen mir nur verraten, nach welchen Eigenschaften Sie suchen, und ich werde ein erstklassiges Pferd für Sie finden.«

»Vielen Dank, Sir.« Sofia setzte eine höfliche Miene auf. »Das wird nicht nötig sein. Lord Lynsley hat sich bereits darum gekümmert.«

»Dann gestatten Sie mir vielleicht, Ihnen die besten Reitwege zu zeigen. Einige Wege im Park sind ein bisschen zu rau für eine Lady.«

»Ich habe die Angewohnheit, sehr früh auszureiten, Sir. Und was die Wege betrifft – nun, ich habe schon unter viel schlechteren Bedingungen im Sattel gesessen als hier.«

Verdammt, die Lady scheint entschlossen, mich auf Abstand zu halten.

Obwohl Osborne die Zähne zusammenbiss und trotz der offensichtlichen Abfuhr, die er gerade kassiert hatte, lächelte er. Nein, er war nicht so eitel zu glauben, dass jede Frau der Christenheit darauf brannte, sich ihm zu Füßen zu werfen. Aber ebenso wenig erwartete er, dass man ihm seine Freundlichkeiten umstandslos ins Gesicht zurückschleuderte. Glaubte sie etwa, dass er zu nichts anderem zu gebrauchen war als zu Flirts und Tändeleien?

Er hielt die Zügel fest in den Händen und lenkte das Gespann um mehrere enge Kurven. Erst als das Stanhope Gate in den Blick kam, ergriff er wieder das Wort. »Kann es sein, dass ich Ihnen aus irgendeinem Grund missfalle, Contessa?«

Osborne bemerkte eine Gefühlsaufwallung in ihrem Blick, bevor sie wegschaute. »Ich fürchte, Sir, dass Sie mein Englisch falsch verstanden haben.«

Sowohl in der Wortwahl als auch im Tonfall war ihr Englisch einwandfrei. Es waren ihre Absichten, die er infrage stellte.

»Bitte verzeihen Sie, dass ich Ihnen einen falschen Eindruck vermittelt habe«, fuhr sie fort, »Lord Lynsley und ich sind Ihnen überaus dankbar, dass Sie bereit sind, eine vollkommen Unbekannte in den Kreis Ihrer Freunde einzuführen. Ich wäre zutiefst betrübt, wenn Sie es anders verstehen würden.«

Obwohl sie sich mit wohlüberlegten Worten entschuldigte, blieb ihr Rückgrat steif und der Blick unbeirrt.

»Ich muss um Verzeihung bitten, dass ich Sie in Besorgnis gestürzt habe«, erwiderte er mit weicher Stimme. »Wenn ich mir in der Angelegenheit noch eine letzte Bemerkung erlauben darf ... Ich hoffe, dass Sie mir Gelegenheit zur Wiedergutmachung geben, falls ich Sie beleidigt habe.«

Nachdem sie eine Weile angespannt geschwiegen hatten, bat Sofia darum, ihm einige Gebäude entlang der Half Moon Street zu erläutern. Die restliche Fahrt verbrachten sie mit Plaudereien; und doch merkte Osborne, als er ihr vom hohen Sitz des Jagdwagens herunterhalf, dass sie es eilig hatte, seiner Gegenwart zu entkommen.

Verdammt noch mal, ich habe doch nicht die Pest am Hals! Seine Verwunderung wuchs noch, als er beobachtete, wie sie die marmornen Stufen hochstieg und die Tür hinter sich zufallen ließ, ohne noch einmal einen Blick über die Schulter zu werfen. Es mochte sein, dass seine Gefühle wegen der jüngsten Fehltritte immer noch verletzt waren; aber es kratzte doch an seinem Stolz, dass eine vollkommen fremde Frau sein Freundschaftsangebot ausgeschlagen hatte.

Osborne starrte immer noch auf das dunkelgrüne Portal, ballte die behandschuhten Hände. Aus welchem Grund auch immer, Lady Sofia Constanza Bingham della Silveri hatte ihm den Fehdehandschuh hingeworfen. War er dieser Herausforderung gewachsen?

Er zog die Mundwinkel hoch. Immerhin würde das Duell seinen langweiligen Alltag ein wenig auflockern. Es wäre interessant zu sehen, was sich als stärker erweisen würde – sein angeblicher Charme oder ihre unerklärliche Missbilligung.

Er drehte sich um, ging federnden Schrittes zu seinem Wagen zurück. Sein Freund Kirtland, hochdekoriert im Spanischen Unabhängigkeitskrieg, hatte einen Namen für solch eine Konfrontation:

Mano a mano. Jeder auf eigene Faust. Und niemand konnte wissen, wer am Ende den Sieg davontrug.

Mit einem leichten Peitschenschlag trieb er die Pferde an.

Jeder auf eigene Faust, wiederholte er still für sich. *Möge der Beste gewinnen!*

5. Kapitel

Der Duft der süßlichen Parfums und der würzigen Rasierwasser mischte sich in den Rauch der lodernden Fackeln, die auf dem Weg zum Eingang aufgestellt worden waren. Es war ein kühler Abend, aber die Hitze in der vollen Halle wirkte trotzdem bedrückend.

Sofia schaute sich um, achtete darauf, ihr Erstaunen über den Anblick, die Geräusche und die Gerüche ihres ersten Balls in London nicht zu offen zu zeigen. *Schließlich bin ich jetzt eine feine Lady*, mahnte sie sich. *Niemand soll auch nur ahnen, dass ich in der verführerischen Pracht der herrschaftlichen Anwesen in Mayfair nicht zu Hause bin.*

Eine Lady muss ihre Gefühle immer im Griff haben. Für den Bruchteil einer Sekunde erhoben sich Mrs. Merlins Worte über die perlenden Stimmen und das samtige Rauschen der Abendgesellschaft. Sofia spürte, wie die neugierigen Blicke auf ihr ruhten, als der Marquis ihren Umhang an einen Lakaien weiterreichte.

Ab sofort würde sie sich noch mehr anstrengen müssen, ihre Gefühle zu verbergen. Es hatte sie schockiert, dass Lord Osborne ihre betonte Höflichkeit so rasch durchschaut hatte. Angesichts seines blendenden Aussehens und seiner großen Beliebtheit hatte sie angenommen, dass er sich doch mehr für sich selbst als für irgendjemand anders interessieren würde. Sie durfte seine Beobachtungsgabe kein zweites Mal unterschätzen.

»Ein schreckliches Gedränge, nicht wahr?« Der Marquis ließ den Blick über die Reihe der Gäste schweifen, die versuchten, sich den Weg über die geschwungene Treppe zu bahnen. »Das ist sozusagen der Ritterschlag einer jeden Abendgesellschaft.«

»In der Tat, ein schreckliches Gedränge.« Sofia zog ihre Röcke aus dem Weg zweier junger Gentlemen, die beinahe zusammenstießen, als sie sich umwandten, um ihren Busen zu begaffen. »Kohlköpfe«, murmelte sie atemlos und beobachtete, wie die beiden an den Falten ihres Halstuchs nestelten. »Wenn die jungen Burschen den Kragen noch ein wenig höher ziehen, laufen sie Gefahr, sich die Augen auszustechen.«

»Das beweist eindrücklich, dass die Salons sich oft zu Sklaven der Mode machen«, erwiderte Lynsley trocken. »Schauen Sie sich einen Moment lang um und machen Sie sich mit der Welt der Schönen und Reichen vertraut. Sobald wir die Gastgeberin begrüßt und den Ballsaal betreten haben, werden wir ziemlich in Bewegung sein.«

»Ich achte darauf, dass ich auf Trab bleibe, Sir.« Mit keinem Wort erwähnte sie den gereizten Wortwechsel mit Osborne; der Marquis sollte nicht schon wieder einen Anlass zur Klage haben.

»Einfach nur Lynsley«, gab der Marquis zurück, »ich bin nicht länger Ihr Vorgesetzter, sondern nur ein guter Freund.«

Ja, Sir! Sofia unterdrückte den Impuls einer zackigen Antwort, gab den Anschein der Ungeniertheit und ließ den Blick langsam über ihre Umgebung schweifen.

Die schwarzen und weißen Marmorfliesen, die sich vor ihr erstreckten, waren unter dem Meer gerüschter Seide und den polierten Tanzschuhen kaum zu erkennen. Aber die Wirkung war immer noch eindrucksvoll, genau wie die weiß glänzende Vertäfelung, die in einem tiefen Bordeauxrot abgesetzt war. Mehrere große Porträts in Messingrahmen blickten grimmig schweigend auf die Gästemenge herab. Die gestärkten weißen Halskrausen und reich bestickten Samtwamse ließen den

Schluss zu, dass sie bereits seit mehreren Jahrhunderten frivole Gesellschaften beobachteten, ohne die Lippen zu einem Lächeln zu verziehen.

Die altmodische Pracht ihrer Kleidung wurde durch den federleichten Tand und Flitter der Gegenwart mehr als übertroffen.

Du lieber Himmel, waren das wirklich rosa Straußenfedern, die den aufgebauschten violetten Turban da drüben krönten? Sofia zügelte ihre zuckenden Lippen, während sie den Blick weiterschweifen ließ. Die Abendkleider reichten von sittsamen Kleidern in Pastelltönen zu gewagten Kreationen in schrillen Farben, die reichlich Haut freigaben. Das kalte Funkeln des Goldes und der kostspieligen Steine betonte den sanften Schimmer der Stoffe. Spitzengesäumte Schultertücher, gefranste Schals, bemalte Fächer … angesichts der flammenden Modenschau hatte Sofia das Gefühl, dass ihr der Kopf schwirrte.

Die Gentlemen stolzierten ebenfalls umher wie eitle Pfauen. Obwohl einige, genau wie Lynsley, in sachliches Schwarz und Weiß gekleidet waren, gab es reichlich farbenfrohes Gefieder zu sehen. Ihr Blick blieb an einem Frack in Kanariengelb hängen, der sich dicht an ein himmelblaues Jackett schmiegte, das auf Taille geschnitten war. Die Westen waren noch bunter, wie sich an der verwirrenden Vielfalt der Streifen und Muster zeigte, und die Accessoires nicht weniger ausgefallen. Messingknöpfe so groß wie Untertassen zierten die extrafeine Wolle, rubinbesetzte Nadeln hielten die geknoteten Halstücher am Platz, und aus jeder Uhrentasche hing eine dicke goldene Uhrenkette heraus.

Privilegien, Macht, Ahnentafeln. Der Reichtum sprach eine eigene Sprache.

»Wenn Sie so weit sind, meine Liebe, können wir uns langsam den Weg bahnen, um unsere Gastgeberin zu begrüßen.« Lynsleys Worte rissen sie aus ihren Betrachtungen.

»Ja, natürlich.«

Die Reihe der Menschen, die sich über die gewundene Treppe bis nach oben zog, schien nicht schmaler geworden zu sein. Trotzdem folgte Sofia der Aufforderung des Marquis. Sie spürte, wie der Stoff über ihre nackten Arme strich, und hörte, wie hinter ihr gewispert wurde. Mit erhobenem Kinn gab sie sich den Anschein, als würde sie nichts bemerken.

Ich bin nur eine Schauspielerin, die eine Rolle spielt, mahnte sie sich. Jetzt wo der Vorhang sich gehoben und sie die große Bühne betreten hatte, musste sie es in Kauf nehmen, dass sie das Objekt neugieriger Blicke geworden war.

Als sie nach einer letzten Biegung auf dem oberen Stockwerk angekommen waren, kam es ihr vor, als würde das Licht aus dem massiven Kronleuchter noch heller strahlen.

»Mein lieber Thomas! Welchen Umständen haben wir diese seltene Ehre zu verdanken? Es geschieht nicht oft, dass wir Sie aus Ihrem Kaninchenbau in Whitehall herauslocken können.«

»Der Tochter eines alten Freundes, Sally. Gestatten Sie, dass ich Ihnen Lady Sofia della Silveri ...«

»Ah ja, ich habe schon von der Contessa gehört.« Lady Jersey wackelte unverblümt mit dem Finger. »Sie haben wirklich eine ordentliche Tratscherei provoziert, meine Liebe, weil Sie den teuflisch attraktiven Lord Osborne gewinnen konnten, Sie zu einer Tour in seinem Jagdwagen einzuladen.« Die Herzogin senkte die Stimme, obwohl Sofia sie immer noch als überlaut empfand. »Caroline Calverton versucht seit Jahren, sich in solch schwindelerregende Höhen zu schwatzen. Aber Osborne ist dafür bekannt, niemandem einen Platz in seinem besonderen Gefährt anzubieten. Sie müssen mir unbedingt verraten, wie es Ihnen gelungen ist, diesen Mann zu verzaubern.«

»Ich fürchte, das habe ich gar nicht.« Sofia stimmte in das leise Gelächter der Frau ein. »Lord Osborne war nur deshalb so außerordentlich freundlich, weil Lord Lynsley ihn gebeten hat, ihm einen Gefallen zu tun.«

Lady Jersey warf einen fragenden Blick auf den Marquis. »Ich hatte keine Ahnung, dass Sie befreundet sind! Es stimmt, dass er sich seinen Freunden gegenüber immer verpflichtet sieht. Er hat Lord Kirtland beigestanden, trotz all der üblen Gerüchte, die sich um seinen Namen rankten.«

»Osborne ist ein ausgesprochen anständiger und rechtschaffener Gentleman«, stimmte Lynsley zu. »Ich schätze mich glücklich, dass er Lady Sofia in der Stadt herumführt, bis sie in der Gesellschaft etabliert ist.«

»Das ist wirklich sehr freundlich, Thomas!« Die Herzogin tippte ihm mit dem Fächer auf den Ärmel und zwinkerte. »Es gibt sicher nicht viele Gentlemen, die so gnädig wären, die Aufgabe jemand anders zu überlassen.«

»Leider habe ich in der Angelegenheit keine Wahl. Arbeit ist eine strengere Geliebte als jede Frau.«

Lady Jersey lachte schnaubend.

»Davon abgesehen ist es für Lady Sofia angenehmer, ihre Zeit mit jemandem zu verbringen, der nicht so alt ist, dass er auch ihr Vater sein könnte.«

Die Herzogin hob das Augenglas und musterte den Marquis eingehend.

Insgeheim warf Sofia ihm ebenfalls einen Blick zu und war sich darüber im Klaren, dass sie ihn in vollkommen neuem Licht betrachtete. In einer vollkommen anderen Welt. Der glitzernde Ballsaal in Mayfair, die wirbelnde Seide, der Champagner und das kristallene Gelächter ... All das war ganz und gar anders als die schlichten, kargen Schulzimmer in der Akademie.

Lynsleys akkurat geschnittenes mausbraunes Haar zeigte einen silbrigen Schatten an den Schläfen; es war immer noch dicht. Sein Gesicht mit den eisblauen Augen war aristokratisch geschnitten. Obwohl seine düstere Kleidung absichtlich schlicht geschnitten schien, um nicht aus der Menge herauszustechen, umgab ihn doch eine Aura der Autorität.

Sofia blinzelte. Jeder, der Augen im Kopf hatte, konnte sehen, dass Lynsley ein ausgesprochen attraktiver Mann war.

Lady Jersey schien zuzustimmen. »Es macht nicht den Eindruck, als würden Sie in Kürze an Altersschwäche zugrunde gehen. Ich weiß mehrere Ladys, die Sie gerne kennenlernen ...«

»Später vielleicht.« Sanft führte Lynsley die Hand der Lady an seine Lippen. »Aber fürs Erste sollten wir Ihnen die Gelegenheit verschaffen, die übrigen Gäste zu begrüßen. Ich kann förmlich spüren, wie sie mir mit ihren Blicken den Rücken durchbohren.«

»Aber nicht meinetwegen.« Die Lady warf einen vielsagenden Blick auf Sofia. »Nun gut, ich lasse Sie ziehen.« Sie verscheuchte die beiden, indem sie ein letztes Mal mit dem Finger wackelte. »Aber seien Sie gewarnt! Ich komme später noch einmal zu Ihnen, Thomas.«

»Jetzt wissen Sie, warum Lady Jersey besser als Silence bekannt ist ... sie redet nicht gern«, murmelte Lynsley, während er zwei Gläser Sekt vom Tablett eines Lakaien nahm.

Sofia nippte langsam, fühlte sich ein wenig benommen angesichts der wogenden Menge. Die ersten Takte eines Walzers erklangen, und die Paare wirbelten in eleganten Drehungen über das polierte Parkett.

Konzentrier dich!, mahnte sie sich. Inmitten der Geräusche und der schwirrenden Farben musste sie die Mitgliedern der Scarlet Knights ausfindig machen. Sie hatte sich die Namen in einer Akte gemerkt, die Lynsley über seine Agenten an sie weitergegeben hatte. Eigentlich sollte es ihr nicht schwerfallen, die vielsagenden knallroten …

»Ah, dort ist Osborne!«, bemerkte der Marquis.

Sie unterdrückte einen frustrierten Seufzer und zwang sich zu einem höflichen Lächeln. Osborne war bestimmt nicht der Gentleman, den sie im Moment zu sehen wünschte. Aber es blieb ihr nichts übrig, als ihn zu begrüßen.

»Lady Sofia, Sie sehen aus wie ein lebendig gewordenes Gemälde von Botticelli!« Osborne beugte sich über ihre Hand.

Sofia rief sich in Erinnerung, dass sie sich vorgenommen hatte, freundlicher zu sein, und erwiderte das Kompliment mit einem schüchternen Lächeln. »Danke, dass Sie nicht Rubens gesagt haben. Dann hätte ich die Erdbeertörtchen aufgeben müssen, die ich so gern mag.«

»Rubens ist Franzose, und wir wissen alle, dass die französische Küche an einem Übermaß an Butter und Sahne leidet.«

Man musste es dem Mann hoch anrechnen, dass er sich darauf verstand, der Unterhaltung eine humorvolle Wendung zu geben.

»Wir Italiener haben auch unsere Laster.«

»Worin auch immer sie bestehen mögen, seien Sie gewiss, dass sie von den Vorzügen in Schönheit und Witz weit überflügelt werden.« Osborne beendete seine Verbeugung mit einem würdevollen Schnörkel und schnappte nach dem unbeschriebenen quadratischen Pappdeckel, der an ihrem Handgelenk baumelte. »Wie ich sehe, haben Sie den ersten Walzer auf Ihrer Tanzkarte für mich reserviert.« Er kritzelte seine Initialen in die leere Zeile – und zu ihrem Missfallen auch in die Zeile, die dem Tanz vor dem Abendessen galt.

Verdammt! Die Aussicht auf Hummerpasteten und russischen Kaviar schien plötzlich gar nicht mehr so verlockend.

Dabei war es nicht so, dass sie den Mann verabscheute. Schlimmer noch, sie hatte sogar ein wenig Angst vor ihm; beinahe hätte sie die Lippen zu einem dünnen Strich zusammengepresst. Also, um Angst handelte es sich auch nicht unbedingt ... Es gab keinen Mann, dem es gelingen würde, sie einzuschüchtern. Es war vielmehr wie eine dunkle Ahnung, eine Sorge, die aufkeimte, wenn sein träger Blick auf ihren traf. Deverill Osborne war ... der Inbegriff der Verwirrung.

Und die Mission würde schwierig genug werden, ohne dass es irgendetwas gab, was ihre Aufmerksamkeit von der Pflicht ablenkte.

Plötzlich bemerkte Sofia, dass sein Handschuh leicht über ihren nackten Arm strich. Ein Kitzel der Hitze, ein eisiger Schauder.

»Darf ich zum Tanz bitten, Lady Sofia?«

Genau wie Lynsley versprochen hatte, konnte die Contessa ausgezeichnet tanzen. Ihr schlanker Körper folgte seiner Führung mit müheloser Eleganz. Sofias Schritte waren leicht, als ob sie ein Liebeslied singen würde ... oder ein Sonett von Dante ...

Osbornes Mundwinkel zuckten. Wie nur hatte sich dieser Gedanke in seinen Kopf geschlichen? Es war ja nicht so, dass er sich in einer besonders poetischen Stimmung befand. Und Liebe, nun, das war bestimmt nicht das Gefühl, das er in Bezug auf Lady Sofia empfand! Sie hatte seine Plauderei mit perlendem Gelächter beantwortet, aber das Lächeln hatte sich nicht in ihren Augen gespiegelt. Ihr Blick wirkte kühl; trotz ihrer flüssigen Bewegungen spürte er, dass ihr Rückgrat immer noch steif war.

Wie eine wütende Katze, die den Rücken durchgebogen und die Krallen ausgefahren hatte. Oder besser, wie ein Panther. Unter der weichen Seide ihres Kleides bemerkte er fasziniert die Andeutung ihrer Muskeln.

Osborne fragte sich, womit er sich ihre Missbilligung eingehandelt hatte. Die meisten Ladys schätzten es, wenn man ein wenig mit ihnen flirtete. Sofia hingegen hatte von Anfang an klargemacht, dass sie seine Annäherungen lästig fand.

Selbst jetzt, wo ihre Körper nur Zentimeter voneinander entfernt waren, spürte er genau, dass sie auf Abstand bedacht war. In Gedanken schien sie ganz woanders zu sein, denn sie hatte den Blick an irgendeinen Punkt über seiner linken Schulter geheftet.

»Wer ist dieser Gentleman?«

Er wandte sich um. »Adam De Winton. Aber Lord Lynsley würde sicher nicht wünschen, dass ich Sie vorstelle.«

»Warum nicht?«

»De Winton ist für seine Ausschweifungen berüchtigt.«

Der Tanz wirbelte sie fort von den Balkontüren. Und doch war Osborne sich darüber im Klaren, dass Lady Sofias Blick weiterhin an De Winton hing, während sie sich durch den Saal drehten.

Vielleicht verhält es sich so, dass sie dunkelhaarige Männer blonden vorzieht, überlegte er. *Oder vielleicht ist sie auch einfach nicht ganz so sittlich und anständig, wie sie sich den Anschein zu geben wünscht.*

Ist es nicht so, dass Frauen Sündern viel öfter zu Füßen liegen als Heiligen?, fragte er sich weiter. *Oft scheint es so, als würden sie den Schatten und das Halbdunkel viel interessanter finden als das süße Licht.*

Als die Musik in ein Crescendo überging, beschleunigte er das Tempo und verscheuchte seine Grübeleien. Warum zum

Teufel sollte er sich den Kopf darüber zerbrechen, für welche Männer Lady Sofia sich interessierte? Es spielte nicht die geringste Rolle, ob sie ihn mochte oder nicht. Schließlich ging es ihm lediglich darum, dem Marquis einen persönlichen Gefallen zu tun. Sollte die kühle Contessa doch zur Hölle fahren, nachdem er seine Pflicht erledigt hatte!

Kaum waren die letzten Geigenstriche verklungen, führte Osborne sie zu einer Gruppe Gentlemen, die sich um den Punschkrug versammelt hatten. *Hillhouse. Whalley. York. Howe.* Allesamt berühmte Angehörige des Adels und einflussreiche Männer der Gesellschaft.

»Lady Sofia, gestatten Sie, dass ich Ihnen einige meiner Freunde vorstelle.«

Das geschliffene Kristall klirrte, als die Gentlemen eilig die Gläser beiseitestellten. Es machte den Eindruck, als wäre der Bordeaux nicht angerührt worden, weil man lieber den Anblick der schönen Fremden genießen wollte.

»Ich bin entzückt, Contessa!«

»Italien hat gerade einen seiner Kunstschätze verloren.«

»Es ist mir ein Vergnügen, Sie kennenzulernen.«

Die Männer stolperten beinahe über ihre Füße, als sie sich vordrängen, um sich zu verbeugen. Osborne trat zurück und beobachtete mit boshaftem Amüsement, dass ihre Tanzkarte in wenigen Sekunden mit hastigem Gekritzel übersät war.

Lord Hillhouse wurde die Ehre zuteil, sie zum nächsten Tanz zu führen, einer lebhaften ländlichen Gavotte.

Nachdem Osborne sich vergewissert hatte, dass sie für die nächste Zeit in guten Händen war, drehte er sich weg und gönnte sich rasch ein Glas Champagner. Die Anstrengung hatte seine Kehle vollkommen ausgetrocknet. Doch obwohl er den Champagner mit einem einzigen Schluck hinunterstürzte, gelang es ihm nicht, den bitteren Geschmack loszuwerden. Er schnappte sich ein zweites Glas, nippte diesmal langsamer und beobachtete, wie Lady Sofia und Hillhouse herzlich miteinander lachten. Nein, eigentlich sollte es ihn nicht kümmern, dass die Contessa *ihm* die kalte Schulter gezeigt hatte; und doch umklammerte er das Glas so fest, dass die Konturen des geschliffenen Kristalls sich in seiner Hand abzeichneten.

Osborne versuchte, seine Verwirrung zu besänftigen, indem er sich beschwor, dass es ihm mehr um das Prinzip ging als um eine persönliche Kränkung. Irgendeinen Grund würde die Lady schon haben, ihn mit ihrer kaum verhüllten Geringschätzung zu strafen.

»Osborne!« Ein Fächer aus Reispapier schlug ihm sanft auf den Ärmel. »Endlich sind Sie frei.«

»Lady Caroline.« Er hielt den Blick weiterhin auf die Paare gerichtet, die auf der Tanzfläche kleine Luftsprünge vollführten.

»Scheint so, als hätte die Contessa bereits einige Eroberungen gemacht.«

Osborne antwortete, indem er brüsk die Schultern zuckte.

»Nun, ihr Charme scheint selbst Sie erwischt zu haben.« Lady Caroline sprach in spielerischem Tonfall, hatte die Augen aber zu einem Schlitz zusammengekniffen. »Wie jeder bei der Spazierfahrt im Park bemerken konnte.«

»Du liebe Güte, ich tue Lord Lynsley lediglich einen kleinen Gefallen«, gab er schroff zurück. »Ich verstehe nicht recht, warum das solchen Aufruhr verursacht.«

Lady Caroline erblasste.

»Bitte verzeihen Sie.« Seufzend presste er sich die Fingerspitzen an die Schläfen. »Ich fühle mich nicht recht wohl … ein Kopfschmerz.«

Besorgt blickte sie ihn an. »Ich habe den Eindruck, dass Sie auch nicht ganz wohl aussehen. Sie sollten Ihre Kräfte nicht damit vergeuden, dass Sie die ganze Nacht aufbleiben. Am besten, Sie kehren sofort nach Hause zurück und suchen das Bett auf. Ich werde Ihnen einen Diener mit einem Rezept für ein beruhigendes Getränk vorbeischicken.«

Wahrscheinlich wird sie es höchstpersönlich vorbeibringen.

Vor ein paar Monaten hatte er eine kurze Affäre mit Lady Caroline gehabt – einmal mehr nichts als ein Geschmacksirrtum. Zugegeben, sie war hübsch, aber auch sehr besitzergreifend, und all das trotz der Tatsache, dass sie verheiratet war. Dem ältlichen Baron war das Leben in der Stadt verhasst, während Caroline die Annehmlichkeiten Londons liebte. Und nachdem sie vom Land in die Stadt zurückgekehrt war, hatte sie unmissverständliche Andeutungen gemacht, dass sie wünschte, das Arrangement fortzusetzen.

»Es ist nur eine unbedeutende Angelegenheit. Außerdem habe ich dem Marquis versprochen, dass ich ihm helfen würde, die Contessa in die Gesellschaft einzuführen.«

»Sie sieht nicht danach aus, als würde sie Hilfe benötigen«, entgegnete Lady Caroline gereizt.

Frauen. Osborne zuckte innerlich. Der Schmerz in seinem Kopf fühlte sich inzwischen so an, als würde ihm jemand mit der Spitzhacke gegen den Schädel schlagen.

»Osborne!«

Als er Henry Griswolds Winken sah, entschuldigte er sich bei Lady Caroline und ergriff seine Chance. Der Mann, eine anerkannte Koryphäe in Fragen des römischen Altertums, mochte bisweilen ein wenig geschwätzig sein. Trotzdem würde Osborne sich glücklich schätzen, den gesamten Kommentaren Caesars zu den gallischen Kriegen lauschen zu dürfen, nur um sich für die Gelegenheit zur Flucht erkenntlich zu zeigen.

»Osborne, ich muss dir unbedingt alles über die Büste des Dionysos erzählen, die ich auf der letzten Versteigerung erstanden habe! Wenn überhaupt jemand unter diesen Leuten ihren künstlerischen Wert ermessen kann, dann du …«

Der Vortrag dauerte bis zum Tanz vor dem Abendessen. Osborne fühlte sich ein wenig schuldig, weil er nur mit halbem Ohr hinhörte, aber das gelegentliche Murmeln und Nicken schien seinen Freund zufriedenzustellen.

»Faszinierend, Griz, wirklich faszinierend! Aber leider bin ich für den Walzer versprochen, der gerade beginnt.« Osborne war gezwungen, der eingehenden Schilderung der Orgien, die im zweiten Jahrhundert nach Christi stattgefunden hatten, ein Ende zu setzen. »Ich darf die Lady nicht warten lassen.«

»Äh …« Der Gelehrte blinzelte. »Oh, selbstverständlich.«

»Ich trinke auf Fröhlichkeit und wüste Gelage.« Osborne hob das Glas und zwinkerte zurück, bevor er zur Tanzfläche ging.

Es war nicht schwer, die Contessa zu entdecken. Sie wurde von einem Haufen Bewunderer umschwärmt, die es eilig hatten, ihre Bekanntschaft zu machen. »Bitte verzeihen Sie, Gentlemen, aber ich fürchte, ich muss Ihnen die Lady für den nächsten Tanz entführen.«

Die Ankündigung rief einen Chor voller Seufzer hervor.

»Sei ein guter Junge und stell mich vor«, bat Lord Westford leise, während er zur Seite trat. »Wir wissen doch alle, dass du es nicht darauf abgesehen hast, dir Fesseln anlegen zu lassen. Aber die Schönheit der Contessa könnte mich verführen, ihr ein Angebot zu machen.«

»Ganz zu schweigen von ihrem Reichtum.« Osborne hielt eine Sekunde inne. »Es ist nur zu bekannt, dass du des Geldes wegen heiraten musst, Fitz. Aber mach dir keine Hoffnungen!

Der Marquis wird die Witwe ganz sicher vor Mitgiftjägern warnen.«

Und wenn Lynsley es nicht tun würde, dann ich. Mochte die Lady auch ihre Fehler haben, sie hatte etwas Besseres verdient als einen zügellosen Säufer wie den Earl of Westford.

Osborne ergriff Sofia bei der Hand und zog sie auf die Tanzfläche. »Genießen Sie Ihren ersten Ausflug in die Londoner Gesellschaft?«

»Ja, sehr, vielen Dank.«

»Wie es aussieht, haben Sie keine Schwierigkeiten, sich einzufügen.«

»Man ist sehr freundlich gewesen.« Sofia ließ den Blick durch den Ballsaal schweifen. »Vielleicht sollte ich Ihre Gastlichkeit nicht länger in Anspruch nehmen.«

Er lächelte über die Ironie des Vorschlags. »Machen Sie sich keine Sorgen, Lady Sofia! Sie müssen meine abscheuliche Gesellschaft nur noch für etwa eine Woche ertragen.«

»D... das habe ich gar nicht gemeint, Sir«, stammelte sie, »mein Englisch ...«

»Ihr Englisch ist makellos«, unterbrach er sie leichthin, »und es gibt keinen Grund, zu erröten! Lord Lynsley kann uns nicht hören. Aber wie auch immer, da der Marquis mich darum gebeten hat, die Verantwortung dafür zu übernehmen, Sie in die richtigen Kreise einzuführen, werden wir es wohl noch eine Weile miteinander aushalten müssen.«

Das Schweigen dauerte einige Umdrehungen, bis sie das Wort ergriff. »Sie nehmen Ihre Verantwortung also ernst?«

»Ja«, erwiderte er und klang schärfer als beabsichtigt, »in der Tat.«

Nach diesem letzten Takt wurde es Zeit, die Schritte zum Abendessen zu lenken.

Sie füllten sich die Teller mit den opulenten Köstlichkeiten, und Osborne entdeckte zwei Plätze in der Ecke bei den Fenstern.

»Wie mir aufgefallen ist, Sir«, Lady Sofia naschte von ihrer Hummerpastete, bevor sie den Teller beiseitestellte, »sind mehrere Gentlemen in Westen mit derselben hellroten Farbe gekleidet. Hat das irgendeine Bedeutung?«

»Ja. Aber ich möchte Sie nicht mit den Einzelheiten langweilen.«

Sofia biss die Zähne zusammen. »Du liebe Güte, gehören Sie etwa auch zu den Männern, die der Auffassung sind, dass eine Plauderei über das Wetter und die neueste Mode zu den einzigen Themen zählen, die man den jungfräulichen Ohren einer Lady zumuten darf?« Für den Bruchteil einer Sekunde sah es aus, als würde sie ihr Messer viel lieber benutzen, um Osbornes Leber kleinzuschneiden anstelle des Stückchens Stopfleber auf ihrem Teller. »Lassen Sie es sich gesagt sein, dass ich nicht mehr jungfräulich bin. Und auch kein Kind.«

»Niemand würde Sie mit einem Kind verwechseln, Contessa«, erwiderte er spöttisch und hoffte, mit seinem Humor die Anspannung zwischen ihnen lindern zu können.

Ihre Lippen entspannten sich. *Zuckten sie sogar amüsiert?* Oder hatte nur das Kerzenlicht geflackert? »Die erste Beteuerung wollen Sie nicht kommentieren?«

»Nicht dass je ein Gentleman es wagen würde.«

Diesmal gab es keinen Zweifel an ihrem Gelächter. Es klang üppig und perlend, wie kühles Wasser, das über runde Steine rann. »Ich frage mich, Sir, warum Sie alles daransetzen, den Eindruck zu erwecken, dass ...«

»... ich leichtsinnig bin?«, beendete er den Satz. »Ah, nun, ich bin überzeugt, die Schönheit liegt im Auge des Betrachters.«

»Es ist nicht von der Hand zu weisen, dass sich hinter Ihren Schmeicheleien eine scharfe Intelligenz verbirgt.«

Offenbar wollte sie ihn herausfordern. »Ich frage mich, Madam, warum Sie alles daran setzen, kalt und herablassend zu erscheinen«, entgegnete Osborne bedächtig, »denn es ist nicht von der Hand zu weisen, dass sich hinter Ihrem bedrohlichen Grimm eine gehörige Portion Humor verbirgt.«

»Touché.«

»Ich wusste gar nicht, dass wir die Dolche schon gezückt hatten.«

Sofia schnitt sich ein kleines Stück von ihrem Roastbeef ab. »Was ist mit den roten Westen, Lord Osborne?«

Verdammt! Er hatte gehofft, die Unterhaltung von De Winton und dessen Freunden ablenken zu können. Schließlich gehörten die Scarlet Knights nicht unbedingt zu der Gesellschaft, die Lynsley für Lady Sofia im Kopf hatte. Wenn in den Gerüchten der letzten Zeit auch nur ein einziges Körnchen Wahrheit steckte, reichte die Ausbeute der Ritter weit über die üblichen Ausschweifungen wie Trinken, Hurenbesuche und Glücksspiel hinaus.

»Eine ordinäre Farbe, finden Sie nicht auch?« Osborne übertrieb es mit seinem spöttischen Tonfall. »Es bricht mir das Herz, dass Sie sich bisher nicht über meine Weste geäußert haben! Ich hatte angenommen, dass eine Lady aus dem Land der Renaissance diese untergründige Schattierung in schäumendem Meerblau weit bestechender findet als Scharlachrot. In der Tat, mein Schneider behauptet sogar, dass meine Weste ein wahres Kunstwerk ist.«

Ein ärgerlicher Funken blitzte unter ihren dunklen Wimpern auf. Aber als sie aufschaute, hatte ihr Blick sich in ein dunkles, rauchiges Grün verwandelt. »Die Weste passt wunderbar zu Ihrem Teint ... wie Ihnen sicher bekannt ist.«

»Ich war nicht auf der Suche nach Komplimenten, Contessa.«

»Und doch war ich der Versuchung erlegen«, antwortete Sofia schnippisch.

Ihr Witz war scharf und schneidend. Überrascht stellte Osborne fest, dass er den verbalen Schlagabtausch sehr genoss. Es war anregend, und zwar auf eine Art, die sich nur schwer beschreiben ließ. »Ach, wäre es doch nur so, dass Sie sich nach meiner Gesellschaft verzehrten! Aber leider sieht es so aus, als könnten Sie es kaum erwarten, mir zu entkommen.«

Lady Sofia besänftigte ihre Unruhe. Nur ihr Blick schweifte unablässig über die Menge, die sich über das Abendessen hermachte. »Wenn Sie mit mir reden würden, als wäre mein Gehirn ebenso weit entwickelt wie andere Teile meiner Anatomie, dann könnte ich mich vielleicht dazu durchringen, die Zeit mit Ihnen mehr zu genießen.«

Osborne verschluckte sich beinahe an seinem Champagner. »Aus Ihrem spitzen Tonfall darf ich wohl schließen, dass Sie es vorziehen, geradeheraus mit mir zu sprechen?«

»Ja.«

»Die meisten anderen Ladys hören lieber süßliche Nichtigkeiten.«

Sofia schien kaum merklich zu zögern. »Ich bin nicht wie die meisten Ladys, Sir.«

Das war ihm schnell klar geworden. Alles an ihr – der Blick aus den smaragdfarbenen Augen, die samtig dunkle Schönheit, die geschmeidigen Muskeln – war exotisch. Überraschend.

Bevor er antworten konnte, drehte sie sich ein wenig herum. Der Blick folgte einer Gestalt im Durchgang zum Ballsaal. »Nun, wenn es Sie nicht kümmert, meine Fragen zu beantworten, kann ich den Gentleman auch gern persönlich fragen.«

»Lady Sofia!«, begann er wieder.

»Lady Sofia!« Lord Webster näherte sich, begleitet von niemand anderem als Adam De Winton.

Osborne wollte seinen Freund mit einem Blick verscheuchen, aber offenbar wollte der Baron der Warnung keine Beachtung schenken.

»Gestatten Sie, dass ich Ihnen einen weiteren Bewunderer vorstelle, Contessa.« Er zwinkerte Osborne zu. »Entschuldige, Dev! Ich habe versucht, sie für uns zu reservieren, aber De Winton wollte sich einfach nicht abwimmeln lassen.«

Eine Vokabel, die sicher grundsätzlich nicht zu seinem Wortschatz gehört, dachte Osborne grimmig.

»In der Tat, die Lady ist viel zu wundervoll, um sich hier in die Ecke zu quetschen. Ich möchte Sie bitten, mir die Ehre Ihrer Bekanntschaft zu erweisen.« De Winton hielt ihre Hand einen Sekundenbruchteil zu lange an seine Lippen. »Ich muss Ihnen ein Geständnis machen, Contessa ... schon den ganzen Abend über habe ich Sie aus der Ferne beobachtet, hatte auf die Gelegenheit gehofft, mich nähern zu dürfen und Ihnen meinen Respekt zu entbieten.«

Lady Sofia schenkte ihm ein Lächeln. »Ich konnte auch nicht umhin, Sie zu bemerken, Sir ... oder besser gesagt, Ihre Weste.«

Osborne biss die Zähne zusammen, um keine Grimasse zu ziehen.

»Sie mögen leuchtende Farben?«, fragte De Winton.

»Kommt darauf an.«

Osborne entging nicht, dass De Winton eine Spur breiter lächelte. »Worauf, Madam?«

Lady Sofia schlug die Augen nieder. »Auf viele Dinge.«

Verdammt! Will sie etwa mit dem Kerl flirten?

»Und was Ihren Geschmack betrifft, Sir, so haben Sie sich für eine sehr auffällige Rot-Schattierung entschieden. Gerade hatte ich mich gefragt, ob eine Geschichte dahintersteckt.«

»Ja, in der Tat. Ich würde mich glücklich schätzen, sie Ihnen bei einem der nächsten Tänze erzählen zu dürfen.«

»Oh, ich bedaure, Sir, meine Karte ist leider voll.«

»Was für ein Jammer!«

Aus der Nähe betrachtet tauchte die rote Farbe seiner Weste auch in De Wintons Augen wieder auf. *War es möglich, dass die Lady für solch aufdringliche Zeichen des Zerfalls blind war?*

»Sie müssen versprechen, mir einen Walzer zu reservieren, wenn wir uns das nächste Mal begegnen.«

»In der Tat, das werde ich.«

Die Menge drängte zurück in den Ballsaal. Die Musiker stimmten bereits ihre Instrumente.

Osborne freute sich über die Gelegenheit, dem Wortwechsel ein Ende zu setzen. »Lady Sofia, ich glaube, Woodbrigde hat sich für diesen Tanz eingetragen.«

Wenn Blicke töten könnten … Die Contessa schien über die Unterbrechung überhaupt nicht glücklich zu sein. »Bitte entschuldigen Sie mich, Lord De Winton! Es sieht so aus, als dürfte ich keinen Takt aus dieser Gavotte versäumen.«

»Ciao.« De Winton formte das Wort mit den Lippen, als würde er in einen reifen Pfirsich beißen.

Osborne bemerkte, dass Sofia sich ein letztes Mal umwandte. »Ich an Ihrer Stelle würde *arrivederci* sagen«, murmelte er, »De Winton ist ein zügelloser Halunke. Und sein Geschmack in Sachen Bekleidung ist grauenhaft.«

Sofia mied seinen Blick. »Wie Sie vorhin bemerkten, Lord Osborne: Schönheit liegt im Auge des Betrachters.«

6. Kapitel

Sofia beendete die Niederschrift ihres täglichen Berichts und legte den Stift beiseite. Lady Mooreworths Leckerbissen über die Spielhöllen, die De Winton bevorzugte – serviert bei gezuckertem Zitronenkuchen und Tee im überhitzten Salon der Lady – gehörte zu dem interessanteren Tratsch. Genau wie Mrs. Wentworths dunkler Hinweis auf Drogenkonsum unter seinen Freunden. Aber wie auch immer, wenn sie durch die Seiten ihres Notizbuches blätterte, schlüpfte ihr ein frustrierter Seufzer über die Lippen. Ja, es stimmte, langsam sammelte sie ein paar nützliche Informationen über die Mitglieder der Scarlet Knights. Dennoch hatte sie den Eindruck, als würde die Mission nur im Schneckentempo vorankommen.

Ganz im Gegensatz zu ihrem Leben in der Gesellschaft, das sie kaum eine Sekunde Atem schöpfen ließ. Sofia verzog das Gesicht. Die letzten Tage waren wie im Wirbelwind verflogen. Kleideranproben, morgendliche Aufwartungen, Tand und Flitterkram in der Bond Street einkaufen … Der Alltag eines wohlbehüteten Aristokraten war anstrengender, als sie jemals gedacht hätte.

Sofia unterdrückte ein Gähnen und massierte sich den Nacken. Kein Zweifel, die Stunden strapazierten sie mehr als der Unterricht an der Akademie. In den Salons tanzte man jede Nacht bis in den frühen Morgen. Es war also kein Wunder, dass die verhätschelten Ladys des privilegierten Standes kaum je vor der Mittagszeit das Bett verließen. Sie hingegen war üblicherweise schon im Morgengrauen auf den Beinen. Reiten, Yoga und eine Stunde Fechtübungen im Ballsaal, um ihre Fähigkeiten nicht verkümmern zu lassen. Die Dienerschaft, die Lord Lynsley sorgfältig ausgesucht hatte, stellte solch merkwürdiges Verhalten nicht infrage. Aber weil ständig die Drohung über ihrem Kopf schwebte, dass irgendjemand ihre geheimen Aktivitäten ausspionieren könnte, achtete sie peinlich genau darauf, dass niemand etwas bemerkte.

Vorstoßen, herumwirbeln, parieren. Und wenn sie noch so hart trainierte, nichts konnte den nagenden Zweifel verjagen, dass die Dinge sich nicht so schnell entwickelten, wie sie eigentlich sollten. Lynsley hatte ihr zwar keinen Termin genannt, an dem die Sache erledigt sein sollte, aber es verstand sich, dass es in jeder Mission, die einem Merlin anvertraut wurde, wesentlich um Zeit ging.

Geduld, Prinzessin – mit der Geduld ist es wie mit deinem Schwert. Du kannst sie als Waffe nutzen. Die Worte ihres Fechtmeisters hallten ihr durch den Kopf. Einerseits war *Il Lupino* ein lüsterner alter Wolf, andererseits aber auch ein Meisterstratege, wenn es um Kriegskunst ging. In seinem Unterricht hatte sie gelernt, dass der Sieg nicht nur eine Frage der körperlichen Stärke, sondern immer auch eine Frage der geistigen Disziplin war.

Sofia betrachtete sich im Spiegel. Unter ihren drei Zimmergenossinnen galt sie als diejenige, die am meisten kultiviert und gebildet war. Siena und Shannon verfügten über einen verwegen athletischen Körperbau, über eine gewisse Tapferkeit, die wie ein Feuer in ihrem Blick zu lodern schien. Sie beugte sich ein wenig nach vorn. Es mochte sein, dass das Feuer in ihrem Blick ein bisschen zarter funkelte … *ladylike.* Mit den Fingern umschloss sie das Medaillon, das ihr um den Hals hing. Sollte das etwa heißen, dass sie eine weniger gute Kriegerin war als ihre Waffenschwestern?

Solche Fragen schienen sie mehr zu beunruhigen als die

anderen. Siena und Shannon verschwendeten nur selten einen Gedanken daran, wer sie waren und woher sie stammten. Sie waren Merlins, und das war es, was zählte. Sofia warf einen raschen Blick auf das zarte Porträt, das in das goldene Etui eingelassen war, bevor sie es zuklappte. Ja, auch sie war ein Merlin. Und in dieser Mission würde sie ihren Mut unter Beweis stellen.

Sie ließ die feine Kette in ihr Kleid zurückgleiten und konzentrierte sich wieder auf ihre Herausforderung. Lord De Winton machte mehr und mehr auf sich aufmerksam. Langsam wurde es Zeit, die Bekanntschaft in vertraulichere Bahnen zu lenken. Einer ihrer Tanzpartner hatte erklärt, dass Lady Serena Sommers manchmal die Gastgeberin für besondere Soireen der Scarlet Knights spielte. Es durfte nicht schwer sein, De Winton anzuregen, ihr eine Einladung zukommen zu lassen.

Was Lord Osborne natürlich missbilligen würde.

Er nahm seine Rolle als edler Ritter offenbar zu ernst. Sofia runzelte die Stirn. Angesichts seiner eigenen Tändeleien mit verheirateten Frauen und Witwen war es überraschend, wie sehr er sie zu schützen versuchte. Andererseits schien der Mann die seltsamsten Widersprüche in sich zu vereinen. Die meiste Zeit hatte er nichts anderes im Kopf als einen charmanten Flirt; doch dann gab es plötzlich Momente, in denen sein Charakter eine unerwartete Tiefgründigkeit bewies.

Was steckt wirklich hinter diesem Deverill Osborne?

Sofia nahm die Bürste zur Hand und strich sich eine Locke aus dem Gesicht. Es spielte keine Rolle, wer er wirklich war. Ihr konnte es schließlich gleichgültig sein, ob der Erzengel Gabriel in ihm steckte oder Luzifer höchstpersönlich. Denn seine Rolle in ihrer Mission hatte sich erschöpft – eine Tatsache, für die sie überaus dankbar war. Es gab genügend Geheimnisse zu lüften, ohne sich weiter den Kopf über diesen Mann zu zerbrechen.

Die Borsten verfingen sich im Haar. »Verdammt!«, murmelte sie. Sie ärgerte sich darüber, dass sie Osborne so nahe an sich herangelassen hatte. *Heiß und kalt* ... Sie fröstelte, was sie in ihrem Beschluss bestärkte, ihm in Zukunft keinerlei Beachtung mehr zu schenken. Ihre Reaktion auf ihn entbehrte jeder Vernunft.

Sofia erhob sich abrupt, schnappte sich ihr Notizbuch und verschloss es in dem Geheimfach, das unter dem Parkettfußboden im Ankleidezimmer verborgen war. Das Klicken des Verschlusses erinnerte sie daran, dass sie niemals in ihrer Wachsamkeit nachlassen durfte. Der kleinste Fehltritt konnte ihr die Maske vom Gesicht reißen ...

»Sie sollten jetzt lieber anfangen, sich für den Ball bei Lord und Lady Gervin anzukleiden, Mylady!« Rose hatte leise geklopft und das Schlafzimmer betreten. »Soll es das apricotfarbene Samtkleid mit dem golddurchwirkten Überkleid sein?«

»Nein. Lassen Sie uns etwas ... etwas Gewagteres heraussuchen.« Sofia kehrte an ihren Stuhl zurück und warf noch einen letzten eindringlichen Blick auf ihr Spiegelbild. *Die Kunst der Tarnung und Täuschung gehört zu den Grundlagen des Unterrichts an der Akademie. Beides muss uns so vertraut sein wie eine zweite Haut, wenn wir unserem Zweck dienen wollen.* Sofia strich sich mit der Hand über den Busen und sagte: »Das neue Kleid von Madame Fournier ist doch heute Nachmittag eingetroffen, nicht wahr?«

Sie hatte ein Kleid bei der beliebtesten Schneiderin der Stadt bestellt. Der Kragen war so geschnitten, dass er einen provozierenden Blick auf ihr Dekolleté freigab, aber nicht nur das; auch die Farbe war in einem tiefen, lüsternen Scharlachrot gehalten.

»Ja, Ma'am.«

»Ausgezeichnet.« Sofia drehte sich vom Spiegel weg. »Ich glaube, es wird Zeit, den Stier bei den Hörnern zu packen. Heute Abend werden wir vor Lord Adam De Winton die rote Fahne schwenken.«

Rose nickte. »Wollen Sie auch die Rubine anlegen?«

Sofia zuckte die Schultern. »Wenn ich schon als Scharlach-Lady auftrete, kann ich auch jede Hemmung fallen lassen.« Die Ohrringe waren lang, die tränenförmigen Juwelen schienen von der Kette zu tropfen und in zarte Perlen zu gerinnen. Der passende Halsschmuck betonte den schweren Anhänger, der genau über den Rundungen ihres Ausschnitts baumelte.

»Aye. Und mit dem perlenbesetzten Reif im Haar, der Ihr dichtes, ebenholzfarbenes Haar betont ...« Die Zofe fing an, die Strähnen zu einem modischen Knoten oben auf dem Kopf zu richten. »Der Mann wird in Windeseile zu Ihnen rennen.«

Sofia beobachtete die flinken Finger der Zofe. Auch sie selbst würde ihre ausgezeichneten Fähigkeiten im Umgang mit De Winton beweisen müssen. Ein einziger Fehltritt konnte ihre Chancen zerstören, das Geheimnis des goldenen Schlüssels und seiner mysteriösen Krone zu lüften ...

Abrupt schaute sie auf. »Haben wir vielleicht Mohnblüten, die wir als Haarschmuck nutzen könnten?«

»Nein, Mylady.«

»Dann schicken Sie einen Lakaien los, um welche zu besorgen. Es kümmert mich nicht, wenn er deshalb bis Kew Gardens laufen muss.« Ein Lächeln spielte über ihre Lippen. »Warum nicht ein wenig zu dick auftragen ...«

Es würde nicht mehr lange dauern, bis Rot zu der Farbe geworden war, die er am meisten verabscheute. Osborne ging am Bordeaux-Punsch vorbei und griff sich zwei Gläser Champagner. Lady Sofia hatte offenbar die Absicht, seine Warnungen vor den Scarlet Knights zu ignorieren. Nicht nur, dass sie an diesem Abend schon zwei Tänze mit De Winton getanzt hatte; auch den anderen Mitgliedern der Gruppe hatte sie gestattet, ihr Tanzpartner zu sein.

Er warf einen Seitenblick auf ihr Gesicht, unterdrückte seinen Grimm. Es sah tatsächlich so aus, als hätte diese teuflische Farbe sie in den Bann geschlagen. Nicht dass das tiefrote Ballkleid an ihr nicht himmlisch aussah. Der kühne Farbton brachte ihre schlanken, sinnlichen Rundungen perfekt zur Geltung.

Zur Hölle noch mal!

Osborne kniff die Augen noch enger zusammen, als er sich vom Tisch mit dem Punsch abwandte. Denn schon wieder tauchte ein Gentleman bei der Contessa auf. Der trug zwar kein Rot, aber seine Anwesenheit gab doch Anlass zur Sorge. Der Mann sah aus wie ein eitler Gockel vom Kontinent; der samtene Cutaway und die hauteng sitzenden Hosen stammten garantiert nicht aus der Werkstatt eines englischen Schneiders.

Als er wieder bei Lady Sofia auftauchte, fand Osborne seinen Eindruck bestätigt, als sie den Fremden begrüßte.

»*Ciao*, Marco! Wunderbar, dass du es geschafft hast, nach England zu reisen!« Sie erlaubte ihm, ihre Wange zu küssen anstatt ihrer Hand.

»Das Vergnügen ist ganz auf meiner Seite, *bella!*«

Ein Landsmann? Das würde den schnörkelhaften Auftritt und die grelle Kleidung erklären – alles in allem waren die Italiener für ihre Neigung zu wirkungsvollen Auftritten bekannt.

»Bleibst du lange in London?«, wollte Sofia wissen.

»Schwer zu sagen.« Marco betonte die Worte, indem er die eleganten Schultern zuckte. Während er es tat, bemerkte

Osborne das sanfte Spiel der Muskeln unter dem feinen Zwirn. Mit anderen Worten, trotz des hübschen Gesichts und des schulterlang gelockten Haars war der Kerl keineswegs nur ein eitler Gockel.

»Ich habe ein paar Geschäfte zu erledigen, bevor ich wieder nach Mailand zurückkehre.«

Osborne räusperte sich, brachte Sofia dazu, beschämt zu lachen. »*Santa Cielo*, schon wieder vergesse ich meine Manieren!« Sie drehte sich um. »Lord Osborne, gestatten Sie, dass ich Ihnen den Conte della Ghiradelli vorstelle.« An ihren Landsmann gewandt fügte sie hinzu: »Lord Lynsley, Papas alter Freund, hat freundlicherweise dafür gesorgt, dass Osborne mich während meiner ersten Wochen durch die Londoner Gesellschaft begleitet.«

»Glückspilz«, murmelte der Conte und zwinkerte unverhohlen.

Osborne brauchte nur wenige Sekunden, um den vorlauten Kerl zu verabscheuen, fixierte ihn mit kaltem Blick und senkte kaum merklich den Kopf.

Sofia zog kurz die Brauen hoch, bevor der Conte sich vorbeugte und ihr ein paar Worte ins Ohr flüsterte. Beide lachten.

Osborne widerstand der Versuchung, einen Tritt in den wohlgeformten Hintern des Italieners zu landen, und trank einen ordentlichen Schluck Champagner. Aber die kleine Explosion der zarten Luftblasen auf seiner Zunge trug nur dazu bei, seine gereizte Stimmung noch mehr zu verstärken.

»Lord Osborne.«

Er lächelte, freute sich darüber, sich abwenden zu dürfen. »Lady Serena.«

»Bisher hatte ich noch keine Gelegenheit, mich dafür zu bedanken, dass Sie mir Reptons Buch über Landschaftsgestaltung empfohlen haben.«

Genau wie die Contessa war Serena Sommers eine junge, wohlhabende Witwe. Aber da hatte die Gemeinsamkeiten auch schon ein Ende. Im Unterschied zu Lady Sofias dunklem Teint und ihrer gertenschlanken Figur war Lady Serena eine blasse, zierliche Erscheinung, beinahe wie eine Elfe. Silbrig blonde Locken umrahmten die zerbrechlich wirkenden Gesichtszüge, und der porzellanartige Teint betonte das tiefe Topaz ihrer Augen. Wie eine Venus-Statue. Hübsch, poliert, zierlich. Und sie besaß einen lebhaften Witz, was Osborne erst jüngst entdeckt hatte.

Sein Lächeln wurde breiter. »Ich vermute, dass Sie einige interessante Vorschläge zur Gestaltung Ihrer Terrasse gefunden haben.«

»Sehr interessante Vorschläge«, erwiderte sie, »die Gedanken über die Natur und seine Auffassung, dass eine gewisse Wildheit unangetastet bleiben sollte, sind ausgesprochen provozierend. Ich habe meine Vorstellungen in ein paar Skizzen festgehalten.«

Osborne warf einen Blick auf den Pappdeckel an ihrem Handgelenk und nutzte die Gelegenheit, die Contessa ihrem Mailänder Makkaroni zu überlassen. »Wenn Sie den nächsten Tanz noch nicht vergeben haben, würde ich mich glücklich schätzen, mehr darüber erfahren zu dürfen.«

»Ich hatte nicht die Absicht zu stören …« Serena schaute zu Lady Sofia und dem Conte.

»Nicht im Geringsten. Die Contessa wird die Chance zu einer vertraulichen Plauderei mit ihrem Landsmann zweifellos begrüßen.« Die Etikette verlangte, dass er die Runde miteinander bekannt machte; Osborne stellte die Getränke beiseite und erledigte seine Pflicht mit kalkulierter Höflichkeit.

»Ich glaube, ich bin die letzte Lady in ganz London, die Ihre Bekanntschaft machen darf, Contessa.« Lady Serena schenkte ihr ein blitzendes Lächeln. »Bitte nehmen Sie mein verspätetes Willkommen in der Stadt entgegen! In Lord Osborne haben Sie einen ausgezeichneten Begleiter gefunden. Er ist über viele Dinge so überaus gut informiert.«

»Wie freundlich von Ihnen, Lady Sommers!« Sofia würdigte ihn keines Blickes. »Ich kann mich in der Tat glücklich schätzen, dass Lord Osborne einer vollkommen Fremden so viel Zeit opfert.«

»Ich habe meine Zweifel, dass Sie in der Gesellschaft lange als Fremde betrachtet werden«, entgegnete die Witwe. »In der Tat, wenn Sie Unterhaltungen über Kunst und Literatur nicht zu langweilig finden, müssen Sie unbedingt an einer meiner Soireen teilnehmen ...«

Osborne unterbrach sie mit einer leichten Berührung ihres Armes. »Die Musik fängt an, Lady Serena.«

»Wenn Sie wirklich meinen ...« Die Witwe zögerte; offenbar war es ihr immer noch ein wenig peinlich, dass sie gestört hatte.

Osborne ergriff sie bei der Hand und zog sie sanft auf das Parkett. »Ja, ich meine wirklich«, bekräftigte er, nachdem sie sich für die ersten Schritte aufgestellt hatten, »Sie haben mir einen großen Gefallen getan.«

Sie schien überrascht. »Wie mir zu Ohren gekommen ist, halten Sie die beneidenswerteste Stellung in der Stadt besetzt. Die Lady ist sehr attraktiv.«

»Es gibt ein altes Sprichwort, welches besagt, dass Schönheit nur oberflächlich glänzt.«

In Lady Serenas Augen glitzerte es amüsiert. »Du liebe Güte! Es ist wirklich grausam, dass Sie keinen Hehl daraus machen, wie rasch Sie die Maskerade aus Reispuder und Rouge durchschauen.«

»Ah, aber weil Sie keinen Grund haben, bei solchen Maßnahmen Zuflucht zu suchen, haben Sie auch keinen Grund, sich Sorgen zu machen.«

Lady Serena lag die Antwort schon auf der Zunge. »Denken Sie doch, was Sie wollen, Sir. Es wird Ihnen nicht gelingen, mir die Geheimnisse zu entlocken, mit denen ich mir die Verwüstungen des Alters vom Leib halte.«

Osborne lachte anerkennend. Die Lady besaß genau die Art Humor, die er schätzte. »Sie haben noch ein paar Jahre vor sich, bevor Sie sich dem unaufhaltsamen Verfall preisgeben müssen.«

»Es erleichtert mich ungemein, dass Lord Sunshine überzeugt ist, ich sollte mein Dasein lieber im Schatten fristen«, entgegnete sie spöttisch.

Das Lächeln in seinen Mundwinkeln wirkte etwas gezwungen. »Wo wir gerade über Licht und Schatten sprechen – erzählen Sie mir doch mehr darüber, wie Sie Ihren Stadtgarten gestalten wollen. Wenn ich mich recht erinnere, könnte die Höhe der Gartenmauer den Blick ...«

Sofia verlor den dunkelblauen Mantel inmitten der wirbelnden Paare aus den Augen. *Wenn ich mir Osbornes boshaftes Lächeln doch nur ebenso so leicht aus dem Kopf schlagen könnte,* dachte sie. *Was ist nur los mit dem verflixten Kerl?* Seine Manieren waren heute Abend regelrecht brüskierend gewesen.

Sie schürzte die Lippen. *Wer im Glashaus sitzt, der sollte nicht mit Steinen werfen,* mahnte sie sich. Hatte sie sich nicht ihm gegenüber die ganze Woche lang ausgesprochen kühl verhalten? Es kam also nicht unbedingt überraschend, dass er ihr die kalte Schulter gezeigt hatte.

»Irgendwas nicht in Ordnung, *bella?*« Marco versuchte, ihrem Blick zu folgen.

»Nein … Ich bin nur nachdenklich.« Sie berührte ihn am Ärmel. »Lass uns auf die Terrasse gehen. Damit wir uns besser unterhalten können.«

»Ganz zu schweigen davon, welchen Klatsch und Tratsch wir provozieren werden.« Er senkte die Stimme und beugte sich ein Stück vor. »Die Leute starren uns schon an.«

»Umso besser.«

Das Licht der Fackeln aus Messing flackerte über den Schieferboden und die Balustrade aus Stein. Eine leichte Brise ließ die Flammen tanzen, sodass die Bewegungen zu der Melodie zu passen schienen, die aus dem Ballsaal nach draußen drang. Marco ergriff ihren Arm, und nachdem sie den Spazierweg der Länge nach abgeschritten hatten, wählte er eine auffällige Stelle am Geländer, die genau im Blickfeld der Terrassentüren lag.

»Wie läuft es?«, erkundigte er sich leise.

»Viel langsamer, als ich dachte«, erwiderte Sofia. »Ich bin zwar mit mehreren Mitgliedern der Scarlet Knights bekannt, aber es ist mir noch nicht gelungen, eine vertraulichere Beziehung zu arrangieren.« Sie starrte hinaus in den dunklen Garten und seufzte tief. »Ich wünschte, Lord Lynsley hätte mir mehr als nur vage Hinweise und Verdächtigungen geliefert. Es ist, als würde ich gegen ein Gespenst fechten.«

»Geh nicht zu hart mit dir ins Gericht, *bella!* Schon bald werden sich die Dinge klären. Es ist dir immerhin gelungen, dich rasch in der Gesellschaft zu etablieren. Das hast du gut gemacht.«

»Findest du?« Sie selbst war sich da gar nicht so sicher. Aus unbestimmtem Grund fühlte sie sich an diesem Abend unsicher und nervös, obwohl es einen weiteren Schritt vorwärts bedeutete, dass sie Lady Sommers Bekanntschaft gemacht hatte.

Marco war der scharfe Tonfall in ihrer Stimme nicht entgangen. »Bist du sicher, dass es keinen anderen Grund gibt, der dir Kopfzerbrechen bereitet?«

»Ja.« Selbst wenn Sofia das Bedürfnis verspürt hätte, sich ihrem Freund anzuvertrauen, hätte sie nicht gewusst, wie sie das seltsame Flattern in ihrem Innern hätte beschreiben sollen. Niemals ließ ein Merlin es zu, sich von seinen Pflichten ablenken zu lassen. Die Mission war das Einzige, was zählte, und nicht ihre persönliche Grübelei wegen Lord Osborne.

Marco drängte sie nicht. »*Va bene!* Dann sollten wir uns wieder dem Geschäft zuwenden. Ich habe erfahren, dass Lorenzo Sforza, meine alte Bekanntschaft aus der Lombardei, letzte Woche auf Guiliano Familligi gestoßen ist. Sforza ist schon nichts als ein habgieriger Schurke, aber Familligi ist weitaus schlimmer. Man erzählt sich, dass ...« Er unterbrach sich, bis eine mit Juwelen behängte Matrone und ihre ältliche Begleitung an ihnen vorbeispaziert waren. »Man erzählt sich, dass die beiden sich für die gesamte Saison in der Stadt eingemietet haben.« Wieder hielt er inne. »Die zwei bilden ein gefährliches Gespann. Als sie sich das letzte Mal zusammengetan haben, wurde der Duca of Spoleto, zufällig ein geschäftlicher Rivale, zusammen mit seiner Frau ermordet aufgefunden. Auf seiner Jacht im Hafen von Portofino.«

Sofia rann ein Schauder des Unbehagens über den Rücken. *Noch ein Schlüssel, um das Rätsel zu lösen?*

»Außerdem konnte ich den Verdacht erhärten, dass sie mit den Scarlet Knights auf freundschaftlichem Fuße stehen.«

»Sind sie heute Abend anwesend?«, fragte sie.

»Nein. Aber morgen Abend sind sie beide im Theatre Royal. Ich werde dich vorstellen.«

Sofia zog die Stirn kraus. »Lord Osborne hat bereits eine Einladung zu einem Hauskonzert angenommen.«

»Sag ab.« Marco schenkte ihr ein blitzendes Lächeln. »Das ist das gute Recht einer jeden Lady.«

»Ja, natürlich.« Der Mann hielt sie ohnehin schon für kalt und unnahbar; die Unhöflichkeit würde ihn also nicht überraschen.

»Die beiden Gentlemen stammen aus adligen Familien, die mächtige Interessen im Bankwesen verteidigen«, fuhr ihr Freund fort, »Sforza ist auch in den Handel mit Konstantinopel verstrickt.«

»Verstehe«, gab Sofia zurück, obwohl sie einen Moment lang nicht begriffen hatte, wie dieses Detail zu Lord Lynsleys Informationen passte. Aber war es nicht gerade ihre Aufgabe, herauszufinden, ob es ein Netz von Intrigen gab, das mitten in London gesponnen wurde?

Sofia unterdrückte einen Schauder, der sich anfühlte, als würden lauter kleine Dolchspitzen über ihre nackten Arme tanzen.

»Sollen wir wieder reingehen?«

»Ja. Nein.« Sie drehte sich um, erhaschte einen Blick auf Adam De Winton und Charles Lexington. Die Männer hatten sich am anderen Ende der Terrasse eingefunden und genossen ihre Rauchwaren und ein Gläschen Brandy in der Nähe einer massiven Steinvase.

Sofia war es leid, noch länger abwarten zu müssen. »Ich habe eine Idee«, meinte sie kurz entschlossen, »wir sollten De Winton beweisen, dass ich eine echte Scarlet-Lady bin.«

Marco folgte ihr am Geländer entlang über die Terrasse. »Was hast du vor, *bella*?«

Sofia schwieg, bis sie in der Nähe der Vase angekommen waren, zog seine Hand auf ihre Hüfte und flüsterte: »Küss mich!«

Marco brauchte keine weitere Ermutigung. Er lachte leise

auf, dann drückte er sie an den verwitterten Stein und presste seine Lippen auf ihre.

»Du Wüstling!«, schimpfte sie, nachdem sie den lüsternen Kuss eine Weile hatte dauern lassen. »Ich sollte dir eine Ohrfeige verpassen!« Allerdings achtete sie darauf, ihre Worte nicht im Geringsten zornig klingen zu lassen.

»Sí, aber ich kann deinem Charme einfach nicht widerstehen, *cara!* Es ist viel zu lange her, dass wir die Gelegenheit hatten, zusammen zu sein.«

»Schschsch! Du ruinierst meinen Ruf!«

»Als was? Als prüde und sittenstrenge Lady?« Marco liebkoste ihren Nacken und lachte heiser. »Wir beide wissen es besser.«

»Mein lieber Marco, anders als Männer können wir Ladys es uns nicht leisten, in unserem Benehmen zu ungestüm zu sein! Ich möchte nicht, dass die Salons mich meiden, und muss daher so tun, als würde ich nach deren Regeln spielen. Zumindest in der Öffentlichkeit.«

»Ah, ausgezeichnet!« Marco seufzte übertrieben, zog fragend die Brauen hoch.

Sofia nickte kaum merklich. *Genug. Jetzt war es Zeit, sich zurückzuziehen.*

Das Theater könnte Adam De Winton animieren, größere Vertraulichkeit zu suchen.

»Warum so aufgewühlt, Lord Sunshine?«

»Lass das Geplapper, Nick! Es sei denn, du möchtest, dass ich dir das Licht ausblase.«

»Ich muss schon sagen, Dev«, Harkness verdrehte die Augen, »in letzter Zeit ist deine Haut reichlich dünn geworden.«

»Vielleicht liegt es an meiner Begleitung in den letzten

Tagen, dass meine Geduld am seidenen Faden hängt«, schnappte Osborne.

»Ich an deiner Stelle würde mich nicht beklagen«, spottete sein Freund. »Sämtliche Gentlemen in London zwischen acht und achtzig beneiden dich nach Kräften.«

»Glaub mir, die Bekanntschaft ist längst nicht so tiefgründig, wie viele in der Stadt anzunehmen scheinen.«

»Ah, das soll wohl heißen, dass es dir zum ersten Mal im Leben nicht gelungen ist, einer Frau mit deinem Charme die Strümpfe von den Schenkeln zu zaubern ...«

»Nick ...«, warnte Osborne.

»Das war natürlich rein im übertragenen Sinne gemeint«, erwiderte Harkness. »Ich weiß doch genau, dass du viel zu sehr Gentleman bist, um die lüsternen Details in der Öffentlichkeit zu besprechen.«

»Lass uns bitte das Thema wechseln.«

Harkness zuckte die Schultern. »Sieht so aus, als gäbe es hier nichts anderes zu besprechen, was ebenso interessant wäre. Ich fahre ins *White's*. Kommst du mit?«

»Heute Abend nicht«, antwortete Osborne brüsk. »Ich bin verpflichtet, bis zum Schluss bei der Lady zu bleiben.«

»Dabei scheint es ihr nicht an männlicher Begleitung zu mangeln«, spottete sein Freund.

»Und wenn schon! Ich habe Lynsley versprochen, ihr zur Verfügung zu stehen.«

Harkness trank seinen Wein aus. »Wie du meinst. Aber du solltest auf keinen Fall vergessen, dir schon bald einen Abend für einen Ausflug nach Seven Dials freizuhalten. Es ist wirklich ein faszinierender Ort und die orientalische Dekoration ausgesprochen exotisch. Wie auch die Frauen in den privaten Spielzimmern.« Er senkte seine Stimme. »Die Frauen, die die Getränke servieren, sind gewöhnlich splitternackt.«

»Sehr interessant«, meinte Osborne wenig begeistert. »Sag mal, bist du dir sicher, dass du nicht krank bist? Du klingst gar nicht so, wie man es von dir gewohnt ist.«

Wie man es von mir gewohnt ist?

Was soll das heißen?, fragte sich Osborne. *Bin ich wirklich nur ein sonniger, im Grunde genommen aber oberflächlicher Zeitgenosse? Ein amüsanter Gast zum Abendessen, den aber niemand so recht ernst nimmt?* Vielleicht lag es tatsächlich an seiner Unzufriedenheit mit sich selbst, dass der Charakter der Contessa ihn so sehr irritierte.

Ihre kalte Höflichkeit schien ihm zu verstehen zu geben, dass seine Manieren nicht als Ersatz für wahre Tiefgründigkeit zu gelten hatten. Und während die Zurückweisung ihm wie ein Stachel im Fleisch saß, gab es nichts, was er gegen sie ins Feld führen konnte.

»Es geht mir gut«, behauptete er, »nur die Salons langweilen mich ein wenig.«

»Eine Nacht draußen in den Armenvierteln würde dir die Langeweile vertreiben. Wie wäre es gleich morgen?«

Osborne schüttelte den Kopf. »Ich bin zu einem Hauskonzert eingeladen. Vielleicht ein andermal in dieser Woche.«

»Dev, du kennst doch das Sprichwort, dass Arbeit allein nicht glücklich macht. Pass auf, dass du es nicht zu weit treibst!«

In letzter Zeit war sein Leben nicht nur langweilig, sondern geradezu deprimierend gewesen.

Nachdem sein Freund fortgegangen war, wandte Osborne sich zur Terrasse und hoffte, seine grimmige Laune mit einem gewürzten Zigarrenstumpen aus dem Bestand seines Gastgebers besänftigen zu können. Die Brise war frischer geworden, aber der kühle Hauch in seinem Haar bildete einen willkommenen Gegensatz zu der stickigen Luft im überfüllten Ballsaal. Er empfand das Bedürfnis, der Gesellschaft auszuweichen, und schlüpfte hinter eine Gruppe marmorner Statuen – Lord Gervin war ein bekannter Sammler griechischer Antiquitäten – und verbarg sich in einer versteckten Stelle in der Dunkelheit.

Gedämpftes Gelächter mischte sich unter den würzigen Rauch, als noch einige Gentlemen nach draußen traten, um sich von dem Fest im Ballsaal eine Pause zu gönnen. Osborne lehnte sich an das Geländer, zündete die Zigarre an einer Fackel an und war froh, vor den Blicken verborgen zu sein. Er sog die stechende Süße in den Mund ... und hustete beinahe, als er aufschaute.

Das Versteck gewährte ihm freie Sicht über die Buchsbaumpflanzungen bis hinüber zu der großen athenischen Vase auf der anderen Seite der Terrasse; der Winkel erlaubte nicht nur einen Blick auf die zauberhaften Details, sondern auch auf das Paar, das sich leidenschaftlich küsste.

Verdammt!

Was zum Teufel spukte der Contessa eigentlich im Kopf herum? Eine Witwe durfte durchaus in eine Affäre verstrickt sein, allerdings nur, wenn sie sich dabei äußerst diskret verhielt. Lady Sofia sollte es besser wissen, als ihre Vorlieben so schamlos zur Schau zu stellen. Beinahe könnte man auf den Gedanken kommen, dass sie sogar *wünschte*, man hielte sie für ein wenig abenteuerlustig.

Der Rauch auf seiner Zunge schmeckte plötzlich bitter. Osborne verwarf den angebrochenen Stumpen, löschte die Glut unter seinem Stiefelabsatz. Lynsley hatte ihn gebeten, die Lady zu begleiten, nicht, ihr Kindermädchen zu spielen. Es gehörte nicht zu seinen Pflichten, die Lady über anständiges Benehmen zu belehren. Überdies hatte sie schon bewiesen, wie wenig Wert sie auf seinen Rat legte.

Er schaute sich um, aber außer ihm schien niemand die

Indiskretion bemerkt zu haben. Die Lady durfte sich glücklich schätzen, ohne ernsthafte Folgen die Flucht ergreifen zu können. Nun, das Glück musste ihr nicht immer hold bleiben. Das nächste Mal konnte es schon ganz anders ausgehen.

7. Kapitel

Osborne goss sich noch einen Spritzer Brandy in das Glas. Aber weder die Wärme des Alkohols noch das gedämpfte Feuer im Kamin seines Schlafzimmers hatte seine Anspannung lindern können.

»Absurd«, brummte er, glättete die Seide des Schlafrocks auf seiner nackten Haut. Vor über einer Stunde schon war er nach Hause gekommen; wie ein pubertierender Schuljunge hockte er immer noch in seinem Schlafzimmer und zerbrach sich den Kopf über eine Lady, die seine Anwesenheit offenbar nur schwer ertragen konnte. Lag es an dieser Herausforderung, dass er vor Unruhe kaum schlafen konnte? Schließlich war ihre Missbilligung nichts anderes als Hohn und Spott.

Dabei war er eitel genug, sich einzubilden, mit seinem Charme jede Frau entwaffnen zu können.

Und doch, bis jetzt hatte Sofia Constanza Bingham della Silveri seine Schmeicheleien mit rüden Abwehrstößen pariert.

Verdammt! Bei der Erinnerung an ihren Kuss mit dem Italiener rann ihm ein heißer Schauder über den Rücken.

Osborne streifte die Seide von seinem Körper, stakste zum Fenster und presste die Stirn und die Handflächen an die verbleite Rahmung. Draußen prasselte der Regen; ein paar Tröpfchen sickerten durch das Glas, kühlten seine nackte Haut und die angespannten Muskeln. Wenn das boshafte Teufelchen in seinem Kopf doch nur verstummen würde …

»Ich bin ein verdammter Idiot!«, fluchte er und hoffte inständig, das verführerisch dämonische Wispern in seine Schranken zu weisen … dieses Wispern, das sich über ihren gebogenen Nacken und die Rundungen ihrer Brüste ausließ.

Aber die Stimmen wurden nur noch lauter. Unheilvoll starrte er auf seine wachsende Erektion. Die sündigen Worte fühlten sich an, als ob ihm jemand mit einer Mistgabel in den Unterleib stäche.

Wieder fluchte er, und sein Atem benetzte das Glas. Luft ... Plötzlich verspürte er das Bedürfnis, den engen Mauern des Schlafzimmers zu entfliehen, oder besser, seiner überhitzten Einbildungskraft. Rasch zog er sich an, schnappte sich die Stiefel und eilte zur Hintertreppe.

Es herrschte nahezu vollkommene Dunkelheit, als er das Gatter zur Wiese öffnete und zum Cumberland Gate im Hyde Park ritt. Mit jedem Schritt blies der schnaubende Hengst Atemwölkchen in die Luft, die sich gespenstisch weiß von dem regenverhangenen Morgengrauen abhoben. Über dem Pflasterstein hing schwerer Nebel, der die Geräusche in der erwachenden Stadt verschluckte. Er passierte ein verschlafenes Waschmädchen, das sich mit der Kohlenschütte abmühte, und einen Straßenhändler, der seinen Karren durch die Pfützen zerrte.

Zu dieser frühen Stunde sollten die Reitwege eigentlich leer sein, grübelte er. Die beste Zeit für einen höllischen Galopp. Aber als er sich im Sattel rührte, bemerkte Osborne, dass die Entscheidung für den Ausritt vielleicht doch nicht so klug gewesen war. Die geschmeidigen Muskeln des Hengstes und sein weiches Fell erinnerten ihn auf unangenehme Weise daran, dass sein Missbehagen ebenso körperlich wie geistig war.

Ich muss mir eine neue Geliebte suchen, und zwar schnell! Eine Frau, die so heißblütig und sexy war, dass sie sowohl seinen Geist als auch seinen Körper dazu brachte, keinen Gedanken mehr an Lady Sofia zu verschwenden.

Osborne trieb den Hengst in einen leichten Galopp und

entspannte sich langsam im Rhythmus des Ritts. Die Frage war nur, wer unter den verfügbaren Ladys seinen Vorlieben gerecht werden könnte. Denn keine seiner alten Flammen konnte der Contessa das Wasser reichen. Eine Neue musste her, jemand, mit dem er nicht gerechnet hatte ...

Plötzlich entdeckte er, wie sich weiter vorn im dämmrigen Nebel etwas bewegte. Sekundenbruchteile später tauchte ein Hengst auf, der in halsbrecherischem Tempo zwischen den Bäumen galoppierte. Die schlanke Gestalt, die sich tief gebückt am Sattel festklammerte, war mitten zwischen den fliegenden Hufen und den aufstiebenden Erdklumpen kaum zu erkennen.

»Zum Teufel noch mal!« Entsetzt bemerkte Osborne, dass sich ein Stiefel aus dem Steigbügel löste und der Reiter zu Boden stürzte. Aber wie durch ein Wunder berührten beide Füße den Boden, und dem Glückspilz gelang es, wieder aufzuspringen und den nassen Sattelknauf zu greifen.

Trotz seiner akrobatischen Einlage hatte der junge Bursche zweifellos die Kontrolle über das Pferd verloren und lief Gefahr, zu Tode getrampelt zu werden. Osborne trieb sein Pferd vorwärts und duckte sich unter den tiefhängenden Zweigen durch, während sie beschleunigten und zusammen über den Reitweg rasten.

Osbornes kräftiges Tier donnerte durch eine Lücke zwischen den Bäumen und gewann genügend Boden, um zu dem flüchtigen Hengst aufzuschließen. Mit einer Hand schnappte er sich die Zügel, schaute genauer hin – eine gefährliche Bewegung, denn der kleinste Fehltritt konnte bedeuten, dass sie sich beide den Hals brachen.

Nur noch ein oder zwei Zentimeter ... Gebückt wagte Osborne einen tiefen Satz nach vorn, umschlang die Hüfte des Reiters und riss ihn in Sicherheit. Aber anstatt einen tränenüberströmten jungen Kerl in den Armen zu halten, dessen Gliedmaßen vor Erleichterung schlaff herunterhingen, fand er sich in einem Handgemenge mit angespannten Muskeln wieder.

»Um Himmels willen! So hören Sie doch endlich auf, wie ein Aal zu zappeln!«

Der Bursche besaß die Frechheit, mit einem Fluch zu antworten. Wieder traf er das Pferd mit einem Tritt in die Flanke. Der Braune schnaubte und brach seitlich aus, sodass sie beide aus dem Sattel stürzten.

»Verdammter Teufel!«, brummte Osborne und versuchte, sich die scharfen Ellbogen des undankbaren Kerls zu schnappen.

In der Rauferei lockerte sich die Mütze des Burschen, und ein Haufen rabenschwarzer Locken kam zum Vorschein.

»L... Lady Sofia?« Osborne zwinkerte, fragte sich, ob er mittlerweile vollkommen den Verstand verloren hatte. Und doch, niemand anders als die Contessa lag in seinen Armen, gekleidet wie ein Bursche in Lederhosen und eine Lederjacke aus Maulwurfsfell.

»Ja, verdammt! Und jetzt lassen Sie mich los«, verlangte sie.

Als er nervös innehielt, gelang es ihr, sich aus seinem Griff zu befreien und sanft in den Torf zu rollen. Ohne ein weiteres Wort zu verlieren, drehte sie sich um und stolperte davon, um nach den Zügeln ihres Pferdes zu greifen.

Osborne ließ sich ebenfalls aus dem Sattel gleiten und eilte ihr nach. »Ist alles in Ordnung, Mylady?«

»Ja, es geht mir gut«, schnappte sie unwirsch.

»Aber ...«

»Aber was?« Sofia wirbelte herum. Ihre Augen waren weit aufgerissen, ihre Wangen gerötet. Wild umtanzten ihre Locken ihr errötetes Gesicht.

Osborne brachte es nicht fertig, den Blick von ihr zu lösen – und von der engen Lederhose.

»Teufel noch mal, Sie reiten ja wie ein Husar!«, sagte er bewundernd.

»Eine Tatsache, die Sie hoffentlich für sich behalten können.« Osborne bemerkte, dass sich in ihrer Miene nicht länger nur Wut, sondern auch Angst und Bestürzung spiegelten. »*Prego*, Lord Osborne!«, fügte sie hinzu, nachdem sie tief durchgeatmet hatte, »ich bitte Sie inständig, mit niemandem darüber zu sprechen. Mir ist durchaus bewusst, dass die ungeschriebenen Gesetze, denen eine Lady hier in England sich zu fügen hat, überaus streng sind. Es gibt viele Leute, die mich als ein wenig zu … zu stürmisch empfinden würden.«

»Gefährlich stürmisch, Lady Sofia.« Osborne trat einen Schritt näher. Nach dem Vorfall waren beide noch ein wenig außer Atem, und er konnte den warmen Hauch spüren, der durch den feuchten Nebel zu ihm drang. Als Gentleman war er verpflichtet, ihrer Bitte nachzukommen; aber in diesem Augenblick schien ein weit teuflischeres Verlangen jeden Ehrbegriff in ihm zu überwältigen.

»Wer jemanden um einen Gefallen bittet, muss auch bereit sein, eine Gegenleistung zu gewähren. So ist es in diesem Lande üblich.«

Sofias Augen wurden ein klein wenig größer. Schwer zu erkennen, ob es sich dabei um Gefühlsregungen oder um wabernde Schatten der Morgendämmerung handelte. »An welche Gegenleistung hatten Sie gedacht, Lord Osborne?«

Trotz der kühlen Luft glitzerten kleine Schweißtröpfchen auf ihrer Haut, und im Pulsschlag an ihrem Hals schien sich das heftige Pochen seines Herzens zu spiegeln. Er senkte die Lippen auf die pulsierende Stelle.

Tief aus ihrer Kehle drang ein Stöhnen hervor. Aber sie stieß ihn nicht fort.

Ermutigt zeichnete Osborne die Spur eines Kusses über ihren Kiefer, sog die untergründige Süße ihrer Haut in sich ein. *Süß wie Heide und Honig.* Er konnte sich nicht dagegen wehren – musste einfach noch mehr schmecken, drückte den Mund auf ihren und sog ihre Unterlippe zwischen seine Zähne.

Langsam, langsam. Aber sein Körper wollte dem Geist nicht gehorchen. Osbornes Bartstoppeln kratzten über die zarte Haut, als er sie zwang, den Kopf nach hinten zu drücken. Mit den Händen fuhr er durch ihr windzerzaustes Haar; seine Zunge drang tief in sie ein, trank ihre Wärme.

Du lieber Himmel, beinahe drohte er in der überwältigenden Lust zu ertrinken!

Was für einen Wirbel er um sich selbst veranstaltete.

Der lässig elegante Deverill Osborne, der sich nach einem flüchtigen Kuss verzehrte.

Es kümmerte ihn nicht. Seine Hände fanden den Verschluss ihrer Jacke, dann ihre weiblichen Rundungen unter dem zerknautschten Leinen. Seine Hände eroberten ihre Brüste, liebkosten sie, während sie heftig, ungemein weiblich auf seine Berührung reagierte. Ihre harten Knospen drängten sich gegen seine Handflächen.

»Bitte …« Sofia drängte sich vor und zurück, rieb sich mit den Lederhosen an seinem harten Unterleib. »Bitte, wir müssen wirklich aufhören!«

Osborne kochte innerlich so sehr, dass er zu explodieren drohte. »Falls Sie mich anflehen, dass ich Sie gehen lassen soll, dann irren Sie sich allerdings gründlich.«

Sofia wurde ganz ruhig in seinen Armen.

»Warum verhalten Sie sich gegenüber diesem eitlen italienischen Pfau so offenherzig, mir gegenüber aber so kalt?«

»Ich ... er ...«, stammelte Sofia. »Marco ist ein langjähriger Freund.«

»Ein langjähriger Liebhaber?«

Sofia wandte den Blick ab. Das gelöste Haar fiel ihr über die Schultern, war wie ein schimmernder dunkler Vorhang zwischen ihnen.

»Es tut mir leid! Das war unsäglich flegelhaft«, seufzte er. »Ich habe keine Ahnung, was über mich kommt, wenn ich in Ihrer Nähe bin. Meine Manieren scheinen sich in Schall und Rauch aufzulösen.«

»Bitte, lassen Sie mich gehen, Lord Osborne.«

Er nahm die Hände fort, nachdem er ihr eine widerspenstige Strähne aus dem Gesicht gestrichen hatte. Sofia zuckte zusammen, als hätte sie sich bei seiner Berührung verbrannt. Und doch, ein paar Sekunden lang waren ihre Lippen unter seinen vor Verlangen dahingeschmolzen ... Schließlich hatte er genügend Frauen geküsst, um über jeden Zweifel erhaben zu sein.

»Und nun, wo Sie Ihr Vergnügen gehabt haben, Sir, darf ich im Gegenzug wohl auf Ihre Diskretion vertrauen.«

Der Zorn in ihrer Stimme provozierte ihn so sehr, dass er sich nicht anders zu helfen wusste, als es ihr mit gleicher Münze heimzuzahlen. »Das Vergnügen war doch gar nicht so einseitig, Contessa. Geben Sie es zu! Sie wollten mich genauso sehr wie ich Sie.«

Ihre Wangen wurden so rot wie die Lippen, die vom Kuss glühten. »Warum sollte ich das zugeben, Sie arroganter Kerl?«

»Sie hochnäsiger Teufelsbraten!«

Auge in Auge standen sie sich gegenüber, starrten sich an durch den wabernden Morgennebel. So sehr Osborne sich einerseits wünschte, der Lady den Rücken zuzukehren und fortzugehen, so sehr fühlte er sich andererseits in einen seltsamen Bann geschlagen. *Schwarze Magie.* Der Lufthauch wehte in ihr gelöstes Haar, brachte die rabenschwarzen Locken auf ihren wohlgeformten Schultern zum Tanzen. Ihre Augen, noch aufgewühlt vom Zorn, sprühten Funken wie feurige Smaragde.

Das Atmen wurde ihm schwer.

Irgendwo bellte ein Hund, zerriss den finsteren Zauber. Sofia schnappte sich ihre Mütze, setzte sie auf und stopfte die Locken darunter. Mit ein paar schnellen Schritten war sie an der Seite ihres Hengstes. Ohne auf Hilfe zu warten, nahm sie die Zügel in die Hand und schwang sich mühelos in den Sattel. Nur flüchtig berührte sie den Steigbügel mit dem Stiefel.

Welche Fehler sie auch haben mochte, auf dem Pferd sah die Lady zauberhaft aus. Wie Minerva, die römische Göttin der Weisheit und des Krieges. Wie eine kriegerische Schönheit.

»*Andiamo*, Jupiter«, befahl sie.

Das Pferd wieherte, die Hufe ließen feuchte Erdklumpen hochfliegen. Kaum hatte Sofia dem Tier die Absätze in die Flanken gedrückt, waren sie auch schon verschwunden.

Das war knapp.

Sofia lehnte sich an die Stalltür und presste sich die Handflächen an die Stirn. Nur ein paar Zentimeter, dann wären Osbornes Hände über die kleine Pistole gestolpert, die sie in ihrem Gürtel versteckt hatte. Dabei stellte er schon genügend unangenehme Fragen! Nein, er sollte sich nicht auch noch den Kopf darüber zerbrechen, warum sie eine Pistole bei sich trug.

Sie biss sich auf die Lippe. Eindeutig ein Fehler – und eine weitere Erinnerung daran, wie sehr sie in ihrer Aufmerksamkeit nachgelassen hatte.

Mit der Zunge fuhr sie sich über die Lippen, schmeckte die nachklingenden Spuren des Brandys und ihrer eigenen ungeheuren Dummheit. Welcher Wahnwitz hatte sie nur überfallen? Der Charme des Mannes war unübertrefflich. Sein Lächeln geradezu sündhaft sinnlich. Als sein Mund sich ihr genähert hatte, im nebligen Morgengrauen nur um Haaresbreite von ihrem entfernt gewesen war, hatte sie nicht mehr die Kraft gefunden, ihm zu widerstehen.

Leidenschaft. Während sie das Prinzip durchaus begriffen hatte, hatte der Unterricht in der Akademie sie nicht auf die Wucht vorbereitet, mit der der Stoß sie körperlich erwischen würde.

Zitternd erinnerte sie sich an seine forschenden Zärtlichkeiten, an seine Zunge, die ihre Abwehr so sanft ausgeschaltet hatte. Hart, aber trotzdem weich. Süß, aber voller Verlangen, heiß und männlich. Die Wirkung war ... überwältigend. Kampflos hatte sie sich seinem Verlangen unterworfen.

Kein Wunder, dass der teuflische Deverill Osborne die Hälfte der Frauen in London verführt hatte!

Sofias Seufzer klang so scharf wie ein Fluch. Gefahr erkannt, Gefahr gebannt. Sie würde es nicht zulassen, dass der Mann sie noch einmal so umstandslos besiegte. Es mochte sein, dass er das erotische Gefecht meisterlich beherrschte; aber schon bald würde er feststellen, dass er nicht der Einzige war, der eine stählerne Klinge zu führen verstand. Jede zukünftige Annäherung seinerseits wird in Zukunft besser pariert werden, beschloss sie.

Schließlich war sie kein Hühnchen, das gerade erst aus dem Ei geschlüpft war – sie war ein Merlin! Wehe dem Mann, der es wagte, ihr zu nahe zu kommen ...

Osborne eilte den Korridor in Whitehall entlang, vorbei an dem jungen Lieutenant, den man beauftragt hatte, ihm die Hintertreppe zum Büro des Marquis zu zeigen.

»Sir!«, schnaufte der Officer, »ich muss Sie ankündigen …«

Osborne achtete nicht auf die Worte, sondern stürmte an einem erschrockenen Bürogehilfen vorbei in das Zimmer.

»Osborne.« Lynsley runzelte besorgt die Stirn.

»Verzeihen Sie den Überfall!« Urplötzlich empfand er es als reichlich dumm, die Arbeit an Staatsangelegenheiten wegen ein bisschen Klatsch und Tratsch zu stören. Aber es würde noch dümmer aussehen, wenn er sich jetzt zurückziehen würde. »Darf ich Sie kurz sprechen? Im Vertrauen.«

Der Marquis schickte seinen Sekretär mit einem knappen Nicken aus dem Zimmer. »Sie können sich schon einmal daransetzen, das Memorandum für die schwedische Botschaft zu entwerfen, Jenkins. Ich werde später einen Blick darauf werfen.« Dann deutete er auf die Karaffen auf der Anrichte. »Darf ich Ihnen einen Drink anbieten?«

»Nein, danke. Ich sollte Ihre Zeit nicht mehr als nötig in Anspruch nehmen, um …« Ja, weshalb? Das ungehörige Benehmen einer Lady zu verpetzen? Osborne spürte, wie seine Wangen sich erwärmten, als er fortfuhr, »… um Ihnen meine Besorgnis hinsichtlich der Contessa mitzuteilen.«

»Besorgnis?« Lynsley zog die Brauen ein Stück höher.

»Ich fürchte, dass Sie auf dem besten Wege ist, sich auf eine anstößige Gesellschaft einzulassen«, bemerkte er ungelenk. »Ich habe versucht, sie zu warnen. Aber es scheint, als würden meine Ansichten sie nicht kümmern.«

»Ach, wirklich?«

»Um es rundheraus zu sagen: Die Lady schätzt mich offenbar nicht besonders. Nun, wie auch immer, ich hoffe, dass Sie Ihren Einfluss auf sie geltend machen können.«

»Lady Sofia ist bereits erwachsen«, entgegnete der Marquis trocken. »Sie ist frei, sich ihre Gesellschaft selbst auszusuchen, unabhängig davon, wie Sie oder ich darüber denken.« Er nahm einen Stapel Papiere in die Hand und begann wieder zu lesen. »Ich weiß Ihren Bericht sehr zu schätzen, aber ich mache mir keine Sorgen um die Lady. Ich setze großes Vertrauen in ihr Urteil.«

Osborne verzog das Gesicht. »Selbst wenn sie einen Höllenhund wie Adam De Winton ermutigt, ihr um die Röcke zu streichen?«

Bedächtig blätterte Lynsley durch seine Akte. »De Wintons Stammbaum verschafft ihm Zugang zu den höchsten Kreisen der Gesellschaft. Und wenn die führende Gastgeberin in London gegen seine Anwesenheit nichts einzuwenden hat, dann sehe ich keinen Grund, einen Streit vom Zaun zu brechen.«

Die abweisende Art des Marquis ging Osborne langsam auf die Nerven. »Es ist nicht die Ahnentafel, sondern seine Geldbörse, die Anlass zur Sorge gibt. Überall in den Spielhöllen der Stadt ist man darüber informiert, dass seine finanzielle Lage bestenfalls als prekär zu bezeichnen ist.«

»Ein Mitgiftjäger? Seien Sie versichert, dass Lady Sofia sich mit solcher Brut auskennt. Es ist unwahrscheinlich, dass sie sich durch falsche Schmeicheleien einwickeln lässt.«

»Vielleicht wären Sie eine Spur mehr besorgt, wenn ich Ihnen über ihre morgendlichen Gewohnheiten Bericht erstatte«, fügte Osborne hinzu.

Endlich schaute Lynsley auf.

»Zufällig habe ich sie im Morgengrauen allein im Park beobachtet«, erklärte er grimmig. »Sie saß im Sattel eines großen schwarzen Hengstes und ist in halsbrecherischem Tempo über den Reitweg galoppiert. Wussten Sie, dass sie reiten kann wie der Wind?«

»Angesichts der Tatsache, dass ich mich um ihren Reitlehrer gekümmert habe, bin ich mir über ihre Fähigkeiten im Sattel durchaus bewusst«, entgegnete der Marquis.

Osborne schwieg einen Moment. Im Grunde genommen hätte er es dabei bewenden lassen müssen; aber die Sturheit siegte über die Vernunft. »Wenn sie die Zügel nicht ein wenig fester in die Hand nimmt, könnte es durchaus sein, dass ihr guter Ruf bald zertrümmert ist. Klatsch und Tratsch lassen nicht lange auf sich warten, wenn eine Lady die Grenzen der Schicklichkeit überschreitet.«

»Eine Witwe genießt allerdings größere Freiheiten als eine jungfräuliche Lady, wie Ihnen zweifellos bekannt ist.« Der Marquis griff nach einem Stift. »Betrachten Sie Ihre Pflicht als erledigt, Osborne. Sie haben ihr die richtigen Türen geöffnet, und um mehr habe ich Sie nicht gebeten. Jetzt können Sie guten Gewissens beiseitetreten. Wenn Lady Sofia wünscht, sich ab sofort auf eigene Faust durch die Salons zu bewegen, dann müssen wir ihren Wunsch respektieren.«

»Verflucht noch mal!« Die Faust, die auf die Schreibtischunterlage donnerte, ließ beinahe das Tintenfass umstürzen. »Die Sache ist verdammt merkwürdig, Lynsley!«

»Was soll das heißen?«

»Nun ...« Verwirrt stellte Osborne fest, dass er keine Ahnung hatte, wie er sein Unbehagen artikulieren sollte. Es war wie bei einem Morgennebel – verschwommene Wirbel, gespenstischer Dampf. Er stieß einen tiefen Seufzer aus. »Ich komme nicht umhin, mich zu fragen, ob die Sache irgendetwas mit Ihren ... Pflichten für die Regierung zu tun hat.«

Lynsley verzog den Mund. »Ach, und jetzt bilden Sie sich ein, die Lady sei eine Geheimagentin aus dem Königreich Neapel? Oder vielleicht eine Attentäterin, geschickt von einem venezianischen Prinzen?«

Sobald man sie laut aussprach, klangen solche Verdächtigungen nur noch absurd.

»Hat eine Ihrer weiblichen Bekanntschaften Ihnen vielleicht das Buch *The Duchess of the Dark Dagger* geschenkt?«, fuhr Lynsley fort und klang ein wenig amüsiert. »*Die Herzogin der dunklen Dolche.* Soll recht unterhaltsam sein, wie ich gehört habe. Sogar noch besser als *Der Fluch des samtenen Handschuhs*.«

Osborne fluchte in sich hinein. »Das Leben schreibt manchmal die merkwürdigsten Geschichten«, gab er gekränkt zurück. »Denken Sie nur an die jüngsten Ereignisse auf Marquand Castle! Am Ende gab es zwei tote Adlige, und mein Freund Kirtland kehrt mit einer geheimnisvollen Braut zurück. Was zum Teufel haben Sie dazu zu sagen?«

»Mir ist mal zu Ohren gekommen, dass Kunstversteigerungen ein halsabschneiderisches Geschäft sein können«, erwiderte der Marquis mit regloser Miene. »Und was Lord Kirtlands Liebesleben angeht, nun, da müssen Sie den Earl schon selbst fragen. Ich gehörte nicht zu den Gästen, die zu den Hochzeitsfeierlichkeiten geladen waren.«

»Und doch haben Sie gegen ihn ermittelt.«

»Meine Pflicht verlangt, dass ich gegen viele Menschen ermittle. Meistens zeigt sich, genau wie beim Earl, dass sie über jeden Verdacht verräterischer Umtriebe erhaben sind.« Lynsley neigte den Kopf. »Wie dem auch sei, mir entgeht die Verbindung zwischen Kirtland und der Contessa ... wenn man die Tatsache außer Acht lässt, dass der Earl und seine Braut eine Hochzeitsreise nach Italien unternommen haben.«

So betrachtet hörte es sich an, wie Osborne eingestehen musste, als hätte er gerade den Entwurf zu einem Schauerroman geschrieben. *Die Kabale der Killer-Contessa.* Angesichts seiner blutrünstigen Einbildungskraft hatte er es vielleicht sogar verdient, ihr erstes Opfer zu werden.

»Vergessen Sie es einfach«, murmelte er, denn es gab keinen Grund, die Unterhaltung noch weiter auszudehnen. Selbst wenn hinter Lady Sofias Anwesenheit in London ein dunkles Geheimnis steckte, war der Marquis viel zu klug, um es durch einen kleinen Fehltritt preiszugeben. »Ich möchte Sie nicht länger bei der Arbeit stören.«

»Osborne.«

Er drehte sich um, erwartete eine letzte spöttische Bemerkung.

Aber auf Lynsleys Miene spiegelte sich tödlicher Ernst. »Nochmals vielen Dank für Ihre Warnung. Gestatten Sie mir, dass ich den Gefallen erwidere. Sie würden einen großen Fehler begehen, wenn Sie sich zu sehr auf Lady Sofia einließen. Sie ist ...«

»Gefährlich?«, platzte Osborne unwillkürlich heraus.

»Sozusagen. Obwohl ich es eigentlich ›vielschichtig‹ nennen wollte.«

»Sehr freundlich, dass Sie es jetzt erwähnen«, entgegnete Osborne mit sarkastischem Unterton. »Ich darf mich fragen, warum Sie mir die Ehre zuteil werden ließen, die Aufgabe ihrer Einführung in die Gesellschaft zu übernehmen?«

»Nur aus dem einzigen Grund, dass weithin in den Salons bekannt ist, wie streng Sie verwirrenden Gefühlen aus dem Weg gehen. Sie verstricken sich niemals in eine Liebesgeschichte.« Der Marquis legte den Stift ab und faltete die Hände. »Man sagt, dass Sie mit Ihren Wohltaten recht freigebig sind. Aber Ihr Herz gehört Ihnen ganz allein.«

Osborne fiel keine Antwort ein.

»Eine kluge Entscheidung!«, schloss Lynsley. »Besonders in diesem Fall.«

»Sie befürchten also, dass ich mein Herz an die Contessa verlieren könnte?« Osborne griff nach dem Messingknauf der

Tür. »Ha! Wenn ich dumm genug wäre, mich zu verlieben, dann ganz bestimmt nicht in einen Feuer speienden Drachen mit einer Vorliebe für ordinäres Rot.«

8. Kapitel

Sofia war froh, dass ihre Pflicht sie von der Begegnung am frühen Morgen ablenkte, setzte sich an den Frisiertisch und öffnete eine Mappe mit Schriftstücken für Lynsley. *Keine Fehltritte mehr!,* schimpfte sie mit sich selbst. Viel zu sorglos hatte sie angenommen, dass keiner der Gentlemen aus den Salons schon zum Morgengrauen auf den Beinen sein würde.

Stirnrunzelnd fragte sie sich, was Osborne zu so früher Stunde im Park zu tun gehabt hatte. War er von einem mitternächtlichen Rendezvous nach Hause zurückgekehrt? Zu den Hintergrundinformationen über ihn gehörte auch eine recht lange Liste seiner Affären. Kein Wunder. Wenn es ums Flirten ging, war er unverbesserlich; er war attraktiv, witzig und einnehmend genug, um einen Feuer speienden Drachen zu besänftigen.

Und was seine Küsse betraf … Nun, da hatte er sicher genügend Übung …

Sofia presste die Lippen aufeinander und blätterte rasch durch die Akte, bis sie bei einem anderen Abschnitt angekommen war. Genug von Deverill Osborne! Sie musste sich auf die nächste Herausforderung konzentrieren.

Und ehrlich gesagt, diese Herausforderung bot eine willkommene Abwechslung zu den überfüllten Ballsälen und aufdringlichen Verehrern. Sie war vorgesehen, an einem nachmittäglichen Vortrag der Gesellschaft für Römisches Altertum teilzunehmen. Die Versammlung würde ihr die Gelegenheit verschaffen, dem Duke of Sterling zu begegnen.

Lynsley hatte ihr klargemacht, dass es zu ihren Aufgaben gehörte, die Bekanntschaft zu diesem Mann zu suchen. Obwohl der Herzog über ihre wahre Identität und über ihre Absichten natürlich im Dunkeln bleiben musste. Sofia war sich allerdings nicht ganz sicher, warum der Marquis die Begegnung für wichtig hielt. Unwahrscheinlich, dass Sterling ihr noch mehr über den verdächtigen Tod seines Großsohnes berichten konnte; aber vielleicht spürte Lynsley, dass der Mann ihr unwissentlich mehr über Lord Roberts Freundeskreis und dessen bevorzugte Aufenthaltsorte erzählen würde.

Nicht dass sie mit großartigen Enthüllungen rechnete. Andererseits musste sie jedem Hinweis nachgehen. Im Spiegel betrachtete sie ihren ironischen Blick. Selbst wenn es bedeutete, dass sie sich einige Lektionen über die bildhauerischen Techniken antiker Künstler ins Gedächtnis rufen musste. Sterling genoss einen ausgezeichneten Ruf als Kenner altertümlicher Münzen und Münzporträts. Wenn sie vorgab, seine Leidenschaft zu teilen, hätte sie die unumstößliche Begründung dafür, die Freundschaft zu pflegen.

Lügen und Täuschungen.

»Tragen Sie heute das waldgrüne Tageskleid, Mylady?« Rose betrat das Zimmer, in der Hand einen Stapel frisch gebügelter Taschentücher.

Sofia schaute auf. »Ja.« Der altmodische Schnitt des Kleides – mit langen Ärmeln, hohem Kragen, üppigen Falten – würde den Eindruck erwecken, sie sei eine sittsame und anständige Witwe, die daran interessiert war, ihr Wissen über einen ernsten Gegenstand zu vertiefen. »Und einen schlichten wollenen Schal.«

»Ausgezeichnet, Mylady! Wir sollten jetzt mit dem Ankleiden beginnen, wenn Sie nicht zu spät erscheinen wollen.«

Höchste Zeit, sich um eine neue Verkleidung zu bemühen.

Kaum hatte die Zofe sich abgewandt, tastete Sofia nach dem Medaillon unter dem seidenen Unterkleid. Es lag wie ein

Fremdkörper auf ihrer Haut. Auch in dieser Hinsicht fühlte sie sich mit der geheimnisvollen Lady auf der Miniatur verwandt. Die verblassten Gesichtszüge spiegelten ihre eigene verwischte Herkunft. Beide besaßen keinen Namen, keine erkennbare Vergangenheit. Dieser Streifzug durch die Londoner Gesellschaft, in der jedes kleinste Detail der Familie, des Ranges und der Beziehungen eingehend geprüft wurde, führte ihr nur noch deutlicher vor Augen, wie einsam sie war. Und wie viele Fragen niemals beantwortet werden würden.

Lady Nobody.

»Eine schlichte Frisur würde am besten passen, nicht wahr?« Rose umfasste den rabenschwarzen Haarschopf mit einer Hand und drehte ihn zu einem strengen Dutt auf.

Sofia konzentrierte sich wieder auf die Gegenwart. »Ja. Ja, das sieht genau richtig aus.«

Trotzdem wirkte sie, als wäre sie während des Ankleidens nicht recht bei der Sache, schnappte sich ein Buch über römische Geschichte und überflog das Kapitel über das Pantheon, als ihre Zofe sich an die letzten Handgriffe machte.

»Wäre schön, wenn der Duke sich für Florenz oder Siena interessieren würde«, murmelte sie. »Ich habe immerhin rudimentäre Kenntnisse über die Renaissance.«

Die Zofe hantierte mit der Haarnadel herum, die jedoch zu Boden fiel.

»Verzeihung!« Sofia lächelte entschuldigend. Gewöhnlich bewies Rose eine sichere Hand. »Ich fürchte, meine Zappelei macht es Ihnen noch schwerer.«

»Keineswegs, Mylady.« Trotzdem lag ein merkwürdiger Ausdruck auf der Miene der Zofe, als sie zur nächsten Nadel griff.

»Irgendwas nicht in Ordnung, Rose?«

»Nein, Mylady.« Sie schwieg, während sie eine gelöste Strähne richtete. »Nur, dass Sie die Stadt erwähnt hatten. Siena. Das hat mich an etwas anderes erinnert.«

Sofia drehte sich auf ihrem Stuhl herum, zerstörte beinahe das Werk der Zofe. »Sie kennen ... Siena?«

Rose blickte noch aufgewühlter drein. »Ich habe bisher nicht die Gelegenheit gehabt, nach Italien zu reisen.«

»Das habe ich nicht gemeint.« Sofia beschloss, auf den Punkt zu kommen. Die Welt der feinen Gesellschaft war so neu und sehr verwirrend. Wäre es nicht schön, jemanden zu haben, dem sie ein paar Geheimnisse anvertrauen konnte? Lynsley hatte ihr versichert, dass die Frau vollkommen vertrauenswürdig war. »Ich hatte von ...«, Sofia zögerte kurz, »... meiner Schwester gesprochen. Meiner Waffenschwester, um genau zu sein. Siena und ich haben jahrelang dieselbe Ausbildung genossen.«

Es war, als würde das Geständnis zu einem Riss in dem versteinerten Gleichmut der Zofe führen. »Die Ähnlichkeit zwischen ihnen ist frappierend«, murmelte Rose und erlaubte sich die Andeutung eines Lächelns.

Ein paar Sekunden lang betrachtete Sofia ihr Spiegelbild. »Wenn ich doch nur behaupten könnte, ich besäße im Angesicht der Gefahr denselben Mut und dieselben Fertigkeiten wie sie.«

Rose zupfte die letzten Strähnen an ihren Platz und legte sich die Nadeln in einer schnurgerade ausgerichteten Reihe zurecht. »Nach dem zu urteilen, was ich gesehen habe, Mylady, brauchen Sie sich nicht zu verstecken.«

»Oh, vielen Dank, Rose.« Es mochte zwar nur ein pflichtgemäßes Kompliment sein, stärkte ihr Selbstbewusstsein aber trotzdem enorm.

Anstatt zu antworten, wühlte die Zofe im Schrank. »Der burgunderfarbene Umhang sollte Ihrer Garderobe genau den richtigen Farbtupfer verleihen. Elegant, anständig und trotzdem nicht zu übersehen.« Die Fransen legten sich federleicht über Sofias Arme; vielleicht war es nur Einbildung, aber sie hatte den Eindruck, dass die abgearbeiteten Hände der Zofe einen Hauch länger verharrten als üblich.

»Ausgezeichnet.« Rose trat zurück, um die Wirkung einzuschätzen. »Nun, Sie sollten sich lieber auf den Weg machen. Die Kutsche wartet bereits, und es wäre nicht klug, sich zum Vortrag zu verspäten.«

Lächelnd griff Sofia nach dem Retikül. »Ich bin mir nicht ganz sicher, was mich dort erwartet. Wir können nur hoffen, dass ich mich nicht unter den Löwen im Kolosseum wiederfinde.«

»Es ist wahrscheinlicher, dass man Ihnen einen Ehrenplatz anweisen wird, damit alle anderen sich an Ihrem Anblick erfreuen können.«

Rose sollte recht behalten. Denn kurze Zeit später wurde Sofia zu einem Platz in der ersten Reihe geleitet, direkt neben dem Vorsitzenden des Vereins, einem beleibten Baron mittleren Alters und mit zurückweichendem Haarkranz, der seine restlichen Locken nach Brutus-Art frisiert hatte.

»Was für ein Vergnügen, dass Sie unsere kleine Versammlung heute Nachmittag beehren, Contessa«, verkündete der Mann.

»Ich hoffe, ich war nicht zu kühn mit meiner Bitte, einem Ihrer Vorträge beiwohnen zu dürfen.«

»Nein, nicht im Geringsten, wirklich überhaupt nicht. Wir schätzen uns immer glücklich, Menschen in unseren Reihen zu wissen, die ernsthaft an Gelehrsamkeit interessiert sind.«

Sofia hoffte inständig, dass Lynsley nicht schon längst irgendein Gerücht über ihre verborgenen Kenntnisse in Altertumswissenschaften gestreut hatte, denn sie mühte sich immer noch mit dem Unterschied zwischen aurelischen und oktavianischen Stilelementen ab. »Ich gestehe, dass ich kaum mehr als eine Anfängerin bin, aber begierig darauf, mehr zu lernen.« Sie hielt inne und seufzte hörbar. »Mein verstorbener Ehemann war ein Kenner der römischen Skulptur, und er hat seine Leidenschaft auf mich übertragen. Nur zu gern möchte ich mit seiner Sammlung vertrauter werden.«

Der Baron lächelte wahrhaft dionysisch. »Das ist überaus lobenswert! Ich würde mich glücklich schätzen, Sie privat unterrichten zu dürfen, wann immer Sie es wünschen.«

»Sehr freundlich.« Sie warf ihm einen versteinerten Blick zu, der ihn in Sekundenschnelle ernüchterte.

»Und dann ist da natürlich noch unsere Gesprächsreihe über …«

»Ähm.« Der Gentleman am Pult hatte sich geräuspert und raschelte mit den Papieren. »Bitte, wenn Sie alle Platz nehmen würden, würde ich gern mit ein paar Worten zu den frühen Jahren des Augustus beginnen …«

Die Rede setzte sich beinahe über eine Stunde lang fort. Sofia hatte Mühe, die detaillierten Ausführungen über stilistische Feinheiten zu verstehen, und bemerkte, dass ihre Aufmerksamkeit abschweifte. Die ältliche Lady in wallender weißer Seide und dem goldenen Kopfputz aus künstlichem Lorbeer musste die exzentrische Witwe Marchioness of Muirfield sein, eine Lady, die behauptete, mit dem Geist der Kleopatra in Verbindung zu stehen. Dass man über diese Merkwürdigkeit hinwegsah, lag einerseits an ihren großzügigen finanziellen Zuwendungen an die Gesellschaft und andererseits daran, dass man ihre Essays über römische Gartengestaltung für ausgesprochen erhellend hielt.

An ihrer linken Seite saß ein kraftloser junger Mann mit hohem Kragen und aufwendig geknotetem Halstuch. Die Falten des Knotens, die wie ein schäumender Wasserfall nach unten zu stürzen schienen, passten zu den kunstvollen Locken seines langen Haares. Bestimmt handelte es sich um den Poeten Bryce Beecham, das *enfant terrible*, dessen Übersetzung der *Aenaeis* ihn zur Sensation der literarischen Welt gemacht hatte.

Sofia ließ den Blick seitlich schweifen, während sie versuchte, den Gesichtern nicht nur Namen, sondern auch die entsprechende Beschreibung in ihren Akten zuzuordnen. Der fette und schwülstige Lord Rockham schrieb Sonette in klassischem Latein, der dürre Mr. Jervis war der Verfasser mehrerer gelehrter Abhandlungen über das antike Aquädukt und die kupferfarbene Miss Pennington-Pryce eine Autorität auf dem Gebiet der römischen Bildhauerei …

Beinahe wäre ihr Blick über den Duke of Sterling hinweggegangen, der in der entfernten Ecke saß, tief verborgen in den langen Schatten einer großen Jupiter-Statue. Selbst im Halbdunkel strahlten seine strengen, wie gemeißelten Gesichtszüge noch eine Aura der Autorität aus, die einer hoheitsvollen römischen Statue gleichkam. Die regelmäßigen Konturen und feinen Linien hatten sich mit den Jahren zu einem harten und kantigen Gesicht verfestigt. Aber auch mit seinen fünfundsechzig Jahren war der Duke immer noch ein attraktiver Mann, dessen weißes Haar wie eine Löwenmähne seine hohe Stirn krönte.

Streng, unnahbar und aristokratisch sah er aus, wie es seiner illustren Abstammung geziemte. Und traurig.

Der Tod seines Großsohnes muss ihn immer noch unendlich schmerzen, grübelte Sofia. Außerdem erinnerte sie sich daran, dass man eine weitere Familientragödie erwähnt hatte … Irgendetwas über die Entfremdung von seiner einzigen Tochter – dem Menschen, der ihm am liebsten gewesen war. Sie war seinem Wunsch entgegen mit jemandem durchgebrannt. Soweit Sofia es gehört hatte, war die junge Frau verstorben, bevor es zu einer Versöhnung hatte kommen können.

Sofia seufzte lautlos. *Familie.* Das Leben war so zerbrechlich, so flüchtig. Wie war es nur möglich, dass solcher Streit die Bande der Liebe zerstörte?

Eine Weile schaute sie noch zu ihm hinüber, bevor sie den Blick abwandte. In der Akademie hatte man sie über die Welt der Schönen und Reichen gelehrt, dass das, was sich in den betitelten Familien abspielte, nur wenig mit Liebe zu tun hatte. Eheschließungen beruhten auf pragmatischen Überlegungen wie auf der Vermehrung von Land, Macht und Geld statt auf einem wild pochenden Herzen. Pflicht rangierte vor Vergnügen.

Ein wehmütiges Lächeln spielte über ihre Lippen. In vieler Hinsicht unterschied es sich nicht besonders von den Gesetzen, die ihre eigene Welt regierten.

»Und damit wäre die Bildhauerei der flavianischen Epoche abgedeckt. In den nächsten Wochen werde ich über die späten Jahre des Empires sprechen. Aber für heute würde ich mich glücklich schätzen, Ihre Fragen beantworten zu dürfen.«

Mehrere Leute erkundigten sich nach stilistischen Einzelheiten, bevor die Versammlung zu den Erfrischungen gebeten wurde. Sofia erlaubte dem Baron, sie dem Kreis seiner Freunde vorzustellen; aber nachdem sie ein paar Höflichkeiten ausgetauscht hatten, gelang es ihr, sich zu entschuldigen. Dem Blickkontakt zu den zwei anderen Ladys wich sie aus und bahnte sich den Weg zu den gläsernen Ausstellungskabinetten im Alkoven.

»Es scheint, dass Sie ein reges Interesse für Münzen hegen, Madam.« Eine tiefe, grimmige Stimme erklang dicht hinter ihr, nachdem sie die kleinen Kunstwerke schon eine ganze Weile betrachtete hatte.

Sofia schaute auf. »Oh, in der Tat! Ich finde diese Gesichter überaus faszinierend.«

Aus der Nähe sah der Duke of Sterling weit weniger einschüchternd aus, weil in seinen lebhaften graugrünen Augen plötzlich ein amüsiertes Fünkchen glitzerte. »Ja, man kann die gesamte Bandbreite der menschlichen Gefühle entdecken«, erwiderte er, »Gier, Stolz, Geiz und Lüsternheit.«

»Genau wie Mut, Adel und Leidenschaft«, fügte sie leise hinzu.

»Das auch.« Er presste die breiten Handflächen auf das Glas. »Aber ich fürchte, ich bin auf meine alten Tage ein wenig zynisch geworden.«

»Nicht annähernd so zynisch wie Tiberius.« Sofia deutete auf das höhnische Lächeln des alten Kaisers. »Manchmal bereitet es mir Vergnügen, mir Geschichten zu den Gesichtern auszudenken. Wer diese Menschen wirklich waren, welches Leben sie gelebt haben. Nicht besonders gelehrt, fürchte ich, aber das verleiht den vergangenen Zeiten doch erst ein menschliches Antlitz.«

Sterling lachte. »Ich gestehe, dass ich nicht anders denke, wenn ich meine Sammlung betrachte. Manche der Bildnisse sind unvergesslich.« Einen Moment lang blickte er eindringlich auf die Münzen; dann schüttelte er kaum merklich den Kopf. »Natürlich handelte es sich um nichts anderes als um flüchtige Einbildungen. Aber es ist doch, wie Sie sagten, es verleiht den vergangenen Zeiten ein menschliches Antlitz.«

»Wie man hört, könnte Ihre private Sammlung zu mehr als nur ein paar Geschichten inspirieren, Euer Gnaden. Ich habe gehört, dass sie zu den schönsten in ganz England gehört.«

»Nicht zu vergleichen mit einigen Sammlungen in Ihrem

Land.« Sein Lächeln war zurückgekehrt. »Gestatten Sie mir, dass ich mich förmlich vorstelle, Contessa, obwohl es überflüssig scheint, dass wir unsere Namen nennen.«

»Ja, in der Tat, Sir. Es ist eine Ehre, einer solch erhabenen Persönlichkeit zu begegnen.«

Er lächelte trocken. »Du lieber Himmel! Aus Ihrem Mund klingt es so, als ob man mich ebenfalls unter Glas konservieren sollte.«

Sofia gab vor, beschämt zu sein. »Bitte verzeihen Sie, mein Englisch ist nicht so glänzend, wie ich es gern hätte ...«

»Ihr Englisch ist makellos, Contessa.« Er tätschelte ihr den Arm. »Obwohl ich mir die Bemerkung erlaube, dass Sie lieber mit jüngeren Gentlemen plaudern sollten anstatt mit einem alten Artefakt wie mir.«

»Ein intelligentes Gespräch ziehe ich falschen Schmeicheleien jederzeit vor, Euer Gnaden.«

Er stieß ein kurzes, verbittertes Lachen aus. »Sie finden diese Kriecher also auch langweilig? Dann gestatten Sie, dass ich Sie in die anderen Galerien entführe und Ihnen den Rest der Sammlung unserer Gesellschaft zeige.«

»Das würde mir sehr gefallen.«

Sofia folgte dem Duke an den anderen Ausstellungskabinetten vorbei und hoffte inständig, dass ihre gelegentlichen Kommentare nicht verrieten, wie wenig sie mit diesen Antiquitäten vertraut war. Falsche Schmeicheleien ... allerdings. Sie empfand ein schlechtes Gewissen, weil sie ihn an der Nase herumgeführt hatte. Denn es war offensichtlich, dass ihm die Sache sehr am Herzen lag. Die harte Linie um seinen Mund wurde weicher, als er die exzellente Handwerksarbeit am Beispiel einer Serie bronzener Rohlinge beschrieb. Sogar die dunklen Ringe unter seinen Augen schienen zu schwinden.

Sterling betrat das Zimmer mit den Plastiken und blieb vor

einer Büste des Ovid stehen. »Mein Großsohn hat seine Rhetorik und die Logik sehr bewundert.« Er seufzte. »Vielleicht zu sehr.«

»Bitte verzeihen Sie, wenn ich schmerzliche Erinnerungen aufrühre, aber ich möchte Ihnen gern mein Beileid aussprechen. Ich bin zwar erst kürzlich in der Stadt eingetroffen, habe aber gleich gehört, dass Sie einen schlimmen Verlust erleiden mussten.«

»Ja, ich zweifle nicht daran, dass Roberts Tod Wasser auf die Mühlen der Klatschtanten gewesen ist.« Er biss die Zähne zusammen. »London liebt Skandale. Je schmutziger die Einzelheiten, desto besser.«

»Unglücklicherweise trifft man überall auf der Welt auf eine Vorliebe für schmutziges Gerede, Euer Gnaden. Gerüchte und Unterstellungen scheinen mit eigenem Leben begabt zu sein.«

»Sie sind weiser, als Ihr Alter es erlaubt, Contessa.« Der Duke wirkte verschlossen und grüblerisch. »Danke für die tröstenden Worte.«

Es schien ein kalter Trost gewesen zu sein. Denn die Miene des Dukes war so blass und leblos wie der geäderte Marmor.

»Hat Ihr Großsohn Ihre Vorliebe für das Altertum geteilt?«, fragte sie. Nur ungern rührte sie an schmerzliche Erinnerungen, aber es war ihre Pflicht, möglichst viel über den jungen Mann in Erfahrung zu bringen.

»Ja. Robert besaß für viele Dinge ein lebhaftes Interesse. Er war ein ganz außergewöhnlicher Kerl ...«

Osborne ging an den botanischen Büchern vorbei, suchte die Regale mit den Werken über italienische Kunst und Kultur.

Es musste doch eine Mittelmeer-Version des *Debrett* geben, eines voluminösen Nachschlagewerks, der die Adelstitel der verschiedenen Königreiche und Stadtstaaten verzeichnete.

Conte della Ghiradelli. Contessa della Silveri. Zuerst würde er prüfen, ob es sich um Fakten oder Fiktionen handelte. Lynsleys Gespött hatte seine ohnehin schon strapazierten Nerven vollkommen blank gelegt.

Es dauerte eine Weile, aber schließlich hatte er gefunden, wonach er suchte; zwar auf Italienisch, aber das spielte keine Rolle. Denn er musste nicht mehr tun als die alphabetischen Listen über Mailand und Venedig durchzugehen.

Ghirabella, Ghiracetti … Verflucht! Enttäuschung keimte in ihm auf, als er einen Eintrag über Giovanni Marco Musto della Ghiradelli entdeckte. Das Alter schien auch zu stimmen. Wie auch die Information über Conte de Silveri, der in der Tat vor einigen Jahren verstorben war. Das Datum der Eheschließung war verzeichnet, der Name allerdings nicht.

»Ich hatte ja keine Ahnung, dass Sie sich für die italienischen Ahnentafeln interessieren, Lord Osborne.« Lady Serena Sommers' Stimme flötete ihm über die Schulter.

Er ließ das Buch zuschnappen und stellte es an seinen Platz zurück. »Ich … ich habe mich nur über einen Freund erkundigt.« Rasch drehte er sich um und versuchte, die vergoldeten Lettern der Titel auf den Buchrücken mit seinem Körper zu verbergen. »Haben Sie schon bemerkt, dass die neue Sammlung der Essays von Repton erschienen ist?«

Lady Serena hielt einen schmalen, in Leder gebundenen Band hoch. »Ja. Ich habe mir schon ein Exemplar besorgt.«

»Ich bin überzeugt, Sie werden sie überaus interessant finden.« Osborne ergriff ihren Arm und zog sie in einen anderen Gang hinein. »Es könnte sein, dass Sie der Bildband über Verrochinis Villenarchitektur ebenfalls fasziniert.«

»Ich werde den Angestellten bitten, das Buch zu meinen Einkäufen zu legen«, meinte sie, nachdem sie die ersten Drucke angeschaut hatte. »Vielen Dank für die Empfehlung!«

»Das Vergnügen ist ganz auf meiner Seite, Lady Serena!«

Die Röte stieg ihr in die Wangen. »Wo wir gerade über Vergnügen sprechen, Lord Osborne ...«

»Ja?«, ermutigte er sie.

»Ich möchte gewiss nicht aufdringlich erscheinen. Aber weil Sie als ausgesprochen feinfühliger Mann bekannt sind, habe ich mich gefragt, ob Sie vielleicht an einer Party teilnehmen möchten, die am Donnerstagabend bei mir stattfindet. Es wird nur eine kleine Angelegenheit sein, viel vertraulicher als die üblichen Abendgesellschaften in den Salons.«

Sie zögerte kurz. Die Röte auf ihren Wangen vertiefte sich, als sie die Stimme zu einem Wispern senkte. »Ich sollte Sie warnen, dass ich Leute einlade, die ich als überaus interessant empfinde, obwohl sie in den höchsten Kreisen der Gesellschaft nicht unbedingt willkommen sind. Allerdings halten wir uns nicht immer an die strengen Gesetze des Anstands. Aber ich vertrete beharrlich die Auffassung, dass man Frauen die Freiheit gewähren sollte, auch über Dinge zu reden, die ihrem Geschlecht gewöhnlich verboten sind. Vielleicht sind Sie anderer Meinung.«

Mit anderen Worten: Lächelt Lord Sunshine nur dann, wenn alles mit rechten Dingen zugeht?

Osborne schürzte die Lippen und antwortete ebenfalls wispernd. »Klingt ziemlich anregend.«

Lady Serena stieß einen sanften Seufzer aus. »Ausgezeichnet! Dann kommen Sie gegen acht zu mir.«

»Ich freue mich darauf.«

»Es hört sich an, als wäre Ihr Großsohn ein außergewöhnlich begabter junger Mann gewesen, Euer Gnaden«, meinte Sofia. »Kein Wunder, dass Sie ihn schmerzlich vermissen.«

»Es ist immer schrecklich, jemanden aus der Familie zu verlieren. Aber das ist Ihnen sicherlich bekannt.« Der Duke verzog das Gesicht. »Aber ich alter Kerl stehe hier und langweile Sie mit meinen selbstsüchtigen Erinnerungen, während Sie auch Ihre Tragödien durchlebt haben.«

Sofia versuchte, sein schlechtes Gewissen zu besänftigen. »Bitte, Sir, Sie müssen sich nicht entschuldigen! Ich genieße es sehr, Sie über Ihren Großsohn sprechen zu hören.« Das stimmte, denn während der Unterhaltung hatte sie eine Reihe neuer Tatsachen erfahren, eingeschlossen die Namen der engsten Freunde von Lord Robert und die Anschrift der Galerie mit Antiquitäten, die er bevorzugte. »Aufrichtig gesagt, ich wünschte, ich hätte ihn kennenlernen dürfen.«

Der Duke wirkte wehmütig. »Er hätte Sie sehr geschätzt. Es ist wirklich ein Jammer ...«

Sterling ließ die Worte verklingen und straffte die schlaffen Schultern. Er war ein großer Mann; und als er das Rückgrat so kerzengerade ausrichtete wie einen Ladestock, wurde klar, dass er sich nur selten solche schwachen Momente erlaubte. Unbeugsam wie Stahl. Bestimmt war es nicht einfach, mit ihm auszukommen. Sofia konnte sich blendend vorstellen, wie sein Wille auf den Willen seiner Tochter geprallt war, als sie es gewagt hatte, sich seinen Wünschen zu widersetzen. Und doch, unter dem zur Schau gestellten Panzer spürte sie ... ja, was? Bedauern? Schuldzuweisungen?

Was ihn nur noch sympathischer machte.

»Nun aber Schluss mit diesem rührseligen Gerede!«, fuhr er fort. »An welchem Aspekt der römischen Kunst sind Sie am meisten interessiert, Contessa?«

»Bitte nennen Sie mich Lady Sofia, Euer Gnaden. Und ich interessiere mich sehr für Münzen, obwohl ich noch unendlich viel über diese Dinge zu lernen habe.«

Die Antwort schien ihm zu gefallen. »Dann müssen Sie mich demnächst besuchen und sich meine Sammlung ansehen. Der größte Teil ist im Ingot untergebracht ...«

»Im Ingot?«, unterbrach Sofia.

Sterling lachte. »Das ist der Spitzname für das Schloss unserer Ahnen in Kent. Ein verblichener Duke hatte es sich in den Kopf gesetzt, die Eingangstür mit gediegenem Silber zu verkleiden ... So hatten wir nicht nur den Spitzname zu ertragen, sondern auch die Flüche zahlloser Lakaien, die das verfluchte Ding zu putzen hatten.«

»Scheint so, als pflegte Ihr Vorfahre einen lebhaften Sinn für Humor«, meinte sie trocken.

»Allerdings. Seine Reputation war etwas verblasst, sowohl in persönlicher als auch in politischer Hinsicht. Die Tür ist nicht mehr als der Beweis seiner maßlosen Eitelkeit.«

»Unsere Familie können wir uns nicht aussuchen.«

Der Duke erlaubte sich ein zaghaftes Lächeln. »Nein. Wir müssen schlicht mit ihr leben.«

Wenn wir uns so glücklich schätzen dürfen. Sofia unterdrückte ein Seufzen. Aber vielleicht war es auch ein Glück, dass die Vergangenheit sie nicht in Fesseln gelegt hatte. Auf ihr lasteten nicht die Sünden ihrer Ahnen, nicht die Erwartungen der Familie, nicht die Erinnerung an boshafte Vorfahren.

»Wie dem auch sei«, fuhr Sterling fort, »in letzter Zeit empfange ich nur selten Besuch im Ingot. Ohnehin befindet sich ein kleinerer Teil der Münzen hier in London.«

»Ich würde mich sehr freuen, wenn ich einen Blick darauf werfen dürfte.«

»Ich werde mich für ein paar Tage außerhalb der Stadt aufhalten. Aber sobald ich zurück bin, arrangieren wir einen Besuch.«

»Das ist sehr freundlich, Sir!«

»Nein, im Gegenteil – es ist selbstsüchtig. Ein Mann in meinem Alter darf keine Chance auslassen, sich die Gesellschaft einer zauberhaften jungen Lady zu verschaffen.« Der Duke warf einen Blick in das Zimmer mit den Erfrischungen und zog die silbrigen Brauen hoch. »Sir Stephen sieht so aus, als würde er mich am liebsten den Löwen zum Fraß vorwerfen, weil ich Sie schon so lange den anderen Gästen vorenthalte. Ich sollte Ihnen lieber gestatten, sich in die Menge zu mischen.«

Sofia bedankte sich mit einem würdevollen Lächeln für das Kompliment. Sie hatte Sterlings Gesellschaft genossen. Trotz seines hohen Ranges und der einschüchternden Reputation hatte er bewiesen, dass ein freundliches Herz in seiner Brust schlug. Außerdem hatte er seinen selbstironischen Humor unter Beweis gestellt. Seltsam ... Sie hatte ebenfalls den Eindruck gewonnen, dass er trotz seines Reichtums und des umfangreichen Gefolges recht einsam war. Unter allen Männern, die sie während der Mission zu betören hatte, schien der Duke noch die angenehmste Bekanntschaft zu versprechen.

»Ich würde Ihnen gern widersprechen, aber wahrscheinlich haben Sie recht«, erwiderte Sofia. »Man hält mich sicher schon für unangemessen unhöflich.«

Sterling bot ihr den Arm. »Die Pflicht ist manchmal eine verfluchte Verschwendung.« Er zwinkerte ihr verschwörerisch zu. »Eine Viertelstunde reicht aus. Danach dürfen Sie sich unter Umständen zurückziehen.«

»Vielen Dank für den Hinweis, Sir! Ich glaube, ich muss immer noch auf jeden Schritt achten, den ich bei meinem Weg durch die Londoner Gesellschaft mache. Damit ich nicht unwissentlich jemandem auf die empfindlichen Zehen trete.«

»Falls Ihnen doch ein Fehltritt passiert, reagieren Sie einfach so wie auf dem Tanzparkett, Lady Sofia, und wirbeln Sie mit einem hoheitsvollen Lächeln auf den Lippen weiter. Niemand wird es wagen, Sie zu beleidigen.«

Sofia lachte. »Ein weiser Rat, Euer Gnaden.«

»Ich bin mir sicher, dass Lord Lynsley Ihnen ebenso weise raten wird. Mir ist zu Ohren gekommen, dass er eine Patenschaft für Sie übernommen hat, solange Sie sich in der Stadt aufhalten.«

»Ja, der Marquis ist ein alter Freund der Familie«, erwiderte sie. »Aber leider ist zu befürchten, dass seine Pflichten für die Regierung ihm nicht viel freie Zeit lassen. Ich habe längst das Gefühl, dass ich seinen guten Willen zu sehr strapaziert habe. Nein, bestimmt werde ich ihn nicht mehr mit irgendwelchen Belanglosigkeiten aufhalten.«

»Gestatten Sie, dass ich an seine Stelle trete.«

»Wie außerordentlich freundlich! Und Sie würden es mir bestimmt nicht übel nehmen, wenn ich Sie um Rat ersuche, falls sich mir weitere Fragen zur Etikette aufdrängen?« *Eine Jungfer in Bedrängnis.* Das würde ihr einen zusätzlichen Grund bieten, seine Gesellschaft zu suchen.

»Nein, in der Tat nicht. Bitte scheuen Sie sich nicht, sich an mich zu wenden, wenn Sie in Schwierigkeiten stecken«, erwiderte er und tätschelte ihr väterlich die Hand.

Schwierigkeiten. Selbst in seinen kühnsten Träumen würde der Duke of Sterling sich nicht vorstellen können, welche Schwierigkeiten sie provozieren würde! Nicht, dass sie beabsichtigte, ihn aufzuklären.

Stattdessen senkte Sofia die Lider. »Überaus beruhigend, Euer Gnaden. Denn eine Lady kann niemals wissen, wann sie einen Ritter in schimmernder Rüstung braucht, der sie aus höchster Gefahr errettet.«

9. Kapitel

Neugierig, welche Abendunterhaltung sich ihm bieten würde, betrat Osborne die Eingangshalle in Lady Serenas Stadthaus. Vielleicht hatte die Gastgeberin sich dazu verstiegen, heimlich einen bacchantischen Tempel unter dem Bogen mit Kletterrosen einzurichten. Mit lüsternen Satyren, Fontänen aus Wein, nackten …

Ja, er hatte sich tatsächlich den neuesten Schauerroman bei *Hatchard's* gekauft, aber *Die pagane Prinzessin* war für die kränkelnde achtzigjährige Lady Hawtharne bestimmt, die zurzeit wegen einer schweren Erkältung das Bett hüten musste.

Er hingegen konnte keine Entschuldigung für sein fiebriges Verhalten vorbringen. Oder für seine grüblerische Stimmung. Anstatt ihn noch weiter in Verwirrung zu stürzen, hätte es ihm eine Erleichterung sein sollen, dass Lady Sofia dem gestrigen Hauskonzert abgesagt hatte. Aber immerhin hielt Lady Serena ihn für interessant genug, ihn zu ihrer Soiree einzuladen.

»Hier entlang, Mylord.« Ein Lakai – gekleidet in eine gewöhnliche Livree anstelle einer griechischen Toga – geleitete ihn an der marmornen Treppe vorbei in einem Korridor, der in den hinteren Teil des Hauses führte. »Ins Gartenzimmer geht es geradeaus.«

Osborne betrat einen großen, luftigen Raum mit cremeweißen Wänden und einem Fresko an der Decke. Der Blick aufwärts bewies ihm, dass die Malerei tatsächlich Faunen und weibliche Wesen zeigte, die in einer idyllischen Landschaft fröhlich umhertollten. Die Nacktheit der Wesen war allerdings recht zahm und geschmackvoll gestaltet. Die sanften Blautöne und das pastellfarbene Grün spiegelten sich in der Zierkante und in den Vorhängen. Als er den Kopf senkte, bemerkte er an der entfernt liegenden Wand eine Reihe französischer Türen, die sich auf eine Terrasse mit Schieferboden öffneten. Nachmittags, wenn die Sonne durch die Fenster fiel, würde das gesamte Zimmer förmlich in Licht baden.

»Gefallen Ihnen die Veränderungen an der Architektur, die ich inzwischen vorgenommen habe? Ich habe die Steinmauer durch Glas ersetzen lassen.« Lady Serena erhob sich vom Sofa und brachte ihm einen Champagnerkelch. »Die Gestalt der Türen habe ich in einem Buch über Schlösser im Loire-Tal gefunden.«

»Sehr originell!«, erwiderte Osborne. »Der klassische Stil und die Raumaufteilung passen wunderbar zu diesem Zimmer.« Ein weiterer Blick bewies ihm, dass die Möbel ebenfalls elegant wirkten. Es lag zwar eine ausgesuchte Schlichtheit auf der Einrichtung, aber es war auch zu erkennen, dass jedes einzelne Stück offensichtlich passend zu den anderen gewählt war. Die Wirkung konnte man als gedämpfte Würde und Harmonie beschreiben.

»Finden Sie, es ist zu viel?«

»Nein, keinesfalls, Lady Serena! Es zeigt große Selbstbescheidung und ein ausgeprägtes Auge für das Detail.«

»Ich darf die Worte als großes Kompliment betrachten, zumal sie aus dem Munde des tonangebenden Geschmacksschiedsrichters der Stadt stammen.«

»Sehr freundlich.« Osborne hob sein Glas, brauchte ein paar Sekunden, um zu registrieren, wer noch in die Runde geladen war.

Auf dem Sofa lümmelte ein junger Mann, den er als Bryce Beecham erkannte, das *enfant terrible* der Londoner Literaturszene. Neben ihm saß Graham Andover, ein berühmter Kunsthändler, dessen Galerie in der Bond Street für seine exotischen Schätze und extravaganten Preise bekannt war. Er war schlank und klein mit auffälligem rötlich-blondem Bart, der sich an den Wangen über das ansonsten unscheinbare Gesicht zog. Der Mann erweckte den Eindruck, als hätte er mit dem Verkauf seiner Waren ein beachtliches Vermögen gemacht, denn der Saphir in der Nadel seines Halstuches war so groß wie das Ei eines Rotkehlchens.

Die Ringe an seinen Fingern funkelten golden und schillernd wie Juwelen, als der Kunsthändler Lady Cordelia Guilford, neuerdings Braut eines ältlichen Barons, und ihrer jüngeren Schwester eine Mappe mit botanischen Drucken präsentierte.

Die Ladys schauten auf und lächelten, obwohl die Miene der jüngeren ein wenig unterkühlt wirkte.

Osborne gab vor, es nicht zu bemerken, und ließ den Blick weiter zu Adam De Winton schweifen. Der Mann in einer Weste aus glänzend rubinroter Seide mit silbrigen Sternen stand am Kamin und schenkte Drinks für zwei dunkelhaarige Gentlemen ein.

»Ich glaube nicht, dass Sie bereits mit Signor Sforza oder Signor Familligi bekannt sind, die uns aus Mailand besuchen«, murmelte Lady Serena.

Ist es eigentlich die verfluchte Hitze in Italien, die seine Einwohner immer nach England treibt? Osborne unterdrückte den Impuls einer scharfen Erwiderung und schüttelte nur den Kopf.

»Ich kann mir vorstellen, dass Sie deren Gesellschaft recht interessant finden.« Lady Serena hakte sich bei ihm unter und begleitete ihn über den türkischen Teppich.

»Osborne!« De Winton begrüßte ihn, indem er die Brauen

hochzog. »Sieht so aus, als hätten Sie den Umkreis Ihres Sonnenscheins für einen kleinen Spaziergang verlassen.« An die Italiener gewandt, fügte er hinzu: »Lord Osborne ist für seine Anmut und sein helles Gemüt bekannt, während andere unter uns die Stunden der Dunkelheit für weit aufregender halten.«

»Sie sind also überzeugt, dass sich der Unterschied zwischen uns als Tag und Nacht beschreiben lässt?« Osborne ahmte den spöttischen Tonfall seines Gegenübers nach. »Aber vielleicht sind die Unterschiede gar nicht so groß, wie Sie meinen.«

»Die Sonne und der Mond existieren in getrennten Welten«, erwiderte De Winton.

Der klare Mond, die Herrlichkeit des Himmels,
Dort, am schwarz-blauen Gewölbe segelt sie entlang,
Die bleiche Wolke, gefolgt von tausend Sternen, welche klein
Und scharf und funkelnd ziehn am dunklen Grund
Wenn sie zieht: Wie rasch sie vorüberjagen,
Doch nie verschwinden!

Beecham hatte seinen künstlerischen Trübsinn offenbar genügend abgeschüttelt, um aus Wordsworths Gedicht *Nachtstück* zu zitieren.

»Eine überaus zarte Empfindung«, meinte die jüngere Schwester der Baronin. Als unverheiratete junge Miss hätte sie an einer solchen Versammlung eigentlich gar nicht teilnehmen dürfen. Aber beiden Ladys sagte man eine gewisse Wildheit nach, und obwohl ihre Schönheit so manchen über den Mangel an Selbstbeherrschung hinwegsehen ließ, lud man sie nicht in die höchsten Kreise der Gesellschaft ein. »Sie schreiben die schönsten Verse, Sir!«

Schulterzuckend fuhr Beecham sich mit der Hand durch das lockige Haar.

»Lord Osborne hat recht, wenn er behauptet, dass er nicht unbedingt ein Engel ist.« Lady Cordelia warf ihm einen betonten Blick zu. »In der Tat, wie zu hören ist, kann er sogar ein kleiner Teufel sein, besonders wenn es um Ladys geht.«

Osborne fühlte sich an ihre letzte Begegnung erinnert – eine Party in den Vauxhall Gardens, zu der ein recht vertraulicher Spaziergang den Dark Walk entlang gehört hatte – und wurde den Eindruck nicht los, dass die Baronin immer noch gekränkt war, weil er die Gelegenheit zu einer Tändelei nicht genutzt hatte. Sie hatte keinen Hehl daraus gemacht, dass sie ihm zur Verfügung stehen würde; aber nachdem das Prickeln des Arrakpunsches und das Feuerwerk verglüht waren, hatte Osborne die Aussicht als nicht sonderlich aufregend empfunden. Zugegeben, die Lady war ausgesprochen attraktiv und hatte ein gewisses Talent als Malerin unter Beweis gestellt. Aber irgendwie hatte ihr Verlangen ihn an ein Raubtier erinnert, und das ließ nichts Gutes ahnen, wenn es doch nur um eine freundschaftliche Affäre gehen sollte.

»Ah, aber um ehrlich zu sein, welche Lady wüsste im Lächeln eines Lords nicht einen Hauch Luzifer zu schätzen.« Mit ihrer lustigen Bemerkung wischte Lady Serena rasch jeden Anflug von Ärger beiseite.

Schweigend prostete Osborne den lachenden Gästen zu.

»*Sí, sí*, Adam.« Sforza kicherte. »Genau wie dein biblischer Namensvetter bist du wohl auch der Verführung erlegen, wenn es um die Freuden des Fleisches geht?«

Die Flammen funkelten im Kelch, als De Winton den Brandy an die Lippen führte. »Auf die Versuchung!«

Osborne nahm auf dem Diwan Platz und wusste nicht recht, ob er den Abend bis jetzt langweilig oder amüsant finden sollte.

Die anwesenden Gäste versprachen keine anregende Unterhaltung. Beecham und Andover waren zu aufgeblasen, Lady Cordelia zu gierig und ihre Schwester zu unbeholfen, um aufrichtiges Interesse in ihm zu wecken.

Aber er musste sich eingestehen, dass Lady Serena ihn überaus faszinierte. In der Vergangenheit waren sie sich nicht besonders häufig über den Weg gelaufen. Nun, jetzt nachdem sie sich entschlossen hatte, sich in der Stadt niederzulassen, würden sie sich gewiss viel öfter begegnen.

Der Champagner prickelte ihm auf der Zunge. Welch verlockende Aussicht ... Verlockend genug, um den gallebitteren Geschmack zu verscheuchen, den die Gegenwart von De Winton und dessen Freunden ihm bescherte.

Osborne fing den rötlichen Widerschein des Mannes in der Glastür auf und fragte sich, aus welchem Grund eine offenkundig intelligente Lady sich zu ihm hingezogen fühlen konnte. Ja, er mochte attraktiv sein und einen gewissen verwegenen Charme ausstrahlen. Aber eine Lady, die ihre sieben Sinne einigermaßen beisammen hatte, würde niemals glauben, dass sich unter der schurkischen roten Seide ein Ritter in glänzender Rüstung verbarg.

Aber vielleicht stimmte es auch gar nicht, dass Ladys immer nur auf der Suche nach einem ritterlichen Helden waren. Einen Moment lang dachte er an seine Vorstöße in die dunkleren Straßen Londons. Ohne dem Leben hin und wieder ein wenig Würze zu verleihen, konnte die Gesellschaft unendlich langweilig sein. Wer wollte es den Frauen vorwerfen, sich nach denselben Genüssen zu verzehren wie Männer?

»Tragen Sie sich vielleicht doch mit Einwänden gegen die Gestaltung der Türen?« Lady Serena zog die Stirn kraus, als sie sich neben ihn setzte. »Bitte zögern Sie nicht, mir aufrichtig Ihre Meinung zu sagen.«

»Eine Lady, die die Wahrheit der Schmeichelei vorzieht?«, spottete Osborne. »Das ist wirklich ungewöhnlich.«

»Ich bin mir nicht sicher, ob ich Ihre Bemerkung als Kompliment auffassen soll. Die meisten Männer bevorzugen Frauen, die ein Muster an Sittlichkeit und Anstand verkörpern«, entgegnete sie leise und heiser. »Aber wie Sie sehen, bin ich nicht so durchschnittlich wie die meisten anderen Ladys in den Salons.«

Ein paar Sekunden lang betrachtete Osborne die geschnitzten Formen und die Glasscheiben, bevor er antwortete. »Seien Sie versichert, ich bin überzeugt, dass Ihr Stil eine beachtliche Einbildungskraft beweist.« Er flirtete recht schamlos, war neugierig, wie sie wohl antworten würde.

»Dem Himmel sei Dank, dass Sie mich nicht als originell bezeichnet haben. Das würde mich in eine Reihe mit den Blaustrümpfen einordnen und den exzentrischen alten Ladys, die Miniaturpaläste für ihre Katzen bauen.«

Ihr trockener Humor zauberte ihm ein Lächeln auf das Gesicht. »Habe ich da nicht gerade einen himmelblauen Strumpfzipfel aus Ihrem Unterrock hervorlugen sehen?«

»Und selbst wenn, als Gentleman würden Sie kein Wort darüber verlieren.« Lady Serena raschelte mit den Röcken, um ein Stückchen vom Knöchel aufblitzen zu lassen. »Da haben Sie es ... es war ein Irrtum.«

Osborne beschloss, dass er den Abend alles in allem doch genießen würde.

Aber der Lakai, der eintrat und die neuesten Gäste ankündigte, hatte seine Illusion rasch zerstört.

»Conte della Ghiradelli und Contessa della Silveri, Madam.«

»Ich hoffe, unsere Verspätung ist nicht ungehörig.« Lady Sofias Begleitung wirkte nicht im Mindesten zerknirscht. »Fifi hatte die Serpentine im Mondlicht noch nicht gesehen.«

Fifi? Osborne biss die Zähne zusammen.

»Ist ziemlich romantisch, müssen Sie wissen.«

Bilde ich es mir nur ein, grübelte Osborne, *oder hat außer der kühlen Abendluft noch jemand die geröteten Wangen der Contessa geküsst?* Rasch wandte er den Blick ab.

»Ja, aber passen Sie auf, wenn Sie sich nachts im Park herumtreiben, Sir«, antwortete Lady Serena. »Man läuft immer Gefahr, einem Straßenräuber in die Hände zu fallen.«

Der Conte fuchtelte im Zickzack durch die Luft. »Mit dem Degen bin ich sehr geschickt, *cara*.«

Blöder Witzbold.

Die Ladys hingegen schienen sich über die Verrücktheiten des Mannes zu amüsieren, denn sie lächelten alle. Besonders Lady Cordelia, deren geöffnete Lippen die weißen Zähne aufblitzen ließen.

Osborne unterdrückte ein Grinsen. *Soll diese italienische Natter doch versuchen, sich in ihr Bett zu schlängeln!* Schon bald würde es ihm dämmern, dass seine Fangzähne denen der Lady nicht gewachsen waren. Wie eine Kobra würde sie kämpfen, um ihn von den anderen Frauen fernzuhalten.

»Ich glaube, die Gesellschaft ist Ihnen bereits vertraut, Lady Sofia«, fuhr die Gastgeberin fort. »Aber sind Sie auch mit Ihren Landsleuten bekannt, mit Signor Sforza und Signor Familligi?«

»Ja, wir sind uns gestern Abend im Theater begegnet.«

Osborne verstärkte den Griff um sein Glas. Hatte sie sich nicht damit entschuldigt, zu müde zu sein? Das konnte nur eins heißen: Sie war *seiner* Gesellschaft müde. Überdrüssig. Obwohl ihm natürlich klar war, dass er auf solche Provokationen nichts geben sollte, konnte er sich einen Kommentar nicht verkneifen.

»Haben Sie das Stück genossen, Contessa? Helfen Sie mir

auf die Sprünge, was gegeben wurde … war es *Der Widerspenstigen Zähmung?«*

Ungerührt begegnete Sofia seinem Blick. »Nein, es war *Der Kaufmann von Venedig*. Marco wollte mich mit einer Erinnerung an meine Heimat erfreuen.«

Sie ließ den Namen des Contes so über ihre Zunge rollen wie geschmolzene Schokolade.

»Wo wir gerade über Heimat sprechen, Marco – wie zu hören ist, halten Sie sich schon seit einer ganzen Weile nicht mehr in Mailand auf«, warf Sforza ein. »Was haben Sie angestellt?«

Der Conte wischte einen unsichtbaren Fussel von seinem Ärmel. »Oh, mal dies, mal das … Die meiste Zeit allerdings habe ich an einer Akademie für junge Ladys unterrichtet.«

Sforza brauchte ein paar Sekunden, um sein Gelächter zu besänftigen. »In welchen Fächern, bitte?«, feixte er.

»Kunst. Genauer gesagt: die Kunst des Fechtens. Und Schießkunst.«

»In der Tat, Ihre Wirkung auf Frauen ist explosiv!« Familligi gluckste. »Ich meine mich an zwei *puttanesche* aus Pisa zu erinnern, die sich ein Duell um Ihre Gunst geliefert haben. *Diavolo*, die Flüche sind hin und her geflogen wie Kugeln!«

»Ich habe gehört, dass die Wahl der Waffen auf Peitschen mit zwei Schritt Entfernung gefallen ist«, fügte Sforza hinzu, »und dass die Wundmale noch Wochen später auf dem Hintern der armen Lucrezia zu sehen waren.«

»Darf ich daran erinnern, dass Ladys anwesend sind?«, murmelte Osborne.

»Oh, kommen Sie schon, Sir! Wir sind doch alle aufgeklärt.« Die Baronin leerte ihr Weinglas und gab Sforza mit einem Blick zu verstehen, dass er nachschenken solle. »Es gibt keinen Grund, so zu tun, als wüssten wir über die Existenz solch unzüchtiger Häuser nicht Bescheid.«

»Lady Cordelia möchte zum Ausdruck bringen, dass wir unter ausgewählten Freunden entspannter miteinander ins Gespräch kommen«, erläuterte Lady Serena, »weibliche Gäste eingeschlossen.«

»Das ist ein klügerer Blick auf die Welt und wie sie funktioniert«, meinte De Winton sanft. »Aber falls Sie neuen Ideen nicht offen gegenüberstehen, Osborne, möchten Sie sich jetzt vielleicht verabschieden. Denn ich habe der Runde eine ganz besonders würzige Mischung mitgebracht ... Nun, das mag nicht nach Ihrem Geschmack sein.«

»*Sí.* Die Engländer bevorzugen verbrannten Toast und gekochtes Fleisch.« Familligi winkte ab. »Während wir Italiener, die das Erbe aus West und Ost in sich vereinen, exotische Kost weit mehr zu schätzen wissen. Wir sind offen für neue Geschmäcker, neue Köstlichkeiten.«

»Ich bin halb Italienerin und halb Engländerin und glaube daher, dass ich irgendwo in der Mitte zu finden bin.« Sofia ließ den Conte stehen und ging hinüber zum lackierten Kuriositätenkabinett.

Das flackernde Licht des silbernen Kandelabers, auf dem die Kerzen in mehreren Stufen gesteckt waren, beleuchtete alle Einzelheiten ihres Kleides. Sie trug ein pflaumenfarbenes Samtkleid mit schlichtem, aber wirkungsvollem Schnitt, der ihre gertenschlanke Figur betonte. Das Mieder war mit schimmerndem Goldfaden gesäumt. Als ob Glanz und Glitter nötig wären, um den Blick auf ihr wundervolles Dekolleté zu lenken! Der üppige Stoff schmiegte sich wie eine zweite Haut an ihre Rundungen. Die rabenschwarzen Locken fielen kaskadenartig auf ihre Schultern.

Eigentlich hätte Osborne ihre Anwesenheit ignorieren sollen. Aber jetzt musste er feststellen, dass er seinen Blick nicht losreißen konnte. Es war etwas an ihr, was keine andere Frau an sich hatte; unmöglich, zu diesem Zeitpunkt genau den Finger darauf zu legen. Aber irgendetwas in der geschmeidigen, katzenartigen Eleganz ihrer Bewegungen, in ihrem rauchigen Akzent, wenn sie sprach und es beinahe wie ein Singen klang ... und in der Art, wie ihr Blick manchmal auf seine Haut traf, sodass es sich anfühlt, als hätte sie ihn gerade mit einer Stahlklinge durchbohrt.

Gefährlich.

Kein Zweifel. Sein Seelenfrieden hatte mehrere ernste Erschütterungen verkraften müssen. Lynsleys Vorschlag, den strategischen Rückzug anzutreten, ergab durchaus Sinn, besonders deshalb, weil er selbst noch nicht darauf gekommen war, wie er sich wirkungsvoll selbst verteidigen sollte.

Aber er war nicht der einzige Mann, der beim Anblick des flammenumschmeichelten Profils zu ihr flog wie eine Motte ins Licht.

Die Baronin und ihre Schwester wollten gerade schmollen, als Marco sich zu ihnen gesellte und mit ihnen zu flirten begann.

Dummkopf! Der Kerl war tatsächlich nichts als ein hirnloser Dummkopf, wenn er der dunkleren Contessa und ihrer unnahbaren Haltung Frauen vorzog, die sich ihm auf dem Silbertablett präsentierten.

»Und jetzt, nachdem sämtliche Gäste eingetroffen sind, lassen Sie uns in das Grottenzimmer gehen«, kündigte Lady Serena an. »Ich habe dort einen besonderen Tisch vorbereiten lassen. Mein Küchenchef hat ein paar Appetithäppchen angerichtet, die sicher Ihren Gaumen kitzeln werden.«

Appetithäppchen? Osborne stand auf und fragte sich, welche Spielchen Lady Serena noch im Sinn hatte.

»Kümmer dich um die Ladys und sorg dafür, dass sie sich amüsieren!«, wisperte Sofia ihm auf dem Weg durch den Korridor zu.

»Was ist mit Osborne?«, wisperte Marco zurück.

Die Anwesenheit des verfluchten Kerls machte die Sache unerwartet kompliziert, aber sie würde damit fertig werden, genau wie bisher. »Zerbrich dir nicht den Kopf! Ich habe vor, ihm einfach keine Beachtung zu schenken«, erwiderte sie.

Marcos Miene drückte beredten Zweifel aus. Aber er zuckte nur die Schultern und beschleunigte den Schritt, um die Schwestern einzuholen.

»Darf ich Sie an Ihren Platz geleiten, Lady Sofia?«

Sie erhaschte ein aufblitzendes Rot, als der Gentleman ihr den Arm bot. »Ah, wirklich freundlich, Lord De Winton! Wie Sie sehen, ist Marco ein echter Schurke. Sehr sprunghaft in seiner Aufmerksamkeit.«

»Und das bereitet Ihnen Unbehagen?«

»Ach, überhaupt nicht.« Sofia quittierte seinen eindringlichen Blick mit leichtem Gelächter. »Falls Sie sich danach erkundigen, dass zwischen dem Conte und mir irgendwelche Verabredungen bestehen, dann kann ich Ihnen mit einem Nein antworten«, ergänzte sie. »Wir sind nur locker befreundet.«

»Das freut mich zu hören.«

Herausfordernd streckte sie ihm das Kinn entgegen. »Hätte Sie das gehindert, nähere Bekanntschaft zu suchen, Sir? Denn ich habe gehört, dass Sie nicht ängstlich sind, sich das zu nehmen, wonach es Sie verlangt.«

De Winton erlaubte sich ein blitzendes Lächeln. »Es soll Ladys geben, die sich vor Männern fürchten, denen ein solcher Ruf vorauseilt.«

Sofia antwortete mit einem koketten Lächeln.

Nachdem alle Gäste sich an den Tisch gesetzt hatten, läutete Lady Serena mit der vergoldeten Glocke. Zwei Diener, gekleidet in safranfarbene Seide und wulstige Turbane auf dem Kopf, in denen Pfauenfedern steckten, marschierten ins Zimmer, jeder eine große Silberplatte mit Süßigkeiten auf dem Arm.

»Türkische Köstlichkeiten«, verkündete Lady Serena und servierte sich selbst. »Für diejenigen unter Ihnen, die damit nicht vertraut sind, es handelt sich um eine Mischung aus Datteln, Walnüssen, Zucker und Zimt …«

»… großzügig gewürzt mit ein paar Krümeln hochwertigem Cannabis«, schloss De Winton.

Familligi inhalierte tief über seinen Häppchen, wirbelte den Puderzucker auf. »Sehr fein, in der Tat.«

»Das hier sind meine Lieblingsstücke.« Die Baronin knabberte an einem Stückchen. »Probieren Sie doch auch, Osborne! Man behauptet, dass sie die Lust sehr anregen sollen.«

Sofia hatte das Gefühl, dass eine unerledigte Geschichte zwischen den beiden schwebte, obwohl der Name der Lady nicht auf der Liste seiner früheren Geliebten verzeichnet war. *Stoff zum Nachdenken. Aber nicht jetzt,* mahnte sie sich. Sie brach ein Stück von der klebrigen Süßigkeit ab und steckte es sich in den Mund. »Mmmhh! Ungewöhnlich.«

»Ich versichere Ihnen, dass Sie den Geschmack schon bald nicht mehr missen wollen«, meinte Familligi sehr zur Ausgelassenheit seiner Freunde. Marco stimmte in das männliche Gelächter ein, während er der Baronin schöne Augen machte.

Lady Cordelia hatte sich von ihren verstohlenen Blicken auf Osborne ablenken lassen und wirkte glücklich, dass sie einen neuen Flirt beginnen durfte.

Wieder wurden die Silberplatten aufgetragen, diesmal in Begleitung von gesüßtem Tee. Aus den Augenwinkeln sah Sofia, dass die Diener auf dem Weg nach draußen eine Reihe Kerzen verlöschten, sodass nur noch das Licht an den Wänden brannte. Durch das berühmte Glas aus Murano, dessen Schatten in einer Mischung aus durchscheinend roten und weißen Mustern schimmerte, tauchte der Tisch in ein warmes Rosa … warm, sinnlich, wie ein Bad aus Rosenblüten.

Das Gelächter klang mehr und mehr träge. Sofia schlug ihren Fächer auf, nutzte die Bewegung, um den Rest ihrer Süßigkeit unauffällig in ihr Retikül zu befördern. Sie wünschte klaren Kopf zu behalten, obwohl die anderen Gäste die narkotisierende Wirkung der Droge zu genießen schienen. Selbst Osborne schien entspannter. Seine Aufmerksamkeit hatte sich von ihr zu Lady Serena verlagert.

Umso besser! Und doch, es war merkwürdig, dass sie spürte, wie ihr Inneres sich verkrampfte, als sie bemerkte, wie ein Lächeln über sein Gesicht strahlte. Ihre Gastgeberin berührte sie am Ärmel, beugte sich dann vor und flüsterte ihm etwas ins Ohr. Die beiden Köpfe mit dem flachsfarbenen Haarschopf hoben sich hell von der dunklen Täfelung ab, schienen beinahe eins zu werden. Sofia drehte sich weg und schüttelte ihre Anspannung wieder mit heftigen Fächerbewegungen ab. Ihre Zurückweisungen waren absichtlich so rüde gewesen. Es lag auf der Hand, dass der Mann sich nach angenehmerer Gesellschaft umschauen würde.

Bestimmt lag es an der Wirkung des Cannabis. Sie durfte sich nicht erlauben, dass es ihr den Sinn für die Pflicht vernebelte.

Pflicht.

Sie zwang sich, noch offensichtlicher mit De Winton zu flirten. »Bitte erzählen Sie mir von den interessanteren Sehenswürdigkeiten in London, Sir!« Sofia hob den bemalten Seidenfächer höher und fächelte vor ihren Wimpern. »Ich meine nicht die Museen oder die Menagerie des Towers.«

Sein Lachen klang gefährlich. »Natürlich existieren weit exotischere Orte und Kreaturen als ein Käfig mit hungrigen Löwen«, sagte er und ließ seinen Blick anzüglich über ihren Körper gleiten. »Vorausgesetzt, eine Lady wäre abenteuerlich genug, um zu erkunden, was es außerhalb des goldenen Käfigs von Mayfair zu entdecken gilt ...«

»Grenzen können ja so langweilig sein!«, hauchte Sofia.

»So empfinde ich ebenfalls.« Er zog seinen Stuhl ein Stückchen näher zu ihr. »Spielen Sie gern, Contessa?«

Ihre langen Wimpern flatterten. »Es kommt auf den Gewinn an.«

Er lachte sanft. »Oh, ich kenne ein paar Orte, an denen der Gewinn jedes Risiko lohnt ...« Er fing an, mehrere Spielhöllen in den Armenvierteln von Seven Dials zu beschreiben.

Schon bald wurde Sofia für ihre Mühe belohnt. Unter dem Tisch presste De Winton seinen Schenkel an ihren, und während er sprach, rückte er seinen Stuhl weit näher an ihren, als es schicklich war.

Ermutigend fingerte sie an der scharlachfarbenen Seide seiner Weste herum. »Faszinierend! Welche Vergnügen sind in den Armenvierteln denn noch zu finden?«

»Fast alles, was Sie sich nur vorstellen können.«

»Ach, wirklich?« Fragend zog sie die Brauen hoch. »Ich habe eine lebhafte Einbildungskraft.«

Er befeuchtete seine Lippen, bevor er sich noch einen Schluck Wein gönnte.

Sofia beschloss, ihr Interesse für die Armenviertel nicht zu übertreiben, und drehte ihre Hand zu ihm, um seiner körperlichen Annäherung entgegenzukommen. »In Angelegenheiten der Mode scheinen Sie mir allerdings auch recht verwegen zu sein.« Sie berührte seine Uhrkette, spielte damit herum. »Das ist aber ein ungewöhnliches Modell.« Die goldene Schlange besaß große Rubine als Augen.

»Es ist osmanisch. Ich habe es von Andover gekauft. In seinem Laden findet man viele ungewöhnliche Dinge.«

»Ich sollte ihm einen Besuch abstatten.« Spielerisch zog Sofia ihm die Taschenuhr aus der Westentasche und bemerkte innerhalb des Ovals eine weitere flache Wölbung. Noch eine Uhrkette?

Aber als sie ein letztes Mal zupfte, zog sie einen goldenen Schlüssel heraus, der von einer roten Mohnblüte gekrönt war.

Die Entdeckung verscheuchte jeden Gedanken an Osborne. Mit geschärften Sinnen ließ Sofia die Fingerspitzen über die Emaille streifen. Jetzt hatte sie endlich etwas in der Hand.

Sie schaute auf und stellte fest, dass De Winton sie anstarrte, wachsam wie ein Raubtier. Aber dann lachte er und stopfte den Schlüssel in die Tasche zurück.

»Was für ein hübscher Anhänger!«, sagte sie bewundernd. »Genau denselben habe ich in Italien gesehen.«

Ob er den Köder wohl schlucken würde?

»Sie müssen sich irren, Lady Sofia!«, erwiderte De Winton sanft. »Dieser besondere Schlüssel wurde als Auftragsarbeit gefertigt und ist in keinem Laden zu kaufen.«

»Oh, darüber bin ich mir im Klaren«, erwiderte sie im selben sanften Tonfall, »wie ich mir auch darüber im Klaren bin, dass er nicht willkürlich ausgehändigt wird. Er ist für ausgewählte Menschen gedacht, die die raffinierteren Genüsse des Lebens zu schätzen wissen und bereit sind, für die Privilegien zu zahlen, die er ihnen erschließen kann.«

»Ah, dann sind Sie also vertraut mit *la bella papavero*. Verraten Sie mir doch, wessen Mohnblumenschlüssel haben Sie gesehen?«

Sofia beschloss, Schüchternheit vorzutäuschen. »Was veranlasst Sie zu der Auffassung, dass ich keinen eigenen besitze?«

Der flackernde Blick verriet seine Überraschung. »Wirklich?«

»Vielleicht.« Sie musste darauf achten, sich das Katz-und-Maus-Spiel nicht gleich heute Abend aus der Hand nehmen zu lassen. Der Trick bestand darin, noch mehr Informationen aus ihm herauszukitzeln, ohne sich selbst zu verraten.

Sofia wechselte die Taktik und ließ ihre Finger über seinen Handrücken spielen, während sie nach dem nächsten süßen Häppchen griff.

»Noch ein Stückchen, De Winton?« Spöttisch hielt sie ihm das Konfekt unter die Nase. »Von guten Dingen kann man niemals genug bekommen.«

»Allerdings.« Er beugte sich nach vorn, und sie spürte seinen heißen Atem auf ihrer Haut, als er sich mit der Zunge über die Unterlippe fuhr. »Nennen Sie mich Adam! Meine Freunde schätzen keine Formalitäten.«

»Sie haben ein Stückchen vergessen, Adam.« Sofia wischte ihm einen Krümel kristallisierten Zucker aus dem Mundwinkel.

»Mmhh …« De Winton schnappte sich ihre Hand und leckte ihren Daumen ab. »Nur nichts umkommen lassen …«

Sofia rann ein Schauder über den Rücken; er irrte sich, wenn er glaubte, ihr verführerisches Lächeln sei aufrichtig.

»Am Montagabend gibt Westover eine Abendgesellschaft in seinem Stadthaus. Eine private Versammlung, über die in den Salons nichts zu hören sein wird. Aber ich kann Ihnen versprechen, dass es weit interessanter sein wird als die Poesie, die bei den literarischen Soireen der Lady Kennington vorgetragen wird.«

»Sie Schelm!« Sofia tippte ihm mit dem Fächer auf die

Wange. »Wollen Sie vorschlagen, dass ich meine Pläne ändere? Die Baronin wäre höchst enttäuscht.«

Er zwinkerte. »Das wird man über Sie nicht behaupten können, Lady Sofia.«

»Wie könnte ich da widerstehen?«

»Dann um zehn Uhr. Außerdem möchte ich Sie bitten, in einer unauffälligen Kutsche vorzufahren. Sie möchten doch sicher nicht Ihren guten Ruf aufs Spiel setzen, nur weil man beobachtet, wie Sie vor der Privatresidenz eines verwegenen Burschen vorfahren.«

Sofia linste über die bemalte Seide ihres Fächers. »Der Hauch eines Risikos verleiht dem Leben eine gewisse Würze, Adam. Verlassen Sie sich darauf. Ich werde dort sein.«

»Ausgezeichnet!« Ein Lächeln spielte über seine Lippen. »Oh, und falls Sie einen Schlüssel besitzen, vergessen Sie nicht, ihn mitzubringen. Wenn er zu meinem passt, dann kann ich Ihnen versprechen, dass er Ihnen hier in London so manche Köstlichkeit erschließen wird.«

10. Kapitel

Sofia stieß sich vom Parkettboden ab und bog den Rücken zur Kobra durch; eine ihrer täglichen Yoga-Übungen. Das Schwitzen und die Dehnung ihrer Muskeln halfen ihr, die Trägheit zu vertreiben, die nach dem vergangenen Abend auf ihr lastete. Der giftige Geschmack der Drogen und Getränke klebte ihr immer noch auf der Zunge, eine unangenehme Erinnerung an die Schwelgereien, die bis in die frühen Morgenstunden angedauert hatten.

Marco und sie waren vor Osborne verschwunden. Hatte er die Nacht bei Lady Serena verbracht? Aber das ging sie natürlich rein gar nichts an. Sein Privatleben, seine persönlichen Vergnügungen hatten sie nicht zu interessieren. Nein, sie war einfach nur neugierig ... nur für den Fall, dass seine Entscheidungen ihre Mission beeinflussten ...

Sie brachte sich in den Lotussitz. Der vergangene Abend hatte jeden Zweifel daran beseitigt, dass die herrschaftlichen Anwesen in Mayfair ein Schlangennest bargen. Jetzt musste sie nur herausfinden, wie weit die Vipern ihr Gift verspritzten – ohne den tödlichen Biss zu provozieren. Lord Robert war ihren schmutzigen Geheimnissen offenbar viel zu nahe gekommen.

War De Winton der Kopf der Schlangenbrut? Sofia hielt die Dehnung ein paar Sekunden länger, atmete dann aus und ließ sich entspannt auf der Leinenmatte nieder. Es bestand kein Zweifel daran, dass er skrupellos sein konnte. Hoffentlich würde die Entdeckung des Schlüssels und das nächste Treffen ihr den Weg zur Wahrheit weisen ...

Es klopfte sanft an der Tür, bevor eine ebenso sanfte

Stimme sagte: »Ein Conte della Ghiradelli möchte Sie sehen, Mylady. Er besteht darauf, dass Sie sich trotz der frühen Stunde nicht gestört fühlen.«

Sofia erhob sich und wischte sich den Schweiß aus dem Gesicht. »Bitte führen Sie ihn herein, Rose«, murmelte sie, schloss rasch auf und fing den fragenden Blick der Zofe auf, die auf ihr kurzes Baumwollhemd und die zusammengebundene Hose schaute. »Es ist alles in Ordnung. Er ist ein zuverlässiges Mitglied von Lord Lynsleys Netzwerk.«

Marco erweckte nicht den Eindruck, als hätte die Party ihn krank gemacht. »*Ciao, bella!* Wie ich sehe, achtest du darauf, in Form zu bleiben.« Er hob eine der dünnen Keulen auf und vollführte ein paar Hiebe durch die Luft. »Lust auf einen kleinen Schlagabtausch?« Betont zog er die Brauen hoch. »Der Sieger bekommt alles.«

Sofia schnaubte. »Ich bin nicht in der Stimmung für Spielchen, wenn es dir nichts ausmacht.« Als sie genauer hinschaute, entdeckte sie, dass sein Gesicht nicht ganz so frisch aussah, wie sie zu Anfang geglaubt hatte. Unter den dunklen Wimpern lugten Augen hervor, die vor Schlaflosigkeit noch gerötet waren, und sein schelmisches Lächeln wirkte ein wenig angegriffen. »Nun, sieht so aus, als hättest du dich letzte Nacht schwer ins Zeug gelegt.«

Er zuckte die Schultern. »Ich bin kein Engel.«

Sofia stellte fest, dass sie über sein vergangenes Leben so gut wie nichts wusste, über seine Enttäuschungen, seine Sehnsüchte. Welches Verlangen trieb einen Mann, der mit komfortablen Privilegien ausgestattet war, sich und seine Klinge zu verkaufen?

»Ist da vielleicht noch verschmierter Lippenstift auf meinem Kinn?« Er strich sich über die dunklen Stoppeln, die seine Wangen überschatteten, und starrte sie übertrieben an. Aber das

Geplänkel klang ein wenig angespannt. »Ich habe mich mit Sforza und Familligi in der Spielhölle nahe der Jermyn Street getroffen. Die Barmädchen stammen alle aus Schweden.«

»Marco, leg dich schlafen!«

»Mit dir, *bella?*« Theatralisch presste er sich die Handflächen an die Brust. »Sei still, mein flatterndes Herz!«

»Sei still, du zwitschernde Zunge!« Sofia ergriff seinen Arm und zog ihn zur Tür. »Lass uns im Arbeitszimmer Platz nehmen. Ich werde Rose bitten, uns Tee und Toast zu servieren.«

Seufzend legte er die Rolle des schlüpfrigen Possenreißers ab. »Grazie. Kaffee wäre mir noch willkommener als Sex.«

»Dann darf ich annehmen, dass es sich nicht um einen reinen Höflichkeitsbesuch handelt?«, fuhr sie fort, nachdem sie bei Rose Getränke geordert hatte.

»So sehr ich mich danach gesehnt habe, dich wiederzusehen, du hast richtig geraten.« Marco ließ sich in den Lederstuhl am Kamin sinken und stemmte die Stiefel auf den Rost. »Als ich heute früh nach Hause kam, wartete bereits eine Nachricht von Lynsley auf mich. Ich komme gerade von einem Treffen mit ihm ... obwohl er vielleicht so gnädig hätte sein sollen, ein bequemeres Plätzchen auszusuchen als eine unauffällige Kutsche, die über die ausgefahrenen Nebenspuren im Regent Park rattert.«

Sofia spürte, wie ihr Rückgrat sich versteifte, als sie sich mit einem Arm auf den Stuhl ihr gegenüber stützte. »Ich nehme an, dass der Marquis mehr im Sinn hatte als nur dein körperliches Wohlergehen.«

Ein Grinsen hing in seinen Mundwinkeln, bis Marco plötzlich tödlich ernst wurde. »Wieder korrekt, *bella!* Eine Schaluppe, die aus Bombay unterwegs ist, hat gestern Abend an der Isle of Dogs festgemacht. Der Kurier hat eine Nachricht von der *East India Company* überbracht: Einer der hohen

Beamten, ein Mann, der für den Handel mit den mogulischen Prinzen zuständig war, wurde in seinem Haus ermordet aufgefunden.« Er hielt inne, als Rose mit dem Kaffee eintrat, und nahm dankbar eine Tasse entgegen.

Sofia schüttelte den Kopf. Ihre Kehle fühlte sich plötzlich an wie zugeschnürt.

Marco trank einen langen Schluck Kaffee, bevor er fortfuhr. »Zusammen mit der offiziellen Meldung traf ein vertraulicher Bericht der Verwalterin ein. Sie ist für die Residenz der Handelsgesellschaft verantwortlich – ein früherer Merlin ... In diesem Bericht wurde erwähnt, dass in den persönlichen Dingen des Mannes ein goldener Schlüssel mit einer rot emaillierten Mohnblüte gefunden wurde.«

Noch ein Schlüssel. Aber wozu?

»Der Marquis glaubt natürlich nicht an Zufälle. Allerdings hat er auch nicht darüber spekuliert, was der Fund für unsere Ermittlungen bedeuten könnte.«

»Nein, das würde er nicht tun.« Sie hatte Lynsley als einen Mann kennengelernt, der äußerst akribisch vorging. Der jede Spur verfolgte, bevor er zu einem Ergebnis kam. Und genau das wollte Sofia auch tun. Aber als sie beobachtete, wie Marco einen Bissen gebutterten Toast hinunterschlang, wünschte sie sich klarere Vorstellungen darüber, in welche Richtung sie sich wenden sollte.

Wonach genau suchte sie eigentlich?

Selbst Lynsley schien sich nicht ganz sicher zu sein. Was allerdings auch nicht dazu beitrug, den Krampf in ihrem Magen zu lindern. Trotz ihrer anstrengenden Dehnungsübungen wollten sich ihre Muskeln wieder verspannen.

Es war offensichtlich, dass sie zunächst herausfinden musste, wer noch in London einen goldenen Schlüssel besaß. Trugen sämtliche Scarlet Knights einen mit sich herum? Das schien fraglich. Welche Privilegien auch immer der Schlüssel eröffnete, es war sehr wahrscheinlich, dass nur wenige ausgewählte Ritter in den Genuss kamen.

Trotzdem wagte sie immer noch keine Vermutung.

»Ich finde es ziemlich kaltschnäuzig, dich ohne jede Ahnung zurückzulassen, wo du weitermachen sollst«, meinte Marco zwischen zwei Bissen. »Schließlich bist du kein Zauberer und auch keine Seherin, die die Wahrheit aus einer Kristallkugel herauslesen kann.«

»Nein, ich bin ein Merlin. Und Merlins sind ausgebildet, die Schwingen zu spreizen und selbstständig zu fliegen. Wenn der Marquis eine Glucke hätte sein wollen, hätte er eine ganz andere Schule eingerichtet als unsere Akademie.«

Marco schenkte sich Kaffee nach. »England schätzt sich glücklich, über deine Schönheit, deinen Verstand und deine Tapferkeit verfügen zu dürfen.«

»Deine Schmeicheleien kannst du dir sparen, Marco! Lass uns lieber an die Arbeit gehen.« Sie massierte sich den Nacken. »Auch ich habe gestern Abend eine Entdeckung gemacht: De Winton besitzt ebenfalls einen Schlüssel, den er immer an seiner Uhrkette trägt. Ich habe ihm gegenüber angedeutet, dass ich ebenfalls einen besitzen könnte.«

»Gefährlich.« Marco zog die Stirn kraus. Zumal du keine Ahnung hast, wozu der Schlüssel dienen könnte.«

»Ein kalkuliertes Risiko«, gestand Sofia ein, »aber ich habe meine Zweifel, dass wir in einer Mission wie dieser irgendetwas erreichen, wenn wir uns abwartend verhalten. Ich habe sämtliche Informationen in Betracht gezogen, die ich in der Hand halte, und bin zu dem Schluss gekommen, dass sich der Kreis der Schlüsselbesitzer von London bis in den Fernen Osten erstreckt. Das lässt gerade genügend Raum für Spekulationen, ob ich wohl auch dazugehöre oder nicht.«

»Vielleicht«, gab er zu, »auf jeden Fall musst du beim nächsten Treffen äußerst vorsichtig sein.«

»Das versteht sich.« Schulterzuckend wechselte sie das Thema. »Hast du irgendetwas von deinen lange vermissten Freunden gehört?«

»Abgesehen von der Tatsache, dass ihre Gesellschaft noch langweiliger ist als in den Tagen unserer verschwendeten Jugend?« Marco schürzte die Lippen. »Bis jetzt habe ich nicht mehr aus ihnen herausgekitzelt als eine detaillierte Beschreibung der Freudenhäuser, in denen die Wüstlinge der Salons sich vergnügen. Die einzige Information, die halbwegs interessant klang, bezog sich auf einen Club in Seven Dials. Er soll exotischeren Geschmack bedienen.«

»In welcher Hinsicht?«

Hilflos streckte Marco ihr die Handflächen entgegen. »Wir sind unterbrochen worden.«

Sofia grübelte über die Verbindungen zwischen den Ländern und den Kontinenten nach, während sie weiter durch das Zimmer spazierte. »Ich gestehe, dass ich mir immer noch den Kopf darüber zerbreche, wie all diese Teile des Puzzles zusammenpassen«, murmelte sie. »Hast du eine Ahnung?«

Marco schüttelte den Kopf. »Der Verstand steckt in deinem Kopf, *bella*. Ich bin nichts als Muskeln.«

Dabei empfand sie sich in diesem Moment gewiss nicht als klug und verständig. Waren das die Nachwirkungen der Drogen? Sie fühlte sich, als lägen dunkle Schatten auf ihren Gedanken. Die neuen Informationen von Lynsley kitzelten ihr Bewusstsein wie eine widerspenstige Locke. *Verdammt!* Welches Puzzleteil fehlte ihr noch?

Vor dem Fenster blieb sie stehen. Im Garten flog ein Spatz von Baum zu Baum. Er musste heftig mit den Flügeln schlagen, um gegen die frische Brise anzukämpfen.

»Schiffsladungen«, platzte sie plötzlich heraus. »Welche Ladung bringt die Flotte von Sforzas Familie nach England? Und helfen die Banken der Familligis bei der Finanzierung des Unternehmens?«

Marco schlug sich mit der flachen Hand an die Stirn. »Siehst du, *bella* – du *bist* die Klügere von uns beiden! Ich werde mich darum kümmern.«

»Mach das.«

Noch eine Frage ging ihr durch den Kopf: Wie finanzierte De Winton seine Laster? Auf dem Papier bezifferte man das Vermögen der Familie nur noch in roten Zahlen. Der größte Teil seiner Ländereien war vor langer Zeit verkauft worden und der Rest des Anwesens verschuldet bis unter die Dachtraufe. In jüngster Zeit hatte man eine Kunstsammlung versteigert. Aber außer den Verkaufserlösen besaß der Mann keinerlei erkennbare Einkommensquelle.

Sie zeichnete das Muster auf dem Glas mit der Fingerspitze nach, während sie Marco davon berichtete.

Marco überlegte. »Vielleicht hat er Glück im Spiel. Ich kenne ein paar Männer, die allein von ihrem Köpfchen leben.«

»Mag sein.« Trotzdem sah sie in De Winton nicht den Mann, der die Disziplin oder die Sorgfalt besaß, an Spieltischen zu gewinnen. Sofia notierte sich in Gedanken, Rose zu bitten, Lynsley zu veranlassen, ihr genauere Informationen über die finanzielle Lage des Mannes zukommen zu lassen.

Die Konturen des Bildes mussten zwar noch klarer hervortreten, aber Sofia hatte das Gefühl, als würde sie endlich anfangen, die ersten schwachen Linien zu zeichnen. Natürlich würde es noch eine Reihe mutiger Striche kosten, bevor die weißen Flecken auf der Leinwand gefüllt waren.

»Geh nach Hause und schlaf ein paar Stunden, Marco!

Dann hätte ich es gern, dass du mich heute Nachmittag in die Bond Street begleitest.«

»Einkaufen?«

»Ja. Aber keinen alten Flitterkram.«

»Lord Osborne! Wie schön, dass das Wetter uns keinen Strich durch die Rechnung macht und wir an unserem Rendezvous festhalten können.« Lady Serena lächelte verschmitzt und warf einen Blick zum Himmel. »Kann es sein, dass Sie einen gewissen Einfluss auf die Himmelsmächte ausüben?«

Er lachte. »Ich fürchte, mein Einfluss reicht nicht weiter als bis zu den himmlischen Gestalten hier auf der Erde.« Rotten Row füllte sich allmählich mit den modebewussten Ladys und Gentlemen, die sich auf ihrem täglichen Spaziergang zeigen wollten. »Vielleicht sollten wir die Herde meiden und in Richtung Serpentine reiten?«

Lady Serena zügelte ihr Pferd und bedeutete ihrem Burschen mit einer Handbewegung, für Osbornes Braunen Platz zu machen. »Ihr Ruf eilt Ihnen voran, Sir. Vielleicht sollte ich nicht so waghalsig sein, Sie so dicht an mich heranzulassen. Ja, bestimmt sollte ich mehr Vorsicht walten lassen.«

»Oh, ich verspreche Ihnen, dass ich mich benehme wie ein perfekter Gentleman.« Er zwinkerte. »Fürs Erste.«

Im Sattel ihrer zierlichen Stute bot die Lady den Anblick von Würde und Eleganz. Ganz im Gegensatz zu Sofia und deren teuflischem Ritt auf dem muskulösen Hengst. *Himmel und Hölle.* Licht und Schatten.

Osborne war entschlossen, sich Lynsleys Rat zu Herzen zu nehmen, und riss seine Gedanken los von dem wilden Galopp im Morgengrauen … und von dem leidenschaftlichen Kuss. Höchste Zeit, den Blick auf lohnendere Ziele zu richten.

Sollte Sofia doch mit den roten Teufeln von den Scarlet Knights flirten! Oder mit diesem Vagabunden in Samt, dem Conte della Ghiradelli. Trotz ihrer Proteste hatte ihn das unbestimmte Gefühl beschlichen, dass die beiden mehr verband als nur bloße Freundschaft.

»Ich hoffe inständig, dass Sie sich bei meiner Soiree nicht gelangweilt haben. Solche Zerstreuungen sind nicht nach jedermanns Geschmack.«

»Oh, ganz im Gegenteil – ich fand es überaus anregend! Wenn man die strenge Diät der immergleichen langweiligen Unterhaltungen einhält, lechzt man ein wenig nach gewürzten Speisen.«

»Ich bin erleichtert«, erwiderte Lady Serena. »Ich fürchtete schon, Sie würden mich für zu ... zu ungezogen halten.«

»Sind Sie das?«

Der Reitweg führte an einer Reihe dicker Ulmen vorbei, sodass er sein Pferd näher an ihres lenken musste. Flüsterleise strich die Merinowolle über seinen Stiefel, genauso hauchzart, wie das kurze Lachen aus ihrer Kehle drang. »Sie müssen versprechen, es nicht zu verraten ... aber ich halte mich für irgendetwas zwischen nett und ungezogen.«

»Ihr Geheimnis ist bei mir bestens aufgehoben, Lady Serena!«

»Ich hatte das untrügliche Gefühl, dass ich auf Ihre Verschwiegenheit zählen kann.«

Flirts und Schmeicheleien. Das Spiel war ihm nur zu gut bekannt. Nun, seine Eitelkeit hatte gegen ein paar Streicheleinheiten nichts einzuwenden. Er beugte sich unter den tanzenden Blättern hindurch und erwiderte den Gefallen, in dem er ihr kurz über das Knie strich. »Ich würde mich freuen, wenn Sie mir in allen Angelegenheiten Ihr Vertrauen schenken würden. Ganz gleich, ob nett oder ungezogen.«

Sie verließen den bewaldeten Teil des Reitwegs und näherten sich dem Wasser. Das Sonnenlicht schimmerte auf der glatten Oberfläche, so brillant, dass man beinahe nichts mehr sehen konnte.

»Nun, dann ... Gleich nächste Woche gibt es wieder eine Party.« Wollte sie ihn in Versuchung führen? »Bei Lord Concord.«

»Darf ich das als Einladung verstehen?«

»Würden Sie denn dabei sein wollen?«, konterte sie, klang schüchtern, aber nicht süßlich.

»Sehr sogar.«

Lady Serena lächelte. »Ich werde Sie rechtzeitig benachrichtigen.« Mit einem leichten Ruck an den Zügeln lenkte sie die Stute wieder in Richtung Cumberland Gate. »Ich habe den ersten von Reptons Essays über die Natur gelesen, und ich bin sehr gespannt auf Ihre Meinung ...«

Die Tür zu Andovers Antiquitätenladen war in der Patina gealterten Sherrys poliert. Kaum hatte Marco sie mit seiner behandschuhten Hand berührt, schwang sie auf und ließ ein paar melodiöse Glöckchen klingeln.

»Tibetisch«, murmelte er und schaute hoch zu dem Kreisel aus geschnitztem Silber. »Sehr alt, sehr wertvoll.«

»Das kann man von allem behaupten, was hier zu finden ist«, bestätigte Sofia trocken.

Der Hauptteil der Galerie bestand aus einem langen, engen Raum, der mit dunklem Holz vertäfelt war. Die vielen Winkel und Nischen in der Wand waren mit allerlei exotischen Kostbarkeiten vollgestopft, die aussahen, als wären sie größtenteils östlichen Ursprungs – osmanisch, persisch, mogulisch und chinesisch. Messingskulpturen, ausgesuchte Porzellane, farbenprächtige Teppiche, Gold, silberne Juwelen, in denen kostbare Steine glitzerten. Und, wie Marco bemerkt hatte, alles sah überaus alt aus und überaus kostbar. Es war, als ob eine der legendären Karawanen der Seidenstraße ihre Ladung durch irgendeinen mysteriösen Zauber über den Khyber-Pass mitten nach London transportiert hatte.

»Wo wir gerade darüber sprechen«, sagte Sofia, nachdem sie sich umgeschaut hatte, »woher willst du wissen, dass die Glöckchen aus Tibet stammen?«

»Ich unterrichte Kunst! Schon vergessen?«

»Und Schweine können fliegen.«

Marco schnaubte kaum hörbar. »*Porca* …«, begann er, aber das Geräusch einer sich öffnenden Tür brachte ihn zum Schweigen.

Sofia trat gerade rechtzeitig einen Schritt zur Seite, um den Ladeninhaber aus einem Nebenzimmer kommen zu sehen, begleitet von einem weiteren Gentleman, dem sie noch nie begegnet war. Eine lebensgroße Buddha-Statue verdeckte die beiden, sodass Andover sie erst dann wahrnahm, als Marco ihm einen Gruß zurief.

»*Ciao*, Signor.«

Der Mann schien überrascht – und war in ihren Augen auch ein wenig nervös –, sie und Marco im Laden zu entdecken. Es dauerte nur wenige Sekunden, bis er ein schmeichlerisches Lächeln aufgesetzt hatte. »Lady Sofia! Conte della Ghiradelli. Welch unerwartetes Vergnügen!«

»Wir hatten den Nachmittag frei und dachten, dass wir uns einmal hier umschauen sollten. Selbstverständlich nur, wenn Sie nichts dagegen haben.« Marco inspizierte bereits die kleine Bronze-Statue von Shiva, der indischen Göttin der Zerstörung. »Oder wäre es Ihnen lieber, wenn wir uns verabreden?«

»Nein, gewiss nicht! Bitte fühlen Sie sich ganz wie zuhause. Mein Gehilfe macht gerade eine Besorgung, aber er wird Ihnen in Kürze zur Verfügung stehen.« Er erweckte nicht den Eindruck, als wolle er seine Begleitung vorstellen. Wie auch immer, der andere Mann nahm die Sache selbst in die Hand.

»Sie sollten mich nicht fortjagen, mein lieber Andover! Zugegeben, Sie haben mir eine ganze Reihe kostbarer Schätze gezeigt, die Sie für Ihre besonderen Kunden reserviert haben, aber sie sind alle nicht halb so schön wie die Contessa della Silveri.« Er beugte sich über Sofias Hand. »Gestatten Sie, dass ich Ihre Bekanntschaft mache, Mylady! Ich habe so viel über Sie gehört.«

»Mr. Stanton Roxbury, Lady Sofia«, ergänzte Andover.

Und wieder beschlich Sofia das Gefühl, dass er zögerte, der Höflichkeit zu genügen.

»Sind Sie ein begeisterter Sammler, Mr. Roxbury?«, fragte sie, nachdem er seine überschwänglichen Komplimente losgeworden war.

»Ich kaufe nur gelegentlich ein«, erwiderte er. »Mehr kann ein Gentleman in meiner bescheidenen Stellung sich bedauerlicherweise nicht leisten.«

Marco rückte sein Augenglas zurecht und unterzog den Mann einer eingehenden Musterung. Durch die Vergrößerung erschien sein Auge so groß wie ein Kricketball. »Wenn ich mir die Frage erlauben darf, Sir – um welche Stellung handelt es sich?«

Kein Wunder, dass Osborne in Versuchung geraten war, Marco kräftig in den Hintern zu treten, dachte Sofia. *Der Kerl kann wirklich abscheulich sein. Und das, ohne mit der Wimper zu zucken.*

»Ich bin im Kriegsministerium angestellt. In Whitehall.«

Kaum war der Name Whitehall gefallen, war Sofias Verstand hellwach. »Wie beeindruckend, Sir, angesichts der Bedeutung Englands, die Welt vor Napoleons Schlachterei zu schützen.«

Roxburys Brust schien sofort anzuschwellen. *Aha! Der Mann besitzt offenbar ein übersteigertes Selbstwertgefühl,* dachte Sofia. Er konnte allerdings die Tatsache nicht ganz verbergen, dass er aus dem Leim ging. Trotz des fliehenden Kinns und des geröteten Teints war sein Gesicht durchaus noch attraktiv; aber noch ein paar Jahre ausschweifendes Essen und Trinken, und er würde so fett sein wie der Prinzregent.

Offenbar entging ihm Sofias kritischer Blick, denn er putzte sich heraus wie ein Pfau. »Als stellvertretender Minister für Militärtransporte spiele ich eine recht bedeutungsvolle Rolle, wenn es darum geht, unsere Armeen noch in den weit entfernten Winkeln dieser Erde mit Ausrüstung und Nachschub zu versehen.«

»Bravo!« Marco bemühte sich, bei der Erwähnung des Krieges ausgesprochen gelangweilt dreinzublicken.

»Stimmt es, dass Lord Lynsley Ihr Gönner ist, solange Sie sich hier in London aufhalten, Mylady?«, fragte der Minister, während Sofias Freund fortspazierte, um eine Ausstellung persischer Dolche aus der Zeit des Ersten Kreuzzuges zu betrachten.

»Er war mit meinem Vater bekannt. Vor langer Zeit.« Sofia hielt es für klug, sich jede Andeutung einer persönlichen Bekanntschaft mit dem Marquis zu verkneifen. »Ja, es stimmt, er war so freundlich, meine Einführung in die Salons zu arrangieren. Aber seit meiner Ankunft in der Stadt habe ich ihn nur ein paar Mal getroffen. Seine Arbeit erlaubt es ihm nicht oft, sich Abendunterhaltungen hinzugeben ... Das behauptet er jedenfalls.« Als sie weitersprach, hatte sie die Stimme zu einem verschwörerischen Wispern gesenkt. »Um die Wahrheit zu sagen, ich finde ihn ein bisschen ... fade.«

»So fade wie Abwaschwasser.« Roxbury lachte laut. »Seine Lordschaft ist stets überaus nüchtern und korrekt. Und ein Kleinkrämer, wie die Welt ihn selten gesehen hat. Glücklicherweise hat meine Abteilung nur sehr wenig mit ihm zu tun.«

»Ja, da können Sie sich wirklich glücklich schätzen«, erwiderte Sofia.

»In der Tat, in der Tat.« Als eine Damaszener Uhr die volle Stunde schlug, verflüchtigte sich Roxburys Lächeln. »Bedauerlich verlangt die Pflicht, dass ich ins Ministerium zurückkehre. Ganz gleich, ob mir Ihre Gesellschaft weit faszinierender erscheint als ein Tisch voller Dokumente.«

»Wir wollen Sie keinesfalls von der Arbeit ablenken.« Sofia beehrte ihn mit flatternden Wimpern, als er an ihr vorbeiging. »Vielleicht sehen wir uns schon bald wieder.«

»Oh, ich werde dafür sorgen, dass Andover unverzüglich eine Geselligkeit arrangiert.«

Der Ladenbesitzer begleitete Roxbury zur Eingangstür, wo sie noch ein paar vertrauliche Worte wechselten, bevor der Minister einer vorbeifahrenden Droschke nacheilte.

»Bitte verzeihen Sie«, meinte Andover, als er wieder zu ihnen kam.

»Es ist an uns, um Verzeihung zu bitten, weil wir uns unangemeldet aufdrängen«, entgegnete Sofia.

»Selbstverständlich sind Sie jederzeit willkommen!« Als er sah, dass Marco eine Porzellantasse aus der Ming-Dynastie ins Licht hielt, fügte er hinzu: »Darf ich Ihnen irgendetwas Bestimmtes zeigen, Mylord?«

»Nein, ich schaue mich nur um.« Marco ließ das Porzellan um seine Fingerspitze wirbeln und stellte es anschließend zurück.

»Das ist faszinierend!« Es war Zufall, dass sie sich eine byzantinische Brosche aussuchte. »Was für eine filigrane Arbeit, und die Steine scheinen wirklich von außerordentlicher Qualität zu sein.« Nachdem sie den Lapis und die Einlagen aus Karneol ausgiebig betrachtet hatte, fuhr sie fort: »Haben Sie noch mehr davon?«

Andover fand ein weiteres Stück auf dem Regal nebenan. »Das sind die einzigen, die ich Ihnen noch zeigen kann.«

»Die Farben gefallen mir nicht.« Sie zog eine enttäuschte Miene. »Stimmt es wirklich, dass Sie nichts in den Privaträumen versteckt haben, die für besondere Kunden reserviert sind?«

»Roxbury hat sich einen Scherz erlaubt, Mylady. Ich versichere, dass alles, was ich Ihnen zeigen kann, sich hier draußen in der Ausstellung befindet.«

»Aber Roxbury und Sie hatten sich doch verborgen ...«

»Im Lager, Lady Sofia«, beschwichtigte Andover rasch. »Ich habe ihm nur die Skizze einer Ikone gezeigt, die ich letzten Monat an Lord Hillhouse verkauft habe.«

Seufzend gab Sofia sich geschlagen. »Ah, nun gut. Dann lassen Sie mich bitte einen Blick auf die anderen Juwelen werfen.«

»Genau hier drüben kann ich Ihnen eine paar sehr hübsche persische Anhänger anbieten. Die türkisfarbene Schattierung ist hauchzart.«

Rasch nahm Sofia das Angebot an, denn sie hatte gesehen, wie Marco, versteckt hinter einer Gruppe chinesischer Terrakotta-Krieger, ihr das Signal gab, den Mann zu beschäftigen. »Ja, ich möchte einen Blick darauf werfen. Und anschließend würde ich gern die Drachen aus Jade sehen, die neben den türkischen Krummsäbeln stehen.«

»Selbstverständlich, Mylady.« Andover wirkte immer noch

ein wenig unbeholfen, als er das Kabinett öffnete und ein samtbedecktes Tablett mit Ausstellungsstücken herausholte.

Sofia ließ sich Zeit, jedes Stück einzeln zu begutachten; es war auch nicht besonders schwierig. Wie versprochen bekam sie außergewöhnlich schöne, tiefblaue Steine zu sehen, die durch feinste Handarbeit aus Gold ergänzt wurden. »Wo um alles in der Welt finden Sie nur solch zauberhafte Kostbarkeiten? Haben Sie Aladins geheimnisvolle Höhle entdeckt? Oder den Geist in der Messinglampe, der Rauch und Feuer zu beschwören weiß und wahre Reichtümer daraus hervorzaubern kann?«

»Nein, jedes Mal bei Vollmond kommt ein fliegender Teppich vorbei, beladen mit allen Schätzen des Orients«, meinte Andover ebenso spöttisch wie sie.

Die Glöckchen klingelten wieder und mischten sich unter ihr helles Gelächter. Als Sofia sich umdrehte, entdeckte sie einen jungen Mann, der mit zwei großen, in Ölzeug gewickelten Paketen den Laden betrat. Er sah aus, als wollte er etwas sagen, aber als er die Kundin bemerkte, zog er den Kopf ein und eilte mit raschen Schritten zu den hinteren Regalreihen.

Die Mantelschöße wirbelten auf, als Sofia ihn durch zwei Türflügel in der Täfelung verschwinden sah.

»Mein Gehilfe«, erläuterte Andover und schaute auf die Uhr. »Er hat sich verspätet.«

»Mit etwas Interessantem?«, neckte sie ihn.

»Mit dem Packen von Lieferungen«, erwiderte er knapp.

Sofia ließ das Thema fallen und bat ihn stattdessen, ihr den künstlerischen Stil zu erklären, mit dem die Amethysten in die goldenen Scheibchen gehämmert worden waren.

Andover lächelte wieder über das ganze Gesicht und war bei der Sache.

Sie ließ sich noch einige Tabletts mit Schmuck zeigen, bevor sie sich entschied, einen schlichten Ring mit einem Aquamarin zu kaufen. Inzwischen sollte Marco genügend Zeit gehabt haben, sich in den Privaträumen umzuschauen.

»Eine wunderbare Wahl!«, gratulierte Andover und nannte den Preis.

Sofia hätte beinahe gehustet, aber Marco zuckte nicht mit den Wimpern, als er hinter der Ecke eines Regals auftauchte. »Schicken Sie die Rechnung bitte in mein Hotel, Sir«, kündigte er an und erstickte ihren Protest mit einer Geste. »Ein verspätetes Geburtstagsgeschenk, *bella*.«

»Grazie«, stammelte sie.

Andovers Mund verzog sich wie ein Krummsäbel. »Mit Tand und Glitterkram lässt sich das Herz einer Lady immer noch am besten erobern, Mylord.« Sein Tonfall gab zu verstehen, dass er eigentlich einen anderen Teil der weiblichen Anatomie im Sinn hatte.

»*Sí, sí.*« Marco zwinkerte. »Ich hoffe, bald zu Ihren Stammkunden zu gehören. Bitte bewahren Sie eine Auswahl Ihrer schönsten Stücke für mich auf.«

Die Männer wechselten vielsagende Blicke.

Draußen auf der Straße sog Sofia die Luft tief in die Lungen und murmelte: »Zum Teufel noch mal, mit dem Haufen Kohle könntest du eine ganze Armee Waisenkinder in St. Giles ein Jahr lang kleiden und ernähren!«

»Sí.« Sein anzügliches Grinsen hatte sich verflüchtigt. »Aber nicht vergessen, *bella*, das Geld wird für einen guten Zweck ausgegeben.«

»Vorausgesetzt, dass Lord Lynsley keinen Schlaganfall erleidet, wenn er die Rechnung sieht.«

»Er kann es sich leisten. Genau wie ich.«

Seine Worte erinnerten Sofia sanft daran, wie wenig sie

über den Italiener wusste. Außer dass sich hinter der Prahlerei und den unverhohlenen Flirts ein aufrichtiger Freund verbarg.

»Schau nicht so finster drein!« Marco bedachte sie mit einem langen Seitenblick. »Oder wünschst du dir etwa, du hättest dich doch für die diamantenen Ohranhänger entschieden?«

»Sei nicht albern!«, murmelte sie ohne einzugestehen, dass sie sich nur deshalb für den Ring entschieden hatte, weil die Farbe exakt der Farbe von Deverill Osbornes Augen entsprach. »Und was war mit dem Privatzimmer?«

»Verschlossen«, erwiderte er.

Daran war nichts verdächtig. Der Zugang zu Aufzeichnungen und Belegen musste selbstverständlich überwacht werden.

»Aber natürlich brauche ich noch viel mehr Flitterkram für meine zahlreichen Geliebten.« Er ergriff ihren Arm und spazierte mit ihr die Straße hinunter.

»Du solltest den Familienschmuck nicht gleich auf einmal verpulvern.«

Marco zog grinsend die Brauen hoch. »Das Vermögen der Ghiradellis ist unerschöpflich.«

Sie lachte, obwohl sie sich irgendwie unbehaglich fühlte. »Ich werde dich beim Wort nehmen. Und, wie du gesagt hast, das Geld ist für einen guten Zweck angelegt. So weit wir es jetzt einschätzen können, sind sowohl Mr. Andover als auch Mr. Roxbury einen genaueren Blick wert.«

Während sie an den schicken Läden in der Bond Street vorbeispazierten, wurde Sofia den Verdacht nicht los, dass irgendetwas mit der Galerie nicht in Ordnung war. Es hatte sich dort so kalt angefühlt, irgendwie gruselig …

Du liebe Güte! Du solltest aufhören, dich aufzuführen wie

die Heldin eines Schauerromans, die sich einbildet, gleich würden verrückte Mönche oder wahnsinnige Killer zwischen den altertümlichen Schätzen hervorschießen.

»Hoffentlich tauchen sie auf der kommenden Party auf, die De Winton erwähnte.« Sofia brauchte festeren Boden unter den Füßen als nur ein paar unbestimmte Gefühle, um handeln zu können. »Aber ganz gleich, wer dort auftauchen wird – es ist höchste Zeit, diesen Nebel aus Rauch und Lügen langsam zu lichten.«

11. Kapitel

Im Unterschied zu den Schwelgereien des vergangenen Abends versprach die Soiree bei Harpworth, eine seriöse Angelegenheit zu werden. *Zu seriös,* dachte Osborne und zog eine Grimasse. Obwohl das Abendprogramm mit Violin- und Cellokonzert gerade eben erst begonnen hatte, kratzte die Musik ihn bereits im Ohr.

Als er bemerkte, dass Sofia ihren Platz zwischen Miss Pennington-Pryce und der verwitweten Herzogin von Kenshire eingenommen hatte, ohne ihn eines Blickes zu würdigen, erhob er sich von seinem Stuhl hinten im Zimmer und schlüpfte hinaus in den Korridor. Einige andere Gentlemen trieben sich dort noch herum, sichtlich gelangweilt; die Hauskonzerte der Lady Harpworth waren bekannt für ihre langen Vorträge. Aber ihr Ehemann war berühmt für die Qualität seines Weinkellers, und so zogen die Abende immer eine große Gästeschar an.

Als einer der Männer vorschlug, sich zu den Erfrischungen zu begeben, folgten die anderen ihm rasch nach. Osborne ließ sich zurückfallen und eilte dann in die entgegengesetzte Richtung. Noch einmal um die Ecke, und er befand sich in einem lang gestreckten, dunklen Korridor im hinteren Teil des Stadthauses. Die Violinen erklang nur noch schwach; dankbar für die Stille lockerte er sein Halstuch und lugte in das erste Zimmer hinein, das sich ihm bot. Es handelte sich um ein Arbeitszimmer – angesichts des Schachspiels und des Backgammon-Brettes auf dem Tisch offenbar um das eines Mannes. Mehrere bequeme Armsessel flankierten den Kamin, und auf der Anrichte fand sich eine exzellente Auswahl Brandys und Portweine.

Osborne riss ein Zündholz an und hielt es an den Docht einer Kerze. Der Duft von Tabak und Leder lagen in der Luft. Unwahrscheinlich, dass es ihm jemand übel nahm, wenn er hier in aller Ruhe eine Zigarre genoss.

Obwohl er beschlossen hatte, Sofia keine Beachtung mehr zu schenken, zehrte der Gedanke an sie immer noch an seinen Nerven. Osborne verschränkte die Hände hinter seinem Rücken und begann, das Zimmer rundum abzuschreiten und die Druckgrafiken an den Wänden zu betrachten, während er versuchte, die Rastlosigkeit in seinem Innern in den Griff zu bekommen.

Verdammt! Er musste dringend für eine neue Geliebte sorgen, und zwar bald! Dieses Gefühl der Frustration drohte ihn sonst zu zerreißen.

Gerade wollte er sich auf die Suche nach der Zigarrenkiste machen, als sein Blick auf die messinggerahmte Korkscheibe mit Pfeilen an der Wand fiel, auf dessen Oberfläche eine Reihe konzentrischer Kreise eingezeichnet waren. Als er nähertrat, stellte er fest, dass mehrere Kreise in Viertelkreise verschiedener Größe und Farbe unterteilt waren.

Unwillkürlich zupfte Osborne drei Federpfeile aus dem Kork. Er trat so weit zurück, wie der Spieltisch es erlaubte, und warf die Pfeile in rascher Folge auf die Scheibe.

Klack. Klack. Klack.

Jeder Treffer saß knapp außerhalb des kleinen Bullauges in der Mitte.

»Nicht schlecht.«

Osborne wirbelte herum und entdeckte Sofia in der Tür.

»Sie sind wohl überzeugt, dass Sie es besser können«, entgegnete er voller Ironie.

»Ohne den geringsten Zweifel.«

Reagier nicht darauf, befahl die Stimme der Vernunft, *sonst geht es immer so weiter!* Beim Anblick ihrer sinnlich geschwungenen Lippen jedoch verstummte die Stimme in seinem Innern.

»Lust auf einen kleinen Wettkampf?«, fragte er provozierend.

Sofia spazierte ins Zimmer. Ihre seidenen Röcke raschelten leise über den weichen persischen Teppich. Vor dem Spieltisch blieb sie stehen und zupfte sich langsam die ellbogenlangen Handschuhe von den Händen.

Das Leder schlug sanft gegen das gewachste Holz.

Osborne schluckte schwer, merkte, dass seine Kehle trocken geworden war. Falls sie die Absicht hatte, ihn durcheinanderzubringen, dann war sie auf dem richtigen, dem goldrichtigen Weg.

Als Nächstes legte sie ihr Schultertuch ab, sodass ihre Schultern nackt waren. »Nach welchen Regeln spielen wir?«

»Nach Belieben«, bestimmte Osborne und bewegte die Finger seiner rechten Hand durch. Er zeigte auf eine Stelle auf dem Teppich und fügte hinzu: »Nur müssen Sie dort stehen bleiben. Übertretungen sind nicht erlaubt.«

Sie rieb die Handflächen gegeneinander. »Klingt einfach.«

Er sammelte die Pfeile ein und reichte sie mit einer spöttischen Verbeugung an Sofia weiter. »Die Lady zuerst.«

Sofia wog einen Pfeil nach dem anderen in ihrer Hand, prüfte, wie sie sich auf zwei Fingern balancieren ließen.

»Sie müssen das Geschoss so halten, dass sie mit der Spitze nach vorn zeigen«, spottete er, »nur für den Fall, dass Sie sich gerade fragen, wie es geht.«

»Was Sie nicht sagen.« Urplötzlich schleuderte sie einen Pfeil in die Luft, fing ihn auf und warf ihn mit derselben geschmeidigen Bewegung auf die Scheibe. Die Spitze bohrte sich in den äußeren Rand des inneren Kreises.

»Anfängerglück«, murmelte er.

Sofia zuckte die Schultern und warf die nächsten beiden Pfeile mit derselben Präzision.

Osborne zog sich den Mantel aus und krempelte die Hemdsärmel hoch. Wegen seiner Geschicklichkeit im Messerwerfen lagen mehrere französische Soldaten tot in den staubigen Ebenen Spaniens. Er hatte nicht die Absicht, sich mit ein paar Zirkustricks vorführen zu lassen.

Sofia ging zum Kabinettschrank und nahm eine zweite Hand voll Pfeile heraus, die sie auf den Tisch legte. »Sie sind dran, Sir«, forderte sie ihn auf und stützte eine Hand auf die Hüfte.

Er trat an die Linie und gab sich diesmal mehr Mühe, den Abstand zum Ziel einzuschätzen. Außerdem hatte sie recht gehabt, als sie das Gewicht der Pfeile in den Fingern abgewogen hatte. Osborne betastete den Messinggriff, strich über das gefiederte Ende.

»Sie zögern die Entscheidung hinaus«, murmelte sie.

»Ein erfahrener Soldat begibt sich immer erst an die Erkundung des Schlachtfeldes, bevor er zum ersten Schuss ansetzt.« Sein Blick ruhte immer noch auf ihr, als er die Pfeile in rascher Abfolge auf die Scheibe schleuderte.

Klack. Klack. Klack.

Aus ihrer Entfernung war es unmöglich zu entscheiden, wer gewonnen hatte. Sofia schnappte sich die Kerze und trat näher. Er folgte.

»Sieht so aus, als ginge diese Runde an Sie.« Sofia stieß beinahe mit der Nase auf den Kork. »Um Haaresbreite.«

Das Haar hatte sie sich zu einem schlichten Knoten nach oben gesteckt, und die Locken ringelten sich sanft bis auf ihre Schultern. Wie schwarzer Samt, der weißen Satin küsste. Warum nur schossen ihm ständig Metaphern von Dunkel und Licht durch den Kopf, wenn sie in seiner Nähe war? *Die funkelnde Sofia. Die schattenhafte Sofia.*

Osborne atmete tief durch, atmete den geheimnisvollen Duft ihres Parfüms ein, der die männlichen Spuren der Zigarren und des Cognacs süßlicher schmecken ließ. »Ihre Pfeile sind dicht daneben eingeschlagen. Aber nicht dicht genug.«

»Ich denke, es ist nur fair, wenn Sie mir die Gelegenheit zur Revanche bieten«, verkündete sie. »Aber diesmal bestimme ich die Regeln.«

»Ausgezeichnet.« Osborne gestattete sich ein wohlverdientes Lächeln. Er hatte die erste Runde für sich entschieden; der Vorteil lag also auf seiner Seite, und er konnte es sich durchaus erlauben, großzügig zu sein. Außerdem fiel es einem Gentleman ohnehin schwer, einer Lady eine Bitte abzuschlagen.

Aber der Gentleman konnte es sich sehr wohl guten Gewissens erlauben, sie ein wenig zu verspotten, um sie aus der Fassung zu bringen. »Sind Sie sich wirklich sicher, dass Sie sich einer solchen Prüfung aussetzen wollen? Die Fähigkeit, unter großem Druck Leistungen zu erbringen, ist eine Kunst in sich selbst. Ich kenne viele Männer, deren Hände zu zittern beginnen, wenn ihr Leben auf dem Spiel steht.«

»Wie immer ist Ihre Warnung überaus eloquent vorgebracht, Lord Osborne.« Sofia ließ die Schultern kreisen – eine Bewegung, die ihren Busen unter dem eng geschnittenen Seidenkleid hob und wieder senkte. »Aber ich will meine Gelegenheit nutzen.«

Verdammtes Luder! Es prickelte ihn in den Handflächen. Er begann zu schwitzen.

Sofia richtete den Blick auf den kalten Kamin, dann zurück auf die Scheibe. Sie stützte sich mit der Hüfte an den Spieltisch, verschaffte sich ein wenig mehr Platz. »Lassen Sie uns den Abstand vergrößern! Wir sollten von hier aus werfen.« Mit dem Schuh wies sie auf einen Farbwirbel aus Indigo auf dem Teppich. »Der Sieger darf anfangen.«

Osborne drehte den ersten Pfeil zwischen seinen Fingern, trat an die Markierung und brachte sich in Stellung. Ein paar armselige Zentimeter mehr oder weniger konnten ihn nicht beeindrucken. Gerade wollte er zielen, als sie ihn unterbrach. »Halt. Das war noch nicht alles.«

Er straffte sich.

»Sie müssen sich dem Kaminsims zuwenden. So ungefähr.« Sie schob ihren Körper quer zum behauenen Marmor. »Und dann über Ihre linke Schulter werfen.«

»Ohne die Scheibe anzublicken?«

»Korrekt.«

»Das ist unfair«, murmelte er. »Für Sie, wollte ich sagen«, fügte er rasch hinzu, als er merkte, wie sie die Mundwinkel hochzog. »Ich habe im Spanischen Unabhängigkeitskrieg als Offizier gedient, Lady Sofia. Wir Soldaten haben Stunden damit zugebracht, uns im Messerwerfen zu üben. Unser Leben hing davon, dass wir es beherrschen.«

Das Kerzenlicht fing sich in ihren schwarzen Wimpern, die einen Moment lang ihre Augen verdeckten.

»Ich hielt es nur für sportlich, Sie zu warnen«, fuhr er fort, »denn ich möchte nicht mit unlauteren Mitteln gewinnen. Sie dürfen sich gern eine andere Stellung aussuchen.« Osborne genoss den Augenblick. »Oder sich geschlagen geben. Seien Sie versichert, es ist nicht ehrenrührig, angesichts eines überlegenen Gegners das Feld zu räumen.«

Sofia verzog keine Miene. »Wie gesagt, Sir: Ich werde meine Chance nutzen.«

»Ausgezeichnet.« Wieder bezog er Stellung, bemühte sich um besondere Geschmeidigkeit in den Knien, während er die Scheibe über die Schulter hinweg anblickte. Die Pfeilspitze landete neben der schwarzen Mitte im Kork, konnte sich aber nicht halten und fiel zu Boden.

»Pech gehabt.« Sofia lächelte. »Zählt nicht.«

»Abgesprungen«, brummte er, »bin ein bisschen außer Übung.« Er verlagerte das Gewicht auf das andere Bein und warf den zweiten Pfeil ... der diesmal hielt, aber im äußeren Ring.

»Hm. Ich fürchte, das reicht nicht, Sir.«

»Ach, glauben Sie wirklich? Gleich werden wir sehen, wie es um Ihre Wurfkünste bestellt ist.« Ihr Gespött irritierte Osborne. Hastig warf er zum dritten Mal. Die Stahlspitze traf, aber nur in den mittleren Ring. Nicht besonders überzeugend; trotzdem zweifelte er daran, dass sie ihn übertreffen würde.

»Jetzt sind Sie dran.« Er stützte sich mit der Hüfte an die Tischkante und verschränkte die Arme vor der Brust.

Sofia glättete sich mit geschmeidigen Händen die Röcke, fuhr sich über ihre entzückende Kehrseite. Osborne lächelte kaum merklich, als er den Blick zur Scheibe wandte. In der Kriegskunst kam es vor allem auf den richtigen Zeitpunkt an. Ihre Ablenkung kam ein paar Sekunden zu spät.

»Sitzt die Kleidung zu eng?«, fragte er. »Walfischbein ist bestimmt verteufelt unbequem.«

»Keine Ahnung«, konterte sie, »ich trage kein Korsett.«

»Ah.« Osborne konnte ihrer Bemerkung nicht widerstehen. »Und was genau tragen Sie unter Ihrem wundervollen Kleid?«

»Staatsgeheimnis. Ich könnte es Ihnen natürlich verraten, Sir, aber dann müsste ich Sie anschließend umbringen.« Während Sofia sprach, schleuderte sie die Hand über den Körper nach hinten. Der Pfeil flog über ihre Schulter, flog so sicher ins Ziel wie ein Falke, der sich auf seine Beute stürzt.

Verdammt noch mal! Osborne wollte seinen Augen nicht trauen. Zitternd hatte die Spitze sich genau ins Bullauge gebohrt.

»Scheint so, als würde diese Runde an mich gehen.« Sie legte die beiden anderen Wurfgeschosse auf den Tisch. »Die brauche ich nicht mehr.«

»Wie zum Teufel haben Sie das zustande gebracht?«, platzte er heraus.

»Im Internat hatten wir Unterricht im Bogenschießen.«

Osborne verzog das Gesicht. »Hört sich an, als wäre der Unterricht in Italien weit freizügiger als bei uns in England.«

»In der Tat, mit klassischer Bildung hatte unser Unterricht nur wenig zu tun«, antwortete Sofia.

Plötzlich erwachte in ihm die Neugier, mehr darüber in Erfahrung zu bringen, wie sie aufgewachsen war. Den höllischen Reitlehrer hatte Lynsley bereits erwähnt. Gab es noch weitere Kriegskünste, die sie beherrschte? »Klingt ungewöhnlich. Was haben Sie noch gelernt?«

»Oh, Nahkampf zum Beispiel. Unsere Direktorin war der Meinung, dass eine Lady wissen sollte, wie sie sich zu verteidigen hat.«

Osborne ging zur Anrichte und schenkte sich einen Drink ein. »Jetzt bin ich mir sicher, dass Sie mich an der Nase herumführen wollen. Bogenschießen? Nahkampf? Als Nächstes wollen Sie mir weismachen, dass Sie in Ballistik und Schießkunst unterrichtet worden sind.«

»Ich bin eine Meisterschützin«, entgegnete Sofia hauchzart und lächelte kokett.

»Dann haben Sie sicher nichts dagegen einzuwenden, dass wir uns an die dritte Runde wagen. Um die Entscheidung herbeizuführen.«

»Ich bin dabei! Fordern Sie mich heraus, Sir.«

»Hätten Sie etwas dagegen, wenn wir unseren Wettbewerb etwas interessanter gestalten?«, fragte Osborne nach kurzem Zögern.

Sofia beobachtete, wie er einen großen Schluck Whisky trank. Das geschliffene Kristall ließ das Licht feurig golden über sein Gesicht flackern. Wie Diamanten, scharfkantig und brillant glitzernd. »Was haben Sie im Sinn?«

»Eine Wette.« Er schenkte sich nach.

Wie viele Gläser Whisky hatte er schon in sich hineingekippt? Eins? Oder zwei? Jedenfalls genug, um seine Augen gefährlich glitzern zu lassen. »Vielleicht sollten wir es einfach dabei bewenden lassen, Lord Osborne.«

»Angst, zu verlieren? Dabei reiten Sie wie ein Husar! Es kann doch nicht sein, dass eine solche Lady zu schüchtern ist, um eine Hürde zu überspringen, die höher ist als alles andere, was sie bisher versucht hat.«

Sofias Augen glitzerten. »Ich muss nichts beweisen.«

»Nein.« Seine Stimme klang wie ein heiseres Murmeln. »Aber wohin ist nur Ihre Waghalsigkeit verschwunden, Lady Sofia?«

»Und warum wollen Sie unbedingt den Preis hochtreiben, Sir?«

»Alle Männer lieben das Spiel«, konterte Osborne, »hat man Ihnen das in Ihrer extravaganten Schule nicht beigebracht?«

Sofia schüttelte den Kopf.

»Das hätte man besser tun sollen.« Langsam trat Osborne einen Schritt nach vorn. »Aber was auch immer unterrichtet wird: Diese kostspieligen Akademien verfolgen doch nur das eine Ziel, die jungen Ladys auf die Ehe vorzubereiten. Also sollten Sie nicht so unschuldig behaupten, dass Sie über die niederen Bedürfnisse eines Mannes nicht Bescheid wüssten.«

Aus der Nähe sah es aus, als ob kleine Fünkchen in seinen goldfarbenen Wimpern glitzern würden. Das übrige Gesicht lag im Schatten. Sofia sog die Luft in die Lungen, versuchte, den würzigen Duft seines Rasierwassers zu ignorieren. »Glauben Sie mir, Sir, wir sind über die Tatsachen des Lebens hinreichend aufgeklärt worden.«

»Ach, wirklich?« Osborne lachte leise. »Dann hat es bestimmt zu Ihren ersten Lektionen gehört, dass die Aussicht auf Risiko und reichen Lohn einer jeden Herausforderung erst die gewisse Schärfe verleiht.«

»Unsere Lehrkräfte haben uns vielmehr beigebracht, mit Vernunft anstatt mit Gefühl auf eine Herausforderung zu reagieren«, entgegnete Sofia.

»Was für ein Jammer!« Wieder trank er einen Schluck. »Ich hatte mich schon auf ein Duell gefreut. Andererseits hätte ich wissen müssen, dass eine Lady nur so weit und keinen Schritt weiter gehen würde, bevor sie sich mit jungfräulichen Entschuldigungen hinter ihren Röcken versteckt.«

Sofia war klar, dass er sie nur provozieren wollte. Sie hatte ihre Auffassung deutlich gemacht. Außerdem hatte ihr Fechtlehrer ihr oft genug gesagt, dass es wichtig war zu wissen, wann man sich zurückziehen musste. Genauso wichtig wie der Zeitpunkt des Angriffs. *Risiko und reicher Lohn.*

»Ich hatte Ihnen angeboten, einen würdevollen Rückzug anzutreten, Lord Osborne«, antwortete sie. »Aber wenn Sie darauf bestehen ... Nennen Sie die Bedingungen.«

»Der Verlierer muss ein Pfand entrichten.«

»Welches?«

»Der Gewinner bestimmt, was er will.«

»Oder die Gewinner*in*«, konterte Sofia. »Und das Spiel?«

»Abwechselnde Würfe von jeweils einer anderen Stelle im Zimmer.« Er lächelte listig. »Bei einem Rundgang werden wir uns die Stellen aussuchen. Der Gewinner eines jeden Wurfs hat die Wahl.« Er zog die Pfeile aus der Scheibe und griff nach einem hölzernen Kasten, in dem sich vier weitere gefiederte Geschosse befanden. »Jeder bekommt fünf.« Das Kerzenlicht reflektierte im Stahl, als er die Pfeile in zwei Haufen sortierte. »Weil Sie zuletzt gewonnen haben, dürfen Sie die erste Position bestimmen.«

Sofia schaute sich um. Neben dem Kamin entdeckte sie einen großen Schmutzfänger aus Messing. Mit den Pfeilen in der Hand marschierte sie ans andere Ende des Zimmers. »Sehr gut. Wir werden von hier aus werfen. Und zwar mit einem Fuß auf dem Gitter.« Sie zog sich einen Schuh aus und stützte ihre seidenbestrumpften Zehen auf das glänzende Metall. »Mit Schuhen oder ohne.«

Sofias Wurf traf fast ins Zentrum.

»Sie sind wirklich gut«, gestand er ein, als sie sich den Schuh wieder anzog. Er trat an den Rost und schleuderte den Pfeil mit seitlich ausgestrecktem Arm ins Ziel.

Der Pfeil küsste die Scheibe direkt neben ihrem.

»Sie auch.« Sofia lächelte ihn an. »Sie sind dran, Sir.«

Sie schleuderten ihre Pfeile, gewannen abwechselnd.

Als sie das nächste Mal die Wahl hatte, drehte Sofia sich um und löste langsam sein Halstuch, zog das schneeweiße Leinen der Länge nach unter dem Kragen seines Hemdes hindurch. »Diesmal werden wir blind werfen.« Sie schlang sich das Tuch um die Augen, atmete unabweisbar den Duft seiner Rasierseife und des Whiskys ein. Für den Bruchteil einer Sekunde fühlte sie sich benommen, aber es gelang ihr, sich im Gleichgewicht zu halten und den mittleren Kreis zu treffen.

»Sie lassen mir eine Chance, Contessa.« Osborne streckte die Hand aus, strich mit den Fingern über ihre Haut, während er das Tuch entknotete. »Ich muss versuchen, meine Chance zu nutzen.« Er ließ die Fingergelenke knacken, schleuderte dann den Pfeil … der aber auch nicht besser traf.

»Immer noch unentschieden«, murmelte sie.

»Hier entlang.« Osborne hatte die Wahl und zog sie in die entfernte Ecke des Zimmers.

Dort gab es nicht viel Platz, sich in Stellung zu bringen, denn die Ecke zwang sie Schulter an Schulter. Sofia konnte die Wärme seines Schenkels spüren, und nicht nur in ihrem Blick schien es zu funkeln.

Osborne hatte recht. Es prickelte wie tausend Dolchspitzen über den Rücken, wenn ein gewisses Risiko im Spiel war.

Sofia hatte das Gefühl, dass ihr das Blut heiß durch die Adern schoss.

»Der letzte Wurf. Um den Sieger zu ermitteln.« Seine Lippen bewegten sich verführerisch dicht an ihrer Wange. Sein Atem roch nach Whisky. Scharf. Süß.

Sie drehte sich um, nur so weit, dass sie frische Luft schnappen konnte. »Sie haben die Ehre, Sir.«

Sein Lachen kitzelte so leicht wie eine Feder über ihre Haut. »Jetzt in diesem Moment ist nichts Ehrenwertes an mir. Um aufrichtig zu sein, wenn wir in dieser kompromittierenden Lage erwischt würden, würde man mich einen Schurken nennen. Oder noch schlimmer.«

»Eine Witwe …«, begann sie.

»Eine Witwe sollte sich noch mehr über die Konsequenzen klar sein, die es nach sich zieht, wenn man der Hitze des Augenblicks erliegt«, unterbrach Osborne.

»Dann muss das Glück auf meiner Seite sein«, konterte Sofia. »Denn es ist niemand in der Nähe, der den Verstoß bezeugen kann.«

Wenn man vom Teufel spricht … Es musste in der Luft gelegen haben, denn plötzlich ertönten schlurfende Schritte am anderen Ende des Korridors und ein Gemurmel männlicher Stimmen.

»Verdammt!«, brummte Osborne, schnappte sich Mantel und Halstuch vom Tisch und eilte hastig zu einer Seitentür, die in den angrenzenden Raum führte. »Nehmen Sie mein Glas und setzen Sie sich«, flüsterte er. »Einer Witwe ist es erlaubt, sich insgeheim ein Schlückchen zu gönnen. Ich finde einen Weg zurück zum Fest, ohne gesehen zu werden.«

Es klickte leise, als der Riegel vorgeschoben wurde.

Sofia blieb gerade genügend Zeit, sich das Glas zu schnappen und es sich auf dem Sofa bequem zu machen. Nachdem sie rasch ein paar Figuren auf dem Schachbrett arrangiert hatte, schützte sie grüblerische Versunkenheit vor, als ihr Gastgeber in Begleitung zweier Gentlemen ins Zimmer trat.

»Zünde das Feuer an, Fitz, während ich die türkischen Zigarren hole, von denen ich dir erzählt habe. Uns bleibt mindestens eine halbe Stunde für den Tabak. Eine halbe Stunde Ruhe, bevor meine Frau entdeckt, dass wir uns aus dem Staub gemacht haben ...« Lord Harpworth unterbrach sich irritiert, als sein Blick auf die verräterisch raschelnde Seide traf, die sich über den gemusterten Teppich ergoss.

»Ich fürchte, ich habe mich auch aus dem Staub gemacht, Sir.« Sofia straffte den Rücken und fixierte das Trio mit schuldbewusstem Blick. »Ich hoffe, die Gentlemen sind so freundlich, meine Ungezogenheit nicht zu verraten.«

Harpworths Blick fiel auf ihren Whisky. »Äh, Sie können sich auf unsere Diskretion verlassen, Lady Sofia.« Er lachte verlegen. »Schließlich sind wir selbst auch ein wenig ungezogen.«

»Stimmt genau«, bekräftigte Mr. Kepton. Auch er schien auf den Whisky zu starren, obwohl er sich dann rasch auf das

Schachbrett konzentrierte. »Äh, scheint so, als wäre Ihr König in Gefahr, Mylady. Schachmatt.«

Sofia zuckte beiläufig die Schultern. »Irgendwer muss das Spiel unvollendet zurückgelassen haben. Vielleicht hat er … oder sie … die lauernde Gefahr genau erkannt.« Bedächtig rückte sie die Figuren auf ihre Ausgangsposition zurück. »Wir sollten den Spielern einen Gefallen tun und ihnen einen neuen Anfang ermöglichen.«

»Wirklich sehr sportlich gedacht, Lady Sofia.« Sir Taft räusperte sich. »Nun, Gentlemen, wir sollten uns zurückziehen und es der Contessa gestatten, Ihren … äh … Trank zu genießen.«

»Nein, nicht nötig! Ich wollte gerade zum Mozart-Konzert zurückkehren.« Sofia erhob sich. »Ich hatte so viel von Ihrem schottischen Malt gehört, dass ich einem Schlückchen nicht widerstehen konnte«, entschuldigte sie sich. »Nun, für meinen Geschmack ist er vielleicht doch ein wenig zu feurig.« Sie griff nach ihrem Kaschmirtuch, das sie sich um die Schultern schlang. »In Zukunft werde ich mich an Champagner halten.«

»Eine kluge Wahl, Contessa!«, stimmte ihr Gastgeber zu. »Whisky aus den Highlands ist in der Tat viel zu scharf für eine kultivierte Lady.«

Sofia zwinkerte ihm zu. »Man lernt nie aus.«

12. Kapitel

Jede Umdrehung des Kutschenrades schien an ihren Nerven zu zerren, während Sofia aus dem Fenster schaute und beobachtete, wie das Glitzern der Straßen in Mayfair zu einem wahllosen Wirbel aus Licht und Schatten verschwamm. *Würde der heutige Abend sie der düsteren Wahrheit einen Schritt näherbringen?* Vielleicht waren das übertriebene Worte, aber angesichts dessen, was sie in den vergangenen Tagen erfahren hatte, wurde sie das Gefühl nicht los, dass die Party in Lord Concords Refugium einen Wendepunkt in ihrer Suche markieren würde – ja, sie war sich ganz sicher.

Die letzten Tage waren ereignislos verstrichen. Außer den üblichen morgendlichen Aufwartungen und einem Besuch des Königlichen Theaters hatte sie sich von ihren gesellschaftlichen Verpflichtungen losgesagt. Die Ruhe hatte es ihr erlaubt, die Aufzeichnungen durchzusehen, die Marquis Lynsley ihr zugeschickt hatte.

Als Antwort auf ihre Frage hatten Lynsleys Agenten eine Anzahl interessanter Hinweise auf De Wintons Einkommensquellen und auf Roxburys Verbindungen zu Sforzas Handelsgesellschaft in Venedig entdeckt. Verblüfft las sie, dass alle drei Männer zusammen mit einem bekannten Mitglied der Regierung in Bombay partnerschaftlich über ein Bankkonto verfügten. Marco hatte sich die letzten beiden Nächte in den East India Docks in Blackwell herumgetrieben, östlich der Isle of Dogs, und sich ein wenig umgeschaut. Anstatt sie zu begleiten, würde er sich an diesem Abend ebenfalls dort aufhalten; sie waren übereingekommen, dass seine Talente besser genutzt wären, wenn er Schlösser aufbrach, als an ihrer Seite zu verharren.

Entspann dich!, mahnte sich Sofia, als sie die unauffällige Kutsche verließ und den Weg zum Haus hinaufschritt. Schließlich sollte sie nur eine Lady spielen, die an verbotenen Vergnügungen interessiert war, sonst nichts.

Lord Concord selbst öffnete auf ihr Klopfen. »Willkommen, Contessa! Ich hatte angenommen, dass Sie lieber taktvoll und diskret eintreten wollen, anstatt sich von fremder Dienerschaft begrüßen zu lassen.« Er drückte ihr einen Kuss auf die Hand. »Eine Lady muss stets auf ihren Ruf bedacht sein.«

De Winton, der neben seinem Freund stand, beeilte sich, sie überschwänglich zu begrüßen. »In der Tat. Seien Sie versichert, dass lediglich ein paar vertrauenswürdige Diener anwesend sind, die sich um unser Wohl kümmern! Ihre kleine Ungezogenheit bleibt also garantiert ein Geheimnis.«

»Danke, Adam!« Sie gestattete ihm, ihr den Umhang abzunehmen. »Bin ich denn schon ungezogen gewesen?«

»Schon allein durch die Anwesenheit bei dieser Versammlung würden Sie unter den Kleingeistern der Salons einen Skandal aufwirbeln.« Sein Blick schweifte über den seidigen Saum ihres Mieders. »Aber alles andere liegt bei Ihnen.«

De Wintons Blick ließ keinen Zweifel daran, dass er die Absicht hatte, sie ins Bett zu bekommen. Zugegeben, kein schöner Gedanke, aber wenn die Pflicht es verlangte …

»Gestatten Sie, dass ich Ihnen das Wohnzimmer zeige.« Concord trat einen Schritt vor und ergriff ihren Arm. »Ich glaube, einige Gäste kennen Sie bereits, aber es gibt auch ein paar neue Gesichter.«

Vielleicht konnte sie es zu ihrem Vorteil wenden, dass gleich zwei Männer um ihre Gunst buhlten. »Ich freue mich immer über neue Erfahrungen, neue Freunde eingeschlossen«, erwiderte Sofia. »Das Leben wird um vieles interessanter, wenn man sich nicht ständig in denselben alten Kreisen bewegt.«

»Ich könnte Ihnen nicht mehr zustimmen, Lady Sofia«, bekräftigte Concord.

Sofia nahm ein Glas Champagner vom Tablett des Dieners, der an der Tür stand, trank einen langen Schluck und nutzte die Gelegenheit, sich im Zimmer umzuschauen. Sie erkannte Andover und Roxbury, zusammen mit Sforza und Lord Neville, der auch zu den Scarlet Knights gehörte. Die Männer hielten sich am Kamin auf und plauderten mit drei Frauen, die trotz ihrer kostbaren Seidenkleider und Juwelen nicht unbedingt ... wie Ladys wirkten.

Dirnen, vermutete Sofia. Neugierig ließ sie ihren ersten Blick auf die Halbwelt noch ein wenig länger schweifen, bevor sie zum Sofa und zum Kanapee hinüberschlenderte, wo Lady Serena eine Gruppe Gentlemen unterhielt, zu der auch Roxbury und Familligi gehörten. Osborne war noch nicht eingetroffen.

Oder hatte sich vielleicht auch entschieden, nicht zu erscheinen.

»Für eine Lady, die das Abenteuer liebt, scheint Champagner viel zu zahm zu sein.« De Winton hatte sich herangeschlichen. Sein Glas war mit einem Getränk gefüllt, dass beinahe so rot war wie seine Weste. »Dieser Punsch hier besteht aus einer Mischung Granatapfelsaft, Brandy und Grappa.«

»Ich benetze mir nur ein wenig den Gaumen«, erwiderte sie.

»Wo wir gerade über Leckereien sprechen, Lady Sofia – haben Sie Ihren goldenen Schlüssel mitgebracht?« Seine Augen schienen nicht nur wegen des Alkohols Funken zu sprühen. »Oder haben Sie nur vorgetäuscht, mehr über die geheime Sprache der Blumen zu wissen?«

Vorstoßen und parieren. In diesem Wortgefecht durfte Sofia sich nicht den kleinsten Fehltritt erlauben. »Ich werde es Ihnen überlassen, darüber zu urteilen.« Sie trat in den Schatten und zog das goldene Stück aus der verborgenen Tasche in ihrer Schärpe.

Er betrachtete den Schlüssel eine ganze Weile, bevor er fragte: »Haben Sie ihn von Della Croce in Venedig erhalten?«

Sofia wollte nicht in die Falle tappen, schlug die Augen nieder. »Was meinen Sie, *caro*?«

»Schönheit und Unverblümtheit … Vittorio hat eine Schwäche für beides.« De Winton lachte. »Kein Wunder, dass er bereit war, Sie an seinem Anteil zu beteiligen.« Er fingerte in seiner seidenen Weste herum. »Genau wie in Venedig gibt es auch hier in London einen besonderen Ort. Sie stecken den Schlüssel ins Schloss, und schon öffnet sich die Tür zum Vergnügen – und natürlich auch zu erstaunlichen Gewinnen.«

Sofia verbarg ihre Überraschung hinter einem schüchternen Lächeln. »So wurde es mir berichtet. Nur wie …«

»Wie schön, Sie wiederzusehen, Contessa!« Roxburys Gruß unterbrach ihre Frage. »Ich hatte gehofft, dass Sie sich unter den geladenen Gästen befinden.«

»Ich hatte keine Ahnung, dass Sie schon Bekanntschaft geschlossen haben«, meinte De Winton.

»Lady Sofia und ihr italienischer Freund haben sich zufällig bei Andover umgeschaut, während ich dort war«, erläuterte Roxbury. »Ist Ihr Blick auf ein passendes Stück gefallen?«

»Oh, auf viele! Er hat wahre Schätze bei sich versammelt«, bestätigte Sofia mit erhobener Hand. »Aber bisher habe ich nichts gekauft als diesen zauberhaften kleinen Ring.«

»In der Tat – zauberhaft«, meinte De Winton, schaute aber nur auf den Schlüssel. »*Das* ist allerdings nicht in Andovers Ausstellung zu sehen.«

»Ich habe ihn in Venedig erhalten«, murmelte sie.

»Ah!« Andover schloss sich ihnen an, überließ Lord Neville

die drei Dirnen. »Dürfte ich einen Blick auf die Handarbeit werfen?«

Sofia fiel nicht ein, warum sie es ihm verweigern sollte.

Der Inhaber der Galerie musterte das Emaille aus verschiedenen Winkeln, bevor er es zurückgab. »Unverkennbar Verchiottos Arbeit«, murmelte er und nickte De Winton kurz zu.

»Willkommen in unserem Kreis, Contessa!«, grüßte Roxbury, bevor die anderen Männer das Wort ergreifen konnten.

»Sie besitzen auch einen Schlüssel, Mr. Roxbury?«, fragte Sofia.

»Allerdings. Wie De Winton und Andover gehöre ich zu den sechs Auserwählten hier in London. Ich bin sozusagen der Quartiermeister, gleiche die Listen der Lieferanten ab, kümmere mich um die Fracht …«

Andover brachte ihn zum Schweigen. »Also wirklich, Roxbury, wie kommst du dazu, die Einzelheiten unserer Geschäfte außerhalb unserer monatlichen Zusammenkünfte zu besprechen?«

»Aber wir sind doch unter Freunden!«, verteidigte der sich launisch.

So gern sie auch mehr über die Listen erfahren hätte, so eilig stimmte sie Andover zu. »*Sí*. In Venedig sind wir genauso vorsichtig.«

»Man behauptet, dass Castillo die Zügel streng in der Hand hält«, meinte De Winton.

Sofia schützte Schüchternheit vor, vermied eine direkte Antwort. »Natürlich. Wir erwähnen noch nicht einmal Namen.«

Andover nickte. »Natürlich.«

So weit, so gut. Offenbar hatte niemand bemerkt, dass sie bluffte.

Der Ladeninhaber lächelte immer noch und zog De Winton beiseite. »Adam, ich möchte dir gern Concords chinesisches Porzellan zeigen ...«

Die beiden Männer schlenderten fort, ließen sie allein mit Roxbury zurück. Die Gelegenheit war verführerisch – angesichts der Eitelkeit des Mannes zweifelte Sofia nicht daran, ihm weitere Einzelheiten entlocken zu können. Aber gleichzeitig wagte sie nicht, den Eindruck zu erwecken, sich zu neugierig nach der Arbeit der Gruppe zu erkundigen. Noch nicht.

»Bitte stellen Sie mich doch dem Mann vor, der sich gerade Lord Neville angeschlossen hat«, schlug sie vor, »und seiner weiblichen Begleitung.«

Roxbury schien unwillig, aber nachdem er mit mehreren schwülstigen Schmeicheleien keinen Erfolg gehabt hatte, führte er sie zögernd zu den anderen. Als die Unterhaltung aufs Neue begann, lächelte Sofia aufmerksam und interessiert, obwohl ihre Gedanken in Wahrheit mit dem beschäftigt waren, was sie gerade gehört hatte.

De Winton, Roxbury, Andover – sie alle besaßen einen Schlüssel. Und nach Roxburys unvorsichtigen Worten zu urteilen, gab es noch drei weitere. *Concord?* Angesichts seiner Rolle als Gastgeber musste er sicher als Hauptverdächtiger betrachtet werden. Und was die anderen beiden betraf, so war es sehr bedauerlich, dass es Marco nicht gelungen war, einen Blick in Andovers Lagerräume zu werfen. Nach dem Hinweis auf verräterische Listen juckte es sie in den Fingern, ihre Fähigkeiten beim Aufbruch von Schlössern unter Beweis zu stellen.

Vielleicht bei einem mitternächtlichen Ausflug in die *Bond Street?* Nein, ohne gründliche Überwachung des Geländes zu gefährlich.

Wieder schaute Sofia sich verstohlen um. Am Kabinettschrank waren De Winton und Andover immer noch in ein vertrauliches Gespräch über Porzellan vertieft, während Lady Serena den Italiener und ein paar andere Männer unterhielt – auch Osborne, der nicht gezögert hatte, in die Reihen ihrer Bewunderer aufzuschließen. Das Gelächter aus dieser Ecke des Zimmers klang immer fröhlicher, die geleerten Champagnerflaschen wurden immer zahlreicher, als ein Diener mit einem Tablett voller Pfeifen aus Jade erschien.

Improvisieren. In ihren Ohren übertönte die Ermahnung ihres Fechtmeisters das Geplapper der Dirnen. Die Bond Street lag zwar außer Reichweite, aber Concords privates Arbeitszimmer war nur ein paar Schritte entfernt, den verlassenen Korridor hinunter.

Niemand würde es ihr verübeln, wenn sie sich damit entschuldigte, dass sie sich kurz zurückziehen müsse.

Osborne nippte an seinem Brandy. Er versuchte, nicht darauf zu achten, wie Sofia mit Lord Neville flirtete und auch mit dem anderen Mann aus dem Ministerium, dessen Namen er vergessen hatte. Im rauchigen Licht sah sie unglaublich sexy aus. Das dunkelgrüne Mieder war tief geschnitten und golddurchwirkt. Als ob die lüsternen Kurven ihrer Brüste noch mehr betont werden müssten …

Angestrengt bemühte er sich, seine Aufmerksamkeit auf die andere Lady S. zu konzentrieren. Die blonde Witwe war viel besser verfügbar.

Lady Serena spürte seinen Seitenblick und bot ihm türkisches Konfekt mit Datteln und Nüssen an. »Kann ich Sie mit ein paar Süßigkeiten erfreuen, Osborne?«

Er lachte halbherzig. »Sehe ich so säuerlich aus?«

»Ihre Miene wirkt wie von einer düsteren Sturmwolke überzogen. Passt gar nicht zu Ihrem gewöhnlich sonnigen Humor.« Sie erhob sich und zog ihn mit sich. »Lassen Sie uns die Ausstellung indischer Plastiken bewundern. Nur zu gern möchte ich hören, wie Sie deren künstlerischen Wert einschätzen.«

Osborne folgte ihr. »Ich fürchte, meine Kenntnis der östlichen Kunst ist äußerst mangelhaft«, murmelte er, als sie am Tisch aus Teakholz angekommen waren.

»Meine auch«, erwiderte sie mit einem hellen Lachen. »Wie auch immer, Sie haben den Eindruck erweckt, als würden Sie in der Gesellschaft ersticken und müssten dringend tief durchatmen.«

»Danke.«

»Keine Ursache.« Lady Serena strich mit dem Finger über das Profil einer hinduistischen Göttin, fuhr mit ein paar markigen Worten über die stilistischen Details fort, bevor sie ungeschickt das Thema wechselte. »Wo wir gerade über lange Gesichter sprechen ... Sie sind überaus vertraut mit den Salons ... und kennen jeden. Vermutlich auch einen so ruppigen Kerl wie George Hartwick.«

»Ja, in der Tat, sogar recht gut.« Osborne wunderte sich, warum sie sich für den griesgrämigen Kopf einer Familie interessierte, die die meisten Baumwollplantagen der Küste in Carolina kontrollierte. Außer der Baumwolle hegte Hartwick noch eine zweite Leidenschaft, und zwar die Landschaftsmalerei; sie waren sich mehrmals in Kunstausstellungen begegnet. »Warum fragen Sie?«

»Nun, es gibt einen Grund. Ich habe einen Freund, der sich gern auf Geschäfte mit ihm einlassen würde. Ist es richtig, dass Hartwick peinlich genau darauf achtet, die Gesetze einzuhalten?«

Osborne verzog das Gesicht. »Was meinen Sie damit?«

Sie machte eine unbestimmte Handbewegung. »Ach, wissen Sie, es gibt Leute, die sich nicht darauf einlassen wollen, dass gewisse Schlupflöcher in den Gesetzen auch ausgenutzt werden, selbst wenn ein tüchtiger Geschäftsmann einen legalen Weg findet.«

Irgendwie war es beunruhigend, dass sie sich darum bemühte, einen lässigen Tonfall anzuschlagen. Andererseits verstand eine Lady sich nicht unbedingt auf die Feinheiten der Wirtschaftsethik. »Hartwick würde niemals seinen persönlichen Vorteil suchen«, bestätigte er fest.

»Auch dann nicht, wenn *Sie* mit ihm sprächen?«

»Nun, ich finde seine Weigerung überaus rühmenswert«, entgegnete Osborne. »Angesichts des Krieges verbietet es sich, nach Schlupflöchern zu suchen und sich den Gewinn in die eigenen Taschen zu stopfen.«

»Die meisten Männer halten Geld für unwiderstehlich«, murmelte Lady Serena.

Er lehnte sich an das Fensterbrett. »Ich nicht. Ich habe genug.«

Die Lady lachte. »Wer hat schon jemals genug?« Einen Moment lang hing die Frage in der Luft. Dann milderte sie den Sarkasmus mit einem kurzen Lächeln. »Offensichtlich schlägt ein edles Herz in Ihrer Brust, Osborne. Wie überaus bewundernswert! Nur wenige Männer handeln nach Ihren Grundsätzen.«

Seltsam, aber es klang beinahe so, als würde sie sich über ihn lustig machen. Er verscheuchte den Eindruck und erwiderte ebenso spöttisch: »Vertrauen Sie darauf, dass ich alles andere als perfekt bin.«

»Das freut mich zu hören. Ich wollte mir gerade Sorgen um Sie machen.« Sie neigte den Kopf und gab ihr makelloses Profil zu erkennen. »Vielleicht können Sie sich vorstellen, mich nach dieser Party noch in mein Stadthaus zu begleiten. Dort können wir dann ein wenig vertraulicher darüber sprechen, was richtig und was falsch ist.«

Die Nacht mit dieser zauberhaften Witwe verbringen? Osborne wusste, dass ihm angesichts dieses Angebots eigentlich das Wasser im Munde zusammenlaufen sollte. Doch aus unbegreiflichen Gründen fand er die Aussicht auf ein wildes Getümmel in ihrem Bett plötzlich gar nicht mehr so anziehend.

Er täuschte Bedauern vor. »Leider habe ich Harkness versprochen, ihn irgendwann nach Mitternacht in Southwark zu treffen. Er ist begierig darauf, mir eine neue Spielhölle zu zeigen, und es wäre wirklich ungehörig, wenn ich ihn versetzen würde.« Osborne antwortete absichtlich unverbindlich. »Vielleicht ein andermal.«

Lady Serena kniff die Augen kaum merklich zusammen; zwischen dem glitzernden Glas und dem flackernden Kerzenlicht sah es so aus, als würde der Zorn in ihrem Blick aufflammen.

Wie auch immer, nach Sekundenbruchteilen war es vorüber. Seine Einbildung erschien ihm ein wenig dumm, denn als sie weitersprach, klang sie so ruhig und gelassen wie immer.

»Selbstverständlich darf ein Gentleman seine Freunde nicht im Regen stehen lassen.«

»Sie verstehen mich besser, als ich es verdient habe.« Er fuhr sich mit der Hand durchs Haar, unfähig, den Grund seiner merkwürdigen Stimmung zu begreifen. »Bitte verzeihen Sie! Ich glaube, heute Abend bin ich für jeden eine armselige Gesellschaft.«

Gerade als sie antworten wollte, näherte sich ein Diener und räusperte sich. »Ich bitte um Vergebung, Mylady! Es ist eine Nachricht für Sie eingetroffen.«

»Wenn Sie mich bitte entschuldigen wollen, Osborne.« Sie eilte davon, um sich mit Concord zu besprechen, und kam wenige Minuten später zurück, um ihr Retikül zu holen. »Leider muss ich mich heute Abend auch noch um eine andere Angelegenheit kümmern und frühzeitig aufbrechen.«

»Ich hoffe, es steckt nichts Ernstes dahinter?«

»Nein, nur eine kränkelnde Verwandte, die nach meiner Aufmerksamkeit verlangt. Es sieht nicht danach aus, als würde unmittelbar Gefahr drohen, aber ich darf die Benachrichtigung nicht missachten.« Wieder sprach sie in ruhigem Tonfall, obwohl Osborne in ihrem Blick eine leichte Nervosität bemerkte. »Sie wissen ja, wie schnell kleine Unpässlichkeiten sich verschlimmern können, wenn man ihnen nicht die nötige Aufmerksamkeit schenkt.«

Angesichts ihrer Sorge schämte er sich für seine unfreundlichen Gedanken. »Ihr Mitgefühl ist bewundernswert«, murmelte er. »Ich werde Ihnen schon bald meine Aufwartung machen.«

»Ja, tun Sie das.«

Osborne konnte es ihr kaum vorwerfen, dass sie ziemlich kühl klang. Falls sie sich wegen seines Benehmens gekränkt fühlte, dann war es genau das, was er verdient hatte. Er sollte nach Hause gehen und allein über seinem Brandy grübeln.

Aber trotzdem konnte er es nicht verhindern, dass sein Blick auf der Suche nach der Contessa durch den Raum schweifte.

Sofia drückte sich im Schatten des Korridors herum. Die Tür zu Concords Arbeitszimmer war nicht verschlossen. Kein Grund also, nach dem feinen stählernen Dietrich zu greifen, der sich, als Haarnadel getarnt, in ihrer Frisur verbarg. Kaum hatte sie das Zimmer betreten, eilte sie zum Schreibtisch. Die

Vorhänge waren zugezogen, sodass sie sich daranmachte, die Kerze neben dem Tintenfass anzuzünden. Fünf Minuten wollte sie sich geben. Mehr nicht. Das musste reichen, um die Schubladen zu durchsuchen. Obwohl die Gentlemen in ihr Vergnügen versunken schienen, durfte sie keinerlei Risiko eingehen.

Die oberen beiden Laden förderten nichts anderes zutage als Rechnungen des Weinhändlers und Spielzettel; die untere war verschlossen, aber keine Herausforderung für ihre Stahlnadel. Auf den ersten Blick konnte sie nichts Interessantes entdecken, aber als sie mit der Hand unter einem Stapel Papiere wühlte, stieß sie an etwas Hartes, Glattes. Sie zog es ans Licht und stellte fest, dass es sich um eine goldene Schnupftabakdose handelte, die mit derselben emaillierten Mohnblüte verziert war, welche auch auf ihrem Schlüssel zu sehen war.

Drinnen fand sich ein gefalteter Zettel …

Der knarrende Türgriff warnte sie just zur rechten Zeit. Sie schob die Dose in ihre Schärpe, schloss hastig die Schublade und sprang gerade vom Schreibtisch fort, als eine Gestalt das Zimmer betrat.

Rasch ließ sie sich etwas einfallen, zupfte die Bänder ihres Mieders lose und gestattete dem Eindringling einen verführerischen Blick auf ihr Dekolleté. Wer auch immer eingetreten war, sie vertraute darauf, dass der Anblick ihrer rosigen Haut ihn von der Frage ablenken würde, was sie allein in den Privaträumen ihres Gastgebers zu suchen hatte.

»Suchen Sie nach Lesestoff, Contessa?«

Lachend strich Sofia über die in Leder gebundenen Bücher. »Die Party ist recht langweilig, Lord Osborne. Ja, ich war auf der Suche nach Zerstreuung … Sieht ganz so aus, als hätten Sie das auch im Sinn gehabt.«

Das Kerzenlicht flackerte.

»Vielleicht könnten wir uns die Nacht ein wenig interessanter gestalten?«, fügte sie keck hinzu.

»Darf ich Ihre Worte als Einladung verstehen?« Seine Stimme war so unergründlich wie seine Miene. »Bisher hatte ich den Eindruck, dass meine Annäherungen nicht willkommen sind.«

»Manchmal muss eine Lady zu ungewöhnlichen Mitteln greifen, um ans Ziel zu gelangen.« Sie trat einen Schritt näher, als sie Stimmen am Ende des Korridors hörte. »Die meisten Gentlemen sind auf der Jagd nach einsamen Herzen. Und sie finden die Jagd ungemein aufregend.«

»Und wenn sie die Beute in die Ecke gedrängt haben?«

Sie streckte die Hand aus und berührte seine Wange, weich und stark und nicht mehr als der Hauch eines Kratzens an ihren Fingerspitzen. »Ich vermute, dass der Jäger dann zum Gnadenstoß ansetzen wird.«

Osborne zögerte einen Herzschlag lang, bevor er sie in die Arme zog. Sein Kuss war verlangend und süß und schmeckte nach Brandy. Sie öffnete die Lippen und ließ es zu, dass er ihren Mund eroberte.

Seine Küsse zeichneten eine Spur über ihre Kehle, über ihre Schultern und die Schlüsselbeine. Er nestelte an der Seide, schob den hauchzarten Stoff beiseite, liebkoste ihre pochende Brust. Feuer loderte durch ihre Adern, als er mit der empfindlichen Knospe spielte.

Mit den Lippen, den Zähnen.

Sofia stöhnte auf und glitt mit der Hand unter sein Hemd, strich genüsslich über die weichen, entspannten Muskeln, die lockigen Härchen, die sich an ihren Fingerspitzen so fein wie Goldfäden anfühlten. Der Kragen lockerte sich, als sie an den Enden seines Halstuches zog. Zusammen mit Osborne stolperte sie rückwärts zum Schreibtisch.

Osborne hob sie an, schob die Federn und das Tintenfass fort und hob sie auf das glänzende Walnussholz.

Sofia raffte ihre Röcke hoch bis zu den Hüften, zog ihn hinein in ein Meer aus Spitze und Seide. Die Stimmen draußen drangen immer näher, so nahe, dass sie schon die Schritte auf dem Parkettboden hören konnte.

»Deverill!« Ihre Schenkel klammerten sich um seine schmalen Hüften. Heiß und hart drängte seine Erregung sich an sie.

Kaum hatten De Winton und Concord die Tür zum Arbeitszimmer schwungvoll geöffnet, blieben sie abrupt stehen. Ihre Überraschung unübersehbar, bevor sie anzüglich grinsten.

»Oh, du liebe Güte!« Sofia unternahm einen halbherzigen Versuch, sich aufzusetzen. »Sieht so aus, als hätte man uns in flagranti erwischt, mein lieber Deverill. Wirklich, wie überaus ungezogen wir sind!«

De Winton lachte.

Osborne schaute sich um. »Ob die Gentlemen wohl einen anderen Ort finden können, um Ihren Brandy und die Zigarre zu genießen?«

»Aber es gibt kaum ein anderes Zimmer, das eine so interessante Aussicht bietet«, spottete De Winton.

»In der Tat.« Concord leckte sich über die Lippen. »Dürfen wir vielleicht zugucken?«

»Tut mir leid!«, lehnte Osborne ab. »Ich spiele nicht vor Publikum.«

»Junge, wenn ich eine solch preisgekrönte Stute besteigen könnte, würde ich mich glücklich schätzen, meine Künste im Sattel beweisen zu dürfen«, fügte De Winton ebenso lüstern wie boshaft hinzu.

Sofia stöhnte innerlich auf. Hatte sie sich einen Feind geschaffen, indem sie Osborne ihm dem Anschein nach vorzog? Andererseits ... ihr war keine andere Wahl geblieben.

»Gleichwohl würden die Lady und ich ein wenig Privatsphäre zu schätzen wissen«, erwiderte Osborne. »Wenn ich Sie also bitten darf.«

De Winton und Concord feixten ein letztes Mal, bevor sie die Tür hinter sich schlossen.

Sofia lächelte, obwohl ihr Herz so heftig pochte, dass sie Angst hatte, ihr Brustkorb würde zerspringen. »Nun, wo waren wir stehen geblieben, *caro*?«

Osborne hatte den Blick immer noch auf die Tür gerichtet.

Sie versuchte, ihn auf die Mundwinkel zu küssen, weil sie hoffte, seine Erregung aufs Neue zu entfachen.

Aber er biss nicht an. »Sie sind fort. Was haben Sie in Ihrer Schärpe verschwinden lassen?«

»Unglaublich, Osborne, was Sie sich alles einbilden!«

»Ich habe einen goldenen Gegenstand aufblitzen sehen, Contessa!«, beharrte er.

»Ihre Augen haben Ihnen einen Streich gespielt, Osborne.« Sie fuhr mit den Fingern durch sein Haar. »Es waren nur meine glitzernden Ringe.«

»Wer zum Teufel sind Sie?« Im flackernden Kerzenlicht wirkte sein Blick dunkel und aufgepeitscht wie die stürmische See.

»Was für eine merkwürdige Frage, Sir!« Sofia atmete durch und versuchte, über den schrillen Unterton in ihrer Stimme mit leichtem Gelächter hinwegzutäuschen. »Schließen Sie wirklich so viele Ladys in die Arme, dass Sie das schon vergessen haben?« Sie knabberte an seinem Ohrläppchen. »Dann gestatten Sie, Osborne, dass ich Ihre Erinnerung ein wenig auffrische. Ich bin Sofia Constanza Bingham ...«

»Ich kenne die Namen, die Sie sich zugelegt haben, Signora della Silveri!«, unterbrach Osborne. »Nur ist es die weit drängendere Frage, wer sich unter all den seidenen Lügen verbirgt.«

»Soll das heißen, dass Sie mich als Lügnerin bezeichnen, Sir?« Sie bemühte sich, wütend zu klingen.

»Und als Diebin.« Ohne jede Warnung schoss seine Hand in die Schärpe ihres Kleides und zog die Tabaksdose hervor.

Sofia versuchte, sich die Dose zu schnappen, aber er war zu schnell.

Osborne trat zurück und hielt sie ins Kerzenlicht. »Zugegeben, ein hübsches Stück, aber in den Kabinettschränkchen finden sich viel wertvollere. Vielleicht interessieren Sie sich dafür, was darinnen verborgen ist.« Er wollte gerade den Deckel aufklappen …

Verdammt. Sofia musste blitzschnell reagieren.

Der Wirbel. Der Sprung. Der Angriff. Mit fliegenden Gliedmaßen überbrückte sie den kurzen Abstand zu ihm. Der heftige Tritt an sein Kinn setzte ihn sekundenlang außer Gefecht, erlaubte es ihr, seine Halsschlagader zu finden und die Fingerspitzen auf seinen Puls zu pressen.

Geräuschlos sackte Osborne auf den Teppich.

»Entschuldige«, murmelte sie, rückte den bewusstlosen Körper zurecht, damit er etwas bequemer lag. Dann schaute sie sich um und griff schnell nach dem kleinen Bronze-Satyr auf dem Marmorsockel. Wenn er wieder zu sich gekommen war, würde alles danach aussehen, als wäre er unglücklich gestolpert.

»Träumen Sie süß, Sir!«, flüsterte Sofia, bevor sie sich die Tabaksdose schnappte und eilig das Zimmer verließ.

13. Kapitel

Verdammt!

Osborne hob den Kopf vom Teppich und zuckte zusammen. *Teufel noch mal, was hat mir da beinahe den Schädel zertrümmert?* Immer noch benommen stützte er sich auf den Ellbogen und schaute sich um. Sein Blick fiel auf den bronzenen Satyr, der neben ihm lag. *Bin ich wirklich so ungeschickt gewesen?* Er konnte sich kaum erinnern, wusste noch, dass er eine Tabaksdose in der Hand gehalten hatte, aber nicht, was danach passiert war.

Er betrachtete den marmornen Sockel aus mehreren Blickwinkeln und runzelte die Stirn. Es ergab keinen Sinn. Denn er hätte vornüber und mit dem Gesicht zuerst in das verdammte Ding stürzen, die Plastik herunterreißen und sich dann genau in die andere Richtung drehen müssen. Gleichwohl gab es keine andere Möglichkeit. Es sei denn …

Nein. Ausgeschlossen.

Behutsam rieb er sich das Kinn. Auf jeden Fall würde die Contessa ihm haufenweise Fragen beantworten müssen.

Osborne stand auf und klopfte sich den Staub von der Hose. Ja, dieses Scharmützel hatte sie gewonnen. Aber sie irrte sich gewaltig, wenn sie glaubte, dass er künftig kampflos das Feld räumen würde. Die Kriegskunst verlangte oft nach Täuschungen und Ablenkungen. Heute Abend wollte er sich zurückziehen und sie der Einbildung überlassen, dass die Schlacht vorüber war.

Es war ungewöhnlich, dass eine Frau über ein so beachtliches Arsenal an kämpferischen Fähigkeiten verfügte. Nun, eine Lady, die in der neueren Technik der Kriegsführung nicht ausgebildet war, würde dazu neigen, ihren Gegner zu unterschätzen. *Wenn wir uns wieder begegnen,* beschloss er stumm, *sind die Karten neu gemischt. Es wird einen echten Nahkampf geben. Und dann wollen wir doch mal sehen, wer am Ende obenauf ist!*

Sofia zog sich aus ihrem Versteck in der Speisekammer zurück, bezog im Treppenhaus der Dienerschaft Stellung, beobachtete die Lage und wartete darauf, dass Osborne das Arbeitszimmer verließ. Sie ballte die Faust und hoffte inständig, dass sie ihn nicht zu stark erwischt hatte.

Und wenn er doch ernsthaft verletzt ist? Aber nach ein paar Sekunden des Missbehagens verscheuchte sie ihr Mitgefühl. Nichts ging über die Pflicht. Osborne würde sich selbst um sein Wohlergehen kümmern müssen.

Schließlich verließ er das Zimmer, humpelte leicht. *Geschieht ihm recht!,* dachte Sofia. *Was mischt er sich auch in Angelegenheiten ein, die ihn rein gar nichts angehen?* Aber andererseits hatte Osborne ihr als unfreiwilliger Verbündeter gedient und geholfen, Concord und De Winton abzulenken. Mit seinen leidenschaftlichen Küssen hatte er ihr einen riesigen Gefallen getan. Sonst wäre die Sache nicht so glimpflich verlaufen.

Sofia biss sich auf die Lippe und schaute sich um. Verdammt, es war riskant. Aber trotzdem musste sie die Tabaksdose zurückbringen. Dass sie den Zettel gelesen hatte, der in der Dose verborgen war, machte ihre Aufgabe noch dringlicher. Die Schlüsselbesitzer durften nicht wissen, dass sie die Liste kannte. Auf der Liste fanden sich die Namen einiger Lieferanten, die sie an Lynsley weitergeben würde, sodass er mit seinen Ermittlungen beginnen konnte. Nur … eigentlich brauchte sie etwas ganz anderes – nämlich die Namen der Verschwörer. *Und Beweise ihrer Verschlagenheit.* Bis dahin durfte sie diesen Leuten keinerlei Anlass bieten, die italienische Contessa unter Verdacht zu stellen.

Im Korridor rührte sich nichts außer dem flackernden Kerzenlicht an den Wänden. Aus keinem Zimmer drang irgendein Laut. Sie wartete noch ein paar Sekunden, überzeugte sich, dass sie tatsächlich allein war, und öffnete leise die Tür zum Arbeitszimmer.

Es dauerte nur wenige Augenblicke, die goldene Dose unten in der Schublade zu verstauen. Nachdem sie die Lade wieder mit der Stahlnadel verschlossen hatte, lupfte sie die Röcke an und eilte auf demselben Weg wieder zurück.

Rein und raus. Genauso, wie der frühere Juwelendieb in der Akademie es gelehrt hatte.

Aber in ihrer Hast, das Zimmer zu verlassen, übersah Sofia, dass sie mit den Seidenröcken ein Stückchen Papier unter den Tisch fegte.

Aus unbegreiflichen Gründen trieb Osborne sich auf dem Bürgersteig herum, anstatt zur Ecke zu eilen, wo er eine vorbeifahrende Kutsche hätte anhalten können. Der Nebel war noch dichter geworden, kroch ihm eiskalt den Nacken hinunter. Er fröstelte.

Andererseits war es immer so, dass der Gedanke an Lady Sofia das Gefühl verursachte, als würden Dolchspitzen über seine Haut tanzen.

Er drehte sich um und machte sich auf den Weg. Aber nach ein paar Schritten wurde ihm bewusst, was er vermisste: Die Kutsche der Lady war nirgendwo zu sehen. Obwohl er deutlich gehört hatte, wie sie sich von der Gruppe im Salon verabschiedet hatte, während er durch eine Seitentür im Haus verschwunden war. Osborne zögerte, drehte sich noch einmal um und schritt leise über das Kopfsteinpflaster. Die Straße lag dunkel, verlassen, als er im Torbogen des benachbarten Gartens Stellung bezog.

Vielleicht hatte sie andere Pläne. Eine erotische Begegnung. Noch einen heimlichen Diebstahl. Nein, es ging ihn nichts an. Und doch ... die Neugier ließ ihn an seinem Platz verharren.

Er musste nicht lange warten. Schon bald wurde die Tür des Stadthauses geöffnet, und Lady Sofia – unverkennbar in ihrem modisch geschnittenen Scharlach-Umhang mit Kapuze – trat die Marmorstufen hinunter. Sie war allein. Als sie in der Parkbucht angekommen war, schaute sie in beide Richtungen. Es schien offensichtlich, dass sie nicht mit der Abwesenheit der Pferde und ihres Kutschers gerechnet hatte.

Sie wartete einen Moment, eine schmale Silhouette im silbrigen Mondlicht, und wandte sich dann in die Gasse, die zu den Stallungen führte. Osborne folgte ihr auf dem Fuße, hielt sich dicht an der Gartenmauer. Die Contessa war gerade im Begriff, in die Schatten zu tauchen, als er aus den Augenwinkeln eine plötzliche Bewegung in einer Seitenstraße erhaschte.

Ein Haufen Männer tauchte aus dem Nebel auf, rannte schnell, aber leise über das glitschige Pflaster.

Straßenräuber.

Osborne rief ihr eine Warnung zu, rannte in die Gasse und drückte Sofia an eine Mauer. »Zurückbleiben!«, befahl er und straffte sich, um den Angriff abzuwehren. *Vier gegen einen.* Nicht die besten Chancen, besonders deshalb nicht, weil er unbewaffnet war. Er klammerte die Finger fester um seinen Spazierstock und brachte sich in Verteidigungsstellung. Genau wie die Meute hatte er nicht die Absicht, fair zu kämpfen.

»Rennen Sie, Lady Sofia!«, schnaubte er, »Laufen Sie zu den Ställen oder raus auf die Queen Street!« Weil sie rings von Gartenmauern umgeben waren, war die Wahrscheinlichkeit sehr gering, dass ihre Hilfeschreie gehört wurden.

Der Anführer der Straßenräuber verlangsamte den Schritt, als er sie erspähte. »Aus dem Weg, Goldlöckchen! Oder willst du, dass ich dir deine hübsche Kehle von Ohr zu Ohr aufschlitze?«

»Und die Lady mit diesem Abschaum allein lassen?«, entgegnete Osborne. »Ich denke gar nicht daran!«

Die Kerle schlossen sich zusammen und blockierten sämtliche Fluchtwege. Osborne sah ein Messer aufblitzen.

»Jem, du und Harry, ihr guckt, was die Hure macht! Ich und Bill, wir kümmern uns um das Bürschchen.« Der Anführer warf ihm einen bedrohlichen Blick zu. »Benutzt Klingen statt Schießeisen! Warum die Straße mit einem Schuss aus dem Schlaf reißen?«

Unwahrscheinlich, dass es gelingt, dachte Osborne grimmig, *aber vielleicht kann ich sie so lange aufhalten, bis die Contessa Alarm schlagen kann.* Er ließ sich einen Schritt zurückfallen, senkte die Arme und tat so, als habe er Angst.

Verdammt! Warum rennt die Lady nicht um ihr Leben?

Er trat zur Seite, weil er hoffte, ihr ein paar zusätzliche Sekunden zu schenken, um endlich die Flucht zu ergreifen. Aber als der Anführer mit einem bösartigen Stoß nach vorn sprang, blieb ihm keine Zeit mehr, noch länger nachzudenken. Der scharfe Stahl befand sich nur wenige Zentimeter vor seiner Brust, als Osborne den Stock hochriss und hart heruntersausen ließ. Holz krachte auf Knochen, die Waffe flog durch die Luft. Osborne duckte sich unter dem ausgestreckten Arm durch und rammte dem Angreifer das Knie in die Lenden.

Ein Schrei zerriss die Stille. Der Mann plumpste zu Boden wie ein Stein.

Osborne stürzte ebenfalls, wich rollend einem seitlichen Tritt aus. Während seine Hand sich um das heruntergefallene Messer schloss, sah er etwas Rotes aufblitzen.

»Rennen Sie, verdammt noch mal!«

Sofia hatte ihren Umhang abgeworfen und sich die dicke Wolle um den Arm gewickelt. Mit ihrem provisorischen Schutzschild wehrte sie die Angriffe und Hiebe der beiden Angreifer ab. Osborne fluchte wieder. *Hat sie jetzt vollkommen den Verstand verloren?* Wenn sie es wirklich mit zwei riesigen Kerlen aufnehmen wollte, die bis an die Zähne mit Keulen und Messern bewaffnet waren, dann waren ihre Überlebenschancen ebenso groß wie das eines Lamms auf dem Weg zur Schlachtbank. Noch ein paar Sekunden …

Bevor er sich rühren konnte, stürmte Sofia plötzlich vorwärts, wirbelte mit den Beinen durch die Luft und ließ die Röcke fliegen. Mit einem Ellbogen traf sie den Mann neben sich an der Kehle. Der Kerl stolperte rückwärts, schnappte gurgelnd nach Luft, bis ein Schlag mit dem ausgestreckten Arm ihn gegen die Backsteinmauer prallen ließ. Benommen glitt er auf die Knie. Blut schoss ihm aus der gebrochenen Nase.

»Dreckige Hure!« Der zweite Mann wollte sich auf sie werfen, aber sein Knurren verebbte in Schmerzgeheul. Eine Drehung des Handgelenks, ein Hüftschwung riss ihn von den Beinen und ließ ihn kopfüber auf das Pflaster stürzen.

Osborne erhob sich mühsam, gerade rechtzeitig, um den Angriff des vierten Straßenräubers zu parieren. Stahl klirrte auf Stahl, als die Messer sich kreuzten. Er konterte einen flinken Vorstoß, der beinahe ins Herz getroffen hätte. Aber dann traf eine Faust auf seine Wange, der Mann stolperte rückwärts, kreiste misstrauisch nach rechts.

Osborne rang mit ihm, hatte den Blick aufmerksam auf die messerscharfe Klinge gerichtet.

»Osborne!«, schrie Sofia.

Er drehte sich um, entdeckte, dass der Anführer wieder zu Kräften gekommen war und eine Pistole aus dem Mantel gezogen hatte.

Gleichzeitig hatte Sofia sich den zu Boden gefallenen Prügel geschnappt und holte aus zu einem Schlag auf den Schädel des Mannes. Es gelang ihm, dem Schlag auszuweichen, aber das Manöver raubte ihm das Gleichgewicht. Die Kugel explodierte an den Backsteinen weit über seinem Kopf und ließ einen harmlosen Schauer Schieferscherben herabrieseln.

»Erschießt das teuflische Weib!«, bellte er.

Osborne hatte den Kerl mit der gebrochenen Nase bereits durch einen Faustschlag niedergestreckt. Und was die anderen betraf …

Er wirbelte herum und stellte fest, dass Sofia auf den ersten Hieb ein wahres Gewitter von Fechthieben hatte folgen lassen. *Giroste, cavazione, contrapostura.* Ihm stand der Mund offen. *Du lieber Himmel, die Lady führt die Waffe wie ein waschechter Totenkopfhusar!* Wenn sein Stock ein Säbel gewesen wäre, hätte sie die Gentlemen bereits zu Hackfleisch verarbeitet. Wie auch immer, es war anzunehmen, dass die erhobenen Arme mit Blutergüssen übersät waren, als sie angesichts des stürmischen Angriffs gezwungenermaßen den Rückzug antraten.

Plötzlich ging in einem der Stadthäuser das Licht an. Dann in einem zweiten.

»Die Bullen werden bald hier sein!«, schnaubte der Anführer. »Wir sollten lieber abhauen.« Die anderen beiden packten ihren gestürzten Kameraden und und rissen ihn hoch, heulten einen letzten Fluch in die nächtliche Stille und ergriffen die Flucht.

»Stock und Stein brechen mein Gebein …«, murmelte Osborne. Er bewegte seine schmerzende Faust, drehte sich dann zu Sofia. Beide schnappten atemlos nach Luft und bluteten aus mehreren kleinen Schnittwunden. »Sind Sie verletzt, Contessa?«

Sofia schüttelte den Kopf und ließ den Prügel fallen. »Was ist mit Ihnen?« Sie trat zu ihm, hob die Hand und berührte seinen Mundwinkel mit der Fingerspitze.

»Nicht der Rede wert.« Er ließ den Blick an ihr hinunterschweifen und stellte fest, dass ihr Kleid an einigen Stellen zerrissen war. »Sind Sie wirklich sicher, dass Sie nicht verletzt sind? In der Hitze des Gefechts merkt man manchmal gar nicht, dass man verwundet ist …« Er streckte die Hand aus, verfing sich in einer gekräuselte Falte … und entblößte ihre linke Brust.

Irritiert starrte Osborne auf die zarte Tätowierung, einen fliegenden Falken. Er traute seinen Augen kaum. Die tiefschwarzen Schwingen rührten urplötzlich die Erinnerung an merkwürdige Gerüchte auf, die vor einem Jahr durch General Burrands Hauptquartier kursiert waren. Gerüchte, die er zu jener Zeit als lächerliches Geschwätz abgetan hatte.

Er fühlte sich ein wenig benommen, als er ihr ins Gesicht schaute.

Ihre Lider flatterten, verhinderten, dass er ihren Blick lesen konnte.

»Dieses Zeichen«, wisperte Osborne, »ich habe Geschichten gehört …«

Mit einem leisen Fluch richtete Sofia ihr Mieder. »Wir müssen reden, Sir«, stieß sie hervor, »bevor Sie sich zu irgendwelchen Schlussfolgerungen hinreißen lassen.« Unruhig schaute sie sich um. »Aber nicht jetzt. Wir müssen verschwinden, und zwar schnell. Wir müssen unbedingt vermeiden, in einen Skandal verstrickt zu werden.«

»Wann?«

»Morgen um ...«

»Nein, noch heute Nacht«, konterte er, entschlossen, sie diesmal nicht so leicht entkommen zu lassen. »Ich schlüpfe durch den Hintereingang in Ihren Garten. Lassen Sie die Tür zum Wintergarten offen stehen.«

Der ferne Ruf eines Nachtwächters entlockte ihr ein zögerndes Nicken. »Gut.«

Osborne nahm die Abkürzung zu den Ställen und führte sie in die angrenzende Nebenstraße, wo er eine Droschke anhielt, um sie nach Hause bringen zu lassen.

»Bis später«, murmelte er.

»Lassen Sie mir eine Stunde, um meine Dienerschaft ins Bett zu schicken«, erwiderte Sofia. »Und dann können wir ... Kriegsrat halten.«

14. Kapitel

Die weichen Schuhe machten kein Geräusch auf den Schieferfliesen, als Sofia an den verbleiten Glaswänden des Wintergartens entlangmarschierte. In ihren Gedanken überstürzten sich wildeste Flüche und grenzenlose Empörung.

Zum Teufel noch mal! Deverill Osborne rückte ihr gefährlich nah. Was um alles in der Welt sollte sie dagegen unternehmen?

Während der Fahrt zurück zu ihrem Stadthaus hatte sie über die verschiedenen Möglichkeiten nachgedacht und festgestellt, dass es kaum einen Ausweg gab.

Sie starrte auf die vernebelten Scheiben. Es war, als würde die verschwommene Sicht ihr eigenes Missbehagen spiegeln. Osborne war nicht nur mutig, er war auch klug; unwahrscheinlich, dass er sich mit Belanglosigkeiten abspeisen ließ.

Seufzend presste sie sich die Hand auf die Brust. Was wusste er wirklich über die Merlins? Und was war nicht mehr als wüste Spekulation, die er zufällig mitgehört hatte?

Der Riegel klickte, und die plötzlich hereinströmende Nachtluft mischte sich unter die feuchte Wärme des Wintergartens. Sofia drehte sich um, sah, dass Osborne eintrat und den Regen von seinem Übermantel schüttelte.

»Ich hatte mich gefragt, ob Sie wirklich Wort halten würden.« Stampfend schüttelte er das Wasser von seinen Stiefeln. »Immerhin ist es ein Schritt in die richtige Richtung. Aber wir haben noch einen weiten Weg zu gehen, Contessa.«

»Vertrauen Sie mir?«, fragte sie.

»Sollte ich?«

Anstatt zu antworten, kam Sofia näher und strich ihm federleicht über die Wange. Seine Haut war immer noch kühl wie die Nachtluft; aber es war, als würde der pochende Puls an seinem Kiefer die Hitze in ihren Fingerspitzen kitzeln lassen. *Feuer und Eis.* Beides konnte gefährlich sein.

»Sie sind verletzt«, wisperte sie und spürte die Schürfwunden rau in der Handfläche. »Da ist ein Schnitt an Ihrem Kinn.«

»Nur ein kleiner Kratzer.« Osborne berührte sie am Mundwinkel. »An Ihrer Lippe klebt Blut.«

»Nur ein Tröpfchen.«

»Ja, diesmal nur ein Tröpfchen. Aber wie wird es das nächste Mal ausgehen?« Mit dem Daumen fuhr er sanft über ihre Lippe. »Sofia, es reicht mit den Lügen! Warum setzen Sie sich so schrecklichen Gefahren aus? Lüften Sie das teuflische Geheimnis, das Sie umgibt! Und was ...«

Sie unterbrach seine drängende Frage mit einem langen und leidenschaftlichen Kuss.

In der Akademie hatte man sie gelehrt, dass Sex die schärfste Waffe war, die sie gegen einen Mann richten konnte. *Ein Akt der Verzweiflung?* Vielleicht. Aber die Pflicht verlangte, dass sie jedes Mittel nutzte, um ihre Enttarnung zu verhindern. *Täuschen, Verwirrung stiften.* Sie redete sich ein, dass ihr keine andere Wahl blieb, als ihn zu verführen, um ihn von weiteren Fragen abzuhalten.

Sofia strich ihm den Mantel von den Schultern und ließ ihn fallen. Osborne wollte sich zurückziehen, aber sie machte sich schon daran, sein Hemd zu öffnen, und schob die Hand unter den verschwitzten Stoff. »Hier bist du also auch verletzt, *caro!*« Seine wohlgeformte Brust fühlte sich kräftig an, die straffen Muskeln wie gemeißelt. Die feinen Härchen glitzerten im Kerzenlicht wie Goldstaub, kitzelten sie in den Handflächen. »Und hier.«

Osborne stand still wie eine Statue, als sie fortfuhr, seinen Körper zu erkunden. Im Gegensatz zu der hellen Haut wirkten seine flachen Brustwarzen bestechend dunkel. Unter ihrer Berührung wurden sie hart.

Ein Stöhnen – oder klang es eher wie ein Grollen? – entrang sich seiner Kehle.

Sofia fühlte sich ermutigt, beugte sich vor und fuhr mit der Zunge erst über die eine Brustwarze, dann über die andere. Seine Haut schmeckte nach Salz und nach irgendeinem geheimnisvollen männlichen Extrakt. Die Wirkung war ... betörend.

»Der Himmel möge mir beistehen!« Seine Stimme war kaum mehr als ein Lufthauch ... im Unterschied zu seiner Erregung, die sich hart an ihre Schenkel drängte.

Wieder leckte sie über seine Haut.

»Hast du mich etwa vor den Straßenräubern gerettet, um mich von eigener Hand zu erledigen?«, raunte er heiser.

»Die Frage ist doch, wer wen gerettet hat.« Mit ihren zarten Küssen zeichnete Sofia eine Spur bis zu seiner Kehle. »Ich habe mich nämlich noch gar nicht bedankt, dass du Kopf und Kragen für mich riskiert hast.«

»Nein, ich habe nicht Kopf und Kragen für dich riskiert. Eher den Verstand.« Osborne hatte die Augen halb geschlossen, aber durch seine dichten Wimpern konnte sie das nackte Verlangen glimmen sehen. »Mach weiter. Du wirst von Sekunde zu Sekunde geschickter.«

Pflicht. War damit die prickelnde Hitze in ihren Händen zu erklären, die sie empfand, als sie ihm das Leinen über den Kopf streifte?

Das Hemd flog zu seinem Mantel auf den Schieferfliesen, sodass er bis zur Hüfte nackt war.

Osborne beugte sich nach vorn und schob den ramponierten Rest ihres Mieders beiseite, küsste sie auf das kleine Grübchen an ihrer Kehle. Dann irrten seine Lippen tiefer, bedeckten die filigrane Tätowierung. Einen Moment später sog er an ihrer Knospe.

Tief in ihrem Innern flammte die Hitze auf. Sofia atmete durch, fühlte sich eingehüllt in den moschusartigen, männlichen Duft des Brandys und in einen anderen, ebenfalls würzigen, erdigen Duft, der ganz und gar zu ihm gehörte.

»Osborne.«

Anstatt zu antworten, bewegte er seinen Mund über ihre andere Brust, verteilte feuchte Küsse über ihrer harten, empfindlichen Spitze. Das warme Gewicht seines Körpers, das sich an ihren Bauch drängte, rührte ein schmerzhaftes Verlangen in ihr auf.

Sofia stöhnte, bemerkte kaum den heiseren Klang ihrer Stimme.

Es schien ohnehin unausweichlich, dass sie irgendwann während der Mission ihre Jungfräulichkeit verlieren würde. Plötzlich wollte sie, dass sie ihr erstes Mal mit Osborne erlebte, nicht mit irgendeinem anderen Mann.

Er hatte sein Leben für sie riskiert, hatte Mut bewiesen und sie respektiert, obwohl sie ihn recht schäbig behandelt hatte. Von Anfang an hatte sie gespürt, dass sein Charakter nicht so oberflächlich war, wie es manchmal schien … dass es verborgene Tiefen zu entdecken gab. Lord Sunshine war weit mehr als nur ein Freund für strahlende Sonnentage. Er war ein Mann, der jeden Respekt verdient hatte, der es wert war, dass …

Nein! Es ist streng verboten, so zu denken!, mahnte sie sich. *Er ist nichts anderes als ein nützlicher Verbündeter, mehr nicht.* Und jetzt, in diesen Minuten, war er ein Mann, der um jeden Preis von ihrer wahren Mission abgelenkt werden musste.

»Sofia?« Sein Atem hauchte ihr federleicht über die Wange, ließ den Rest der Frage unausgesprochen.

Sofia antwortete nicht, sondern nestelte an dem oberen Knopf seiner Hose. Seine stahlharte Männlichkeit drängte sich ihr entgegen. Sie nestelte an den Verschlüssen, bis seine mächtige Erektion befreit war.

Was für ein schöner Mann er ist!, dachte sie bewundernd. So blass wie eine klassische Gottheit, perfekt geformt in männlicher Eleganz und Würde. Mit den Fingern zeichnete sie eine Spur über seine aufragende Männlichkeit, bevor sie den Schaft umschloss. Er war so glatt wie Marmor, und doch pulsierte das Leben in ihm. Sein Atem ging einen Hauch schneller, als sie ihn der Länge nach streichelte. Sie schob den zerknitterten Stoff beiseite, wollte seine Männlichkeit in ihrer ganzen Pracht anschauen.

Langsam und schweigend zogen sie einander aus, bis sie nackt waren.

Osborne schlug die Schöße seines zu Boden gefallenen Mantels auf und nahm sie in die Arme.

Verlangen strömte durch Sofias Adern. Sie nahm kaum wahr, wie sie auf den Boden sanken, sich auf dem unnachgiebigen Stein betteten. Sie spürte nur noch ihren Körper, seinen Körper. Als Osborne mit den Händen an ihren Beinen hinauffuhr und ihre Schenkel öffnete, sog sie tief die Luft ein, spürte, wie jede Faser vibrierte, sich ihm entgegensehnte. Die neuen, unbekannten Gefühle drohten, sie zu überwältigen, und sie wurde sich der Hitze bewusst, die sie selbst ausstrahlte. Genauso wie das verzehrende Feuer seiner männlichen Erregung an ihrer Haut. Sie war viel zu überrascht, um sich beschämt zu fühlen.

Osborne fuhr mit den Fingern durch ihre seidenweichen Venuslöckchen, fand die verborgene Perle. Heißes Verlangen pulsierte durch ihre Adern, als er sie langsam umkreiste, und

Sofia fühlte sich, als würde jeder Knochen in ihrem Körper zu warmem Honig dahinschmelzen.

Es waren seltsame, verführerische Gefühle. Irgendwie wild und verstörend. Auf wundervolle Art verstörend.

Sex gehörte natürlich zum Lehrplan der Akademie. Die spanische Kurtisane hatte die Leidenschaft den Tatsachen entsprechend geschildert und wie sie als mächtige Waffe eingesetzt werden konnte. Aber allein mit Worten waren die wüsten Gefühle nicht zu beschreiben, die aufkeimten, wenn Haut auf Haut traf. Wenn die Gliedmaßen sich verschränkten, Hände zärtlich streichelten, Zungen die rauchige Süße leidenschaftlicher Küsse tauschten.

Osborne hatte ihre Unterlippe zwischen seine Zähne gesogen und biss zu, als er noch zärtlicher und noch schneller mit den Fingerspitzen zwischen ihren Schenkeln kreiste. Sofia schrie auf, ihren Mund auf seinem Mund. Ein verzehrendes Feuer, das sich spiralförmig ausbreitete, übernahm die Kontrolle über ihren Körper. Die Hitze war beinahe unerträglich.

»Deverill ...«

Osborne schien keine Zweifel zu hegen, wonach es ihr verlangte.

»Heb deine Hüften, Süße!« Er ließ seine starken, talentierten Hände unter sie gleiten. »Du bist der Inbegriff der Schönheit«, stöhnte er, als er ihre Mitte mit der Spitze seiner Erektion erkundete, reizte. »Du bist umwerfend schön! Einfach umwerfend ...«

Sofia wollte eigentlich antworten, aber es kam ihr vor, als würden ihr die Worte in der Kehle ersterben. Sie seufzte, als er sich noch näher drängte; er bewegte sich fließend und elegant, sanft, aber doch drängend. Verlangend.

»Öffne dich für mich.« Seine Stimme war rau vor Verlangen, als er zwischen ihre Schenkel glitt.

Der Druck seiner Männlichkeit war heiß und heftig, als er sich an ihre feuchte Mitte drängte. *So gut, so richtig.* Sie reagierte, indem sie sich rührte, unwillkürlich den Rücken durchbog und ihn noch tiefer in sich aufnahm.

Ein sanftes Stöhnen glitt ihr über die Lippen.

Es war wie ein Echo, als er unterdrückt fluchte. Sie spürte, wie sein Körper sich anspannte, wie seine Muskeln sich verkrampften, als er die Arme verschränkte und sein Gewicht aufwärts drückte.

»Verdammt noch mal!« Als er sich zur Seite rollte, gab der weiche Lichtschein zu erkennen, wie erschrocken und gleichzeitig überrascht er war. »Du ... du bist noch Jungfrau.«

»Jetzt nicht mehr.« Sie versuchte zu lächeln.

»Aber wie ... ich meine, du warst doch mehrere Jahre verheiratet«, stammelte er.

»Mein Ehemann war ... nicht fähig, die Ehe zu vollziehen.« Das ist immerhin nicht ganz gelogen, redete sie sich ein. Schließlich wollte sie Osborne nicht mehr an der Nase herumführen als unbedingt nötig.

»Warum hast du mir das nicht erzählt?« Er klang wütend.

»Keine Ahnung«, antwortete Sofia. »Es schien nicht ... wichtig.«

»Wichtig?«, wiederholte Osborne. »Ich nehme es mit der Ehre nicht auf die leichte Schulter, Sofia, weder mit deiner noch mit meiner!« Das Dämmerlicht umspielte die harten Konturen seines Gesichts. »Es ist nicht meine Art, einer unschuldigen Lady ihre Jungfräulichkeit zu rauben.«

Sofia hörte nicht nur Wut, sondern auch Bedauern aus seinem Tonfall heraus, und spürte, wie ihr Inneres sich verkrampfte. Deverill Osborne war ernsthaft verstimmt. An den feinen Linien um seine Augen und an den verkniffenen Lippen konnte sie ablesen, wie sehr er sich selbst verabscheute.

Sie schätzte ihn nur noch mehr, weil er offenbar für Schmerz und für Vorwürfe empfänglich war.

»Es tut mir leid. Bitte verzeih, dass ich so selbstsüchtig war.« Sie ergriff seine Hand und drückte sie auf ihre Wange. »Aber ich ... ich wollte, dass du es bist.«

»Und ich ... ich bin eitel und schwach genug, um dich beim Wort zu nehmen.« Seine Finger glitten nach oben und wühlten sich in ihr wirres Haar. »Obwohl ich tief im Herzen überzeugt bin, dass sich in deinem süßen Geflüster nichts anderes verbirgt als ein weiteres Gebräu aus Lügen und Halbwahrheiten.«

Der Regen trommelte auf das Glas, und das entfernte Donnergrollen schien auf das warnende Pochen ihres rasenden Herzschlags zu reagieren. *Gefährlich.* Eine körperliche Vereinigung mit diesem Mann würde mehr bedeuten als nur eine flüchtige Vereinigung des Fleisches. Wollte sie wirklich das Wagnis eingehen, ihn so nahe an sich heranzulassen?

Es war immer noch Zeit, sich zurückzuziehen.

Ein Blitz erleuchtete sein wohlgeformtes Antlitz, die langen, goldenen Wimpern. Der Abstand zwischen ihnen war nicht groß, und es sah so aus, als würden knisternde Funken zwischen ihnen sprühen. Sofia beugte sich zu ihm.

»Deverill, in mancherlei Dingen bin ich mit dir alles andere als ehrlich gewesen. Aber das gehört nicht dazu, das schwöre ich!«

»Ich will ein verdammter Dummkopf sein, aber ich glaube dir«, raunte er heiser. Seine Haut fühlte sich rau und trotzdem warm an, als er ihr einen Kuss auf die geschürzten Lippen drückte. »Jedenfalls in dieser Sekunde.«

Als er ihre Brust berührte, streichelte sie zärtlich über seinen Brustkorb, spürte seine Rippen, genoss die männlichen Konturen seines Körpers, den flachen Bauch, die vorstehenden Hüftknochen, die feinen Locken, die im Licht der Lampen wie polierte Bronze glänzten ...

Osborne stöhnte, als sie seinen Schaft berührte, der sich sofort aufrichtete.

»Liebe mich, Deverill!«, wisperte Sofia »Hier. Und jetzt.«

Liebe. Osborne hegte keinerlei Illusionen darüber, dass ihr Verlangen in irgendwelchen Gefühlen gründete. Es war ihm ein Rätsel, warum sie sich ausgerechnet ihm anbot. Aber keines, das er schon bald lösen würde. Denn im Moment arbeitete sein Verstand nicht besonders scharf. Während andere Teile seiner Anatomie ...

Die Luft wich aus seinen Lungen, als ihre Fingerspitzen seine Männlichkeit federleicht streiften. Sofia kam ihm vor wie eine bestechende Mischung aus Unschuld und Erfahrung. An ihren Zärtlichkeiten war überhaupt nichts Jungfräuliches, nichts Unschuldiges an ihren Küssen. Kein mädchenhaftes Erröten, keine furchtsamen Tränen ... Es kam ihm beinahe so vor, als wäre sie regelrecht unterrichtet worden, einen Mann zu verführen.

Das war ein ziemlich wirrer Gedanke. Sie war eine Lady aus bestem Hause. *Ist sie das wirklich?* Ihre Tätowierung schien eine andere Sprache zu sprechen. Die geflügelte Form, die sich deutlich von ihrer leicht gebräunten Haut abhob, erinnerte ihn lebhaft daran, wie wenig er über sie wusste, abgesehen von ihrem Namen. Und selbst der stand infrage.

Die rätselhafte Contessa.

Sie war ein Verwirrspiel, eine einzige Provokation. Die Buße für seine Sünden in der Vergangenheit? Falls sie tatsächlich keine echte Lady war, dann konnte die Wahrheit nur noch erschütternder sein. Je eindringlicher er versuchte, der

Geschichte einen Sinn abzuringen, desto verlorener fühlte er sich. Nur eins wusste er: dass er leidenschaftlich nach ihr verlangte, ganz gleich, wer oder was sie war.

»Deverill?« Ihr süßes Lächeln war unglaublich verführerisch. »Mache ich es richtig?«

Er lachte heiser. »Du beherrschst das Schwert meisterlich, Liebste! In der Tat, du führst es geradezu bestechend.«

Rasch wandte sie den Blick ab, ihre seidigen Locken verbargen ihr Gesicht. »Bitte, lass uns nicht über das sprechen, was früher geschehen ist.«

»Ich habe nicht die Absicht, mich mit dir auf ein Wortgefecht einzulassen, Sofia. Deine Hiebe und Paraden haben mich viel zu lange am ausgestreckten Arm verhungern lassen. Heute Nacht sollten wir einen Waffenstillstand schließen.«

»Die Waffen aus der Hand legen?«

Osborne zog sie näher, fuhr mit den Handflächen über ihre Beine. »Oh ja!«, raunte er. »Ich werde mein Schwert in die Scheide stecken ...«

Auf ihren Wangen zeigte sich eine leichte Röte. »Ich fürchte, dass es einige Manöver gibt, bei denen ich mich recht ungeschickt anstellen könnte. Wie du bereits bemerkt hast, habe ich keine Erfahrung in der Liebe.«

»Sieht aber so aus, als würdest du schnell lernen, Süße.« Osborne rollte sich auf den Rücken und zog sie auf sich. »Wenn du im Sattel sitzt, kannst du langsam anfangen und dein Tempo selbst bestimmen.« Osborne spreizte ihre Beine, bis sie rittlings auf ihm saß. Ihre Schenkel waren heiß und feucht, ihr Duft wirbelte auf und mischte sich mit dem Geruch der Blumen in den Töpfen ... es duftete erdig, erotisch.

»Ich ...«

»Entspann dich, Sofia!« Seine Finger strichen sanft über ihren intimsten Punkt. Osborne beobachtete, wie ihr Blick sich weitete und sich zu einem lüsternen, flüssigen Grün verfärbte.

»Halt mich, Deverill!«

»Ja, meine Süße«, wisperte er, als sie sich gegen seine Hand drückte. Er fuhr mit einem Finger in ihre honigsüße Öffnung, stöhnte wieder auf, als sie sich um ihn schloss. Mehr konnte er nicht tun, um sein Verlangen zu zügeln. *Langsam, langsam!*, mahnte er sich. Was auch immer sonst noch zwischen ihnen geschehen war, er wollte diesen Moment genießen, diese Erinnerung bewahren.

Sofia bog den Rücken nach hinten und schrie sanft auf.

»Sieh mich an, Sofia!«, raunte er. »Hat dein Ehemann dich niemals auf diese Weise berührt?«

»N... nein. Niemals.«

»Selbstsüchtiger Trottel!«, stieß er mit zusammengebissenen Zähnen hervor, obwohl er andererseits natürlich mächtig froh darüber war. »Die Liebe ist dazu gedacht, beiden Vergnügen zu bereiten, Männern und Frauen.« Er ließ von seinen intimen Zärtlichkeiten ab und strich mit den Handflächen über ihren runden Hintern.

»Nicht aufhören!«, flehte sie.

»Noch nicht einmal dann, wenn der Teufel persönlich es verlangen würde«, erwiderte er, hob sie ein kleines Stückchen hoch.

Sofia schnurrte wie ein hungriges Kätzchen und schmiegte sich in seinen Griff.

Er ließ seine Hände los ... und dann war er in ihr.

Du lieber Himmel!

Für den Bruchteil einer Sekunde verharrte Sofia vollkommen reglos. Dann begann sie, die Hüften zu heben und zu senken. Osborne unterdrückte den Anflug eines Triumphes und zwang seinen Körper, sich an ihren Rhythmus anzupassen. Er spürte ihre prallen Brüste; ihre erregten Knospen pressten sich wie kleine feurige Kiesel in seine fiebrigen Hände. Wieder schrie sie auf, als er sie mit kleinen, kreisenden Zärtlichkeiten liebkoste. Wie perfekt sie sich in seine Hände schmiegte! Ganz so, als wäre sie für ihn geschaffen.

Mehr konnte er nicht tun, um nicht vollkommen die Beherrschung zu verlieren. Die Muskeln, die sich geschmeidig unter dem schlanken Körper bewegten, strahlten eine sündhaft sinnliche Schönheit aus; ihre Fingerspitzen wirkten einen Hauch verhärtet. Wie eine Kriegsgöttin hinterließ sie eine Funkenspur im nebligen Mondlicht.

Osborne zitterte, überflutet von ihrer feuchten Hitze. Er hatte schon oft Sex gehabt, aber so wie mit ihr war es noch nie gewesen. Die Verbindung schien viel tiefer zu sein als nur fleischlich, das Verlangen mehr als nur beiläufige Lust. Irgendetwas an ihrer Stärke, an ihrem Geist berührten ihn an einer Stelle, die er bisher immer strikt geschützt hatte.

Als sie schneller wurden, war es, als wären ihre Körper vollkommen aufeinander eingestimmt. Er war sich überaus bewusst, dass sie sich – genau wie er – wunderte, was zwischen ihnen, mit ihnen geschah. Ein Poet hätte eine herzergreifende Ode verfasst. Eine Ode an die Liebe.

Da war es wieder, das Wort.

Osborne schloss die Augen und zwang sich, nicht an solche Dinge zu denken. Für ihn war es nicht ungewöhnlich, seinen Geliebten auch Freundschaft zu schenken; ihm war klar, dass es seinen Charme nur noch steigerte. Bis jetzt hatte er niemals das Bedürfnis verspürt, mehr daraus werden zu lassen. Ein Bedürfnis, das ihn ängstigte.

Ein wildes, verzweifeltes Lachen entrang sich seiner Kehle. Es dauerte nur eine Sekunde; es schützte ihn vor dem Unbekannten. Der Gedanke, sich vollkommen hinzugeben, erschreckte ihn. Vielleicht lag es daran, dass es ihn zwang, tief in seine eigene Seele zu blicken; denn er war sich nicht sicher, dass es ihm gefallen würde, was er dort zu sehen bekam. Allen anderen Menschen gefiel er, weil sie nur die Oberfläche anschauten, die gute Laune, die witzigen Wortwechsel.

Seine dunkle Seite, seine Zweifel, hatte er mit keinem anderen Menschen je geteilt.

»Deverill!« Sofias heiseres Flehen riss ihn aus seinen Grübeleien.

Später war genügend Zeit, in sich zu gehen. *Waffenstillstand.* Mit seinen eigenen Dämonen, den eigenen Zweifeln. In diesem Moment wollte er nichts anderes, als mit ganzem Herzen in diese merkwürdige Alchimie eintauchen, die das Schicksal zwischen ihnen geschmiedet hatte.

Vielleicht ist ja doch alles nur Katzengold. Aber in diesen Sekunden fühlte es sich ungemein echt an.

»Gleich zerspringe ich in tausend Stücke«, stöhnte Sofia. Ihre Augen glitzerten im flackernden Kerzenschein.

»Halt mich fest, Sofia!«, raunte er in ihr Haar, »ich fange dich auf …«

Sie klammerte sich an seine Schultern, und ihre schwarzen Locken fielen über seine Brust wie ein seidenweicher mitternächtlicher Regenschauer. Osborne hob die Hüften vom Steinfußboden und drängte sich an sie, verlangte ebenso nach ihr wie sie nach ihm. Sofia ritt ihn schnell und hart, trieb ihn beinahe in den Wahnsinn, sodass sein Herz sich beinahe zu überschlagen drohte.

Ein letztes Mal hob und senkte sie die Hüften, und in ihrem Crescendo spürte Osborne, wie die Anspannung sich zitternd löste. Er hörte ihre stumme Verwunderung und seine eigene Stimme, die in einen heiseren Jubel ausbrach.

Irgendwie blieb doch ein kleines Fünkchen Verstand erhalten, der es ihm erlaubte, sich in letzter Sekunde zurückzuziehen. Er rollte sich auf die Seite, verkrampfte sich, hob und senkte den Brustkorb, während er sich auf der Wolle seines Mantels verströmte.

Ein letzter Tropfen seines Samens perlte an seinem Schaft entlang; eine blasse Erinnerung an das, was sie miteinander verbunden hatte. Zwei Körper, die sich zu einem vereint hatten.

»*Carissimo* ...« Sofia berührte ihn, streichelte seine Schultern, seinen Nacken, den Rücken.

Osborne drehte sich wieder zurück und küsste sie zart auf die Stirn, bevor er sie in die Arme zog. Das Mondlicht tanzte über ihre verschwitzten Leiber. Er schloss die Augen und wurde sich plötzlich bewusst, dass er noch nie in seinem Leben einen solch tiefen Frieden empfunden hatte.

Es war überwältigend.

Und beängstigend.

Sofia flüsterte ein paar Worte, eine verführerische Mischung aus Englisch und Italienisch, die ihn im Ohr kitzelten.

Lüge und Wahrheit. Wer war sie, diese Lady, die nicht nur kostspielige Tabaksdosen stahl, sondern auch noch sein Herz?

So viele Fragen, so viele Geheimnisse. Aber all das konnte bis morgen warten. Jetzt wollte Osborne nichts anderes als den flüchtigen Zauber dieser mitternächtlichen Stunden genießen.

15. Kapitel

Sofia erwachte vom Regen, der auf die Scheibe trommelte. Oder war es doch nur ihr pochendes Herz? Sie drehte sich auf dem Mantel, nur um festzustellen, dass sie sich mit dem Rücken an Osbornes Brust geschmiegt hatte.

Die Vertraulichkeit fühlte sich merkwürdig tröstend an. Als ob das irgendeinen Sinn ergab. Ehrlich gesagt, wusste sie noch nicht einmal, ob sie überhaupt einen klaren Gedanken fassen konnte. Hatte sich nun alles verändert? Oder gar nichts? Jeder Zoll ihres Körpers fühlte sich vollkommen anders an. Sie war keine Jungfrau mehr, sondern eine …

Ich bin ein Merlin. Mit einer schwierigen Mission, die sie zu Ende führen musste. Sie bewegte ihre schmerzenden Knöchel. Nicht, dass sie innerlich zur Ordnung gerufen werden musste, um sich daran zu erinnern, welchen Gefahren sie ins Auge zu blicken hatte.

»Du bist wach, stimmt's?« Die Morgendämmerung machte sich eben erst daran, den Nachthimmel zu vertreiben; Osbornes Miene erschien unergründlich, als sie sich in seinen Armen umdrehte.

»Ja«, erwiderte Sofia, dankbar dafür, dass die Schatten auch ihr Gesicht verbargen. »Wir sollten uns lieber schnell anziehen und verschwinden. Bald wird die Dienerschaft auf den Beinen sein. Der Tag fängt an.«

»Nicht so schnell.« Er versperrte ihr den Fluchtweg. »Wir müssen reden, Sofia!«

»Es bleibt uns keine Zeit …«, widersprach sie.

»Genug für gewisse Erklärungen.« Er berührte den schwarzen Falken über ihrer Brust. »Fangen wir hiermit an.«

Sofia parierte mit einer Gegenfrage. »Was weißt du darüber?«

»Ah! Stehen wir wieder auf Kriegsfuß?«

Klang da eine Spur der Enttäuschung in seiner Stimme auf? Sofia seufzte. »Ich … ich will nicht gegen dich kämpfen, Deverill.«

»Aber ebenso wenig willst du mir vertrauen.« Er presste die Lippen aufeinander. Am liebsten hätte sie die Hand nach ihm ausgestreckt.

»Es ist keine Frage des Vertrauens«, erwiderte sie stattdessen, »ich möchte nicht, dass du dich der Gefahr aussetzt. Gestern Abend warst du gezwungen, wegen mir dein Leben aufs Spiel zu setzen.«

Er zögerte, wirkte unsicher, was er antworten sollte. Es klang halb nach einer Frage, halb nach einer Behauptung, als er wieder das Wort ergriff. »Du gehörst zu einer Diebesbande?!«

»Ja.« Warum sollte sie es bestreiten? »Ich bin geschickt worden, ein paar wertvolle Dinge zu stehlen.«

»Wer hat dich geschickt?«

»Das ist nicht wichtig«, wehrte sie rasch ab. »Es handelt sich um einen schwierigen, gefährlichen Einsatz. Das ist das Einzige, was zählt. Sonst nichts.«

Der Regen hatte aufgehört, und ein paar Sekunden lang reflektierten die Glasscheiben nur das Schweigen. Dann fixierte er sie mit dem Blick. »Vielleicht kann ich helfen.«

Osborne überraschte sie immer wieder. Aber so bestechend der Vorschlag auch sein mochte, sie war gezwungen, den Kopf zu schütteln. »Lord Sunshine wird von der Polizei geschnappt, weil er ein paar herrschaftliche Anwesen in Mayfair ausgeraubt hat? Überleg doch mal, was für einen Skandal das aufrühren würde!«

Er zuckte die Schultern. »Ich würde mich ja nicht in der Gegend aufhalten und Zeitung lesen. Sondern auf einem Deportationsschiff nach Botany Bay.«

»Das ist nicht witzig!«, entgegnete Sofia, als sie seine Mundwinkel zucken sah. »Ich meine es bitter ernst.«

»Genau wie ich.« Er verschränkte die Hände hinter dem Kopf. »Denk doch mal nach ... Ich kenne die Salons besser als meine Westentasche. Ich kenne die Gewohnheiten der Leute, ihr Zuhause, und in manchen Fällen auch die verborgensten Verstecke.«

»Sei nicht albern!« Sofia beobachtete, wie das regennasse Licht über sein Profil flirrte. Es schien die untergründige Strenge seiner Konturen zu betonen. In ihren Augen hatte er nicht länger nur ein attraktives Gesicht, war nicht länger nur ein wohlgeformter Adonis, perfekt auf Hochglanz poliert, aber ohne jeden charakterlichen Tiefgang.

Sie zwang sich, den Blick abzuwenden. »Warum solltest du deinen Ruf für ein paar gestohlene Kostbarkeiten ruinieren? Du brauchst das Geld doch gar nicht.«

Osborne schmiegte sich dichter an sie. »Oh, wenn meine innere Stimme mir nur nicht ständig einflüstern würde, dass du all das gar nicht wegen des Geldes machst, Sofia.«

»W ... wie kommst du darauf?«

»Ich glaube, auf meine Menschenkenntnis kann ich mich felsenfest verlassen.« Das Mondlicht glitzerte auf seinen goldfarbenen Wimpern. »Es ist nicht die Gier, die dich zu dieser leidenschaftlichen Jagd antreibt.«

»Der Antrieb für meine Jagd geht nur mich etwas an.« Seine Mutmaßungen machten ihr mehr und mehr zu schaffen; sie musste ihn auf eine andere Spur lenken. »Außerdem hast du noch kein Wort über die Risiken verloren.«

»Bildest du dir ein, ich sei zu bequem, um ein kleines Risiko auf mich zu nehmen? Zu sehr an mein Wohnzimmer gefesselt?« Seine Stimme klang ein wenig rau.

»Ich zweifle nicht an deinem Mut, Osborne.« Sofia seufzte. »Nur an deinem Verstand. Du wärst ein ausgewachsener Dummkopf, wenn du dich auf die Angelegenheit einlassen würdest.«

»Das bin ich bereits.« Er drehte sich langsam um, durchbohrte sie mit einem Blick aus seinen stürmisch blauen Augen. »Sind wir wieder bei ›Osborne‹? Klingt reichlich distanziert angesichts der Vertraulichkeiten, auf die wir uns heute Nacht eingelassen haben.«

Der Abstand zwischen ihnen betrug zwar nur wenige Zentimeter, aber Sofia wusste auch, dass es zwischen ihnen eine Kluft gab, die er niemals überbrücken würde. Die Pflicht verlangte, dass sie ihn davon abhielt, noch näherzurücken. »Das ... das war nicht persönlich gemeint. Wie du selbst gesagt hast, bringt die Hitze des Gefechts das Blut manchmal in Wallung.«

»Nicht persönlich gemeint?«, wiederholte er. »Ich war also nichts anderes als ein Mittel zum Zweck, um deine Heißblütigkeit ein wenig zu kühlen?« Sein Lächeln gefror. »Du liebe Güte, ich werde den Eindruck nicht los, dass du mich wirklich nach Strich und Faden ausgenutzt hast, Contessa!«

Sofia spürte, wie ihr die Röte in die Wangen kroch. »S... so habe ich es nicht gemeint.«

»Wie hast du es denn sonst gemeint? Ich muss gestehen, dass ich große Schwierigkeiten habe, in dem Gewirr an Lügen deine wahren Gefühle zu entdecken.«

»Ich arbeite allein.« Sie zitterte, als ihr plötzlich bewusst wurde, dass sie seinem Blick vollkommen nackt ausgesetzt war. Sie tastete unter der verstreuten Kleidung herum, fand ihr Mieder und presste es sich auf die Brust. »Wir sollten es dabei belassen.«

Osborne schnappte sie am Handgelenk. »Ich habe nicht vor, mich so schnell abspeisen zu lassen. Du hast Antworten versprochen, und ich habe vor, dich beim Wort zu nehmen.«

Sie versuchte, sich zu befreien, aber er hielt sie fest. »Dieser schwarze Vogel auf deiner Brust – was zum Teufel hat der zu bedeuten? Gehörst du zu einer Art Geheimtruppe? Zu einer Truppe ... zu einer Truppe ...«

»... erfahrener Attentäter?« Spöttisch unterbrach Sofia sein Gestammel. »Gute Güte, Osborne, vielleicht solltest du dich als Romanschriftsteller versuchen! Deine Einbildungskraft ist jedenfalls lebhaft genug.« Sofia setzte ihre Offensive fort, als sie bemerkte, dass ein Schatten der Unsicherheit über sein Gesicht huschte. »Wessen wirst du mich als Nächstes beschuldigen? Dass ich eine ausländische Agentin bin, die dem Prinzregenten die Kehle aufschlitzen soll?«

Er war so höflich, zu erröten.

»Und jetzt lass mich bitte gehen.« Das Geklapper der Kohlenschütte im Hauptkorridor unterstrich ihre Forderung.

Osborne ließ sie los. »Du bist so scharf wie Stahl, Sofia, so viel ist sicher. Ich werde mich also zum zweiten Mal zurückziehen, damit dein guter Name nicht besudelt wird. Aber verlass dich lieber nicht darauf, dass ich meinen letzten Trumpf schon ausgespielt habe.«

Osborne achtete nicht auf die hochgezogenen Augenbrauen der Bürogehilfen, als er durch das Schreibzimmer in Lynsleys Büro stürmte.

Diesmal gelang es dessen Sekretär, ihn im Vorraum abzufangen. »Seine Lordschaft ist nicht zu sprechen!«, wehrte der junge Mann ab und machte sich flink daran, den Weg zur verschlossenen Tür zu versperren.

Osborne konnte sich gerade noch zurückhalten, ihn mit einem Fausthieb niederzustrecken. »Ist er fort, oder weigert er sich nur, mich zu empfangen?«

»Der Marquis ist nicht am Platz«, hieß es ausweichend.

Osborne starrte den jungen Mann an, der sich nicht von der Stelle rührte. »Richten Sie ihm aus, dass ich ihn aufgesucht habe!« Inzwischen hatte er begriffen, dass es nicht fair war, seine Laune an jemandem auszulassen, der einfach nur seine Arbeit erledigte. Er warf seine Visitenkarte auf den Tisch. »Die Sache ist dringlich.«

»Ich werde Seiner Lordschaft die Nachricht überbringen, sobald er wieder eintrifft.«

»Dann wollen wir hoffen, dass er sich nicht alle Zeit der Welt lässt«, murmelte Osborne kaum hörbar, »hoffentlich ist er nicht auf dem Weg nach China.«

Der Sekretär verzog keine Miene. »Ich denke, ich kann bedenkenlos behaupten, dass der Marquis gegenwärtig nicht in diplomatische Angelegenheiten mit dem Land des Lächelns verwickelt ist.«

»Aber natürlich ist es Ihnen nicht gestattet, mir zu verraten, wo er sich gerade aufhält.«

Der junge Mann schnappte sich eine Ladung Akten. »Kann ich Ihnen sonst noch weiterhelfen, Lord Osborne?«

»Guten Tag«, brummte Osborne.

Er verließ die Mauern Whitehalls und eilte ins *White's*. Aber selbst mehrere Gläser des besten Brandys im Club konnte das Feuer in seinem Innern nicht löschen. Ganz im Gegenteil, während der Zorn anfangs nur leicht in ihm gestaut hatte, drohte er jetzt beinahe überzukochen.

Gleich explodiere ich! Er gönnte sich noch einen Schluck. Angesichts der Tatsache, dass er in der Welt der Salons für sein ruhiges Auftreten, seinen leidenschaftslosen Blick auf die

Welt bekannt war, konnte man es fast schon als Ironie des Schicksals bezeichnen. Wie auch immer – in den letzten Tagen war er alles andere als gelöst.

Was hatte ihn nur zu dem merkwürdigen Angebot getrieben, der Contessa zu helfen? Sie hatte recht. Es war absurd, sich ihn als Einbrecher vorzustellen – obwohl er in Wahrheit mehr als nur ein Haus kannte, in dem gestohlene Waren gelagert wurden. Und das galt nicht nur für Freunde in den niederen Kreisen der Gesellschaft, sondern auch ganz oben an der Spitze.

Warum nur zerbrach er sich so leidenschaftlich den Kopf über Sofia? Schwer zu erklären, selbst für ihn persönlich. Sie besaß unbändigen Mut und eine Überzeugungskraft, die er überaus bewundernswert fand – im Unterschied zu seiner eigenen Ziellosigkeit, zu der Tatsache, dass er sich einfach treiben ließ und außer gelegentlichen Vergnügungen keinen echten Zweck in seinem Leben verfolgte.

Unruhig rutschte Osborne im Sessel des Lesezimmers hin und her, versuchte, sich auf die jüngsten Nachrichten von der östlichen Kriegsfront zu konzentrieren. Schließlich trank er sein Glas leer und warf die Zeitung beiseite.

»Aye, die Nachrichten sind schlimm genug, um einen Mann einen starken Drink nehmen zu lassen.« Colonel Edwards, ein Adjutant aus General Burrands Truppe, hob den Blick von seinem Magazin. »Scheint so, als besäße Kutusov genauso wenig Rückgrat wie der Rest der russischen Offiziere. Bonaparte speist jetzt im Kreml zu Abend. Wenn es so weitergeht, wird er in vier Wochen auf den Kanälen von St. Petersburg Schlittschuh laufen.«

Osbornes Stimmung befand sich am Tiefpunkt, weshalb er nur nickte und hoffte, eine langatmige Debatte über militärische Taktik vermeiden zu können.

»Der Zar braucht nichts anderes als ein paar Offiziere, die es wagen, dem kleinen Korsaren unerschrocken entgegenzutreten.«

»Wie wahr.« Schweigend gab Osborne dem Diener das Zeichen, ihm Spazierstock und Handschuhe zu bringen.

»Jemanden mit dem Mut und der Tapferkeit, sagen wir, Ihres Freundes Lord Kirtland.« Edwards schürzte die Lippen. »Ist er eigentlich schon von seiner Hochzeitsreise nach Italien zurückgekehrt? Ich möchte ihn bitten, einige Berichte zu lesen, die ich über die Halbinsel erhalten habe.«

»Nein, er ist noch nicht zurück.« Osborne hatte sich schon halb aus dem Sessel erhoben, sackte jetzt aber zurück. »Sagen Sie, Edwards, erinnern Sie sich zufällig an den Namen von Kirtlands Braut?« Damals, als sein Freund so plötzlich geheiratet hatte, hatte er sich in Schottland aufgehalten und herzlich wenig über die Einzelheiten erfahren. Außerdem hatte Kirtland schon immer recht zurückgezogen gelebt; seine Briefe gaben noch weniger preis. Bevor er in Richtung Kontinent aufgebrochen war, hatte der Earl nur eine einzige, noch dazu wahnsinnig kurze Nachricht zu Osbornes Anwesen bringen lassen – *Verheiratet. Alles Weitere nach meiner Rückkehr aus Italien.*

»Äh ...« Der Colonel tippte sich ans Kinn. »Irgendein Städtename ... ah, ja, Siena. So hieß sie.«

Siena. Osborne nickte. »Familienname?«

»Keine Ahnung. Glaube nicht, dass er jemals erwähnt worden ist.«

»Macht nichts.« Diesmal stand er wirklich auf. »Nur eins noch: Mir ist eine Nachricht überbracht worden, die ich an Lord Lynsley weiterleiten soll. Unwahrscheinlich, ihn heute Abend hier zu treffen. Wissen Sie vielleicht, wo er wohnt? Es sieht nicht so aus, als würde das Haus der Familie am Grosvenor Square genutzt.«

Der Colonel ließ den Blick schweifen, bevor er antwortete. »Der Marquis zieht die ruhigeren Stadtviertel vor, sofern er sich in London aufhält. Ich weiß, dass Sie mit Fenimore an der preußischen Angelegenheit gearbeitet haben, und daher wage ich die Behauptung, dass man Ihnen solche Informationen anvertrauen darf.« Er senkte die Stimme noch mehr, murmelte die Adresse einer ruhigen Seitenstraße abseits des Dorset Square.

»Ich danke Ihnen.«

Kurz darauf drängte Osborne sich an einem erschrockenen Lakaien vorbei. »Es ist mir völlig gleichgültig, ob er gerade mit dem Prinzregenten beim Tee sitzt oder mit der Prinzessin von Saba im Bett liegt! Richten Sie Lynsley aus, dass ich ihn sprechen will.« Er warf seinen Hut auf die Ablage. »SOFORT.«

»Warum schreien Sie, Osborne?« Der Marquis tauchte am oberen Ende der Treppe auf. »Kommen Sie hoch.«

Osborne legte den Übermantel ab und nahm zwei Stufen auf einmal.

Lynsley führte ihn in ein kleines Arbeitszimmer.

Das Zimmer wirkte bequem und gemütlich. Auf dem großen Schreibtisch aus Birnbaumholz türmten sich die Bücher und amtlich aussehende Dokumentenkästen; aber der silberne Stifthalter war wie ein Drache geformt, der mit den Stoßzähnen aus Ebenholz, die ihm aus dem Kiefer ragten, ziemlich wunderlich aussah. Ein ähnlicher Gegensatz war auch in den Buchkisten aus Mahagoni erkennbar, die sich an der Wand aufreihten. Die verschiedensten Erinnerungsstücke aus entfernten Weltgegenden ließen die glatten Kisten mit den harten Kanten weicher erscheinen – Kosakendolche, Saraszenenschwerter, afrikanische Masken, etruskische Kunstwerke. Auf der Anrichte fanden sich Portweine und Sherrys, deren gesättigte Farben in der Glut des Kaminfeuers funkelten.

In der Erscheinung des Marquis spiegelte sich die Zwanglosigkeit der Einrichtung wider. Den Kragen seines Hemdes trug er offen, die Ärmel waren bis zu den Ellbogen hochgekrempelt, die Füße steckten in marokkanischen Slippern. Er trat über einen Stapel Dokumente, der auf dem Fußboden herumlag, setzte sich in einen ledernen Armsessel am Kamin und bedeutete Osborne mit einer Handbewegung, es ihm gleichzutun.

»Schenken Sie sich selbst einen Drink ein, wenn Sie möchten.« Lynsleys Stimme gab keinerlei Überraschung oder Verdrießlichkeit darüber zu erkennen, dass in seinem privaten Rückzugsort eingedrungen wurde.

Gibt es eigentlich gar nichts, was diesen verfluchten Kerl in seiner Kaltblütigkeit aufstören konnte?

»Nein. Vielen Dank.« Osborne blieb stehen.

»Irgendetwas nicht in Ordnung?« Zu seiner Verwirrung schnappte der Marquis sich einen Stapel Notizen und begann, durch die Seiten zu blättern.

»Außer der Tatsache, dass die Contessa eine Juwelendiebin ist?«, schoss Osborne sarkastisch zurück. »Und dass vier Straßenräuber ihr in der vergangenen Nacht beinahe die Kehle aufgeschlitzt hätten?«

Der Marquis schaute nicht auf. »Wie ich bereits erwähnte: Die Lady ist eine unabhängige Frau. Weder Sie noch ich haben das Recht, über sie zu urteilen. An Ihrer Stelle würde ich mich nicht in ihr Privatleben einmischen. Es sieht so aus, als könne sie sehr gut selbst auf sich aufpassen.«

»Auf Ihre Belehrungen sollten Sie lieber verzichten! Ich bin kein dummer Schuljunge.« Osborne ging zum Kamin und stemmte einen Stiefel auf den Rost. »Ihr kleiner Vortrag wird mich nicht aus dem Haus treiben.«

»Dann lassen Sie es mich ein wenig anders formulieren«,

meinte Lynsley. »Sie haben getan, worum Sie gebeten worden sind. Und jetzt lassen Sie die Lady bitte allein.«

»Ich habe die Nase gestrichen voll davon, mich ständig von Ihnen benutzen zu lassen! Und von ihr.« Er war kurz davor, den Marquis anzubrüllen. »Ich verlange Antworten, Lynsley!«

Seufzen. »Und wie lauten Ihre Fragen?«

»Erzählen Sie mir mehr über eine Gruppe von Frauen, die einen schwarzen Falken über der linken Brust tätowiert haben. Wer sind diese Frauen?«

Lynsley legte die Papiere beiseite und trank einen Schluck Sherry.

Plötzlich riss Osborne der Geduldsfaden. Er schnappte nach einer kleinen Jadeschnitzerei auf dem Kaminsims und schleuderte sie auf den leeren Sessel. »Verdammt noch mal, Mann! Arbeiten die Frauen für Sie?«

»Setzen Sie sich, Osborne.« Inzwischen wirkte der Marquis längst nicht mehr so leutselig.

Osbornes Gesichtszüge hatten sich verhärtet. Aber nachdem er tief durchgeatmet hatte, folgte er der Aufforderung.

»Und bitte platzieren Sie Ihren Allerwertesten nicht auf meinen Buddha!«, fügte Lynsley hinzu. »Es handelt sich um ein seltenes Stück aus der Ming-Dynastie. Gewiss ein teures Stück, aber davon abgesehen rührt es auch einige Erinnerungen auf.«

Kleinlaut stellte Osborne die Statue auf den Lampentisch an seinem Ellbogen.

»Darf ich nun darauf vertrauen, dass die tiefe Ruhe des großen Meisters auch ein wenig auf Sie abgefärbt ist?«

Osborne faltete die Hände im Schoß. »Ich bin bereit, mich aufklären zu lassen.«

In Lynsleys Augen blitzte es amüsiert auf. »Ich bedaure sehr, dass ich nicht so frei bin, mehr als nur ein Quäntchen des

Geheimnisses zu lüften. Nun, ich möchte Sie bitten, sich mit meinem Wort zufriedenzugeben, dass es eine Angelegenheit äußerster Dringlichkeit ist, Lady Sofia allein zu lassen.«

Obwohl die Abweisung schon viel sanfter klang, traf sie ihn immer noch hart. »Sie halten mich also für einen oberflächlichen Salonlöwen, für einen kohlköpfigen eitlen Stutzer, dem man keinerlei Geheimnisse anvertrauen darf?«

»Ganz im Gegenteil. Nur wegen Ihrer Intelligenz und Vertrauenswürdigkeit habe ich mich überhaupt entschieden, Sie um Hilfe zu bitten.« Lynsley hielt inne. »Und wegen Ihrer Fähigkeit, gefühlsmäßigen Verstrickungen aus dem Weg zu gehen.«

Osborne saß unruhig in seinem Sessel, war sich klar, dass ihm eine leichte Röte in die Wangen stieg.

»Ich bin mit der Arbeit vertraut, die Sie mit Major Fenimore leisten«, fuhr der Marquis fort. »Er lobt Ihren Verstand und Ihre analytischen Fähigkeiten in den höchsten Tönen.«

»Warum soll ich mich dann verkriechen?«

»Touché.« Lynsley berührte sich mit den Fingerspitzen am Kinn. »Aber zuerst lassen Sie mich eine Frage stellen. Auf welchem Weg haben Sie von den tätowierten Ladys erfahren?«

»Im Hauptquartier gingen Gerüchte um, dass eine Geheimtruppe weiblicher Krieger existiert. Wir waren alle überzeugt, dass es sich nur um eine haltlose Fantasie handelt, eine flüchtige Einbildung.« Osborne verzog das Gesicht. »Aber dann, nachdem Kirtland eine geheimnisvolle Lady mit einem geflügelten Erkennungszeichen erwähnt hatte, begann ich mich zu fragen, ob nicht vielleicht doch ein Körnchen Wahrheit in dem Geschwätz stecken könnte. Zu jener Zeit hatten Sie gegen ihn ermittelt. Daher scheint es jetzt mehr als ein bloßer Zufall zu sein, dass Lady Sofia ebenfalls eine schwarze Tätowierung trägt.«

Lynsley seufzte. »Ich werde Sie nicht danach fragen, wie Sie zu dem Anblick gekommen sind.«

»Das Kleid wurde ihr im Zuge eines Angriffs vom Leib gerissen.«

»Ah.« Der Marquis erhob sich und ging zum Kamin, wo er die Buddha-Statue sorgsam an ihren Platz stellte. »Lady Sofia befindet sich hier in London in einer schwierigen Lage. Jegliche Ablenkung könnte sie in höchste Gefahr bringen.«

»Wie ich zum Beispiel?«, meinte Osborne sanft, denn er konnte sich bestens vorstellen, dass Lynsley eine leidenschaftliche Liebesnacht als »Ablenkung« einstufen würde.

»Wie Sie zum Beispiel.«

»Verstehe«, nickte er, obwohl es sich eher so verhielt, dass ihm tausend Fragen durch den Kopf schossen. Im Grunde genommen konnte er nichts in voller Klarheit erkennen. Er presste die Fingerspitzen an die Stirn und versuchte, Ordnung in seine Gedanken zu bringen. Ja, tausend Fragen, und doch war es eine einzige, die sich ihm immer wieder aufdrängte. »Ist Sofia Constanza Bingham della Silveri ihr richtiger Name?«

»Das kann ich Ihnen nicht sagen.«

»Arbeitet sie für Sie?«

»Das kann ich Ihnen nicht sagen.«

»Mit anderen Worten, Sie können mir nichts sagen, außer dass ich mich um meinen eigenen verdammten Kram kümmern soll.«

Lynsley zwang sich zu einem Lächeln. »Korrekt.«

Osborne dachte kurz nach. »Warum kann ich nicht helfen?«

»Sie zieht es vor, allein zu arbeiten.«

Nein, im Grunde genommen hatte er keine andere Antwort erwartet. Trotzdem ärgerte er sich über die Zurückweisung. »Nun, wenn ich gestern Abend nicht in der Nähe gewesen wäre, hätte es sein können, dass Ihnen ein toter Vogel in den Schoß fällt.«

»Darauf würde ich keine Wette abschließen. Bei all dem hübschen Gefieder besitzt die Lady doch ein paar beachtliche Fänge.«

»Wie ein ausgewachsener Raubvogel. Eine Jägerin«, murmelte Osborne. »Was die Frage aufwirft, wonach sie auf der Jagd ist.« Ein paar Sekunden lang sahen sich die Männer schweigend an, bevor Osborne sich erhob. »Aber weil klar ist, dass ich keine weiteren Antworten bekommen werde, will ich Ihre Zeit nicht länger beanspruchen.«

Er war schon an der Tür, als der Marquis ihn leise ansprach. »Nun, was haben Sie jetzt vor?«

Osbornes Blick fiel auf den Buddha aus Jade, dessen gelassener Blick seinem eigenen inneren Aufruhr zu spotten schien. »Bedaure, Lynsley. Das kann ich Ihnen leider nicht sagen.«

16. Kapitel

Sofia unterdrückte ein Gähnen und versuchte, dem Professor für klassische Architektur aus Rom ihre ganze Aufmerksamkeit zu widmen. Lady Wilberton hatte diesen besonderen Abend – einen gelehrten Vortrag, dem ein frühes Abendessen vorangegangen war – kurzfristig arrangiert. Obwohl Sofia nach den stürmischen Ereignissen der vergangenen vierundzwanzig Stunden gern einen ruhigen Abend verbracht hätte, hatte sie die Einladung angenommen. Denn sie hatte erfahren, dass der Duke of Sterling ebenfalls anwesend sein würde.

Nachmittags hatte sie ein paar Stunden geschlafen, nachdem sie einen eiligen Bericht an Lynsley und Marco gesandt hatte. Mit den neuen Informationen konnte der Marquis seine Agenten losschicken, um die Firmen unter die Lupe zu nehmen, die auf der Liste in der Tabakdose verzeichnet waren, während Marco sich um die Lagerräume kümmerte.

Und was ihre eigenen Anstrengungen in der Mission betraf, so hatte Sofia einen parfümierten Brief an De Winton geschickt, worin sie für ihr Benehmen um Entschuldigung bat. Hoffentlich war der Mann so empfänglich für ihre Schmeicheleien, wie sie vermutete. Der Appell an seine Eitelkeit sollte dafür sorgen, seine Gunst zurückzugewinnen – sie hatte ihn förmlich angefleht, sie am kommenden Tag zu einer Ausfahrt in den Park mitzunehmen.

Sofia hatte vor, ihn mit ihrem Wunsch zu bedrängen, an der nächsten Versammlung der Schlüsselbesitzer teilzunehmen. Keinesfalls würde sie eine Ablehnung akzeptieren. Obwohl ihr Unterleib sich schon entsetzt verkrampfte, wenn sie nur daran dachte, ihn in vertrauliche Nähe rücken zu lassen.

Ganz im Gegensatz zu Osbornes Zärtlichkeiten, die ihr den Hauch einer Röte in die Wangen trieben.

»In der Tat, es ist recht warm hier drinnen«, murmelte Miss Pennington-Pryce und wedelte mit dem Fächer. »Wir wollen hoffen, dass der Professor uns nicht mit einer Diskussion über die Herrschaft des Marcus Aurelius beehrt.«

Sofia lächelte. Aber der leichte Lufthauch rührte eine weitere Warnung in ihr auf. Obwohl der Unterricht im Fach »Disziplin für Körper und Geist« sehr gründlich gewesen war, musste sie sich anstrengen, sich auf die Mission anstatt auf Osborne zu konzentrieren. Vor allem nicht auf das, was sich in der letzten Nacht zwischen ihnen abgespielt hatte.

Konzentration. Der Yoga-Lehrer in der Akademie hatte sie in der Kunst unterwiesen, ihre Energie auf ein einziges Ziel zu richten.

Ihr Blick fiel auf Sterling, der in der ersten Reihe saß, genau neben der Gastgeberin. Nur seinetwegen war sie hier erschienen. Am Nachmittag hatte eine Ahnung sie überfallen, und sie hegte die Hoffnung, dass er ihr auf die Sprünge helfen konnte.

»Und mit diesen Worten«, verkündete der Professor, »werde ich meinen Vortrag darüber beschließen, wie die Grundsätze der Gestaltung von den alten Römern auf unsere Zeit überkommen sind. Falls jemand Fragen hat, würde ich mich glücklich schätzen, sie …«

»… zu beantworten, während wir die Erfrischungen reichen«, schloss Lady Wilberton so laut, dass selbst Caesar vor Neid erblasst wäre. »Ich kann mir vorstellen, dass Sie sich über einen Tee oder Sherry freuen würden. Genau wie das Publikum.«

»Dem Himmel sei Dank!« Miss Pennington-Pryce erhob sich, hakte sich bei Sofia unter und führte sie in das große Wohnzimmer, wo ein kaltes Büffet für die Gäste vorbereitet war.

»Leider kann ich seinen Ausführungen über die Proportionen des Kolosseums nicht ganz zustimmen«, fuhr Miss Pennington-Pryce fort. »Ich habe die Maße geprüft, die Brighton anlässlich seines Besuchs im Jahr 1763 genommen hat, und habe mir meine eigenen Gedanken zum Thema gemacht.«

»Ich bin sicher, der Professor wäre höchsterfreut, sie zu hören«, versicherte Sofia und knabberte am hauchdünn geschnittenen Schinken.

Ermutigt stürmte die altjüngferliche Lady zum Teetisch. Sofia war es selbst überlassen, sich den Weg durch das Wohnzimmer zu bahnen. Sterling hielt sich neben einer Ausstellung architektonischer Stiche auf und machte den Eindruck, als sei er in ein angeregtes Gespräch mit Reverend Tilden vertieft.

Sofia wurde aufgehalten, weil sie verpflichtet war, mit einigen neuen Bekanntschaften ein paar höfliche Worte zu wechseln. Als sie sich von Sir Pierson abwandte, stellte sie fest, dass der Duke sie merkwürdig anschaute.

Er fing ihren Blick auf, verzog das Gesicht und beugte sich über ihre Hand. »Bitte verzeihen Sie, dass ich Sie anstarre. Es ist nur... Nun, Sie erinnern mich an jemanden.«

Sofia hatte ein schlechtes Gewissen, als sie seine melancholische Miene studierte. Konnte es sein, dass sie die Erinnerung an einen alten Streit wachgerufen hatte, an altes Leid? »Ich hoffe inständig, dass es keine unangenehmen Erinnerungen sind«, meinte sie sanft. Ganz bestimmt wollte sie ihm nicht wehtun. Aber an der Pflicht führte nun einmal kein Weg vorbei.

Als Sterling den Blick abwandte, glaubte sie zu beobachten, wie er kaum merklich die Schultern zuckte. Seine Stimme klang verdächtig gedämpft. »Nein, keineswegs. Keineswegs.«

Natürlich war es absurd für eine namenlose Waise, für

einen wohlhabenden Duke Mitgefühl zu empfinden. Der Mann konnte sich jeden Luxus leisten, besaß jedes Privileg, das mit Geld zu kaufen war, während sie nichts besaß außer ihrem klugen Kopf, ihren Waffen und ihrem Willen, die Mission erfolgreich zu beenden.

Und doch würde es ihr gelingen.

Sofia war sich bewusst, dass die privaten Grübeleien einer pragmatischen Einstellung weichen mussten, und legte ihre Hand in seinen gebeugten Arm. »Sollen wir uns vielleicht in einen weniger überfüllten Winkel des Zimmers zurückziehen?« Ihr brannten ein paar Fragen über Lord Roberts letzte Tage unter den Nägeln. Und so ungern sie ihn auch auf seinen Großsohn ansprach – möglicherweise konnte nur der Duke ihr die Antworten geben, auf die sie hoffte.

Auf seinem Gesicht zeigte sich ein freundliches Lächeln. »Mit Vergnügen, Contessa!«

Sofia unterdrückte einen Seufzer; ihr war klar, dass es alles andere als ein Vergnügen sein würde. »Ich habe mich gefragt, ob Sie mir etwas über einen Antiquitätenladen in der Bond Street erzählen können, der einem gewissen Mr. Andover gehört.« Im Tagebuch des jungen Mannes hatte sich zwar kein Eintrag dazu gefunden, aber sie hatte beschlossen, einfach ins Blaue hinein zu fragen. »War das vielleicht ein Ort, den Ihr Großsohn häufiger aufgesucht hat?«

Er musterte sie eindringlich. »Warum fragen Sie?«

Mit dieser Reaktion hatte Sofia gerechnet. Aus dem Munde einer durch und durch fremden Person musste das Interesse an den persönlichen Vorlieben des jungen Mannes bestenfalls merkwürdig erscheinen. Ihre Antwort musste also bestechend logisch sein, irgendwelche Worte enthalten, die die Saite des Verlangens nach Gerechtigkeit in seinem Innern zum Klingen brachte, ohne dass sie selbst sich zu sehr verriet.

Wahrheit und Lügen. Osborne schien überzeugt, dass sie sowohl das eine wie auch das andere beherrschte.

Sofia hoffte, dass er sich nicht irrte.

Sie zog den Duke tiefer in einen Winkel hinein, in dem noch mehr Artefakte aus römischer Zeit ausgestellt waren, und erlaubte sich einen leisen Seufzer. »Ich hatte einen Freund in Venedig, einen sehr guten Freund ... Er ist ebenfalls gestorben, während er sich in Gesellschaft mehrerer Engländer bewegte ... Zu viele Drogen ...« Sie zögerte, bevor sie die Stimme zu einem Wispern senkte. »Ich weiß, dass es melodramatisch klingt, aber ich habe einigen Grund, an ein Verbrechen zu denken.«

Der Duke war blass geworden. »Weiß Lord Lynsley über Ihren Verdacht Bescheid?«

»Ja«, gestand sie ein. »Allerdings.«

Er griff nach einem ledergebundenen Buch und tat so, als würde er die aufgeblätterten Seiten studieren. »Meinen Sie nicht, Sie sollten lieber ihm die Angelegenheit überlassen?«

Darauf war Sofia gefasst. »Seine Regierungsgeschäfte sind zurzeit äußerst dringlich. Er hat kaum Zeit, irgendwelchen Spuren nachzugehen. Außerdem kann er keine offiziellen Ermittlungen einleiten, bevor nicht hieb- und stichfeste Beweise für ein Verbrechen vorliegen.«

»Ihre Tapferkeit ist äußerst lobenswert, Contessa. Aber können Sie sich vorstellen, welcher Gefahr Sie sich aussetzen, wenn Sie durch die Salons spazieren und derlei Fragen stellen? Eine Lady sollte solche Risiken meiden.«

»Ich darf Ihnen versichern, Sir, dass ich nicht die Absicht habe, irgendwelche Risiken einzugehen. Ich möchte nur über ein paar Tatsachen Bescheid wissen, bevor ich mich wieder an den Marquis wende.«

Sterling blickte sie ein paar Sekunden lang nachdenklich

an, bevor er fragte: »Was ist mit Lord Osborne? Haben Sie mit ihm darüber gesprochen?«

Das war eine Frage, mit der sie nicht gerechnet hatte. »N... nein.« Sofia atmete tief durch. »Warum sollte ich?«

»Ich bin mir bewusst, dass viele Menschen überzeugt sind, er sei nichts als ein charmanter Dummkopf. Aber andere, denen ich mehr vertraue, halten ihn für einen Mann, auf den man sich im Notfall felsenfest verlassen kann. Für einen Kerl mit Charakter wie auch mit Stil.«

»Wie Sie bereits erwähnten, Sir, ich halte es für das Beste, mit der Geschichte nicht hausieren zu gehen. Je weniger Leute von meinem Verdacht erfahren, desto besser. Es gibt wirklich keinen Grund, Lord Osborne in die Angelegenheit hineinzuziehen.«

»Vermutlich haben Sie recht«, murmelte Sterling, sah aber nicht restlos überzeugt aus.

Als Sofia bemerkte, dass er wieder das Wort ergreifen wollte, neigte sie den Kopf ein wenig nach hinten – und wusste nur zu gut, dass das Licht der Kandelaber in der Nähe die feuchten Tröpfchen auf ihren Augen reflektieren würde. Angesichts der jüngsten Ereignisse fiel es ihr nicht schwer, ihre Gefühle zur Schau zu stellen. »Bitte, Euer Gnaden! Ich wäre unendlich dankbar, wenn Sie mir helfen würden.«

Der Duke hustete verlegen. »Schon gut, Lady Sofia! Bitte weinen Sie nicht! Selbstverständlich will ich Ihnen helfen. Aber nicht, wenn das Risiko besteht, dass Sie verletzt werden.«

»Ich werde nichts überstürzen«, versprach sie. Sie hatte ihre Zweifel, dass der Duke mit ihrer Definition des Wortes einverstanden wäre, aber sie wollte sich nicht auf Haarspaltereien einlassen.

Er zögerte. Sofia klimperte noch ein letztes Mal mit den

Wimpern, bevor er weitersprach. »Kann ich mich auf Ihre Diskretion verlassen?«

Sie legte die Hand aufs Herz.

»Nun gut.« Er atmete hörbar aus. »In den Wochen vor seinem Tod scheint Robert tatsächlich ein besonderes Interesse an Andovers Laden gehegt zu haben. Obwohl er nie zuvor an Kunstwerken aus Fernost interessiert war, hatte er erwähnt, einige kostspielige Einkäufe machen zu wollen. Zum Beispiel die Messing-Statue eines indischen Gottes mit einem Elefantenkopf oder eine byzantinische Ikone, die auf Holz gemalt war und den Heiligen Georg mit dem Drachen zeigte.«

»Haben Sie die Stücke noch?«, fragte Sofia.

Er nickte.

»Darf ich Sie morgen aufsuchen und einen Blick darauf werfen?«

»Ja. Wenn Sie glauben, dass es Ihnen helfen könnte.«

»Ja«, nickte Sofia, »das glaube ich.«

Osborne versiegelte den Brief und warf ihn auf das Posttablett. *Höchstwahrscheinlich doch nur Tintenverschwendung*, dachte er. Der Himmel allein wusste, ob das Schreiben jemals in Italien ankommen und dann auch noch in den Händen Lord Kirtlands landen würde.

Verdammt, Julian! Wieder einmal verfluchte er seinen Freund, der sich so unverschämt kurz gefasst hatte. Eigentlich sollte man glauben, dass ein Mann über seine Eheschließung mehr zu sagen hatte, als nur ein paar nüchterne Zeilen hinzukritzeln. Er hingegen würde sich in poetischen Ergüssen über seine Braut ergehen, ihr Aussehen genau beschreiben, ihren Zauber. Einfach alles an ihr.

Osborne wusste nur eines über die neue Herzogin von Kirtland: Ihr Vorname lautete Siena. War sie die heißblütige Kurtisane, die die Tätowierung über ihrer linken Brust zur Schau gestellt hatte? Er war sich nicht sicher. Abgesehen von den Jungvermählten würde wohl nur Lynsley genau darüber Bescheid wissen. Und der Marquis hatte unmissverständlich klargemacht, dass er nicht die Absicht hatte, ihm diese Information anzuvertrauen.

Wenn Osborne also dieses Geheimnis lüften wollte, dann musste er sich allein an die Arbeit machen.

Er starrte in die glühenden Kohlen, griff nach dem Papiermesser und ließ es durch seine Finger spielen. Sein Freund Kirtland war ein dekorierter Kriegsheld, ein Experte in Fragen des militärischen Geheimdienstes. In welche Intrigen auch immer er verstrickt gewesen sein mochte – der Earl war immer in der Lage gewesen, sich selbst daraus zu befreien.

Osborne klammerte die Finger fester um die stählerne Klinge. Um die Wahrheit zu sagen, anfangs hatte er über Julians Verdächtigungen gelacht. Aber inzwischen empfand er das Duell mit Gespenstern und Schattengestalten, in dem er sich gefangen sah, längst nicht mehr so amüsant.

Zum Teufel noch mal! Obwohl er in Geheimdienstaktivitäten längst nicht so erfahren war wie Kirtland, konnte er doch wenigstens versuchen, herauszufinden, was die Contessa im Schilde führte. Ja, vielleicht hielten Lynsley und sie ihn für einen Trottel; aber er hatte keine Lust, noch länger diese Rolle zu spielen. In nächster Zeit würde er so tun, als hielte er sich an die Warnungen des Marquis und ginge auf Abstand. Aber in Wahrheit würde er einfach nur in die Schatten tauchen und die Lage genau beobachten.

Es war nicht nur eine Frage des Stolzes, sondern mehr noch eine Frage der persönlichen Würde. Lady Sofia mochte darauf bestehen, dass ihre Liebesnacht nichts zwischen ihnen verändert hatte. Aber der Blick aus ihren Augen während der flüchtigen Nacht, das pochende Verlangen in jeder Faser ihres Körpers hatte ihre Worte Lügen gestraft. *Vertrauen.* Sie hatte ihm Vertrauen geschenkt; es war, als hätte ihm diese Tatsache die Kehle zugeschnürt. Nein, er war nicht so eitel, sich einzubilden, dass sie sich Hals über Kopf in ihn verliebt hätte. Und doch musste sie etwas empfinden … Und wenn es nur diese geheimnisvolle Kraft war, durch die sie sich von Anfang an wie magisch zueinander hingezogen fühlten.

Osborne spürte es auch. Wie konnte man diese mächtige Anziehungskraft beschreiben? Er ließ den Blick über die geordneten Buchreihen auf dem Regal schweifen. Diese Kraft schien sich sowohl der Prosa als auch der Poesie zu entziehen. War es Liebe – dieser Wirrwarr an widerstreitenden, aufwühlenden Gefühlen? Bisher hatte er sich nur auf leichtsinnige Tändeleien eingelassen. Auf dem Gebiet der großen Gefühle jedoch war er gänzlich unerfahren. Und er wollte sich zu keinerlei Vermutung hinreißen lassen.

Nur eins war sicher: Er konnte sich nicht einfach aus dem Staub machen und Lady Sofia – oder wer auch immer sie war – allein der Gefahr überlassen. Weder an ihrem Mut noch an ihrer Standfestigkeit hegte er irgendwelche Zweifel; aber auch er hatte streng gefasste Vorstellungen von Ehre.

Bis jetzt hatte sie die Regeln ihrer Begegnungen diktiert. Höchste Zeit also, dass er die Dinge in die eigenen Hände nahm.

Osborne warf das Messer zurück auf den Schreibtisch, schnappte sich Hut und Spazierstock und eilte zur Tür.

Sofias Unruhe wuchs von Minute zu Minute. Den größten Teil des Vormittags verbrachte sie damit, auf die Uhr zu schauen und stumm die ungeschriebenen Gesetze der Gesellschaft zu verfluchen, die sie hinderten, erst weit nach Mittag zu ihrem Besuch bei Sterling zu erscheinen. Die Warterei zehrte an ihren Nerven, umso mehr, als sie gezwungen war, sich über ihre Machenschaften des vergangenen Abends den Kopf zu zerbrechen. Es gefiel ihr nicht, den Duke enttäuschen zu müssen. Aber sie konnte es sich einfach nicht erlauben, ihm ihre wahre Identität oder die wahre Mission zu enthüllen. Mit ein wenig Glück würde Lynsley irgendwann in der Zukunft in der Lage sein, ihm die Wahrheit zu beichten.

Bis es soweit war, musste er im Dunkeln tappen.

Genau wie Osborne.

Sofia zog sich den Umhang ein wenig fester um die Schultern. In einer Nachricht hatte sie ihm zu verstehen gegeben, dass sie ihre übrigen Verabredungen der Woche abzusagen wünschte, und erleichtert zur Kenntnis genommen, dass er keine Einwände erhob. Der Vortrag über das Altertum, eine Poesie-Lesung im *Literary Ladies Club*, ein Termin bei ihrem Schneider – die Liste der Entschuldigungen war unanfechtbar. Und doch keimte tief in ihrem Herzen Enttäuschung auf, dass er ihre Zurückweisung widerspruchslos hingenommen hatte.

Aber vielleicht verhielt es sich auch so, dass man eine flüchtige Begegnung am besten dadurch beendete, indem man so tat, als habe sie niemals stattgefunden. Schließlich war Osborne ein wahrer Meister in solchen Dingen. Und dafür sollte sie dankbar sein. Denn weder sie noch er hatte es auf gefühlsmäßige Verstrickungen angelegt.

»Ihre Kutsche steht bereit, Mylady.«

Sofia straffte den Rücken, griff nach ihrem Retikül und eilte zur Tür.

Das Stadthaus des Dukes war ein imposantes Gebäude aus

weißem Portland-Stein, das auf den Grosvenor Square hinauszeigte. Als Sofia die Marmorstufen hinaufstieg, fühlte sie sich mehr denn je als Eindringling. Der Türklopfer, ein silbrig glänzender Löwenkopf, schien die Nase zu rümpfen über das Straßenkind, das sich daranmachte, geweihten Hallen zu betreten, die er bewachte.

Sofia hob das Kinn und ergriff den Ring. Es mochte sein, dass sie weder Prinzessin noch Herzogin war; aber sie war ein Merlin und würde hocherhobenen Hauptes das Haus betreten.

Sterling erschien in der Halle, bevor der Diener ihm Sofias Karte überbringen konnte. »Treten Sie näher, Contessa, treten Sie näher!« Der Duke schickte den Butler mit einer Handbewegung fort und führte sie durch den langen Parkettkorridor in den hinteren Teil des Hauses.

»Ich habe die Stücke, die Sie zu sehen wünschen, in eines der Ausstellungszimmer gebracht.« Er zeigte auf den langen Schreibtisch, der zwischen den Kabinettschränken aufgestellt war.

»Vielen Dank.« Sofia legte ihr Retikül ab und betrachtete die Antiquitäten ein paar Sekunden lang, bevor sie die Ikone in die Hand nahm und gegen das Licht hielt. Die hölzerne Platte war altersbedingt dick und schwarz geworden, obwohl die Farbpigmente und die Vergoldung immer noch reich schimmerten. *Der Heilige Georg mit dem Drachen.* Sie schickte ein stummes Stoßgebet zum Himmel, dass sie ebenfalls in der Lage sein möge, ein übermächtiges Ungeheuer zu bezwingen, und drehte das Bildnis vorsichtig um.

Mit den Fingerspitzen fuhr sie über das raue Eichenholz, betastete den Rahmen. Dabei war ihr nicht einmal klar, wonach sie eigentlich suchte. Vielleicht hatte Lord Robert sich doch nur von der Kunst angezogen gefühlt …

Klick.

Ein filigraner Hebel bewegte sich, gab ein kleines Fach zu erkennen. Drinnen lag ein gefalteter Zettel. Sofia trat einen Schritt näher an das Fenster und drehte sich kaum merklich herum, gerade so weit, dass sie ihre Hand vor dem aufmerksamen Blick des Dukes verbergen konnte.

»Irgendetwas von Bedeutung?«, fragte er, als er ihre Bewegung bemerkte.

Es kostete sie nur den Bruchteil einer Sekunde, den versteckten Zettel in ihrem Ärmel verschwinden zu lassen. Schon vorher hatte sie beschlossen, jegliche Entdeckung für sich zu behalten. Nicht nur, dass dem Duke unnötige Aufregung bescheren würde, wenn er zu viel wusste; es würde ihn unter Umständen auch in Gefahr bringen.

»In der Ecke ist ein Kratzer, aber wenn man genauer hinguckt, sieht er schon ziemlich alt aus.« Sofia legte das Bild auf den Tisch zurück und griff nach der Skulptur.

Sterling verschränkte die Hände hinter dem Rücken, schlenderte zum entfernten Ende des Zimmers und starrte in den Garten hinaus.

Die Untersuchung der geschnitzten Figur ergab, dass sie über ein ähnliches Versteck verfügte. Es war leer, aber Sofia war trotzdem zufrieden, dass sie mit ihrer Vermutung richtig gelegen hatte. Robert hatte herausgefunden, wie die Verschwörer ihre Nachrichten von Übersee nach London schmuggelten. Es war ein sehr kluger Trick, denn die Nachrichten waren nicht nur vor allzu neugierigen Augen geschützt, sondern die Verschwörer hatten sich für ein Transportmittel entschieden, das sie noch einmal zu Geld machen konnten. Für die Zusammenarbeit würde Andover ein hübsches Sümmchen kassieren; außerdem würde das Geschäft mit kostspieligen Antiquitäten für alle Beteiligten einen ordentlichen Gewinn abwerfen.

»Haben Sie entscheidende Hinweise gefunden?«, wollte Sterling wissen.

Sofia schüttelte den Kopf. »Das kann ich nicht behaupten. Aber vielen Dank, dass Sie mir die Gelegenheit gegeben haben, die Stücke mit eigenen Augen zu betrachten.«

Sterling nickte, zeigte dann auf die gläsernen Ausstellungsschränke. »Und wenn Sie schon einmal hier sind, darf ich Ihnen dann meine Münzsammlung zeigen?«

»Unbedingt, Sir!«

Sofia musste keine Begeisterung heucheln, als sie die Runde durch den Raum machten. »Wirklich eine überaus faszinierende Sammlung, Euer Gnaden!« Die kenntnisreichen Kommentare des Dukes und seine offenkundige Liebe zu den Dingen hatten ihr eigenes Interesse entfacht. Jedes Antlitz besaß seinen eigenen individuellen Charakter, jeder Gesichtsausdruck erzählte eine packende Geschichte nicht nur über die Person, die auf dem Porträt in Ton oder Metall zu sehen war, sondern auch über den Künstler.

Einen Moment lang vergaß sie die Schwierigkeiten, in denen sie steckte, während sie der Geschichte vergangener Jahrhunderte lauschte. »Gibt es unter diesen Gesichtern eines, dem Sie sich besonders verbunden fühlen, Sir?«, fragte sie und starrte fasziniert auf mehrere goldene Sesterzen, die Julius Caesar zeigten.

Der Duke führte sie durch einen Alkoven in das angrenzende Zimmer. Wie ein größerer Ausstellungsraum war es in sherryfarbenem Holz vertäfelt und wurde durch eine Reihe großer, ebenfalls in Blei gefasster Fenster erhellt. Die Nachmittagssonne tauchte die Schnitzereien, mit dem die Wände verziert waren, in ein warmes Licht.

»Hier findet sich nur ein einziger Kasten mit Münzen. Die Stücke, die mir persönlich am liebsten sind«, erläuterte Sterling, »die restliche Sammlung besteht nur aus Familienporträts.« Sein Blick fiel auf die golden gerahmten Gemälde an der entfernten Wand. »Aber ich ziehe diesen Raum der offiziellen Pracht der Hauptbibliothek oder des Salons vor. Hierher komme ich, wenn ich lesen möchte. Oder nachdenken.«

»Das kann ich gut verstehen.« Sofia berührte die kunstvolle Zierleiste. Die Spitze eines hölzernen Blattes war abgebrochen, aber angesichts ihrer sanften Patina musste die Beschädigung schon vor langer Zeit geschehen sein. »Selbst wenn man fremd ist, fühlt man sich willkommen.« Sie zögerte, in seine Privatsphäre einzudringen. Aber ein Seitenblick auf sein Profil drängte sie zu einer weiteren Bemerkung. »Bestimmt gehen Ihnen viele lieb gewordene Erinnerungen durch den Kopf.«

Er ließ die Fingerspitzen ebenfalls über das abgebrochene Blatt spielen. »Das Blatt hat meine Tochter mit dem Kricketball ihres Bruders abgebrochen, als sie zehn Jahre alt war. Die Gouvernante hat ihr für diese Ungehörigkeit den Hintern versohlt, aber meine Tochter meinte, es sei jeden Schlag wert gewesen, den dummen Kerl bei seinem eigenen Spiel übertrumpft zu haben.«

Sofia lächelte. »Klingt so, als hätte sie einen ordentlichen Dickschädel besessen.«

»Aye.« Es sah aus, als würde der Duke vor ihren Augen zusammensinken, als er einen leisen Seufzer ausstieß. »Und den unbedingten Willen, es mit jedem aufzunehmen. Vor keiner Herausforderung schreckte sie zurück. Ich fürchte, das hat sie von mir gelernt.«

»Ich bin überzeugt, dass wir alle einen Makel an uns haben, den wir gern loswürden, wenn es nur ginge«, erwiderte Sofia sanft. »Aber wir sind nur Menschen, Sir, und alles andere als perfekt.«

»Ihre tröstenden Worte sind überaus freundlich. Aber ich

befinde mich im vorgerückten Alter, und wenn ich nun zurückschaue, dann muss ich leider eingestehen, dass jeglicher Makel noch schärfer in den Blick rückt.« Er verzog das Gesicht. »Übermäßiger Stolz, das zuallererst. Sie können sich glücklich schätzen, dass Sie sich einer solchen Sünde nicht schämen müssen.«

Lügen und Täuschungen. Sofia war nicht stolz darauf, dass die Pflicht von ihr verlangte, unter falschem Vorwand die Freundschaft des Dukes zu suchen. »Auch in meinem Leben gibt es manches, was ich zu bedauern habe.«

»Nicht so unentschuldbare Dinge wie Anmaßung und Überheblichkeit.«

Sofia wich seinem Blick aus, schaute sich wieder im Zimmer um. »Wir sollten uns nicht länger über die dunklen Seiten des Lebens den Kopf zerbrechen, wenn es hier drinnen so viel Licht und Schönheit gibt. Ich würde sehr gern noch mehr von den Dingen sehen, die Ihnen so sehr am Herzen liegen.«

»Ja, ich bin umgeben mit Dingen, die ich sehr schätze«, murmelte er. »Ich will sie Ihnen zeigen.« Er bot seinen Arm und überquerte den Teppich. »Das ist Robert, mein Großsohn, gemalt, als er zehn Jahre alt war.«

Das Gemälde zeigte einen Jungen mit gewinnendem Lächeln, der auf einem großen Pony saß. Obwohl seine Stiefel nicht ganz in die Steigbügel reichten, umklammerte er die Zügel entschlossen.

»Ich kann sehr viel von Ihnen in ihm erkennen«, sagte Sofia, nachdem sie das Kinn des Jungen und das blitzende Himmelblau seiner Augen betrachtet hatte.

»Das Kind meines Sohnes George«, murmelte er. »Er war ein junger Mann voller Leidenschaft und fester Prinzipien. Ich kann und will nicht glauben, dass er seine Talente an Drogen und Ausschweifungen verschwendet haben soll!«

Sofia schwieg.

Sterling seufzte. Dann schlenderten sie an mehreren anderen Porträts vorbei – Zwillingsgroßtöchter, die mit zwei Mops-Welpen spielten, einem jungen Mann in der Robe des Internats Eton mit einem Kricketabzeichen auf der Schulter. Er führte sie um ein paar Bücherregale aus der Tudor-Zeit herum und gelangte in einen weiteren Teil des Zimmers.

»Und hier sind meine Kinder. John ist mein ältester Sohn und Erbe.« Er deutete auf ein feierlich ernstes Gesicht, dessen strenge Züge nur durch eine blonde Haarsträhne ein wenig weicher erschienen. »Daneben sehen Sie George, den Abenteurer der Familie. Gegenwärtig bekleidet er den Posten des Generalgouverneurs in Jaipur.«

Der Duke schritt weiter. »Und Elizabeth ...«

Seine restlichen Worte ertranken förmlich, als in ihren Ohren plötzlich ein unbändiges Rauschen erklang. Sofia schwankte leicht. Eine Welle der Benommenheit schwappte über sie. Tausend kleine Dolchspitzen tanzten auf ihrer Haut, und dann spürte sie nur noch erschreckende Taubheit. Ihr Herz hämmerte in ihrer Brust.

»Lady Sofia!«

Sie war sich der aufgeregten Stimme des Dukes nur undeutlich bewusst.

»Lady Sofia!« Er musste sie stützen, so wacklig war sie auf den Beinen. »Du liebe Güte, was ist los? Sie sehen aus, als wären Sie einem Gespenst begegnet.«

Obwohl der Schock sie immer noch fest im Griff hatte, brachte sie es fertig, ihre Zunge zu lockern und ein paar Worte auszustoßen. »Bitte verzeihen Sie! Ich ... ich weiß nicht, was über mich gekommen ist. Ich fühle mich ein wenig unwohl.«

Der Duke half ihr zum Sofa und klingelte nach einem Diener. »Holen Sie eine Zofe und Hirschhornsalz, Givens«, befahl er dem Lakaien. »Schnell!«

»Vielen Dank, aber ich brauche keinen Essig, Euer Gnaden! Nichts als ein flüchtiges Unwohlsein. Es ist schon vorüber.«

»Bleiben Sie liegen. Auf keinen Fall dürfen Sie sich jetzt schon erheben.« Er drückte ihre Schultern zurück in die Kissen, stand auf und öffnete die Fenster. »Ein bisschen frische Luft wird Ihnen vielleicht helfen.«

»Ja«, murmelte Sofia. »Es ist recht warm hier drinnen.«

Sterling kam mit einem Glas Sherry zurück. »Trinken Sie!«, befahl er und drückte ihr das Glas in die Hand.

Dankbar nippte Sofia an dem stärkenden Getränk. Gewöhnlich passierte es nur in Schauerromanen, dass eine Lady in Ohnmacht sank; sie hingegen war keine dumme Gans aus einem Roman, sondern ein voll flugfähiger Merlin.

Und doch, die Geschichte ähnelte mehr und mehr den schaurigen Drehungen und Wendungen in den überaus beliebten Büchern der Mrs. Radcliffe. Ein geheimnisvoller Schlüssel, ein Waisenkind, ein wohlhabender Duke ...

Ein freundlicher Großvater?

»Fühlen Sie sich besser, meine Liebe?«

»Ja, sehr«, log Sofia.

»Vielleicht sollte ich einen Arzt benachrichtigen. Sie sehen immer noch schrecklich blass aus.«

»Nein, bitte nicht, dazu gibt es wirklich keinen Grund! Ich bin schlicht übermüdet. Ich fürchte, ich bin immer noch nicht recht an das gesellige Leben zu später Stunde gewöhnt.« Sofia atmete tief durch, setzte sich auf und glättete ihre Röcke. »Ich möchte für diesen dummen Schwächeanfall noch einmal um Entschuldigung bitten! Und jetzt sollte ich mich verabschieden, nach Hause fahren und mich für den Rest des Tages ausruhen. Ein heißes Kräutergebräu und vor allem Schlaf sind die einzige Medizin, die mir helfen könnte.«

»Die wirbelnde Londoner Gesellschaft kann selbst für solche Menschen überwältigend sein, die an Geschwindigkeit gewöhnt sind.« Besorgt verzog er das faltige Gesicht und bot ihr den Arm. »Sie müssen mir versprechen, dass Sie jegliche Einladung für den Abend absagen. Andernfalls sehe ich mich gezwungen, zu Ihnen zu kommen und auf der Türschwelle Wache zu halten.«

»Ich gebe Ihnen mein Ehrenwort, Euer Gnaden! Ich werde mir nur zweierlei Dinge erlauben – an heißer Schokolade nippen und ein Buch lesen.«

»Das erleichtert mich. Vielleicht sollte ich Sie dennoch nach Hause begleiten, nur um sicherzugehen, dass ...«

»Nein!« Um keinen Preis wollte Sofia die Begegnung ausdehnen. »Meine Kutsche wartet draußen, Sir. Mein Schwächeanfall ist mir schon peinlich genug, ich möchte Ihnen keine weiteren Unannehmlichkeiten bereiten.«

»Es ist mir wahrlich nicht unangenehm. Gute Güte, meine liebe Contessa, Sie sind eine Frau, kein Soldat!« Sterling musste ihren inneren Aufruhr gespürt haben, denn er gab auf. »Selbstverständlich respektiere ich Ihren Wunsch.«

Sofia brachte es irgendwie fertig, Haltung zu bewahren und höflich zu plaudern, obwohl sie später nicht mehr genau wusste, wie sie den Weg aus der Privatbibliothek des Dukes in die Eingangshalle bewältigt hatte.

Erst als die Kutschentür zugeschlagen wurde und die Räder über das Kopfsteinpflaster ratterten, ließ sie es zu, dass ihre Entschlossenheit ins Wanken geriet.

»Der Himmel möge mir beistehen«, stöhnte sie und presste die Faust auf die Lippen. In dieser Mission schien wirklich alles aus den Fugen zu geraten.

Aber nach ein paar Sekunden hatte sie die Tränen in den Augen fortgeblinzelt. Auf göttlichen Beistand durfte sie nicht hoffen.

Ein Merlin musste seine Feinde selbst aus dem Weg räumen.

17. Kapitel

»Tätowierte Frauen?« Major Fenimore bedeutete dem Diener des Clubs, ihm noch einen Bordeaux zu bringen. »Ich nehme an, das soll ein Witz sein!«

»Nein, ich meine es bitter ernst!«, entgegnete Osborne. Unruhig rutschte er in seinem Sessel hin und her. Im *White's* mit seiner ungemein männlichen Atmosphäre aus Zigarrenrauch, Leder und grimmigem Gelächter klang der Verdacht schlicht lächerlich. Trotzdem weigerte er sich, sich durch die hochgezogenen Augenbrauen seines Freundes zum Schweigen bringen zu lassen. »Halt die Augen offen! Es ist wichtig.«

»Nun gut, ich werde mich umhören«, meinte der Major. »Aber am Ende schuldest du mir einen riesigen Gefallen, weil ich mich einfach nur dem Gespött preisgeben werde.«

»Einverstanden.« Osborne ließ den Blick durch das Lesezimmer schweifen. »Gibt es sonst noch jemanden, an den ich mich wenden könnte?«

»Ohne dass man auf die Idee kommen könnte, du wärst in einer Irrenanstalt besser aufgehoben?« Fenimore rieb sich den Kiefer. »Ich würde vorschlagen, dass du Porter aufsuchst und ihn fragst, was er zu der Angelegenheit zu sagen hat. Vor einem Jahr hat es einen Vorfall in Antwerpen gegeben, mit einer Frau, über die alles streng geheim war.«

»Hält er sich bevorzugt in dieser Spielhölle in St. James auf?«

»Soweit ich weiß.«

Osborne erhob sich abrupt.

»Du hast deinen Wein noch nicht ausgetrunken.«

»Bitte entschuldige, ich bin heute Abend ein wenig in Eile. Setz die Flasche auf meine Rechnung.« Eilig verließ Osborne den Club, obwohl sein Freund aussah, als würde er es ihm übel nehmen, und hielt eine vorbeifahrende Droschke an.

Der Wagen musste mehrmals anhalten, aber schließlich machte er Captain Joshua Porter in einem Klub in Seven Dials aus, in dem sich gewöhnlich die Dienerschaft amüsierte. Der Offizier war in einem hitzigen Würfelspiel gefangen, aber ein paar gewisperte Worte konnten ihn überzeugen, die Elfenbeinwürfel eine kleine Weile zur Seite zu legen.

»Ich kann nur für Sie hoffen, dass es wirklich dringend ist«, brummte Porter wütend, »denn ich hatte gerade eine Glückssträhne.«

»Es steht auf Leben und Tod«, versicherte Osborne, dachte an die Straßenräuber und deren blitzende Klingen. »Und eine gewisse Lady ...«

Eine Familienähnlichkeit? Sofia starrte in den Spiegel und wünschte sich irgendeinen handfesten Beweis für ihren Verdacht. Die schwarze Tätowierung kennzeichnete sie als Merlin. Wenn es doch nur einen ähnlich unabwaschbaren Beweis für ihr Geburtsrecht gäbe!

Seufzend senkte sie den Blick auf das Medaillon, grübelte über die Launen des Schicksals und die Familie. Vielleicht war es purer Zufall und keinesfalls ein echter Beweis ihrer Abstammung. Es mochte tausend Erklärungen dafür geben, wie die alternde Prostituierte, die Sofia als Kind aufgenommen hatte, auf diesen Unsinn gekommen war. Und was ihre Ähnlichkeit mit dem Porträt betraf ...

Sofia glättete die Falten ihres seidigen Nachthemdes und warf noch einen langen Blick in den Spiegel. Keine Frage: Das rabenschwarze Haar und die grünen Augen glichen sich sehr, aber davon abgesehen konnte man nichts Genaues sagen. Lag vielleicht der Hauch eines Lächelns von Elizabeth Woolsey auf ihren eigenen Lippen? Ähnelten sich die Konturen der Wangenknochen? Schon durch die Interpretation des Künstlers war die Wahrheit verzerrt, durch den Fluss der Zeit, durch die verblassende Erinnerung.

Selbst der Duke mochte nur noch das erkennen, was er erkennen wollte.

Und was die Geschichte betraf, wie Sofia in das heruntergekommene Hurenhaus gelangt war, so konnte sie nicht mit Sicherheit auseinanderhalten, was der Wahrheit entsprach und was erfunden war. Sally Edwards, das fragliche leichte Frauenzimmer, besaß einen Hang zur Romantik, wie die Tatsache bewies, dass sie trotz der Härten ihres Berufs ein Kind zu sich genommen hatte.

Sally hatte immer behauptet, dass ihre Schwester Mary eines Abends zu ihr gekommen sei, ein Baby im Arm und eine Geschichte auf der Zunge, die direkt aus einem Groschenroman hätte stammen können. Ihre Dienstherren – ein hochgeborenes Paar, das von seinen Familien verstoßen worden war, weil sie gegen deren Willen geheiratet hatten – waren an einer plötzlichen Grippe-Epidemie verstorben. Auf dem Sterbebett hatte die Mutter Mary das Medaillon in die Hand gedrückt und ihr einen Namen genannt. Aber wie der Zufall es wollte, war Mary ebenfalls krank geworden, und nachdem sie den Weg durch die engen Gassen von St. Giles hinter sich gebracht hatte, war sie zu krank, zu benommen, um sich noch an ihn erinnern zu können.

Sallys Schwester hatte die Nacht nicht überlebt; aber die Geschichte hatte eine eigene Dynamik entfaltet. Sofia spürte, wie ihre Mundwinkel zuckten. Die anderen leichten Frauen hatten sie »Prinzessin« gerufen, hatten es geliebt, sich darüber auszulassen, wie eines Tages ein hübscher Prinz auftauchen und sie aus den schmutzigen Straßen erretten würde.

Sofia seufzte. Ja, vielleicht war sie tatsächlich eine hochgeborene Lady. Aber vielleicht hatte die Prostituierte auch nur ein fantastisches Märchen um das Medaillon herumgesponnen, das sie im Matsch gefunden hatte.

Vielleicht würde die Wahrheit nie ans Licht kommen. Nicht zuletzt sie selbst wusste, wie schwer die Wahrheit manchmal zu fassen war. Ihre Ausbildung hatte sie gelehrt, dass man oft pragmatisch handeln musste. Man musste es hinnehmen, dass das Leben nicht immer in geraden Bahnen verlief.

Ihre beiden Zimmergenossinnen waren entschlossen gewesen, sich niemals über ihren unbekannten Stammbaum den Kopf zu zerbrechen. Vielleicht weil sie niemals eine verlockende Verbindung in ihre Vergangenheit besessen hatten. Sofia war sich nicht sicher, ob sie ihren Talisman als Fluch oder als Segen betrachten sollte. Manchmal spiegelte das gemalte Porträt nur die Empfindung eines tiefen Verlustes und den Schmerz, verlassen worden zu sein – nicht nur einmal, sondern zweimal. Sally Edwards war zwar freundlich zu ihr gewesen, hatte ihr aber doch nur unzuverlässigen Schutz geboten. Denn als sie die Möglichkeit gehabt hatte, in den Ruhestand zu treten und in ihre Heimat Yorkshire zurückzukehren, hatte das leichte Frauenzimmer keinen Hehl daraus gemacht, dass ein Kind nicht in eine solche Zukunft passen würde.

Nun, dachte Sofia, *ich bin ebenso stark wie die anderen Merlins. Schließlich habe auch ich nur überlebt, weil ich daran gearbeitet habe, Körper und Geist hart und unempfindlich zu machen.*

Sie ließ das goldene Etui zuschnappen, wickelte die Kette sorgfältig auf und legte das Medaillon zurück in den Schmuckkasten. Grübeleien privater Natur konnte sie sich nicht leisten, wenn es so viele andere Rätsel zu lösen galt.

Denk nicht an die Zukunft. Auch nicht an die Vergangenheit. Nur an die Gegenwart.

Der morgige Tag würde ihr alles abverlangen, ihre Fähigkeiten auf die Probe stellen. Nachdem sie den Zettel in Lord Roberts altertümlichem Kunstwerk gelesen hatte, hatte sie beschlossen, die üblichen Kommunikationswege zu durchbrechen und eine persönliche Begegnung mit Lord Lynsley zu fordern. Er würde ihre Forderung nicht auf die leichte Schulter nehmen. Hoffentlich hatte ihr Instinkt sie nicht über die Dringlichkeit der Sache getäuscht.

Aber wie einschüchternd der Marquis auch auftreten mochte, er war nicht ihre größte Herausforderung. Später am Vormittag war sie zu einem Spaziergang durch den Park mit De Winton verabredet. Anstatt ihre Kräfte an Grübeleien über ihre Herkunft zu verschwenden, sollte sie also lieber ihr Herz stählen und die Klinge schärfen, um den nächsten Herausforderungen gewachsen zu sein. Der Duke irrte sich – sie war eine Frau *und* eine Soldatin.

Und als gut ausgebildete Soldatin wusste sie auch, dass es am besten war, nicht auf zwei Schlachtfeldern gleichzeitig zu kämpfen.

»Mehr kann ich Ihnen dazu nicht sagen.«

»Können Sie nicht, oder wollen Sie nicht?«, schnappte Osborne, weil er es nicht länger ertragen konnte, dass alle in seiner Nähe ihn am ausgestreckten Arm verhungern ließen.

Porter verzog das Gesicht. »Reißen Sie mir nicht gleich den Kopf ab! Über das, was in der Gasse geschehen ist, tappe ich genauso im Dunkeln wie Sie. Unser Agent behauptet, dass es eine Lady gewesen sei, die praktisch aus dem Nichts aufgetaucht ist und ihm das Leben gerettet hat. Eine Lady, die wie ein Engel ausgesehen hat und kämpfen konnte wie der Teufel.«

Die Beschreibung klang irgendwie vertraut.

»Aber Sie kennen ja Whitehall«, fuhr der Captain fort. »Jeder in diesem unterirdischen Bau mit seinen verschlungenen Gängen macht ein wohlbehütetes Geheimnis aus seinen Tätigkeiten, selbst vor den anderen Abteilungen. Angesichts der Art, wie General Burrands Truppe uns lebenswichtige Informationen vorenthalten hat, hätte man glatt annehmen können, dass sie selbst der größte Feind war.«

»Ich weiß genau, was in Ihnen vorgeht«, entgegnete Osborne, »obwohl ich auch überzeugt bin, dass Geheimdienste mit allen Tricks und Schlichen arbeiten müssen. Die Leute müssen genau darauf achten, wen sie was wissen lassen.«

»Sie sollten vor allem darauf achten, dass sie ihre Nase nicht zu weit in den Dreck stecken!«, erwiderte Porter sarkastisch. »Übrigens haben Sie mir noch gar nicht gesagt, warum Lord Lynsley Sie geschickt hat, um sich nach Antwerpen zu erkundigen.«

»Ich glaube, es geht um Schmuggel und um eine Prinzessin in Schwierigkeiten«, erwiderte Osborne. Die Halbwahrheiten glitten ihm mühelos über die Zunge. »Andererseits bin ich nur der Botenjunge. Er verrät mir nicht viel.«

Porter lachte schallend. »Dann zum Teufel mit ihm!« Die Würfel klapperten schneller und schneller über den Tisch. Der Captain bewegte die Finger. Es juckte ihn sichtlich, zum Spiel zurückzukehren. »Haben Sie Lust, es auch einmal zu versuchen? Vielleicht wird die Glücksfee Sie besser behandeln.«

»Ein andermal. Es gibt noch ein paar Befragungen, auf die ich nicht verzichten möchte.« Osborne wandte sich zum Gehen. »Noch eins ... Hat Ihr Agent zufällig erwähnt, ob seinem Schutzengel ein fliegender Falke über die linke Brust tätowiert war?«

Durch den Zigarrenrauch sah er die aufgerissenen Augen des Captains.

»Nein, zum Teufel noch mal! Und seien Sie versichert, *das* hätte ich garantiert nicht vergessen.« Porter strich sich über das Kinn. »Aber wenn ich es mir recht überlege, gab es mal Gerüchte ...« Er brach ab.

»Zweifellos steckt nicht mehr dahinter. Nur Gerüchte ...«, meinte Osborne, nachdem klar geworden war, dass der Captain seinen Worten nichts mehr hinzuzufügen hatte. »Vielen Dank, dass Sie sich die Zeit genommen haben! Viel Glück im Spiel.«

Plötzlich war Osborne es leid, sich ständig im Kreis zu drehen, und befahl dem wartenden Kutscher, ihn nach Hause zu bringen. Auch die Experten hatten ihm kaum weiterhelfen können.

Bis Morgengrauen musste er sich eine neue Strategie zurechtgelegt haben.

Rose klopfte leise an die Tür. »Er ist da und wartet in der Küche, Madam.«

Sofia drehte sich vom Fenster weg und hinterließ den Abdruck ihrer Handfläche auf der vernebelten Scheibe. Der Nebel waberte immer noch durch den Garten, silbergrau in der kalten Morgendämmerung. Lord Lynsley musste weit vor Sonnenaufgang aufgestanden sein, um sie so früh zu treffen; bestimmt rechnete er mit einem gewichtigen Grund.

Konnte es sein, dass die Gefühle ihr Urteilsvermögen in neblige Wolken gehüllt hatten? Sie atmete tief durch und zügelte ihre Gedanken, bevor sie die Treppe hinuntereilte. Die Erfordernisse der Pflicht waren nicht immer klar erkennbar, waren eingetaucht in flüchtige Schatten, sodass die Umrisse oftmals verschwammen.

Sofia brauchte ein paar Sekunden, bis sie den Marquis

erkannte. Im Unterschied zu der sonst üblichen maßgeschneiderten Eleganz trug er zerlumptes Maulwurfsleder und verschmutztes Leinen. Er war buchstäblich bis in Fingerspitzen in dreckige Lappen gehüllt, sah aus wie der Kohlenschlepper, der gekommen war, um die monatliche Rechnung einzutreiben.

Sofia verkniff sich den Gedanken daran, was sich jetzt wohl unter den gewöhnlich makellosen Nägeln verbergen mochte.

»Bitte verzeihen Sie, Sir, dass ich Ihnen solche Unannehmlichkeiten bereite«, begann Sofia und unterbrach sich mit einem erstickten Husten. »Äh, wenn ich es genau bedenke, sollte ich vielleicht auf Abstand achten, nicht nur, weil Ihre Autorität als Lord mir Respekt einflößt.« Wieder schnüffelte sie. »Was ist das nur für ein abscheulicher Gestank?«

»Ist das Eau de Rotten Cabbage nicht nach Ihrem Geschmack?«, erwiderte Lynsley ohne mit der Wimper zu zucken. »Es hat meinen Diener große Mühe gekostet, mich mit einem so auffälligen Duft zu parfümieren.«

Plötzlich überfiel Sofia die Angst, dass er sie für unverschämt halten könnte. »Bitte verzeihen Sie, ich hatte nicht die Absicht …«, stammelte sie.

»Entschuldigung überflüssig«, lächelte er und fuhr er fort: »Übrigens, Sie haben ganz recht: Der Gestank ist abscheulich. Aber er ermutigt die Leute auf der Straße, an mir vorbeizueilen, ohne mich eines Blickes zu würdigen.«

»Ja, Sir … nein, Sir«, murmelte sie. Trotz seiner Selbstironie war es schwer, sich den Marquis anders vorzustellen als in der gewöhnlich gebieterischen Erscheinung. Obwohl er nicht länger selbst in geheimdienstliche Missionen eingesetzt wurde, waren die Geschichten über seine jugendlichen Beutezüge in der Akademie geradezu legendär.

»Kein Grund zur Sorge, Sofia. Sie sind ein gut ausgebildeter

Merlin, und als solcher haben Sie keinen Anlass, sich sklavisch an die Etikette zu halten.« Er bedeutete ihr mit einer Handbewegung, sich an den Tisch zu setzen. Der Koch und das Küchenmädchen hatten sich in die Waschküche zurückgezogen, sodass sie offen reden konnten. »Aus Rose' Nachricht konnte ich entnehmen, dass es Dringliches zu besprechen gibt.«

»Ja, Sir.« Rasch schob sie den Zettel hinüber, den sie in Lord Roberts Kunstwerk gefunden hatte, und begann mit ihrer wohlvorbereiteten Erklärung über die Notwendigkeit des Treffens. »Eigentlich hätte ich Ihnen das hier durch die üblichen Kanäle senden sollen, aber angesichts Ihrer Arbeitszeiten in Whitehall hatte ich befürchtet, dass das Papier nicht mehr rechtzeitig bei Ihnen eintreffen könnte. Wie Sie sehen, ist es weitgehend verschlüsselt, aber es scheint ein Datum zu enthalten.« Sie zeigte auf die Zahlenreihe. »Übermorgen. Es könnte sich um eine Lieferung oder Verschiffung handeln, und daher dachte ich, dass Sie so schnell wie möglich darüber unterrichtet sein wollen.«

Der Marquis studierte das Papier eine kleine Ewigkeit.

Vielleicht hatte sie zu heftig reagiert. In diesem Fall hätte Lynsley guten Grund, es zu bedauern, dass seine Wahl auf sie als Agentin gefallen war.

Lynsley schaute auf und stopfte das Papier in seine Manteltasche. »Gut kombiniert.«

Sofia atmete erleichtert aus.

»Der Code scheint eher auf dem Vigenère Square als auf der Caesar-Methode zu basieren«, vermutete Lynsley, »sollte aber trotzdem leicht zu knacken sein. Unser Kryptograf hält sich zurzeit nicht in London auf, aber ich arbeite insgeheim mit einem kleinen Kreis sehr gelehrter Ladys zusammen ... zu dem übrigens auch eine echte italienische Contessa gehört ... Die Ladys kennen sich in solchen Dingen bestens aus.

Es wird nur wenige Stunden dauern, bis die Nachricht entschlüsselt vorliegt.«

Das Lob hatte sie ermutigt, sodass sie eine Frage wagte. »Gibt es unumstößliche Beweise gegen die Lieferanten, die ich auf der Liste in der Tabakdose entdeckt habe?«

»Bis jetzt nicht«, entgegnete der Marquis, »aber auf der Grundlage dessen, was Sie bisher herausgefunden haben, sind wir in der Lage gewesen zu ermitteln, wie weit sie ihr Netz der Korruption schon gesponnen haben.« Nachdenklich blickte er sie aus seinen eisblauen Augen an. »Gleichgültig, ob erfundene Verschiffungen von Wolldecken oder falscher Munition oder verdorbenen Fleisches, die Leute ergaunern sich geradezu obszöne Profite damit, dass sie unser Militär mit schlechtem oder gar nicht vorhandenem Nachschub ausstatten. Ihre Arbeit hat sich als unschätzbar erwiesen, weil Sie uns bestimmte Namen geliefert haben, sowohl die der Hauptverschwörer als auch die der Firmen, mit denen sie Handel treiben. Ich zweifle nicht daran, dass es nur noch eine Frage der Zeit ist, bis wir den Beweis in der Hand halten, den wir brauchen, um sie für ihre Verschlagenheit zahlen zu lassen.«

»Ich weiß, dass es zwingend notwendig ist, die Identität des Anführers zu erfahren, um der Verschwörung ein Ende zu setzen, Sir«, bekräftigte Sofia, »und ich habe Grund zu der Annahme, dass ich Ihnen diesen Namen schon sehr bald liefern kann.«

»Ja, es wäre in der Tat eine große Hilfe, wenn wir wüssten, wer der Kopf dieser Operation ist«, stimmte er zu. »Aber nicht um jeden Preis, Sofia! Diese Männer sind ausgesprochen hinterhältig … und ausgesprochen skrupellos. Sie müssen die nächsten Schritte vorsichtig wählen. Es wäre mir sehr recht, wenn Sie kein unnötiges Risiko eingingen, um die Information zu bekommen.«

»Machen Sie sich keine Sorgen, Sir! Anders als meine früheren Zimmergenossinnen handele ich kühl und überlegt. Ich werde nichts überstürzen.«

Lynsley starrte sie nachdenklich an.

Unwillkürlich fragte sich Sofia, was er wohl erkannt haben mochte. Einen Merlin, der nicht recht in der Lage war, es mit dem Feuer und der Kampfkraft der anderen aufzunehmen?

Mit den Fingerspitzen trommelte Lynsley sanft auf das zerkratzte Holz. »Außerdem sollten wir uns noch über Osborne unterhalten.«

Obwohl der plötzliche Wechsel des Themas sie überraschend traf, gelang es ihr, die Haltung zu bewahren. »Ja?«

Wieder schwieg der Marquis. »Welchen Eindruck haben Sie von diesem Mann gewonnen?«

Das fragte Lynsley *sie?*

Unruhig rutschte sie auf dem Stuhl hin und her. Wollte er sie etwa auf die Probe stellen? Oder erwartete der Marquis, dass sie gestand, eine heiße Nacht mit Osborne verbracht zu haben? Der Seitenblick auf ihn enthüllte nicht mehr als den schmierigen Streifen Schmutz auf der Wange. Er verstand sich meisterlich darauf, seine Gefühle zu verbergen – und sie beschloss, ihm nachzueifern.

Wie er sie vorhin erinnert hatte, war sie kein kleines Schulmädchen mehr, sondern eine Agentin, der man die Verantwortung übertragen hatte, auf dem Schlachtfeld Entscheidungen über Leben und Tod zu treffen. Nein, sie wollte nicht lügen. Aber auch nicht freizügig ihre Ermittlungsmethoden preisgeben.

»Ich würde behaupten, dass er ein respektabler und höchst ehrenwerter Mann ist«, antwortete sie.

»Vertrauenswürdig?«

Sie verschränkte ihren Blick mit seinem. »Über jeden Zweifel erhaben.«

»Ja, zu diesem Schluss war ich auch gekommen, bevor ich ihn um Hilfe gebeten hatte.« Lynsley rieb sich das unrasierte Kinn. »Es geschieht nicht oft, dass ich einen Außenstehenden bitte, an der Mission eines Merlins teilzunehmen. Aber in diesem Fall war die Lage einzigartig.« Sein Seufzer mischte sich unter das Pfeifen des Kessels auf dem Herd, in dem das Wasser kochte. »Nun, es scheint, als hätte ich Osbornes Hartnäckigkeit unterschätzt. Und seine persönliche Leidenschaft.«

Die Röte schoss ihr in die Wangen. »Osborne handelt nicht aus privaten Motiven, Sir. Er hat ein recht altmodisches Verständnis von Ritterlichkeit, aber ich habe ihm versichert, dass ich sehr wohl in der Lage bin, selbst auf mich aufzupassen.«

»Das habe ich ihm auch zu verstehen gegeben«, nickte Lynsley. »Meine Ohren dröhnen immer noch von dem donnernden Geläut, dass er über mich ergossen hat.«

Zu ihrem Leidwesen fühlte ihre Haut sich wärmer an. »Falls Sie sich Sorgen machen, dass er mich ablenken könnte ... das müssen Sie nicht. Ich habe sowohl Osborne als auch die Scarlet Knights im Griff.«

»Sofia, ich zweifle nicht an Ihren Fähigkeiten! Aber ein kluger General weiß, dass man seine Kräfte leicht aufreiben kann, wenn man an zwei Fronten gleichzeitig kämpft.« Er presste die Fingerspitzen aneinander. »Ich würde es natürlich vorziehen, wenn diese Mission unter uns bliebe. Aber angesichts der Tatsache, was Osborne bereits weiß und welchen Schaden Missverständnisse anrichten können, überlasse ich es Ihrer Entscheidung, was Sie ihm noch erzählen wollen, Sofia.«

»Ich ... ich werde mein Bestes geben, die richtige Entscheidung zu treffen, Sir.«

Kein Straßenschmutz der Welt war in der Lage, den Blick aus Lynsleys eisblauen Augen weniger eindringlich wirken zu lassen. »Ich zähle darauf.« Er erhob sich und griff nach seinem Hut. »Nun, wenn das alles ist, möchte ich gern nach Hause zurückkehren und frühstücken.« Schmutz und Kohlenstaub rieselten von der Hutkrempe. »Und ein Bad nehmen.«

Während die Stunde ihrer Ausfahrt mit De Winton immer näher rückte, zerbrach Sofia sich immer noch den Kopf über das Gespräch am frühen Morgen. Zahlreiche Fragen waren unbeantwortet geblieben ...

Rose stach die letzte Haarnadel in die Frisur und trat zurück. »Wollen Sie den Tschako tragen oder den kleinen Strohhut mit dem smaragdfarbenen Band?«

»Wählen Sie für mich«, erwiderte Sofia und wandte den Blick vom Spiegel ab. Lynsleys Vertrauen war einerseits schmeichelhaft, andererseits beängstigend. Entscheidungen, Entscheidungen – und sie durfte sich nicht das geringste Fehlurteil erlauben.

Die Zofe musterte sie besorgt. »Haben Sie gut geschlafen, Mylady? Sie sehen ein wenig erschöpft aus.«

»Lord Lynsley brennt darauf, die Mission so rasch wie möglich zu beenden«, erwiderte Sofia, darauf bedacht, weder körperlich noch geistig die geringste Schwäche durchblicken zu lassen. Höchstwahrscheinlich war Rose verpflichtet, die kleinsten Schwankungen zu melden.

»Er möchte jede Mission ohne Verzögerung beendet wissen – aber nicht um den Preis, dass die Agentin sich zu viel abverlangt. Denn auf diese Weise entstehen Fehler. Vielleicht sollten Sie Ihre Besuche für ein oder zwei Tage unterbrechen ...«

»Nein.« Sofia schüttelte den Kopf. »Ich wage es nicht, Lord De Winton abzusagen. Er hält den Schlüssel zu meinem Erfolg in der Hand, in vielerlei Hinsicht.« Sofia äußerte sich nicht weiter. Und Rose erwartete auch gar nicht, dass sie es tat. »Ich muss seinen Appetit kitzeln, muss ihn glauben lassen, dass er kurz davor steht, meinen Zauber schmecken zu dürfen.«

»Dann sollten wir sicherstellen, dass Sie ihm ein Augenschmaus sind.« Die Zofe zupfte ein wenig an den Locken, entschied sich dann für den Tschako und setzte ihn Sofia in einem neckischen Winkel auf den Kopf.

Die Straußenfedern kitzeln über ihre Wange und sorgen für einen Anblick, der sowohl frech als auch verführerisch aussah. »Sie haben wahre Zauberhände«, murmelte Sofia, als Rose ihr einen Hauch Farbe auf die Lippen tupfte.

Wenn ich doch nur De Winton so verzaubern könnte! Sofia verscheuchte alle anderen Gedanken aus ihrem Kopf und konzentrierte sich auf die Aufgabe, die vor ihr lag. Es war zwingend notwendig, dass sie sich wieder in seine Gunst einschlich. Die kommende Begegnung mit den Schlüsselbesitzern konnte bedeuten, das letzte kleine Geheimnis der Verschwörung zu lüften. Bewaffnet mit dem Namen des Anführers und der Liste, die sie in den Antiquitäten entdeckt hatte, wäre Lynsley in der Lage, ihnen das Handwerk zu legen und die Übeltäter ihrer gerechten Strafe zuzuführen.

Sie musste nur noch den Namen des Anführers erfahren.

Rose legte ihr den rosafarbenen Kaschmirumhang um die Schultern, die in einem himmelblauen Kutschkleid steckten. »Wenn das dem Mann nicht das Wasser im Munde zusammenlaufen lässt …«

»Die Kunst besteht darin, sich just so weit entfernt zu halten, dass er nicht zubeißen kann«, lächelte Sofia.

»Vertrauen Sie sich selbst, Mylady, dann werden Sie jedes Raubtier bändigen können«, entgegnete die Zofe.

»Stimmt.« Sofia umklammerte ihr samtenes Retikül wie eine Waffe. »Höchste Zeit zum Aufbruch.«

»Ihre Ladyschaft ist nicht zu Hause, Mylord!«

Weil Osborne wusste, dass Sofia nachmittags einen Termin mit ihrem Schneider vereinbart hatte, war er auf die Antwort des Butlers gefasst. »Ja, sie hatte eine Verabredung in der Bond Street erwähnt.« Er schaute demonstrativ auf seine Taschenuhr. »Ah, sieht so aus, als wäre ich ein wenig zu früh. Ich warte, wenn Sie nichts dagegen einzuwenden haben.«

Der Mann kniff die Augen zusammen, trat aber langsam beiseite und lud ihn mit einer Handbewegung ins Haus ein. »Sehr wohl, Sir.«

»Das Wohnzimmer wäre mir recht.« Osborne eilte über den Marmorfußboden, bevor der Butler ihn in den Salon lenken konnte. »Die Lady und ich bestehen nicht auf Förmlichkeiten.«

»Einen Port oder einen Sherry, Sir?«, fragte der Mann, der sich ihm an die Fersen geheftet hatte. »Oder einen Tee?«

Osborne nahm ein Buch über das römische Altertum aus dem Regal und blätterte durch die Seiten. »Nein, vielen Dank. Ihre Ladyschaft hat mich nach meiner Meinung über diese Stiche gefragt. Ich werde mich einfach in den Sessel setzen und mir das Buch in Ruhe anschauen, bis sie zurück ist.«

Der Butler hatte verstanden, nickte ernst und schloss die Tür leise hinter sich.

Osborne wartete ein paar Minuten, bevor er das Buch zur Seite legte, den Türriegel drehte und durch den Spalt lugte. Die Halle war leer, und wenn er den Blick am Geländer vorbeischweifen ließ, sah die Treppe ebenfalls leer aus. Er schlüpfte aus dem Wohnzimmer und eilte lautlos die Stufen hinauf. Aus einer beiläufigen Unterhaltung wusste er, dass Sofias Schlafzimmer im hinteren Bereich des Hauses lag und auf den Garten hinauszeigte. Um diese Tageszeit mussten die Dienstmädchen ihre Putzarbeiten bereits beendet haben.

Und was die Zofe der Lady betraf …

Das Glück blieb an seiner Seite. Der Raum war leer. Trotzdem würde er sich beeilen müssen, wenn er die Peinlichkeit vermeiden wollte, in ihrem Zimmer erwischt zu werden. Er presste die Lippen aufeinander, überlegte sich, dass er eine Liebesaffäre vortäuschen und damit die Dienerschaft vielleicht zufriedenstellen könnte. Obwohl es natürlich wahrscheinlicher war, dass die Lady ihm einen Kinnhaken verpasste, als ihn zu einem wilden Tumult in ihr Bett einzuladen.

Lange betrachtete er das geschnitzte Himmelbett. Unter der Daunendecke und den prallen Kissen lugte das cremefarbene weiße Leinen verführerisch hervor, die zart gesäumten Kanten waren mit hauchdünner Seide eingefasst.

So verlockend es auch sein mochte, sich Sofia zwischen den Laken vorzustellen, so mahnte ihn die klappernde Kohlenschütte auf dem Flur, dass er keine Zeit hatte, sich in erotischen Tagträumen zu verlieren.

Schließlich hatte er eine Mission zu erfüllen.

Osborne ging zu ihrem Schreibtisch am Fenster, prüfte die Unterlage und die Briefschachtel, zog dann die Schublade auf und begann mit einer systematischen Durchsuchung des Inhalts. Seltsam, schoss es ihm durch den Kopf, als er die letzte Abteilung durchwühlt hatte. Keine leidenschaftlichen Liebesbriefchen, keine Miniaturporträts ihres verstorbenen Ehemannes, kein Tagebuch, kein … nichts. Sie war eine Lady, deren Familie und Freunde auf dem Kontinent lebten, aber es fand sich keine Korrespondenz, keine Dokumente über die Anwesen, keine Erinnerungsstücke von zu Hause.

Es schien, als würde ihr früheres Leben gar nicht existieren.

Stirnrunzelnd ging er zur Frisierkommode. Außer ein paar Duftwässerchen, einer schlichten Haarbürste und einem Kamm konnte er nichts entdecken, noch nicht einmal Döschen für Cremes und Salben, die sonst so reichlich im Schlafzimmer einer Lady zu finden waren. *Schlicht, spartanisch.* Eine Schachtel für die Haarnadeln und zwei lederne Schmuckkästchen waren militärisch präzise an der vergoldeten Kante der hölzernen Kommode aufgereiht.

Osborne öffnete das erste Kästchen. Glitzernde Smaragde, reiche Rubine, schimmernde Perlen – es war keine Überraschung, dass eine wohlhabende Contessa kostbare Halsketten und Armbänder besaß. Sorgsam legte er die Schmuckstücke auf den Samtboden zurück und klappte den Verschluss zu.

Das zweite Kästchen enthielt eine ebenso beeindruckende Sammlung Ohrschmuck und juwelenbesetzte Anhänger. Gerade wollte er das Kästchen schließen, als er mit der Hand über ein zartes Goldmedaillon streifte, welches halb unter einem diamantenbesetzten Malteserkreuz verborgen lag. Inmitten der glitzernden Schmuckstücke sah das schlichte und mit den Jahren abgegriffene Etui reichlich fehl am Platze aus.

Neugierig klappte er es auf.

Es hätte Sofia sein können, die ihn anblickte – nur dass die gemalten Gesichtszüge ein wenig weicher, einen Hauch trauriger wirkten.

Andererseits: Es war nicht außergewöhnlich, dass eine junge Lady ein geerbtes Medaillon mit dem Porträt ihrer Mutter unter ihren anderen Kostbarkeiten verbarg.

Und doch …

Osborne ließ sich auf den Stuhl sinken. Er besaß ein ungewöhnlich geschultes Auge für Kunst; und es war irgendetwas Unsagbares an diesem verblassten Bildnis, das ihn erstaunt ein paar Worte raunen ließ.

»Verdammt noch mal!«

Er umklammerte die zarte Kette, ließ das Medaillon in seine Westentasche gleiten und eilte zum Tisch. Es fehlte nicht mehr viel, und er würde seine Ahnung bestätigt sehen.

»Sie sehen bezaubernd aus, Contessa!«, sagte De Winton und half Sofia auf den hochgelegenen Sitz seines Jagdwagens.

»Wie freundlich von Ihnen! Ich hatte befürchtete, dass Sie mir die kleine Indiskretion neulich nachts übel nehmen könnten.« Absichtlich schmiegte sie ihr Bein an seins. »Osborne hatte mir schon eine ganze Weile nachgestellt. Eine Ablehnung hätte er nicht länger hingenommen.«

Ein Knall mit der Peitsche, und die Pferde fielen in einen munteren Trab. »Es machte den Eindruck, als hätten Sie nicht besonders laut protestiert«, erwiderte er.

»Oh, kommen Sie schon, Adam! Ich habe niemals so getan, als wäre ich eine Nonne. Und ich kann mir auch nicht vorstellen, dass Sie wie ein Mönch leben.«

Seine Lippen entspannten sich ein wenig. »Das fromme Leben im Zölibat wäre ganz und gar nicht nach meinem Geschmack.«

»Genau«, spottete Sofia. Es kostete sie all ihre geistigen Kräfte, um ihre Rolle in diesem abgedroschenen Flirt zu spielen. Der Kerl war schließlich nichts als ein armseliger Feigling, der weder vor Mord noch vor Betrug zurückschreckte, um seine persönliche Gier zu befriedigen. Am liebsten hätte sie ihn verprügelt, bis nur noch ein Fünkchen Leben in ihm übrig wäre.

Stattdessen zügelte sie ihren Zorn, wusste nur zu gut, dass sie ihn und all die anderen Übeltäter ihrer gerechten Strafe überbringen konnte, wenn sie Lügen mit Lügen beantwortete. »Und wo wir gerade über Geschmack sprechen – man hat doch erheblich mehr Spaß, wenn man eine ganze Reihe Köstlichkeiten probiert, anstatt sich Tag für Tag an dieselbe langweilige Diät zu halten, finden Sie nicht auch?«

De Winton lachte. »Inzwischen sind Sie mehreren Partys ferngeblieben, sodass ich schon dachte, Ihnen sei bei Süßigkeiten und Sonnenschein ein wenig der Appetit vergangen.«

»Es war nur die Beschämung, die mich ferngehalten hat. Ich hatte befürchtet, Ihnen einen falschen Eindruck vermittelt zu haben.«

»Den ersten Bissen hätten Sie ruhig für mich reservieren dürfen …« Er durchbohrte sie mit einem anzüglichen Blick. »Dann sind Sie also immer noch daran interessiert, welche besonderen Vergnügungen Ihnen der Besitz des Schlüssels hier in London verschafft?«

»Oh ja!« Sofia lehnte sich zu ihm, so nahe, dass ihre Federn ihn am Kinn kitzelten. Seine Konturen wirkten irgendwie weich; seine blasse Haut erinnerte sie an den Bauch eines Kabeljaus, und der Geruch seines Rasierwassers war so aufdringlich und süß, dass ihr beinahe schlecht wurde. »Sehr sogar.«

De Winton schien ein boshaftes Gefallen daran zu finden, das Schweigen auszudehnen, während er die Pferde durch eine enge Kurve lenkte.

Wünscht er sich etwa, dass ich ihn anbettele? Es gab Männer, die es aufregend fanden, solche Macht über Frauen auszuüben.

Sofia nahm all ihren Mut zusammen und schmiegte sich einen Hauch näher an ihn. Der Kampf drehte sich nicht länger nur ums Prinzip, sondern war persönlich geworden. Unter den Opfern von De Wintons Verbrechen mochte sich sogar ihr eigener Cousin befinden, und Sofia würde sich nicht scheuen, mit dem Teufel persönlich einen Pakt zu schließen, um ihn seiner gerechten Strafe zuzuführen.

»Bitte verzeihen Sie mir, Adam!«, flötete sie. »Ich sterbe beinahe vor Neugier zu erfahren, welchen Vergnügungen Sie und Ihre Freunde sich hinter den verschlossenen Türen hingeben.«

»Osborne wird nicht eingeladen werden.« Die aufblitzenden Zähne sollten vermutlich an ein Lachen erinnern. »Wäre das ein Problem?«

»In keiner Hinsicht«, erwiderte Sofia.

»Gut. Zeit und Ort der Versammlung sind noch nicht festgelegt. In ein oder zwei Tagen werde ich Sie wissen lassen, wann und wo.«

»Ich kann es kaum erwarten.« Sofia strich ihre Röcke glatt und schenkte ihm ein neckisches Lächeln. »Darf ich hoffen, dass ich meinen Spaß haben werde?«

De Winton lachte. »Ich verspreche, dass Sie unvergessliche Erfahrungen machen werden!«

18. Kapitel

Der Duke of Sterling war zu Hause, und als Antwort auf die Visitenkarte schickte er Osborne einen Diener, der ihn zur Bibliothek begleiten sollte.

»Vielen Dank, dass Sie mir Gelegenheit bieten, den Bericht meines Verwalters aus der Hand zu legen.« Sterling setzte die Brille ab und zwickte sich in den Nasenrücken. »Ich setzte volles Vertrauen in ihn, selbst zu entscheiden, ob Roggen oder Weizen gesät werden soll. Trotzdem fühlt sich der Kerl gekränkt, wenn ich seine Berichte nicht lese.«

»Pflichten können manchmal lästig sein«, erwiderte Osborne höflich.

Der Duke seufzte. »Ja. Ich gestehe, dass ich wesentlich mehr Vergnügen dabei empfinde, Cicero zu übersetzen, als die neuesten Zahlen über Landwirtschaft zu studieren. Aber ich bin sicher, dass Sie mich nicht wegen eines Vortrags über das alte Rom aufsuchen.«

»Doch, um aufrichtig zu sein.« Osborne lächelte rasch. »Ich hatte mich gefragt, ob Sie es mir wohl gestatten würden, die Ausstellung römischer Münzen in Ihrer South Gallery zu besichtigen. Lady Hentman hat mich um Vorschläge zur Gestaltung des Schmuckfrieses in ihrem Morgenzimmer gebeten, und ich hatte an ein Motiv der klassischen Porträtkunst gedacht.«

»Ich bin immer höchsterfreut, einen Kunstliebhaber durch meine Sammlung zu führen.« Sterling erhob sich. »Bitte hier entlang.«

Osborne erinnerte sich, dass die Glaskästen mit polierten Bronzefiguren und glänzendem Goldschmuck gefüllt waren.

Er ließ sich Zeit und gab vor, die verschiedenen Gesichter in allen Einzelheiten zu betrachten. »Wundervoll«, murmelte er schließlich, »hätten Sie etwas dagegen, wenn ich ein paar Skizzen anfertige?«

»Nein, überhaupt nicht! Warum sollte ich?«, erwiderte der Duke.

»Bedauerlicherweise habe ich mein Skizzenbuch vergessen.« Osborne lächelte entschuldigend. »Auch wenn es Sie in Ungelegenheiten stürzt, dürfte ich Sie um Papier und Stift bitten?«

Wie erhofft wischte Sterling das Problem beiseite. »Es stürzt mich nicht in Ungelegenheiten! Im Schreibtisch gleich nebenan befinden sich die Utensilien. Ich bin sofort zurück.«

Kaum hatte der Duke das Zimmer verlassen, da eilte Osborne auch schon zu der Wand mit den Familienporträts. Vor dem golden gerahmten Gemälde der Tochter des Dukes blieb er stehen, zog das Medaillon aus der Tasche und klappte es auf. Es verhielt sich genau so, wie er vermutet hatte: Die Miniatur war nichts anderes als eine exakte Kopie des Gemäldes.

Ihm stockte der Atem. Bei der Betrachtung des größeren Bildes staunte Osborne über die untergründige Ähnlichkeit mit Sofia. Die gleichen geschwungenen Augenbrauen, der gleiche Schwung der Wangenknochen, der Mund ebenso entschlossen. Aber statt Licht auf das Dunkel zu werfen, machte das Bild das Rätsel um sie und Lynsleys seltsame Forderung nur noch rätselhafter.

Denn wenn Sofia tatsächlich die Großtochter des Dukes war, warum wurde diese familiäre Verbindung dann in ein solch geheimnisvolles Licht getaucht? Und, noch schlimmer, wie konnte es sein, dass sie Kostbarkeiten aus den Salons stahl?

Je länger er darüber nachdachte, je weniger Sinn schien die Geschichte zu ergeben. Und er zweifelte stark daran, dass der Marquis ihm irgendwelche Fragen beantworten würde …

»Gute Güte, woher haben Sie das?« Angesichts seiner Größe war Sterling bemerkenswert leise unterwegs.

Osborne gab sich keine Mühe, den Duke daran zu hindern, ihm das Medaillon aus der Hand zu reißen. »Es tut mir außerordentlich leid, Euer Gnaden! Im Moment bin ich nicht so frei, es Ihnen zu verraten.«

Sterling fingerte an dem abgegriffenen Etui herum, fuhr dann mit zitternden Fingern über die zarten Pinselstriche. »Ich habe das Medaillon als Andenken für Elizabeth fertigen lassen und es ihr an ihrem achtzehnten Geburtstag geschenkt.« Eine Träne rollte ihm über die Wange.

»Ich hatte mir eingebildet, das Gesicht wiederzuerkennen«, erwiderte Osborne sanft. »Daher habe ich es mir von der Besitzerin ausgeliehen, um mich zu vergewissern, dass mein Verdacht mich nicht getrogen hat.«

»Bitte richten Sie Ihrer Bekanntschaft aus, dass ich bereit bin, jeden Preis dafür zu zahlen. Besonders wenn ich erfahren darf, wie das Stück in ihren Besitz gelangt ist.« Sterling wischte sich über die Wange. »Sie müssen wissen, dass ich mich von meiner Tochter entfremdet hatte … wegen ihrer Heirat mit einem Mann, den ich für unwürdig gehalten habe. Wie ich für meinen Hochmut und mein Vorurteil habe bezahlen müssen! Es hat Monate gedauert, bis ich erfuhr, dass sie bereits gestorben war.« Seine Stimme zitterte. »Eine Grippe-Epidemie, die auch ihren Ehemann und das neugeborene Kind dahingerafft hat. Als ich endlich in dem Dorf angekommen war, in dem sie gelebt hatte, waren sämtliche Erinnerungsstücke aus ihrem Haus längst verschwunden.«

Mit anderen Worten, der Duke wusste nichts über Sofia?

»Die gegenwärtige Besitzerin hat nicht die Absicht, es zu verkaufen, Euer Gnaden«, erklärte Osborne. »Ich fürchte, ich muss es zurückbringen. Aber jetzt, wo ich nicht mehr an seiner Herkunft zweifeln muss, verspreche ich Ihnen zu tun, was in meiner Macht steht, um Sie wieder mit Ihrem verlorenen ... Erbstück zu vereinen.«

Langsam ließ Sterling die filigrane Kette durch seine Finger gleiten. »Ich habe Sie immer für einen ehrenwerten Mann gehalten, Osborne. Ich vertraue auf Ihr Wort.«

Sofia knüpfte die Bänder ihres Hutes auf und warf ihn auf den Tisch in der Eingangshalle. Einkaufen konnte anstrengender sein als Fechtübungen, aber immerhin hatte die Verabredung beim Schneider in der Bond Street ihre Ausfahrt mit De Winton verkürzt.

Die Sache mit den Scarlet Knights läuft gut, dachte sie, obwohl Berührungen des Mannes ihr inzwischen einen kalten Schauder über den Rücken jagten. Verglichen mit Osborne ...

Nein, sie durfte es nicht zulassen, dass ihre Gedanken in diese Richtung schweiften. Glücklicherweise hatte De Winton keinen Versuch unternommen, sie zum Schneider zu begleiten. *Aus den Augen, aus dem Sinn.*

Sofia zog sich den Umhang von den Schultern und betrat das Wohnzimmer nebenan. Sie hatte ihre Studien über das alte Rom vernachlässigt, und wenn sie vor dem Duke den Schein wahren wollte, musste sie das Buch zu Ende ...

Abrupt blieb sie stehen, als sie Osborne am Fenster sitzen sah. Er blätterte in ihrem Buch, die Beine ausgestreckt, das Halstuch gelöst; aber die Anspannung in den Schultern strafte seine lässige Haltung Lügen.

Mit einem kurzen Nicken täuschte Sofia über ihre Überraschung hinweg. »Welchem Anlass habe ich das Vergnügen dieses unerwarteten Besuchs zu verdanken?«

Anstatt einer Antwort hielt er das Medaillon hoch.

Sofia spürte, wie ihr das Blut aus den Wangen wich. Mit raschen Schritten war sie bei ihm und versuchte, es ihm zu entreißen.

Osborne zog die Hand zurück, blieb außer Reichweite. »Noch mehr goldener Tand, den du gestohlen hast?«, fragte er mit einem gefährlichen Unterton in der Stimme.

»Nein!«, antwortete sie schrill. »Verdammt noch mal, Osborne! Du hast kein Recht, meine persönlichen Dinge zu durchwühlen!«

»Woher hast du es?«, herrschte er sie an.

»Das geht dich einen verdammten Dreck an!«, fauchte sie zurück.

»Ja, kann sein. Aber hat nicht der Duke of Sterling das Recht zu erfahren, dass seine Großtochter sich als italienische Contessa verkleidet?«

Sofia versuchte, ein paar Worte über die Lippen zu bringen, aber es gelang ihr nicht.

»Aber vielleicht verhält es sich auch genau anders herum«, fügte er hinzu.

»*Was?*« Sie musste ihre Verwirrung nicht vortäuschen, denn er hatte sie bereits aus der Bahn geworfen. Irgendwie musste es ihr gelingen, wieder Tritt zu fassen.

»Ich sitze hier schon eine ganze Weile und versuche, mir einen Reim darauf zu machen, was du wohl im Schilde führst.« Osbornes Blick war eiskalt. »Es will nicht recht ins Bild passen, dass Lord Lynsley sich daran beteiligt, Sterling hinters Licht zu führen. Also ist es denkbar, dass du aus deiner Ähnlichkeit mit der Tochter des Dukes nur einen Vorteil schlagen willst. Hast du das Medaillon einfach nur gestohlen? Oder hast du Elizabeth Woolseys Tochter aus dem Weg geräumt, um ihren Platz einzunehmen und deinen Anspruch auf ein reiches Erbe anzumelden?«

Sofia konnte nicht verhindern, dass ihre Lippen zuckten. »Und du bist vielleicht ein lange verlorener Nachfahre von Anne Radcliffe. Deine Einbildungskraft kann sich jedenfalls mit ihrer messen!«

»Habe ich die Geschichte vielleicht falsch verstanden?«, schoss er zurück. »Geht es tatsächlich nur um Diebstahl? Angesichts deiner flinken Finger würde es mich nicht wundern, wenn du bereits Pläne schmiedest, den Duke seiner unschätzbar wertvollen Kunstwerke zu berauben.«

Sofias Humor verflog schnell. »In aller Ernsthaftigkeit, Osborne – glaubst du wirklich, ich wäre in der Lage, jemanden umzubringen oder ähnliche Dinge zu tun, nur um meine Gier zu befriedigen? Es ist nur ein paar Tage her, dass du es niemals für möglich gehalten hättest.«

Er rang die Hände. »Ich weiß nicht, was ich noch glauben soll.«

»Nichts dergleichen steckt dahinter«, erwiderte sie.

»Dann erzähl mir doch um Himmels willen, was vor sich geht! Warum weiß der Duke nicht, dass er eine Großtochter hat?«

Sofia wandte sich ab, ging zur Anrichte und schenkte sich mit zitternden Händen einen Sherry ein. »Es gibt keinen Beweis, dass ich Fleisch und Blut des Dukes bin«, wisperte sie.

Osborne atmete tief durch. »Sofia, ich habe das Originalporträt gesehen! Die Ähnlichkeit ist unübersehbar.«

Sie schüttelte den Kopf. »Ich habe schwarze Haare und grüne Augen. Wie viele Waisen in den Straßen von St. Giles.« Kaum waren ihre die Worte über die Lippen gekommen, wurde ihr bewusst, dass sie sich einen taktischen Fehltritt geleistet hatte.

»Waisen?« Osborne kniff die Augen zusammen. »Ist das wieder nur eine deiner absurden Lügen? Lynsley selbst hat mir doch berichtet, dass er sich um einen Reitlehrer für dich gekümmert hat!« Er runzelte die Stirn. »Verdammt noch mal, Sofia! Hör auf, mich für dumm zu verkaufen!«

Sie seufzte. »Wenn ich doch nur könnte.«

Seine Miene wurde weicher. »Vertrau mir!«

»Deverill, es geht nicht um dich oder um mich. Es geht um …«

»Um *was?*«

Während Osbornes Frage ihr durch den Kopf hallte, erinnerte sie sich an Lynsleys Worte. *Ich würde es vorziehen, wenn diese Mission unter uns bliebe.*

Hin- und hergerissen zwischen Pflichterfüllung und der Stimme ihres Herzens versuchte Sofia, ihm auszuweichen. »D … das kann ich dir auch nicht verraten.«

Plötzlich war seine Hand auf ihrer Schulter. Wenn er sie geschüttelt hätte oder sie angeschrien, hätte sie sich wehren können. Aber stattdessen strich er nur mit dem Finger über ihr Schlüsselbein. In seinen Fingerspitzen pochte es warm, und sie konnte sogar seinen Herzschlag spüren, stark, gleichmäßig und in Einklang mit ihrem Herzen.

»Ich bedaure es außerordentlich, dass du dich nicht durchringen kannst, deine Geheimnisse mit mir zu teilen«, sagte er leise. »Ich habe versucht, mich deines Vertrauens als würdig zu erweisen. Aber wenn das Herz nicht reicht, dann kann auch ich nichts mehr ausrichten. Ich werde dich deinen Aufgaben überlassen.«

Nach einer flüchtigen Zärtlichkeit über ihre Wange trat er fort. »Der Duke ist ein alter Mann. Er kennt die Wahrheit nicht, aber er hat die Wahrheit verdient. Ich hoffe, in dir steckt so viel Mitgefühl, dass du ihm eines Tages alles erzählen wirst.«

»Warte!«

Osborne drehte sich um, lächelte schief. Das zerzauste Haar fiel ihm über den Kragen.

»Ich will es dir verraten, soweit es mir möglich ist ...«

Er unterbrach sie, indem er den Kopf schüttelte. »Keine Halbwahrheiten mehr, Sofia! Keine Tricks, keine Lügen. Entweder du vertraust mir voll und ganz – oder gar nicht.«

Sie zögerte.

Er wartete noch ein paar Sekunden, bevor er aus dem Zimmer verschwand.

Und aus ihrem Leben.

»Osborne.« Das klang mehr nach einem Murmeln als nach einem Ruf. Würde sie es wagen, ihrer Stimme mehr Nachdruck zu verleihen? Wenn der erste Schritt getan war, gab es kein Zurück mehr.

»Osborne!«

Das Schweigen kam ihr vor wie ein spöttisches Echo auf ihr Zögern. Er war für immer gegangen, und wer würde ihm einen Vorwurf daraus machen wollen, dass ihr Ruf auf taube Ohren stieß?

Wie durch ein Wunder wurde die Tür erneut geöffnet.

»Ja?«

Sofia seufzte tief auf, war plötzlich felsenfest überzeugt, die richtige Entscheidung getroffen zu haben. »Es stimmt. Lynsley hat sich tatsächlich um einen Reitlehrer für mich gekümmert. Um aufrichtig zu sein, er ist für meine gesamte Ausbildung verantwortlich. Außerhalb Londons existiert eine Akademie für ... für Mädchen wie mich.«

»Ein Internat für Kinder, die ein Fall für die Wohlfahrt sind?«, fragte er, nachdem er die Tür geschlossen hatte.

»So könnte man es vermutlich nennen.«

Osborne verzog das Gesicht. »Und warum der Marquis anstelle deiner wahren Familie?«

»Ich hatte keine Ahnung, wer meine Mutter war. Nicht bis vor ein paar Tagen. Die einzige Familie, die ich jemals kannte, war eine alternde Hure in einem heruntergekommenen Freudenhaus in St. Giles«, erwiderte Sofia. »Die Frau hat mir erzählt, dass eines Abends ihre Schwester zu ihr gekommen sei, geschwächt von der Grippe und in den Armen ein geheimnisvolles Kind und ein Medaillon. Das war alles, was sie wusste. Diese Schwester starb, noch bevor der Morgen anbrach.«

Osbornes Miene wurde weicher, obwohl in seinem Blick immer noch das Misstrauen lauerte. »Ich verstehe nicht, was Lynsley damit zu tun hat. Warum sollte er sich mit dem Unterricht für Waisenkinder abgeben, wenn er doch tausend andere Pflichten zu erledigen hat?«

»Ja, ich begreife sehr gut, dass du es nicht verstehst. Er verliert auch kein Wort darüber.«

»Warum?« Verzweifelt rang er die Hände. »Ist das ein Staatsgeheimnis?«

Ein Lächeln schlich sich auf ihre Lippen. »In der Tat, das ist es.«

Als Sofia bemerkte, dass er kurz davor war, wieder wütend herauszuplatzen, fuhr sie rasch fort: »*Mrs. Merlin's Academy for Select Young Ladies* liegt außerhalb Londons. Aber sie könnte auch genauso gut auf dem Mond liegen, so viel weiß die Öffentlichkeit über den Ort. Verstehst du? Es war kein Witz, als ich sagte, dass es sich um eine Unterrichtsanstalt für Spione handelt.«

»Zum Teufel noch mal, Sofia!«

»Halt! Hör mich an.«

Osborne biss die Zähne zusammen. »Sprich weiter.«

»Lord Lynsley gründete die Akademie, nachdem er das Buch über Hasan-I-Sabah gelesen hatte, so hat es unsere Direktorin erzählt. Hasan-I-Sabbah war ein Kalif, der in seiner

Zitadelle in den Bergen eine geheime Kriegertruppe ausgebildet hat. Seine Männer waren für ihre tödlichen Kampfkünste und ihre fanatische Treue berüchtigt. Der Kalif hat sie nur in Zeiten höchster Gefahr eingesetzt. Die Legende behauptet, dass die Krieger niemals in einer Mission versagt haben. Schon die Erwähnung ihres Namens – *Hashishim*, Meuchelmörder – reichte aus, um bei seinen Feinden blankes Entsetzen auszulösen.«

»Meuchelmörder«, wiederholte Osborne fassungslos. »Du willst doch nicht etwa sagen, dass du ausgebildet wurdest ...«

»... um zu töten? Aber natürlich«, erwiderte Sofia ruhig. »Zugegeben – Blutvergießen ziehen wir nur als letzte Möglichkeit in Betracht.«

Man musste es ihm hoch anrechnen, dass er nicht zuckte. Trotzdem zog sich das Schweigen unangenehm in die Länge, bevor er fragte: »Wie hat der Marquis dich rekrutiert?«

»Meine Geschichte über die Waisenkinder war nicht gelogen.«

Osborne schien immer noch zwischen Zweifel und Vertrauen zu schwanken.

Sofia wünschte, die Einzelheiten vertuschen zu können. Aber Deverill Osborne hatte es verdient, alles über sie zu erfahren. Jedes Detail ihres Lebens, auf das sie nicht besonders stolz war.

»Lord Lynsleys Schülerinnen sind sozusagen handverlesen«, fuhr sie fort. »Er wählt sie unter den Waisenkindern aus, die herrenlos in den Armenvierteln herumstreunen. Ich habe gehört, dass er nach Mut und Klugheit Ausschau hält.« Es fiel Sofia nicht leicht, so leidenschaftslos über ihre Vergangenheit zu sprechen, aber sie zwang sich weiterzumachen. »Er hat beobachtet, wie ich einen Zuhälter in die Flucht geschlagen habe, der meine Freundin in seine Gewalt bringen wollte. Ein kleineres Mädchen, das noch nicht in der Lage war, sich allein durchzuschlagen. Offenbar war ich mit der Klinge schnell und geschickt genug, um ihm ein Auge zu nehmen.«

Osborne musterte sie durch die langen Wimpern. Die Sonne warf helle Schatten auf sein Gesicht, sodass man unmöglich erkennen konnte, was ihm durch den Kopf ging.

»Wie alt warst du?«

Sofia zuckte mit den Schultern. »Elf oder zwölf, ich weiß nicht genau.«

»Und was ist dann passiert?«

»Als wir in der Akademie eintrafen, hat Mrs. Merlin uns als Erstes vor einen großen, reich verzierten Globus in ihrem Büro geführt und uns unter den vielen tausend Städten auf der Oberfläche einen Namen aussuchen lassen. Einen neuen Namen für die neue Welt, in die wir eintreten sollten.« Sofia hielt einen Moment lang inne, erinnerte sich an ihren schmutzigen Finger, der über die lackierte Oberfläche fuhr. »Danach haben wir eine strenge Ausbildung begonnen. Wir haben fehlerfreies Sprechen ebenso gelernt wie Etikette und die traditionellen Unterrichtsfächer in der Schule. Und natürlich die Kampfkünste.«

»Klingt anspruchsvoll«, meinte Osborne. »Ich kann mir vorstellen, dass nicht jeder die Prüfungen schafft.«

»Der Wettbewerb um den Eintritt in die Meisterklasse ist hart. Wer es nicht schafft, wird für andere nützliche Tätigkeiten ausgebildet, wie zum Beispiel als Zofe, als Schankwirtin oder als Gouvernante. Der Marquis hat Augen und Ohren in beinahe jeder Stadt von hier bis Peking.«

»Und du?«

Er zog die Mundwinkel hoch. »Ich glaube, man kann behaupten, dass die anderen Merlins und ich zu Englands schlagkräftigster Geheimwaffe zählen.«

Osborne begann, auf und ab zu marschieren. Die wabernden Schatten verbargen sein Gesicht. »Wie viele dieser weiblichen Soldaten gibt es?«

»Die Zahl schwankt«, antwortete Sofia. »Zurzeit sind sämtliche Ränge der voll einsatzfähigen Merlins ein wenig ausgedünnt. Das liegt an ... an Umständen, auf die Lord Lynsley keinen Einfluss hat.«

»Tod?«, stieß er mit zusammengebissenen Zähnen hervor.

»Das kann immer passieren«, erwiderte sie sanft, »aber in diesem Fall dachte ich eher an Eheschließung.«

»Gute Güte!« Langsam drehte er sich um. »Heißt eine deiner Kameradinnen zufällig Siena?«

»W... was weißt du über Siena?«

»Nur dass sie kürzlich einen meiner besten Freunde geheiratet hat.« Er fuhr sich mit den Fingern durchs Haar. »Scheint so, dass ... Nun, das ist eine lange Geschichte. Und wir müssen mit unserer eigenen fertig werden.«

Das war noch milde ausgedrückt. Aber bevor Sofia das Thema wechselte, fügte sie noch eine Erläuterung hinzu. »Siena war eine meiner Zimmergenossinnen. Bis jetzt hatte ich noch nicht die Gelegenheit, dem Earl of Kirtland zu begegnen. Weder Shannon noch ich waren in der Lage, an den Hochzeitsfeierlichkeiten teilzunehmen. Die Vorschriften der Akademie verbieten Auftritte in der Öffentlichkeit, bei denen sich jemand fragen könnte, wer wir eigentlich sind.« Der Gedanke an ihre Freundinnen erinnerte sie daran, wie einsam und allein sie auf der Welt war. »Ich hatte keine Ahnung, dass du mit Lord Kirtland befreundet bist! Andererseits ist das nicht weiter verwunderlich. Du bist ja mit beinahe jedem in der Gesellschaft befreundet.«

»Mit Julian ist es etwas Besonderes«, erwiderte Osborne,

»er und ich, wir haben eine Menge gemeinsam durchgemacht. Auf dem Schlachtfeld lernt man schnell, welchen Kameraden man sein Leben anvertrauen würde.«

Sie nickte. »Ja. Ich verstehe, was du meinst.«

Er zog ein merkwürdiges Gesicht. Auch seine Stimme klang rätselhaft. »Das kann ich mir vorstellen.«

War er schockiert über ihren Beruf? Abgestoßen? Die weiblichen Wesen in seiner Welt waren überaus vornehme, wohlerzogene Ladys mit einer Bildung, die sie in geselligen Kreisen glänzen ließ, aber nicht in den schmutzigen Künsten des Krieges.

Obwohl sich in ihrer Brust ein Schmerz ausbreitete, zuckte Sofia die Schultern. »Zweifellos hältst du mich für einen armseligen Teufelsbraten, der es nicht wert ist, den sauberen Ladys der Salons auf Augenhöhe zu begegnen. Wie auch immer – es gibt Zeiten, da ist eine Frau am besten bedient, wenn sie das Übel mit den Wurzeln ausreißt. Und mir macht es nichts aus, mir die Hände schmutzig zu machen.«

»Ich denke ...« Osborne wandte sich um; das Sonnenlicht überflutete sein Gesicht. »Ich glaube, du bist ohne Frage das bewundernswerteste Geschöpf, das mir jemals begegnet ist. Du beschämst mich wegen meiner eigenen blütenweißen Hände. Wir Lords und Ladys leben in einer Welt des Pomps und der Verschwendung, weil du bereit bist, unsere Privilegien zu verteidigen.«

Ihre Wangen fühlten sich plötzlich so heiß an, als würden sie lichterloh brennen. Überrascht stellte Sofia fest, dass sie errötete. *Verdammt!* Sie benahm sich eher wie ein verlegenes Schulmädchen und nicht wie eine ausgebildete Soldatin. »Ich ziehe in den Kampf, um ganz England zu schützen. Den hochgeborenen Lord ebenso wie den niedrigsten Arbeiter.«

Sein Schritt war zögernd, verhalten. Im Halbdunkel der

Schatten streckte Osborne die Hände aus und umschloss zärtlich ihre Wangen. *Stark. Sicher und zuverlässig.* In seiner Berührung hatte nichts von einem behüteten Aristokraten an sich.

»Das macht dich nur noch edler.«

»Ich bitte dich, verpass mir bloß keinen Heiligenschein, Deverill! Ich bin alles andere als makellos.« Sie lächelte versunken. »Frag nur Lord Lynsley. Er wird dir versichern, dass ich längst nicht perfekt bin.«

»Wenn ich das nächste Mal mit Lynsley spreche, geht es um ein anderes Thema.« Er atmete tief durch und ließ die Hände sinken. »Aber um zu dir zurückzukehren und zu den Gründen deines Aufenthaltes in London ... Dein Interesse an De Winton ist also rein beruflich bedingt?«

»Ja. Der Marquis hat mich geschickt, um herauszufinden, ob wir Korruption in Regierungskreisen nachweisen können. Er hat Anlass zu der Vermutung, dass ein Ring von Verschwörern militärische Verträge manipuliert und dass der Großsohn des Duke of Sterling den illegalen Handlungen auf die Spur gekommen war ...«

Sofia fuhr fort, die Mission so gut zu erläutern, wie sie konnte, und fasste den gegenwärtigen Stand kurz zusammen. »Wir spekulieren immer noch viel zu viel. Und die persönlichen Komplikationen mit dem Duke kamen natürlich vollkommen unerwartet. Aber im Moment dürfen sie bei meiner Arbeit keine Rolle spielen.«

»Hast du schon Fortschritte gemacht?«

»Ich habe ein paar Ideen«, erwiderte sie ein wenig ausweichend. Es war eine Sache, die Wahrheit zu sagen – und eine ganz andere, Osborne in Gefahr zu bringen. Denn schließlich hatte er genug für sie riskiert. »Es gibt ein paar Spuren, die zu verfolgen sich lohnen könnte.«

»Wie kann ich helfen?«, wollte Osborne wissen.

Eigentlich war es nicht als Frage gemeint; an seinem Blick konnte sie erkennen, dass er keine Zurückweisung akzeptieren würde.

»Deine Verbindungen in die Salons könnten sich als sehr nützlich erweisen«, erwiderte Sofia bedächtig und achtete darauf, nicht zu eilfertig nachzugeben.

»Wenn ich die fragliche Person nicht persönlich kenne, kann es sehr gut sein, dass ich mit einem engen Freund bekannt bin. Wie auch immer – ich kann mit fast jedem in Verbindung treten, und es fällt mir nicht schwer, mir einen Ruf als zuverlässige und vertrauenswürdige Person zu verschaffen.«

»Mit deinem Charme kannst du das Blaue vom Himmel herunterlügen«, stimmte Sofia lächelnd zu, hatte aber trotzdem nicht die Absicht, ihn in die Nähe des Vipernnestes zu lassen, das sie entdeckt hatte. »Obwohl ich dich gern überzeugen möchte, dich von möglichem Ärger fernzuhalten.«

»Keine Chance.«

»Irgendwie habe ich geahnt, dass du das sagen würdest.« Sofia seufzte übertrieben. »Nun gut! Wenn du wirklich helfen willst, dann wäre ich dir dankbar, wenn du dich Lord Coxe annähern würdest, um herauszufinden, wie er seine Antiquitäten erwirbt.«

Fragend zog Osborne die Brauen hoch. »*Coxe?* Der Mann ist über siebzig! Du hältst ihn doch nicht etwa für den Kopf einer Verbrecherbande?«

»Nicht absichtlich«, erklärte Sofia, »aber ich habe Grund zu der Annahme, dass die Nachrichten zwischen den Verschwörern im Innern kostbarer Kunstwerke transportiert werden, genau wie die wertvolle Schmuggelware.« Im Unterricht der Akademie hatte sie gelernt, dass die beste Lüge immer noch diejenige war, die ein Körnchen Wahrheit enthielt. »Es würde vielleicht ein klärendes Licht auf die ganze Operation werfen, wenn wir wissen, welches Schiffsunternehmen sich um seine Geschäfte kümmert und wer für die Auslieferung zuständig ist.«

Coxe, ebenfalls Mitglied in der Römischen Gesellschaft, war ein berühmter Sammler, der häufig Lieferungen aus ganz Italien erhielt. Und dass er ebenfalls ein netter alter Herr mit vollkommen weißer Weste war, würde sicherstellen, dass Osborne sich auf harmlosen Nebenschauplätzen herumtreiben konnte.

Sein anfangs eher skeptischer Blick wurde eindringlich und grüblerisch. »Verstehe. Ziemlich schlau, diese Dreckskerle.«

»Ziemlich«, murmelte Sofia.

Osborne schürzte die Lippen. »Wo wir gerade darüber sprechen – hat dieser Sforza nicht mit diesen Verschiffungen zu tun?«

Verdammt, er begriff schnell. Zu schnell! »Kümmere dich nicht um Sforza oder Familligi. Marco ist damit beschäftigt, ihre Geschäfte zu erkunden.«

»Marco?« Osbornes Stimme klang schärfer. »Du hast dich ihm vor mir anvertraut?«

»Marco gehört zu Lynsleys Agenten«, erklärte sie.

»Mit anderen Worten, in diesem Kerl steckt mehr als nur ein Maulheld und ein Witzbold?«

»Um aufrichtig zu sein: Er war mein Lehrer an der Akademie.«

»Gute Güte!«, brummte Osborne. »Mich schaudert bei dem Gedanken an sein Unterrichtsfach.«

»Fechten«, schmunzelte Sofia und hoffte, ihn von den Gedanken an die Scarlet Knights ablenken zu können, »unter anderem. Er ist sehr gut mit der Klinge ...«

»... die er in meiner und in deiner Nähe lieber stecken lassen sollte, oder er wird bald als Fischfutter in der Themse landen!«

Die Heftigkeit seines Fluches überraschte sie. Konnte es sein ... dass Osborne ... eifersüchtig war? Obwohl er für sein gleichmütiges Temperament bekannt war und auch dafür, dass er gefühlsmäßigen Verstrickungen stets aus dem Weg ging, war Sofia klar, dass er tief im Innern auch ein Mann war, der sich leidenschaftlich für bestimmte Prinzipien einsetzte. *Ehre. Freundschaft.*

Nein, sie durfte seine Gefühle nicht mit etwas anderem als der Sorge eines wahren Gentlemans verwechseln!

»Marco ist viel zu stolz auf seine *gioelli de famiglia,* als dass er es riskieren würde, dich oder mich zu beleidigen, Deverill.« Ihre spöttischen Worte konnten Osborne kaum besänftigen. »Übrigens, trotz seines Maulheldentums ist er ein großartiger Fachmann. Er würde nichts unversucht lassen, das Geheimnis zu lüften, was seine Landsleute hier in London im Schilde führen.«

»Womit du mir auf taktvolle Weise zu verstehen geben willst, die Sache nicht zu verderben, in dem ich ihm in die Quere komme.« Er verzog das Gesicht. »Ich werde den Verdacht nicht los, dass du mir die leichteste von all den Aufgaben übertragen hast. Ich soll mit einem Glas Brandy in der Hand einen gemütlichen Abend verbringen und über Kunst diskutieren, während du dich Gott weiß was für Gefahren aussetzt.«

»Jeder spielt eine wichtige Rolle«, widersprach Sofia sanft, »und was meinen nächsten Zug betrifft, denke ich noch nicht an echte Gefahren. Ich weiß noch nicht, was ich tun soll, außer mich auf einen heftigeren Flirt mit De Winton einzulassen.«

Osborne schien nicht restlos überzeugt. »Versprich mir,

dass du nichts überstürzt, sondern erst mit mir sprichst, bevor du die nächsten Schritte unternimmst? Ich habe nachgedacht ... der Angriff in der Gasse kann auch bedeuten, dass irgendjemand den Verdacht hegt, du könntest nicht das sein, was du zu sein vorgibst.«

»Wir sollten uns nicht auf eingebildete Gefahren einlassen. Die echten Rätsel sind schon schwer genug zu lösen.« Sofia bemerkte, dass er die Zähne zusammenbiss, und fuhr rasch fort: »Die Wahrscheinlichkeit ist sehr gering, dass jemand auf den wahren Grund meiner Anwesenheit gekommen ist. Lynsley und seine Agenten wissen genau, was sie tun. Genau wie ich.«

»Trotzdem ...« Bevor sie ahnte, was er vorhatte, lag sie in seinen Armen, und seine warmen Lippen liebkosten ihre Wangen. »Versprich mir, dass du keine unnötigen Risiken eingehst!«

»Ich ... ich werde mein Bestes tun, Deverill.«

»Ich fürchte, damit muss ich mich zufriedengeben.« Sein Kuss war voller Leidenschaft. Es lag ein merkwürdig verwundbarer Tonfall in seiner Stimme, das sie mit wackligen Knien zurückließ. »Zumindest fürs Erste.«

Sein leises Klopfen unterbrach ihn. Zögernd ließ er sie los und gestattete ihr, zurückzutreten.

»Bitte verzeihen Sie, Mylady.«

Sofia bemerkte amüsiert, dass die Zofe eintrat, ohne auf ihre Antwort zu warten.

»Wenn wir nicht bald anfangen, Sie für den Abend anzukleiden, werden Sie sich zum Kartenspiel bei der Herzogin von Wright verspäten.«

»Vielen Dank, Rose«, sagte Sofia, »Lord Osborne wollte sich gerade verabschieden. Ich werde gleich oben sein.«

»Sehr wohl, Mylady.« Der eindringliche Blick der Zofe schwenkte einen Moment auf Osborne, bevor sie sich zurückzog.

»Es beruhigt mich ein wenig, zu wissen, dass eine solche Frau über dich wacht«, murmelte er. »Ich zum Beispiel würde es nicht wagen, ihren Zorn zu wecken.«

»Das glaube ich dir gern. Ich habe allen Grund anzunehmen, dass in Rose eine ganze Reihe bemerkenswerter Talente schlummern, abgesehen von ihrer Geschicklichkeit mit Haarnadeln und Brennscheren.«

»Auch eine Agentin Lynsleys?«, fragte er.

»Ja.«

»Immerhin, darüber werde ich nicht mit ihm streiten.« Er räusperte sich. »Und heute Abend …«

»Es ist ein rein geselliger Besuch. Die Herzogin hat einige befreundete Ladys zu einem ruhigen Abendessen mit anschließender Whist-Runde eingeladen. Ich habe die Einladung nur angenommen, weil ich den Anschein aufrechterhalten will, in die Londoner Gesellschaft aufgenommen zu werden.«

»Dann sollte ich besser damit beginnen, mich bei Lord Coxe beliebt zu machen«, bekräftigte Osborne. »Bevor er sich zur Nacht zurückzieht, kommt er oft auf eine Zigarre und einen Brandy im *White's* vorbei.« Zwischen ihnen herrschte kurz Schweigen; schwer lagen die unausgesprochenen Fragen zwischen ihnen. Aber als er wieder das Wort ergriff, wollte er nur eines wissen: »Und was hast du morgen vor?«

»Ich glaube, in meinen Kalender ist ein Vortrag bei den *Literary Ladies of Mayfair* eingetragen.«

»Sagst du mir Bescheid, wenn sich etwas ändert?«

»Bitte mach dir keine Sorgen, Deverill!« Auf dem Weg zur Tür wich Sofia einer handfesten Lüge aus.

Er ließ sich nicht hinters Licht führen. »Sofia …«

»Ich sollte jetzt lieber gehen, bevor ich Rose' Zorn auf mich ziehe.«

»Pass auf dich auf, meine Liebe!« Seine Stimme klang so

weich wie das Rascheln ihrer Seide. »Möge das Glück über dich wachen wie ein Falke.«

»Und über dich, *caro*«, wisperte sie, während sie die Treppe hinaufeilte.

Aber in Wahrheit spürte Sofia genau, dass sie mehr als nur eine Portion Glück brauchen würden, um die Scarlet Knights mit ihren eigenen Waffen zu schlagen.

19. Kapitel

Osborne drückte dem verwirrten Gehilfen ein großzügiges Trinkgeld in die Hand, stopfte die Kopie des Warenverzeichnisses in die Tasche und kehrte zur wartenden Kutsche zurück. Er war zwar kein Experte in Sachen krimineller Unterwelt, aber er wollte einen Besen fressen, samt Stiel und Borsten, falls in den Räumen der Firma *Hillhouse & Brewster* tatsächlich irgendwelche verbrecherischen Machenschaften abgewickelt wurden.

Genau wie Coxe schätzten die beiden ältlichen Geschäftsführer sich glücklich, über die logistischen Probleme des Transports wertvoller Kunstwerke aus Übersee zu sprechen. Osborne hatte das Interesse vorgetäuscht, selbst eine private Sammlung anlegen zu wollen, hatte eine Reihe detaillierter Fragen gestellt, dic sämtlichst mit größter Offenheit beantwortet worden waren. Aus dem Lager waren Akten und Unterlagen herbeigeschafft worden, und die jüngsten Bilanzen wurden studiert; er war sogar eingeladen worden, eines der Schiffe zu besichtigen, die in Greenwich vor Anker lagen.

Abermals betrachtete er die jüngste Rechnung einer Verschiffung, die nur das bestätigte, was er mit eigenen Augen im Stadthaus des Earls gesehen hatte. Bei den Stücken handelte es sich um nichts anderes als um eher langweilige Fragmente aus Marmor, die zwar aus festem Stein gehauen waren, aber in Größe und Statur recht bescheiden waren. Kein einziges Kunstwerk konnte auch nur die Andeutung eines Spalts vorweisen, in dem Schmuggelware oder Nachrichten hätten versteckt werden können. Und Sofias Verdacht hatte sich in keiner Weise bestätigt.

Es sei denn, sie hatte ihn absichtlich in die Wüste geschickt.

War er ein Narr, weil er ihr die Geschichte von der Akademie abgekauft hatte, in der Spione ausgebildet wurden? Ein Kader säbelrasselnder Weiber, angeführt von Lord Lynsley, diesem Ausbund an Schicklichkeit? Osborne rieb sich die Schläfen und gestand sich ein, dass man ihn im Club herzlich auslachen würde, wenn er auch nur die Hälfte dessen weitererzählen würde, was man ihm gestern Nachmittag aufgetischt hatte. Falls man ihn nicht gleich in die Irrenanstalt nach Bedlam verfrachtete.

Aber so merkwürdig die Einzelheiten auch klingen mochten, an Sofias Aufrichtigkeit zweifelt er nicht. Gerechtigkeit bedeutete ihr viel – leidenschaftlich viel, wie auf vielerlei Weise und oft auch untergründig deutlich wurde. An ihrer Stimme, in ihren Augen, an ihrem Körper. An jeder Faser ihres Daseins. Manches konnte man vortäuschen, aber weder Mut noch innerste Überzeugung.

Außerdem bestätigte Lynsleys seltsame Reaktion auf seinen Bericht über Sofias Benehmen ihre Behauptungen. Ein echter Beschützer, noch dazu ein so geradliniger Mann wie der Marquis, hätte einen Herzanfall erlitten, wenn er von ihren Umtrieben in der Stadt erfahren hätte.

Oh ja, sie erzählte ihm die Wahrheit. Wenn auch nicht die ganze.

Osborne war in grüblerisches Schweigen versunken, als die schlichten Geschäftshäuser aus Backstein den eleganten Herrenhäusern in Mayfair wichen. Es kostete ihn nicht viel geistige Anstrengung, um zu dem Schluss zu gelangen, dass sie ihre Entscheidung aus ein oder zwei Gründen gefällt hatte – entweder traute sie ihm nicht zu, dass er kein Wort über ihre Strategie verlauten ließ, oder sie hielt ihn nicht für fähig genug, den Feind zu überlisten oder im Kampf zu besiegen.

Er war sich nicht sicher, was schlimmer war.

Nachdem er noch ein paar Minuten gegrübelt hatte, verwarf er die erste Möglichkeit. Sofia kannte ihn viel zu gut, als dass sie glauben würde, er würde ihre Geheimnisse bei der ersten besten Gelegenheit ausplaudern. Weshalb er der Tatsache ins Auge blicken musste, dass sie ihn für einen stümperhaften Ochsen hielt.

Jeder Gentleman, der diesen Titel wert ist, wird diesen Gedanken recht irritierend finden, dachte Osborne. Nein, er hielt sich nicht für einen eingebildeten Stutzer; er war tatsächlich ein schlachterprobter Veteran des Spanischen Unabhängigkeitskrieges. Wieder und wieder hatte er sich unter Feuer beweisen müssen. Und obwohl er sich nicht so viele Orden an die Brust heften konnte wie Kirtland, hatte er zahlreiche Leben gerettet.

Und wenn er es sich recht überlegte, hatte er sich gar nicht mal dumm angestellt, als es darum ging, ihr den Hals zu retten.

Es verletzte seinen Stolz, dass die Lady zu glauben schien, er wäre nicht ausreichend talentiert. Wenn Sofia ihm nicht gestattete, seinen Wert unter Beweis zu stellen, dann würde er die Angelegenheit eben selbst die Hand nehmen.

Osborne atmete hörbar aus und wischte den Dunst von der Scheibe. *Tarnen und Täuschen.* Schon bald würde sie begreifen müssen, dass sie ein zweischneidiges Schwert führte.

Sofia starrte auf die Karte auf dem Silbertablett, legte ihr Notizbuch beiseite und folgte dem Butler in den Salon.

»Adam! Was für eine angenehme Überraschung!«, rief sie aus und näherte sich ihrem Gast. »Darf ich Ihnen einen Brandy anbieten?«

De Winton hielt immer noch Hut und Handschuhe in den Händen. »Bedauerlicherweise bin ich in Eile und kann nicht bleiben.« Er sah ein wenig angespannt aus. »Ich möchte Sie nur benachrichtigen, dass Zeit und Ort unserer Verabredung mit den goldenen Schlüsseln endlich festgelegt worden sind. Heute Abend.«

»Heute Abend?«, wiederholte Sofia.

»Wir wollen feiern, und zwar zu Ehren der Ankunft einer neuen Ladung ... Aber natürlich wissen Sie bereits, was aus Venedig eintrifft. Ich bin überzeugt, dass Sie es nicht verpassen wollen.«

Obwohl sein Blick verdeckt war, wusste Sofia genau, dass er sie eindringlich beobachtete. Sie wusste auch, dass sie nicht ablehnen durfte. Und sie wollte es auch gar nicht. »Ich hätte es mir nicht träumen lassen.«

»Ich hatte gehofft, dass Sie das sagen würden.« In seinen Augen schimmerte ein überheller Glanz, sodass sie sich fragte, ob er bereits in Opium schwamm. Obwohl sein Scharfsinn nicht gelitten zu haben schien. »Es findet statt im *Paradise*, einem gewissen Etablissement, das in den Armenvierteln von Southwark verborgen liegt. Die Kutsche erwartet Sie um acht Uhr.«

»Nicht nötig«, lehnte sie ab, »ich habe meine eigene.«

De Winton schüttelte den Kopf. »Glauben Sie mir, es ist besser so. Ihr Bediensteter kennt weder den Weg noch den Ablauf. Wir ziehen es vor, mit unseren Versammlungen keine Aufmerksamkeit zu erregen.«

Sofia wagte nicht zu widersprechen. »Gut, dann um acht. Ich werde bereit sein.«

»Eins noch!« Er glättete seine scharlachfarbene Schärpe. »Eigentlich versteht es sich von selbst, aber vergessen Sie nicht, Ihren Schlüssel mitzubringen. Hier in London pflegen wir die gleichen Rituale wie in Venedig.«

»Ja. Selbstverständlich.«

»Ausgezeichnet. Dann will ich mich verabschieden.« De Winton unterließ die Spielerei an seiner Uhrenkette, um sich förmlich zu verbeugen. »*Ciao*, Contessa!«

Wieder wunderte Sofia sich über seine Stimmung, die aus einer seltsamen Mischung aus Vorfreude und Besorgnis zu bestehen schien. Die für den Abend geplante Feier musste noch liederlicher sein als üblich. Aber De Wintons Gelüsten galt nicht ihre größte Sorge.

Sofia löste den Blick vom Kamin und eilte zur Treppe. Er hatte ihr nicht viel Zeit gegeben. Einen Moment lang dachte sie darüber nach, Osborne eine Nachricht zukommen zu lassen – aber nur für einen Moment. De Winton hatte klargemacht, dass das Treffen ausschließlich für Schlüsselbesitzer gedacht war; aber davon abgesehen ging es um *ihre* Verantwortung, um *ihr* Risiko. Osborne war eine gefährliche Ablenkung. Sein Wert war natürlich unzweifelhaft – es war nur ihr eigenes Herz, das schwanken mochte. Auf keinen Fall durfte sie riskieren, sich durch die Sorge schwächen zu lassen, dass ihm irgendein Härchen gekrümmt werden könnte.

Sie war ein Merlin, und ihre Flügel waren stark genug, um sie über jede Herausforderung zu tragen.

Ein zarter Seufzer glitt ihr über die Lippen. Obwohl sei keinerlei Bedenken hegte, den Flug ins Unbekannte zu wagen, hätte sie nichts dagegen, Marco in der Nähe zu wissen, um ihr den Rücken freizuhalten. Aber der hatte ihr heute früh eine Nachricht geschickt: Er war gebeten worden, Familligi in die Spielhölle in Seven Dials zu begleiten. Es kam nicht infrage, seine Pläne jetzt noch über den Haufen zu werfen.

Natürlich würde sie das Haus gut bewaffnet verlassen. Eine kleine italienische Pistole in ihrer Rocktasche, ein Stilett an die Wade gebunden, zusammen mit einem indischen Wurfstern, der als Haarnadel verborgen in ihrer Frisur steckte. *Seide und Stahl.* Damit sollte sie keine Schwierigkeiten haben, ihre Arbeit zu erledigen.

Im Schatten der Gartenmauer beobachtete Osborne, wie De Winton die Treppe zu Sofias Stadthaus hinuntereilte und zu Fuß in Richtung Park verschwand. Eine düstere Vorahnung prickelte ihm über den Rücken. Die Scarlet Knights ließen sich nur selten am helllichten Tage blicken. *Reiner Zufall?* Das bezweifelte er. Vielmehr sah er seinen Verdacht bestätigt, dass Sofia ihn in die Irre geführt hatte.

Doch er war bereit, wieder ins rechte Gleis zurückzufinden.

Er verließ sein Versteck, zwängte sich in die schmale Gasse zwischen den Stallungen und ließ eine Klinge in das Schloss des Gatters zu Sofias Garten gleiten. Mit einem Dreh knackte er den eisernen Riegel, sodass das Eichenholz sich einen Spalt breit öffnete. Er folgte dem Weg an der Ligusterhecke, die zur Terrasse auf der Rückseite des Hauses führte, an der dicke Efeuranken am Giebel emporkletterten.

Als er sich in ihr Schlafzimmer geschlichen hatte, hatte er einen schmalen steinernen Vorsprung unter den Fenstern entdeckt, der sich über die Länge des Hauses hinzog. Es lag zwar schon eine Weile zurück, dass er die Klippen in der Nähe von Badajoz erklommen hatte, aber schließlich befand er sich noch nicht im Ruhestand. Langsam bahnte er sich den Weg durch das gewundene Grünzeug und schickte ein stummes Dankgebet zum Himmel, dass die untergehende Sonne den Garten in einen Schatten hüllte.

Der Tag war immer noch warm, und mit etwas Glück stand das Fenster zu Sofias Zimmer noch offen …

»Die purpurrote Seide, Mylady?« Die Frage der Zofe klang hell wie ein Glöckchen. »Sind Sie wirklich sicher? Wenn die Sache schiefgeht, können Sie sich damit nicht tarnen.«

Osborne hörte Sofia lachen. »Wenn die Sache schiefgeht, werde ich es wahrscheinlich nicht einmal bis hinaus auf die Straße schaffen. Aber wir sollten zuversichtlich bleiben ... Rot ist viel verlockender als Indigo, und weil ich vorhabe, den Feind zu einem entscheidenden Fehler zu verführen, werde ich diese Gelegenheit nutzen.«

Was ihre Pläne betraf, hatte er sich also nicht geirrt.

»Sehr wohl, Mylady! Aber zur Vorsicht muss ich wissen, wohin Sie gehen, damit ich die Information an Lord Lynsley weiterleiten kann.«

»Einverstanden«, erwiderte Sofia. »De Winton hat einen Ort namens *Paradise* in Southwark erwähnt. Weitere Informationen findet der Marquis in meinen Notizen, die im Geheimfach meiner Schreibtischschublade versteckt sind. Der Schlüssel liegt unter dem Samtkissen in meinem Schmuckkästchen.«

Im Paradise. Osborne waren bereits Gerüchte über diese exotische Opiumhöhle ans Ohr gedrungen, die nicht schwer zu finden sein würde.

»Falls es notwendig sein sollte, werde ich ihn benachrichtigen«, meinte die Zofe. »Bitte zappeln Sie nicht so herum, Mylady! Wenn wir Sie bis acht Uhr ausgehfertig haben wollen, müssen wir uns zügig an die Arbeit machen.«

»Verzeihen Sie, Rose! Es fällt mir schwer, still zu sitzen, jetzt, wo die Zeit zum Handeln endlich in greifbare Nähe rückt.«

»Ich verstehe.« Osborne hörte, wie Metall auf Metall klickte. »Ich nehme an, dass Sie Ihre Pistole mitnehmen?«

»Ja, zusammen mit mehreren Klingen«, bestätigte Sofia. »Ich möchte ein paar Waffen zur Auswahl haben ...«

Osborne hatte genug gehört und begann, seine Stellung unter dem Fensterkreuz zu verlassen.

»Was war das?« Sofias Stimme klang ein wenig höher. »Ich habe gehört, wie sich draußen etwas geregt hat.«

»Kein Zweifel, nur eine Taube«, beschwichtigte Rose. »Halten Sie still! Ich arbeite gerade mit den geschmiedeten Stahlhaarnadeln, nur für den Fall, dass Sie ein Schloss knacken müssen.«

»Ich habe doch meinen Schlüssel«, erwiderte Sofia lächelnd. »Wir wollen hoffen, dass er mir das Tor öffnet, um die bösartigen Machenschaften ein für allemal zu beenden.«

Osborne hörte nichts mehr, während er sich bis zum anderen Ende des Gebäudes hangelte und schließlich wieder auf dem Boden landete. Endlich kannte er Zeit und Ort. Was auch immer geschah: Sofia würde nicht allein in die Nacht hinausspazieren.

»Ausgesprochen interessant!« Sofia betrachtete die bogenförmige Tür. Von der Opiumhöhle durch eine Reihe Palmen in Kübeln abgetrennt fielen ihr die ins geölte Teakholz geschnitzten erotischen Szenen ins Auge: Männer mit rubinrotem Phallus. Frauen mit glitzernden Diamanten zwischen den Beinen. Und den sexuellen Stellungen musste ein jahrelanges Yoga-Training vorangegangen sein …

»Es ist angefertigt worden, um alle in die Stimmung zu versetzen, die Vergnügungen auch in vollen Zügen zu genießen«, grinste Sforza anzüglich.

»Die Gäste scheinen kaum Ermutigung zu brauchen, um sich den Genüssen hinzugeben«, meinte Sofia, als sie durch den Nebel aus Rauch und Dämmerlicht blinzelte und feststellte, dass zahlreiche Gentlemen es sich schon auf den mit

Samtkissen ausgepolsterten Sitzbänken bequem gemacht hatten. Schals aus gefärbter Seide hingen von der Decke und tanzten wie sündige Gestalten im flackernden Licht des Messingrosts und der Glitterlaternen. »Machen Sie ordentlichen Gewinn?«

Sforza grinste. »Die Leute reißen sich praktisch das Bein aus, nur um Mitglied zu werden.«

Das sind offenbar nicht die einzigen Gliedmaßen, um die es hier geht, dachte Sofia. Die Barmädchen, die die Getränke servierten, waren so nackt, wie Gott im Himmel sie geschaffen hatte, und einige Männer waren ihrem Beispiel bereits gefolgt.

»Hier kann man geradezu unverschämt viel Geld verdienen, wie bei all unseren Unternehmungen«, fuhr der Italiener fort. »Unser Anführer ist ein wahres Genie in Sachen …«

»Oben nur auf Einladung«, unterbrach De Winton und gab dem bulligen Portier das Zeichen, den Riegel zu lösen. »Für besondere Gäste. Kommen Sie, wir wollen es Ihnen zeigen. Die anderen werden auch bald eintreffen.«

Sofia trat ins dunkle Treppenhaus. Im Innern des Handschuhs drückte der goldene Schlüssel hart an ihre Handfläche. Was konnte man damit aufschließen? Sie hatte immer noch keine Ahnung und würde äußerst vorsichtig vorgehen müssen. Das Spiel war weit fortgeschritten, und ein Fehltritt auf dieser Stufe konnte die gesamte Mission in Gefahr bringen.

»Oben auf der Treppe müssen Sie sich nach links wenden.« De Wintons Stimme klang wie aus dem Jenseits. Konnte es sein, dass das mächtige Parfum und das exotische Räucherwerk ihr bereits zu Kopf stiegen? Sofia bedeckte ihre Nase und versuchte, eine Brise frische Luft einzuatmen.

Der obere Treppenabsatz öffnete sich zu einer achteckigen Eingangshalle. Vor jeder Ecke hing ein Samtvorhang, aber aus dem erstickten Gelächter, das durch die Luft schwebte, konnte Sofia schließen, dass sich die Lustzimmer hinter den Vorhängen versteckten.

»Hier hinein.« De Winton winkte sie heran und bat sie, durch schimmernde scharlachrote Falten zu treten.

Kerzen warfen ein rötliches Licht auf die quastenverzierten Kissen auf dem Boden und die dicken persischen Teppiche. Ein Blick auf die Wände gab die seidigen Behänge zu erkennen, die in Topaz und Amethyst schillerten. In den hinteren Ecken standen zwei vergoldete Wandschirme aus Holz; ein niedriger Diwan war in die Mitte gerückt, bedeckt mit üppigem marokkanischem Leder.

In der Tat, ein Palast der Lust, dachte Sofia und rechnete halbwegs damit, dass ein rauchiger Geist aus der verzierten Öllampe über ihrem Kopf hervorsprang.

»Hier ist Ihre Kleidung zum Wechseln.« De Winton händigte ihr einen Packen zusammengefaltete Kleidung aus. »Sie dürfen sich hinter dem Wandschirm da hinten umziehen, während wir den hier vorn benutzen.«

Sofia starrte auf die luftigen Kleidungsstücke. *Verdammt!* Sie bezweifelte, dass der hauchdünne Stoff ihre Waffen verbergen würde.

»Nun, entspannen Sie sich und machen Sie es sich bequem, Contessa!«, fügte Sforza hinzu. »Wir möchten nur sicherstellen, dass Sie Ihr kleines Experiment bei uns auch genießen.«

Zusammen mit der Kleidung würde sie auch ihre Pläne ändern müssen. Ein trockenes Lächeln spielte über ihre Lippen, als sie die Pluderhose und die ärmellose Bluse entfaltete, die gewöhnlich nur in einem Harem getragen wurden. Es sah alles danach aus, als würde sie mit bloßen Händen kämpfen müssen, wenn es darauf ankam. Angesichts der Transparenz der Seide hätte sie auch genauso gut gar nichts am Leib tragen können.

Ihre eigene Kleidung und die Waffen hatte Sofia zu einem ordentlichen Bündel zusammengerollt, als sie hinter dem schützenden Wandschirm hervortrat und die Falten der Pluderhose mit bescheidener Geste glatt strich.

»Sie sehen atemberaubend aus, Contessa!«, meinte Sforza mit breitem Grinsen in Richtung De Winton. Beide Männer waren in fließende Beduinengewänder geschlüpft, die um die Taille mit einem scharlachroten Gürtel gebunden waren.

»Zum Anbeißen«, stimmte er zu. »Nehmen Sie doch Platz! Ich werde darum bitten, dass die Erfrischungen serviert werden.« Er betonte seine Worte, indem er laut in die Hände klatschte. »Gulmesh!«

Sofia musterte die leeren Kissen, während sie sich setzte. »Sollten wir nicht lieber auf die anderen warten?«

Mit einer Handbewegung wischte De Winton die Frage fort. »Es hat eine Verspätung gegeben. Wir fangen ohne sie an.«

»Aber sie werden doch noch kommen, nicht wahr?«, prüfte sie ihn. »Meine Freunde in Venedig loben Ihre Organisation in den höchsten Tönen. Ich kann es kaum erwarten, alle kennenzulernen! Besonders den Mann, auf dessen Schultern die Verantwortung ruht.«

Sforza lachte. »Wie kommen Sie auf den Gedanken, dass ein Mann an unserer Spitze steht? Ein Luder wie Sie ist doch Beweis genug, dass auch Frauen so verschlagen sein können wie Macchiavelli.«

Sofia hatte das Gefühl, dass ihr Mund trocken wurde. Spielte er nur ein Spiel mit ihr? Oder war es denkbar, dass sie den entscheidenden Hinweis übersehen hatte? Sie spürte die Blicke der Männer auf sich und tarnte ihre Verwirrung mit übertriebenem Draufgängertum. »Natürlich sind wir Frauen clever und verschlagen! Das müssen wir auch, wenn wir es in der Welt der Männer zu etwas bringen wollen.«

»Ein Toast auf den Geist der Frauen.« De Winton entkorkte eine der Flaschen, die der Diener hereingebracht hatte. »Sie müssen unsere besondere Mischung aus Brandy und Cognac probieren.« Ein goldbrauner Spritzer landete in ihrem Glas.

»Ich habe einen seltenen Jahrgang aus der Toskana mitgebracht«, erklärte Sforza. »Probier mal, Adam, und sag mir deine Meinung!« Er schenkte die rote Flüssigkeit in zwei Gläser. »*Cincin!*«

Sofias Drink schmeckte widerlich süß. Sie würgte einen Schluck hinunter, während sie versuchte, ihre Gedanken zu ordnen. »Lassen Sie mich raten! Lady Guilford scheint ein gewisses Talent zu besitzen.«

»Nur im Schlafzimmer. Geistig ist sie längst nicht so geschickt wie mit den Händen«, entgegnete Sforza grinsend. »Zweiter Versuch.«

Bevor sie weitersprechen konnte, tauchte der Diener wieder auf, diesmal mit einem Tablett orientalischer Wasserpfeifen in den Händen. Das eingelegte Messing nahm im Licht der Lampen einen kupferfarbenen Schimmer an, und die gewendelten Schläuche mit den bernsteinfarbenen Mundstücken sahen aus wie Kobras, die sich im Dämmerlicht erhoben.

Mit einer leichten Verbeugung griff De Winton seine Kleidung und zog drei goldene Schachteln hervor. »Aus Venedig sind Sie natürlich mit dem Ritual vertraut. Jeder der Schlüssel öffnet eine eigene Schachtel, in der sich der Anteil des monatlichen Gewinns verbirgt, gemessen an den Anteilen, die jedes Mitglied besitzt.« Er legte die Schachteln auf den Diwan. »Aber angesichts der Tatsache, dass es sich um Ihre erste Versammlung handelt und dass Ihr Anteil an den Londoner Operationen erst noch ermittelt werden muss, haben wir beschlossen, Ihnen eine besondere Behandlung zukommen zu lassen. Eine Aufnahme in die Gesellschaft, wenn Sie so wollen.«

»Es ist mir eine Ehre, in Ihre Gesellschaft aufgenommen zu werden«, murmelte Sofia und überlegte krampfhaft, wie sie das Ratespiel weiterführen sollte. »Aber …«

De Winton stieß eine der Schachteln in ihre Richtung. »Aber nun müssen Sie uns natürlich beweisen, dass Ihr Schlüssel passt und keine Fälschung ist. Es gibt nur einen einzigen Handwerker, der in der Lage ist, die korrekten Einkerbungen in den Schließmechanismus zu schneiden.«

Sofia hielt den Atem an, steckte ihren Schlüssel in das Loch und drehte um.

Knack.

Der Deckel schlug hoch. Drinnen lag auf einem Bett aus Rosenblüten eine klebrige Masse, die zu einem groben Ball zusammengerollt war. Die Farbe erinnerte an dunklen Zimt, der mit knallig roten Sprenkeln übersät war.

»Opium der höchsten Qualität«, verriet De Winton leise. »Gemischt mit unseren geheimnisvollen Ergänzungen, die ihm einen besonderen Durchschlag verleihen.«

»Darf ich Ihnen zeigen, wie man es verwendet?« Sforza griff nach der rasiermesserscharfen Klinge auf dem Tablett und bröselte einige dicke Krümel in den Bauch ihrer Pfeife. Daneben stand eine kleine Schüssel, die mit glühenden Kohlen gefüllt war. »Sie nehmen sich die Zangen und halten die Kohlen so.«

De Winton reinigte das Mundstück der Pfeife an seinem Ärmel, bevor er es ihr reichte. »Abrakadabra! Und jetzt überlassen Sie sich einfach dem Vergnügen.«

Sofia lachte träge. Sie sog den beißenden Rauch in sich ein und versuchte, dabei so wenig wie möglich zu inhalieren. *Konzentration. Kontrolle.* Sie musste unbedingt bei Verstand bleiben.

Sie stieß die Luft mit einem weichen Seufzer aus den Lungen. »Wollen Sie nicht mit mir gemeinsam probieren?«

Die beiden Männer hatten sich bereits die eigenen Pfeifen angezündet. »Nein. Ihre Portion besteht aus einer sehr seltenen und kostbaren Mischung.« De Winton hatte geantwortet. »Sie allein dürfen kosten. Bedanken Sie sich bei unserem Gönner.«

Ah, endlich bot sich die Gelegenheit, die Sache wieder zu ihren Gunsten zu wenden. Sofia streckte den Arm über den Diwan aus und spielte mit spöttischer Zärtlichkeit über De Wintons Hand. »Mein lieber Adam, langsam befürchte ich, dass ich bei Ihnen in Ungnade gefallen bin! Haben Sie beschlossen, Ihre mysteriöse Lady mir vorzuziehen?« Provozierend schürzte sie die Lippen. »Verraten Sie mir doch den Namen meiner Konkurrentin, sodass ich weiß, mit wessen Charme ich konkurrieren muss.«

»Sie haben immer noch keine Ahnung?«

Das Opium musste eine mächtige einschläfernde Wirkung haben, denn trotz größter Vorsicht bemerkte Sofia, wie eine Welle der Benommenheit ihren Körper durchflutete. »Geben Sie mir noch einen Hinweis!«

Vielleicht lag es tatsächlich an dem parfümierten Rauch, aber die einzige Frau, die Sofia durch den Kopf schoss, war eine junge Witwe. *Serena Sommers?* Bestimmt nicht. Trotz ihrer bisweilen verruchten Partys hatte Lady Serena eine gewisse Aura der Unschuld an sich. Als privilegierte Tochter war sie ihr ganzes Leben lang behütet und beschützt aufgewachsen worden. Verrückt, sich vorzustellen, dass sie den Kopf einer verbrecherischen Organisation bildete.

»Ich werde noch weitergehen«, erwiderte De Winton. Das Kerzenlicht flackerte in einem plötzlichen Windstoß und erhellte das seltsame Flackern in seinem Blick.

Kein Zweifel, dass auch ihr Blick reichlich feurig aussah.

»All das haben wir Lady Serena zu verdanken«, fuhr er fort.

»Ich gestehe, dass ich sie nicht für fähig gehalten hätte, eine solch komplizierte Organisation ins Leben zu rufen«, antwortete Sofia. »Offenbar habe ich sie unterschätzt.«

»Das geht vielen Leuten so.« Perlweiße Zähne glitzerten durch die Rauchwolke. »Sie wirkt so anmutig und bescheiden, nicht wahr? Andererseits wissen wir alle, wie sehr der Schein trügen kann.«

»In der Tat«, entgegnete Sofia und achtete nicht auf seine verdeckte Warnung. Wenn ein Verdacht aufkeimte, war es das Beste, ihn eisern zu leugnen. »Die meisten Leute halten Roxbury für einen begnadeten Angestellten und Andover für einen bloßen Ladeninhaber. Aber offenkundig besitzen beide Verstand und ein lebhaftes Vorstellungsvermögen. Concord verfügt über Verbindungen zu einflussreichen Politikern, während Neville sich mit seinen wohlhabenden Altersgenossen in der Stadt angefreundet hat. Und Sie mit Ihren italienischen Freunden, die Schiffe ausrüsten und zu Banken Kontakte haben ...«

»Das haben Sie also selbst herausgefunden?«, unterbrach De Winton. »Ich gratuliere, Contessa! Sie sind auch ziemlich clever.«

Seine Antwort war die endgültige Bestätigung ihres Verdachts. Jetzt kannte sie mit Sicherheit alle Namen. Der härteste Teil war vorüber. Ab jetzt ging es nur noch darum, zu Lynsley zurückzukehren, sobald sie eine Entschuldigung gefunden hatte, die Versammlung zu verlassen.

Wenn sie sich nur nicht so lethargisch fühlen würde ...

»Jjjaaa. Ich hoffe, dass ich bei Ihren kkk... künftigen Plänen eine grr... große Rolle spielen darf.« Sofia merkte, dass sie undeutlich sprach.

»Nun, wir werden sehen.« De Winton bröselte noch mehr Opium in ihre Pfeife und fächelte den Kohlen so lange Luft zu, bis sie heiß und rot glühten.

»Ich … ich …« Sie brach kichernd ab. Irgendwie fühlte es sich lustig an, nicht sprechen zu können. Das Zimmer begann, sich im Kreis zu drehen. Und die Gegenstände wirkten plötzlich so verschwommen …

Das Letzte, was Sofia hörte, bevor sie zu Boden plumpste, war De Wintons kehliges Gelächter, das sich in ihres mischte.

20. Kapitel

Verflucht!

Von Minute zu Minute fühlte Osborne sich unbehaglicher. Schon vor einiger Zeit hatte Sofia das bewachte Portal passiert. Er konnte sich beim besten Willen nicht vorstellen, was sie mit De Winton und Sforza solange da oben …

Doch, er konnte.

Wieder glitt ihm ein Fluch über die Lippen, als er daran denken musste, dass sie sich irgendwelchen Vertraulichkeiten mit den beiden Feiglingen hingab …

»Willste noch 'nen Drink, Süßer?« Das Barmädchen schmiegte sich an seine Seite und zwinkerte ihm frech zu. »Oder ein Pfeifchen? Ich habe ein kleines Eckchen dort drüben, wo wir auch unter uns sein können.«

»Danke, aber ich habe noch nicht entschieden, was ich bestellen möchte.« Osborne winkte sie fort und schob sich näher an die Sichtblende aus Palmen. Das gedämpfte Licht und die wabernden Schatten hielten seine Bewegungen vor der Wache verborgen. Und falls er doch erwischt wurde, konnte er immer noch so tun, als hätte er sich im betrunkenen Zustand verlaufen. Er schaute sich nochmals um, aber niemand schien auf seine schlurfenden Schritte oder die merkwürdige Kleidung zu achten. Die anderen Gäste befanden sich alle in verschiedenen Stadien der Entkleidung, sodass es nicht weiter auffiel, dass er sich – um die blonden Locken zu verbergen – nach Art der Piraten einen Schal um den Kopf gebunden und Mantel sowie Halstuch auf der Straße zurückgelassen hatte.

Im Gegenteil, angesichts des bulligen indischen Wachmannes mit dem riesigen Turban und dem glitzernden, waffenstrotzenden Gewand gewann Osborne den Eindruck, dass er genau ins Bild passte.

Er glitt tiefer zwischen die sich überlappenden Palmwedel und warf einen genaueren Blick auf die verzierte Tür. Man hatte ihm gesagt, dass der Zutritt zum Obergeschoss den geladenen Gästen vorbehalten war. Seltsam. Irgendetwas stimmte hier nicht, davon war er überzeugt. Osborne ballte die Hände zu Fäusten und schimpfte lautlos in sich hinein, dass er sich etwas Bedrohlicheres als sein Briefmesser hätte in die Tasche stecken sollen.

Wie auch immer: Falls Sofia nicht bald wieder auftauchte, würde er sich gezwungen sehen, die Tür mit bloßen Händen aus den Angeln zu reißen.

Als der Messingriegel laut klickte, zwängte Osborne sich auf den Boden zwischen die Terrakottatöpfe. Einen Moment später tauchten De Winton und Sforza auf der Treppe auf. Die beiden Männer lachten und scherzten, und es versetzte ihm einen Stich ins Herz, dass sie beide auf die gleiche Art lächelten.

Wo zum Teufel steckte Sofia? Er schlich sich so nahe heran, wie er es nur wagen konnte, und lauschte angestrengt.

»Du schaust nach, ob Roxbury die Kutsche vorbereitet hat. Ich werde das Lager überprüfen«, befahl De Winton und wischte sich einen Aschekrümel vom Ärmel. »In einer halben Stunde treffen wir uns wieder und werden uns die Contessa vom Hals schaffen, wenn es nötig sein sollte.«

Sforza lachte. »Bei dieser Dosis wird sie garantiert nicht aufwachen. Ich habe sie selbst angemischt. Was für ein Jammer! Ich hatte mich schon darauf gefreut, es dieser Hure ordentlich zu besorgen, bevor wir sie loswerden.«

»Dein bestes Stück und meins wird noch zu Hackfleisch verarbeitet werden, wenn wir dem Geschäft nicht den Vorrang vor dem Vergnügen gewähren«, meinte De Winton grimmig. »Nachdem wir die Contessa beseitigt haben, werden wir schnellstens zu Lady Serenas Stadthaus aufbrechen. Verstanden? Wenn die Nacht vorüber ist, kann uns nichts mehr in die Quere kommen.«

Osborne wurde übel. Die beiden Ladys wussten einfach zu viel.

»*Sí*«, bekräftigte der Italiener.

De Winton gab dem dunklen Sikh ein Zeichen. »Ich werde dafür sorgen, dass Arjun oben ein letztes Mal nach dem Rechten sieht und dann seinen Posten bezieht, damit sie nicht flüchtet.«

Osborne kroch vorwärts, war dankbar für den Nebel aus Rauch und die wilden Muster, die das flackernde Licht der vergitterten Lampen warf.

Der Wachmann stand im Türrahmen und lauschte angespannt den Befehlen, die De Winton ihm ins Ohr flüsterte.

»Ja, *memsahib*. So soll es geschehen«, brummte er, während die beiden Verschwörer sich umdrehten und hastig verschwanden.

Osborne achtete darauf, dass die Tür beinahe ins Schloss gefallen war, bevor er sich aus der grünen Deckung hervorwagte und sein Briefmesser in den Türspalt steckte. Er wartete noch ein paar Sekunden und schlüpfe dann hindurch.

Blinkende Lichter, tanzende Rauchwolken, wirbelnde Farben. Sofia blinzelte, versuchte, den Raum wieder klarer zu sehen. Merkwürdig, aber ihr Kopf schien wie in Watte gepackt.

»Mmmhhh.« Auch ihre Stimme klang seltsam, beinahe so wie ein schnurrendes Kätzchen.

Irgendwie beschlich sie das Gefühl, dass sie gegen die

Empfindung kämpfen sollte; Kampf erschien ihr gleichwohl viel zu anstrengend. Eigentlich war es ziemlich vergnüglich, in den Kissen zu liegen, dem Gelächter von draußen zu lauschen und dem träge raspelnden Atem, der aus ihrer Brust drang.

Als sie sich genüsslich reckte und streckte, kam es ihr vor, als würde die Trägheit in ihre Gliedmaßen fließen und von ihrem gesamten Körper Besitz ergreifen. Der Schlaf kroch heran. Warum sich dagegen stemmen?

Träum süß.

Aus welchen Gründen auch immer sie an diesem Ort gelandet war, es konnte warten. Bis später.

Die gläserne Laterne des Wachmannes war das einzige Licht im Treppenhaus. Osborne schickte ein Stoßgebet zum Himmel, dass der Sikh sich nicht umschauen möge, und folgte dem Mann dicht auf den Fersen. Auf dem oberen Treppenabsatz wandte der Mann sich nach rechts und erlaubte es ihm, in den entgegengesetzten Raum zu schlüpfen – wo er rasch feststellte, dass er nicht allein war. Auf dem dicken persischen Teppich lümmelten sich zwei Gentlemen mittleren Alters, die nichts außer Strümpfen und Strumpfbändern am Leib trugen. Das sanfte Licht des Kohlegrills gab zu erkennen, dass sie in einem Schwarm exotischer Kurtisanen schwelgten, deren Haut von schwedischem Cremeweiß bis zu afrikanischem Ebenholz changierte.

Eine rothaarige irische Schönheit erhob sich, wackelte einladend mit den Hüften und kam zu ihm. »Willst du mitmachen?«

Osborne schüttelte den Kopf und zeigte in eine andere Richtung. »Ich bin auf der Suche nach einer Freundin«, formte er die Worte mit den Lippen, »trotzdem vielen Dank.«

Die Frau gab sich enttäuscht und versuchte, die Arme um seinen Nacken zu schlingen.

Er entzog sich, ließ nur das Piratentuch in ihrer Hand zurück. Wenn er sich selbst doch auch nur so mühelos aus dieser Hölle befreien könnte – und Sofia. *Wo steckte sie?* Osborne verbarg sich im nächsten Türrahmen und wartete darauf, dass der Sikh zurückkehrte. Es gab zwar noch sechs andere Zimmer, aber im Moment schien es eher angeraten, sich ruhig zu verhalten. Lieber jeder Konfrontation aus dem Weg gehen, solange er nicht wusste, welchen Gefahren er ins Auge blicken würde.

Und doch zählte jede quälende Sekunde. Die Zeit verflog wie im Nu.

Der Samtvorhang flatterte. Endlich tauchte der Wachmann hinter dem scharlachroten Tuch wieder auf. Der Mann stapfte barfuß über den Teppich, zupfte an seinem *kirpan* und eilte die Treppe hinunter.

Eins, zwei, drei ... Osborne zählte bis zehn, bevor er die Halle durchquerte und den Vorhang beiseiteschob.

Sofia lag auf den Seidenkissen, hatte alle viere von sich gestreckt und schien dieser Welt vollkommen entrückt. Die Augen hatte sie geschlossen, und die Haarnadeln hatten sich aus der Frisur gelöst. Als Osborne näherkam, bemerkte er, dass sie ein orientalisches Gewand anstelle ihrer englischen Kleidung trug. Die luftige türkische Hose war mit einem Gürtel aus bestickter Seide sehr eng um die Taille geschnallt, und am Oberkörper trug sie eine ärmellose Bluse, so durchsichtig, dass ihre rosigen Knospen deutlich erkennbar waren.

»Sofia.« Seine Stimme war kaum mehr als ein Wispern. Im rauchigen Licht konnte er nicht entscheiden, ob sie atmete oder nicht.

»Sofia!« Er zwang sich, lauter zu sprechen. Zu seiner Erleichterung flatterte sie hauchzart mit den Lidern.

Sanft zog er sie in die Arme.

Sofia sah ihn aus einem glasigen grünen Auge an.

»Kannst du stehen, Süße?«, fragte er.

Ein Lächeln glitt ihr über die Lippen. Die Beine gehorchten ihr immer noch nicht. Aber ihre Hände wurden plötzlich lebendig, fummelten verliebt an ihm herum, streichelten ihn zärtlich zwischen den Schenkeln und versuchten, seine Hose aufzuknöpfen.

»Mmmhh.« Ihr Kuss traf mehrmals daneben. »Du riechst zum A... anb... anbeißen gut.«

Osborne stützte sie, als sie heftig schwankte. In der Tat, es lag eine klebrige Süßigkeit in der Luft. Zimt, Gewürznelken und ein paar erdigere Düfte, die seine Sinne zu ersticken drohten; die Wirkung war beunruhigend, unangenehm.

Osborne wurde bewusst, wie sehr die Drogen sie betäubt hatten, und schlug ihr ins Gesicht. »Sofia! Wach auf!«

Sie lachte, runzelte dann die Stirn. »Das hat wehgetan. Küss mich lieber, Dev!«

Er wich ihren Lippen aus. »Ja, Süße, gern. Ich küsse dich, aber erst später. Lass uns lieber frische Luft schnappen.«

Sofia schwankte wieder, stieß mit ihrem Körper gegen seinen. »Mmh. Bin z... zu müde, um m... mich zu bewegen.« Ihre Sprache klang noch verschwommener.

Osborne hob ihr Kinn, schaute ihr in die Augen und stellte fest, dass die Pupillen stark geweitet waren. Wieder schlug er sie, härter diesmal.

Der Schlag erweckte das Leben in ihr. Sie versuchte, die Hände zu heben und ihn fortzustoßen. »Ja, das ist es ... Wehre dich! Schlag zurück!«, flüsterte er.

Sofia stöhnte; ein paar Sekunden später jedoch war sie wieder auf den Beinen, so wackelig wie ein junges Fohlen.

Er schlug den roten Vorhang beiseite und schaute sich nach

einem Weg um, der nach draußen führte. Der Sikh bewachte die Treppe, und selbst wenn es Osborne irgendwie gelingen sollte, unbemerkt an dem Mann vorbeizuschlüpfen, musste er immer noch davon ausgehen, dass die beiden vierschrötigen Männer am Haupteingang ebenfalls auf De Wintons Lohnliste standen. Es musste einen anderen Fluchtweg geben. Angestrengt dachte er nach, aber der widerwärtige Rauch machte ihn schwindlig.

»Sonnenschein!« Sofia legte den Kopf in den Nacken und starrte ihn mit glasigen Augen an. Ihre Pupillen waren so groß wie Untertassen, als sie den Blick zu den Lampen an der Wand schweifen ließ und verzückt lächelte. »Sonnenschein.«

Nicht stehen bleiben. Nicht stehen bleiben. Er durfte keine Sekunde verlieren, sondern musste unbedingt verhindern, dass sie in Ohnmacht sank.

Eine Nebentür wurde geöffnet, ein nackter Mann stolperte heraus und schwankte in die Richtung, in der Osborne den Salon mit den Pfeifen vermutete, dicht gefolgt von einer Frau, die auf Händen und Füßen krabbelte und nichts außer einem Lederriemen am Leib trug.

»Irgendwo noch ein Schluck Brandy zu kriegen, Liebster?«, fragte sie.

Mit dem Fuß stieß er ihr eine halb leere Flasche zu.

»Bist ein Engel.« Die Hure schnappte sich die braune Flasche und grinste ihn an. »Der große goldene Gabriel.«

»Nimm meinen Segen«, murmelte er und reckte den Hals, um in das dämmrige Zimmer zu schauen. Im Licht der einzigen Lampe konnte er nicht mehr erkennen als nur eine Matratze auf dem Boden, zerwühlte Laken ... und ein Fenster.

Osborne zwang sich zu einem anzüglichen Grinsen. »Was hältst du davon, mit mir und meiner Freundin die Flügel zu spreizen?«

»Wir alle drei?«

Er nickte, schob Sofia aber bereits durch die schmale Tür.

Die Hure zuckte die Schultern. »Warum nicht? Solange ich oben fliegen darf.«

»Oh, ich habe was anderes im Sinn. Was viel mehr Spaß macht.« Er drückte Sofia an die Wand und fing an, die Laken aneinanderzuknüpfen. »Da, fang auf«, befahl er seiner neuen Gefährtin und warf ihr ein paar Tücher zu, »und knüpf sie zusammen.«

Langsam schien es ihr zu dämmern. Sie kicherte leise. »Wir machen ein Seil? Was spukt dir im Kopf rum, Gabriel? Willst du uns aufhängen?«

»So ähnlich.« Osborne öffnete das Fenster und sog die frische Luft tief in sich ein. Knapp neun Meter waren zu überwinden; das Seil musste gerade lang genug sein.

Er umklammerte Sofias Schultern, schob sie zum Fenster und drängte ihren Kopf nach draußen. »Tief durchatmen, ein und aus, wie du es im Yoga-Unterricht gelernt hast!«, befahl er und unterstrich die Anweisung mit einem scharfen Klaps auf ihren Hintern.

Die Hure kicherte. »Ich auch.«

»Gleich. Gib mir erst dein Seil.« Er knotete die beiden Taue aneinander. »Jetzt halte das Ende fest.« Zufrieden stellte er fest, dass die Seide wohl nicht reißen würde, und lächelte. »Das sollte reichen.«

Sie klatschte Beifall und wackelte frech mit dem nackten Hintern. »Wirst du mich jetzt verhauen, Gabriel?«

»Ja. Leg dich mit dem Kopf nach unten auf die Matratze.«

Die Dirne tauchte wie ein Schwan in das Federbett. »Bin so weit, wenn du es auch bist, Liebster«, flötete sie.

Der erste Schlag provozierte ein höchsterfreutes Gelächter.

»Tut mir leid«, murmelte er atemlos und fuhr mit der Hand an ihrem Hals hinauf. Ihr Gelächter verklang in einem erstickten Seufzer, als er hart auf einen bestimmten Punkt hinter ihrem Ohr drückte. »Wenn du in ein paar Stunden wieder aufwachst«, fügte er hinzu, »dann wirst du nicht mehr verspüren als einen leichten Kopfschmerz.«

Osborne trat mit einem Schritt über den ausgestreckten Körper der Dirne und eilte zum Fenster.

»Sofia.« Er stemmte das Fenster noch ein paar Zentimeter nach oben.

»K... kalt«, murmelte sie und klapperte mit den Zähnen. Auf ihren Armen bildete sich eine Gänsehaut.

»Das tut dir gut.« Er schlang das Seil unter ihren Armen durch. »Bitte versuche, stehen zu bleiben, Süße«, drängte er sie.

Als Antwort erntete er nur ein gequältes Gemurmel.

»Verdammt noch mal, Sofia! Reiß dich endlich zusammen!«

Der gebieterische Befehl schien in ihr Bewusstsein zu dringen. Schwankend und stolpernd gelang es Sofia, ihre wackligen Beine wenigstens ein bisschen unter Kontrolle zu bringen.

»Halt dich fest!«, befahl er, verknotete das selbst gedrehte Seil unter ihrer Achselhöhle und sorgte dafür, dass sie das Ende des Seils mit den Fäusten umklammerte. »Du darfst nicht loslassen. Erst wenn ich es dir sage.« Er würde dafür sorgen, sie auf den Erdboden hinterzusenken; aber wenn sie mit den Armen herumfuchtelte, könnte sie eine Fensterscheibe zerschmettern und unerwünschte Aufmerksamkeit erregen.

Osborne schickte ein Stoßgebet zum Himmel, dass die Wachmänner die Rückseite des Gebäudes nicht im Auge behalten würden, und manövrierte sie auf den schmalen Mauervorsprung. Nachdem er sich selbst sicher an die Mauer gelehnt hatte, dauerte es nicht lange, bis er sie hinuntergelassen hatte. *So weit, so gut.* Kaum hatten ihre Füße den Boden berührt, drehte er sich um und schnappte sich eine Peitsche mit Stahlgriff aus der Sammlung Sexspielzeuge, die an der Wand hingen. Sie war breiter als das Fenster, und nachdem er sie in die Laibung gezwängt hatte, schien die Konstruktion sein Gewicht tragen zu können.

Welche Wahl blieb ihm auch? Ganz bestimmt würde er nicht die Flügel spreizen und davonfliegen.

Osborne knotete das Ende des Seils an den Stiel der Peitsche und glitt aus dem Fenster. Mit den Stiefeln stützte er sich am Mauerwerk ab, während er sich so schnell wie möglich nach unten abseilte. Obwohl die Seide weich war, brannte die Reibung in seinen Handflächen. Er achtete nicht auf den Schmerz, löste Sofia aus den Knoten und drängte sie vorwärts.

»Los, geh!«, formte er wispernd mit den Lippen, als ob er schreien würde. Der Nebel war zwar getränkt mit allerlei Gerüchen aus dem Fluss, aber trotzdem war der Duft der Verwesung und des Verfalls längst nicht so betäubend wie die parfümierten Lügen in der Opiumhöhle.

Sofia marschierte ein paar Schritte vorwärts, hielt inne und kämpfte gegen einen Brechreiz.

Osborne unterdrückte die aufsteigende Panik und schaute sich um. Es blieb ihnen nicht genügend Zeit, den Weg durch die heruntergekommene Gegend zu Fuß zurückzulegen. Er musste dringend das Gift aus ihrem Körper entfernen. Obwohl es dazu vielleicht schon zu spät sein mochte. Sie mussten es darauf ankommen lassen, irgendwo in der engen Gasse eine Droschke zu finden – und vor allem hoffen, dass sie weder De Winton noch seinen Henkersleuten begegneten.

Lady Serena mochte sich ebenfalls in Gefahr befinden. Der

Gedanke war ihm plötzlich durch den Kopf geschossen und schnürte ihm förmlich die Kehle zu. Er wollte versuchen, ihr eine Warnung zukommen zu lassen. Aber solange Sofia nicht in Sicherheit war, konnte er gar nichts unternehmen.

Zum Teufel noch mal! Warum schienen die Ladys, die ihm gefielen, nur immer in Gefahr zu schweben? Osborne seufzte gequält. Er konnte es der jungen Witwe wirklich nicht vorwerfen, dass sie sich von den Scarlet Knights hatte verführen lassen. Im Grunde genommen war Neugier selbst schon eine mächtige Droge, die süchtig machen konnte, und einer Lady mit überragendem Scharfsinn boten sich nur wenige Möglichkeiten, außerhalb der engen Grenzen der Gesellschaft die Welt zu erkunden. Auch er hätte gegen die Regeln rebelliert.

»Pass doch auf! Renn meine Kutsche nicht um, du warmer Bruder!«

Im Nebel war er an die Räder eines glänzend schwarzen Gefährts gestoßen. Der Kutscher ließ die Peitsche knallen, sodass das Leder einen Striemen auf Osbornes Wange hinterließ.

Bevor er begriff, was er tat, schubste er Sofia gegen die Kutsche und schwang sich auf den Kutschbock. Seine Faust traf den Kutscher am Kinn, ohne dass der Mann sich mit der Peitsche wehren konnte. Der zweite Schlag setzte ihn vollends außer Gefecht. Osborne fluchte atemlos, als er den reglosen Körper auf eine zerbrochene Weinkiste neben der Kutsche plumpsen ließ.

»Das nächste Mal drückst du dich gefälligst ein wenig gepflegter aus«, murmelte er. »Halt durch, Sofia! Wir haben es gleich geschafft.«

Sie gab keinen Laut von sich, als er sie auf den Sitz hob; ihr Schweigen jagte ihm einen Schauder über den Rücken. Er schnappte sich die Zügel und brachte die Pferde in Bewegung, ohne auf den Schmerz in seinen blutigen Handflächen zu achten. *Mayfair ist viel zu weit entfernt,* dachte er, während er das Gespann durch die engen Gassen lenkte. Aber wo in den gottverlassenen Armenvierteln von Southwark konnte er um Hilfe bitten?

Die Gedanken wirbelten ihm wild durch den Kopf, als er die Kutsche um eine Ecke lenkte. Nur noch eine kurze Strecke, und er würde sich entscheiden müssen, in welche Richtung er abbiegen sollte. Links oder rechts. *Verdammnis oder Rettung.* Falls Sofia es nicht überlebte, konnte er nicht dafür garantieren, dass er es schaffte.

Doch, es gab eine Möglichkeit! Es war ein riskantes Spiel ... aber er beschloss, alles auf eine Karte zu setzen.

21. Kapitel

Osborne flehte innerlich, dass er in der Lage sein möge, sich den Weg durch die schäbige Gegend mit den verfallenen Spelunken merken zu können, und lenkte die Pferde in Richtung Fluss. Vor ihm tauchte eine Reihe Lagerhäuser auf, dunkel und verlassen im gespenstischen Nebel. Er zählte die vorbeifliegenden Gebäude. *Eins, zwei, drei* ... beim vierten machte er eine scharfe Drehung und brachte die Pferde vor einem kleinen Backsteinhaus zum Stehen, das zwischen die engen Mauern eingezwängt war. Das verzierte Eisengitter stand einen Spalt offen, und auf der Marmortreppe nahm er zwei Stufen auf einmal, obwohl er die reglose Sofia in den Armen hielt.

»Halt, Sir! Sie können hier nicht einfach Ihre eigene Lady mitbringen.« Die Hausdame mittleren Alters stob hinter dem Samtvorhang heraus. Sie trug ein pfauenblaues Kleid, und die schillernden Federn in ihrem ergrauten Haar flatterten heftig in der Glut der Öllampen. Die Falten auf ihrer Stirn wurden noch tiefer, als sie den Blick über sein zerknittertes Hemd und die verschmutzte Hose schweifen ließ. »In der Tat, Sie dürfen noch nicht einmal selbst eintreten! Der Zutritt zu diesem Etablissement ist ausschließlich *Gentlemen* vorbehalten.«

»Harkness ... Ich muss wissen, ob Lord Harkness sich hier aufhält.« Osborne rang nach Atem.

»Wir geben die Namen unserer Gäste nicht preis«, kam die kalte Erwiderung. »Wenn Sie nun ...«

»Bitte! Ich brauche dringend seine Hilfe. Die Lady wird sterben, wenn es mir nicht gelingt, das Gift aus ihrem Magen zu beseitigen.« Er musste geschrien haben, denn mehrere weibliche Gesichter lugten durch die Vorhänge und mehrere

Türen auf dem schwach erleuchteten Korridor öffneten sich einen Spalt breit.

»Sie sieht nicht gut aus, Mistress Mavis«, murmelte eines der Mädchen. »Am besten, wir behalten sie hier, damit sie sich Seele aus dem Leib kotzen kann.«

Osborne schwankte leicht, wurde das Gefühl nicht los, dass er sich in einem schrecklichen Albtraum befand. »Verdammt noch mal, ich will nicht, dass sie stirbt!«

»Rosie hat nur gemeint, Sir«, beschwichtigte ein zweites Mädchen, »dass sie hier alles loswerden kann, was in ihr steckt.«

Die Miene der Hausdame wurde weicher. Aber bevor sie wieder das Wort ergreifen konnte, dröhnten Schritte auf der Treppe.

Osborne schaute hoch. »Nick!« Erleichterung spiegelte sich in seinem Blick. Und wenn Tränen als unmännlich galten – zum Teufel damit.

Sein Freund war barfuß und noch immer damit beschäftigt, sich das Hemd in die Hose zu stopfen. »Dev! Du lieber Himmel, was …«

»Ich weiß noch, dass du damals in der Schule einen Trick kanntest, die anderen Jungs zum Erbrechen zu bringen«, rief er. »Kannst du das jetzt tun?«

Harkness blinzelte, druckste aber nicht lange herum. »Ja, dazu brauche ich nichts Außergewöhnliches.« Er wandte sich an die Hausdame und ratterte eine Liste herunter.

Die Frau nickte. »Das müsste sich alles in unseren medizinischen Vorräten finden. Fanny, du holst die Zutaten aus dem Schrank. Und vergiss nicht die Schüssel.« Sie krempelte sich die Ärmel auf. »Das Sofa steht im Salon. Wir sollten sie dorthinlegen.«

»Mein Zimmer ist leer«, meldete sich Rosie, »und ein Bett wäre bestimmt bequemer.«

»Stehen Sie da nicht so herum, Gentleman!« Sie deutete in die andere Richtung. »Erste Tür rechts.«

»Danke.« Osborne klang immer noch unsicher.

»Was hat sie gegessen oder getrunken?«, fragte Nick, als sie Sofia auf die Tagesdecke legten.

»Ich ... ich weiß nicht genau. Opium und Brandy. Vielleicht auch noch andere Drogen.«

»Wann?«

Osborne dachte angestrengt hat. Es kam ihm vor, als hätte er das *Paradise* vor einer Ewigkeit betreten. Aber wie lange war es tatsächlich her?

»Vor knapp einer Stunde.« Ein Blick auf die Uhr auf dem Kaminsims bestätigte seinen Verdacht.

Harkness runzelte die Stirn. »Wir müssen schnell arbeiten. Was auch immer sie sich zugeführt hat, dem Anblick nach zu urteilen hat es eine heftige Reaktion hervorgerufen. Ihr Puls ist schwach, der Atem geht stoßweise.«

»Richten Sie sie auf!«, befahl Mistress Mavis. »Ich habe es schon ein paar Mal erlebt, dass jemand eine Überdosis Drogen genommen hat. Rosie, hol eine kalte Kompresse! Schnell. Und einen Trichter aus der Küche.«

Osborne schmiegte Sofia in seine Arme und strich ihr eine Strähne von der Wange. Ihre Haut fühlte sich eiskalt an. »Wage es bloß nicht, mich allein zu lassen, meine Liebe!«, wisperte er. »Wir haben gewettet, wer am besten schießen kann, und das ist noch nicht entschieden. Es ist eine Frage der Ehre, dass du dich nicht während einer laufenden Wette aus der Affäre ziehst.«

Er spürte einen sanften Lufthauch auf seiner Wange.

Harkness drückte seine Schulter, bevor er zum Nachttisch ging. »Ich brauche eine Kerze und einen Maßlöffel.«

»Reden Sie weiter mit ihr, Sir!« Obwohl sie recht grimmig

auftrat, setzte Mistress Mavis sich auf die Bettkante und tätschelte Sofia die Hand. »Rosie, gib dem Gentleman die Kompresse«, befahl sie, als sie bemerkte, dass das Mädchen mit dem feuchten Tuch das Zimmer betrat. »Legen Sie es ihr auf die Stirn, Sir. Und hören Sie nicht auf zu reden.«

Osborne war sich nicht sicher, was er sagen sollte. Es kam ihm vor, als würden ihm die Worte ganz von selbst über die Lippen sprudeln, so als wären sie der seidene Faden, an dem Sofias Leben hing.

»Beeil dich, Nick«, fügte er hinzu, während er Sofia das kalte Tuch auf die Stirn drückte. Vorhin hatte sie noch gefröstelt, jetzt fieberte sie. Ihr Gesicht war schweißgetränkt.

Osbornes Freund erhitzte den Löffel über einer Kerzenflamme. »Gleich ist es soweit«, antwortete er, goss die heiße Flüssigkeit in das Glas auf dem Tisch und rührte heftig um. »Wie konnte dieser Unfall nur geschehen?«

»Es war kein Unfall«, stieß Osborne mit zusammengebissenen Zähnen hervor. »Sie hat ein Geheimnis gelüftet, das mehrere Gentlemen an den Galgen bringen wird, wenn die Behörden die Beweise erst mal in den Händen halten.«

»Gute Güte!« Harkness wirbelte die Flüssigkeit ein letztes Mal herum. »Öffne ihr den Mund, Dev.«

Die Hausdame schob seine zitternden Finger beiseite und half, Sofia das Gebräu einzuflößen. »So ungefähr, Sir. Schließlich soll sie sich nicht an der eigenen Zunge verschlucken.«

Harkness ließ ihr die Flüssigkeit die Kehle hinunterrinnen. »Richte dich darauf ein, dass du schnell zur Seite springen musst, Dev. Wo ist die Schüssel?«

»Hier, Sir.« Rosie und Fanny packten je einen Henkel.

Osbornes Brust verkrampfte sich. Sofia gab immer noch kein Lebenszeichen von sich. Blass und reglos lag sie in seinen Armen. »Es funktioniert nicht, Nick!« Seine Stimme klang unnatürlich ruhig, so als gehörte sie gar nicht mehr zu seinem Körper.

»Lass es noch ein paar Sekunden wirken«, wisperte sein Freund. Harkness schwitzte auch und biss die Zähne fest zusammen.

»Danke, dass du es wenigstens versucht hast …«

Sofia gab ein Geräusch von sich, ein inbrünstiges Stöhnen. Ihre Lider flatterten, öffneten sich. »Aaaaaahhh.« Sie schauderte, erbrach sich urplötzlich mit großer Heftigkeit.

Osborne stieg ein Lachen in die Kehle.

»Das ist nicht lustig!« Würgend schnappte sie nach Luft. »Ohh, mir ist wirklich übel.«

Ihr war übel. Aber sie war am Leben. Herrliches Leben!

Sofia hob das Kinn. Unter ihren Augen prangten dunkle Ringe, und das Haar hing in Strähnen herab. Noch nie hatte sie so wunderschön ausgesehen.

»W… was ist passiert?«

»De Winton hat versucht, dich mit einer Überdosis Schlafmittel umzubringen.«

»Verflucht!« Sie blinzelte, versuchte, wieder klar zu sehen. »Ich … ich muss …«

Osborne zog sie enger an sich und drückte ihr das Tuch auf die Lippen. »Beruhige dich. Heute Nacht gehst du nirgendwo hin. Ich werde Lynsley aufsuchen und ihm Bericht erstatten. Über alles, was geschehen ist. Überlass es ihm, diesen Saustall auszumisten.«

Sofia sah aus, als wollte sie streiten. Aber ihre Kräfte ließen nach, und sie sank an seine Schulter.

Osborne ließ den Blick durch die Runde schweifen und lächelte zaghaft. »Danke. Danke euch allen.«

»Ich hab noch ein sauberes Nachthemd in meiner Kommode«, warf Rosie ein. »Wenn der Gentleman ein paar Minuten warten kann, werden wir seine Lady warm und wohlig ins Bett verfrachtet haben.«

Harkness zog Osborne auf den Korridor hinaus. Mistress Mavis folgte ihnen und schloss die Tür.

»Darf ich Ihr Wohlwollen noch ein wenig in Anspruch nehmen, Madam?«, fragte Osborne. »Ich muss die Behörden warnen, bevor diese Kreaturen auf die Idee kommen, das Land zu verlassen.« Er strich sich das Haar aus der Stirn. »Aber bevor ich die Behörden unterrichte, gibt es noch eine andere Lady, die sich unter Umständen in Gefahr befindet. Zuerst werde ich dorthin fahren.«

Die Hausdame nickte knapp. »Einstweilen ist Ihre Freundin bei uns in Sicherheit.«

»Wer?«, fing Harkness wieder an.

»Lady Sommers.«

»Du brauchst eine Kutsche und einen Mantel«, sagte Harkness. »Nimm meine.«

»Draußen steht ein frisches Gespann. Aber die Kleidung nehme ich gern an.« Seine Mundwinkel zuckten. »Tut mir leid, dass ich dich im Stich lasse, Nicky.«

»Ich werde genau darauf achten, dass du mir den Gefallen zurückerstattest – auf Heller und Pfennig.« Harkness grinste. »Warte! Ich bin gleich zurück.«

Abgesehen von den Schritten auf dem orientalischen Teppich herrschte Schweigen.

»Falls Ihre Freundin zufällig nach Arbeit sucht …«, meldete sich Mistress Mavis zu Wort.

Osborne schmunzelte. »Sie hat bereits eine Aufgabe.«

Die Hausdame seufzte. »Ich hoffe, dass sie nicht für die Konkurrenz arbeitet. Ihre Schönheit und ihr Körper sind recht außergewöhnlich.«

»Nein, es handelt sich um eine ganz andere Arbeit.«

»Ah! Nun, dann wünsche ich ihr viel Glück. Und Ihnen auch, Sir.«

Harkness kehrte zurück, drückte Osborne ein sauberes Hemd und einen Mantel in die Arme. »Der Himmel möge dir beistehen!«

Osborne nickte, wollte sich aber nicht auf göttliche Hilfe verlassen. Nein, er würde den Teufeln den Hals umdrehen, die es gewagt hatten, Sofia ein Haar zu krümmen. Mit bloßen Händen, wenn es sein musste.

»Lieber nicht bewegen, Miss.«

Obwohl sie immer noch von den Drogen betäubt war, gelang es Sofia, sich aufzurichten.

»Trinken Sie noch ein bisschen Tee.« Zwei junge Frauen saßen bei ihr auf der Bettkante. Die Augen, die dick mit schwarzem Lidstrich umrandet waren, blickten besorgt.

»Danke.« Ihre Kehle war wie ausgetrocknet. Dankbar nippte sie an dem gesüßten Getränk. »Es geht mir schon viel besser.«

Die Frauen waren beide blond und drall, hatten die Wangen gerötet und die Lippen betont nachgezogen. Sie lächelten. »Hatte schon geglaubt, dass Sie es nicht packen«, meinte die Frau auf der rechten Seite.

»Aye. Genau wie Goldlöckchen.« Die auf der linken Seite zwinkerte. »Ziemlich hübscher Kerl! Beschützt Sie wohl?«

Osborne und sie beschützen? Sofia lächelte kaum merklich. »So könnte man es wohl nennen. Obwohl wir eigentlich nur ... befreundet sind.«

»Oy, glaub mir, Süße, der Gentleman trägt mehr als nur freundschaftliche Gefühle für Sie im Herzen! Wenn ein Kerl nur halb so viel Sachen sagen würde wie er gerade eben, dann würde ich ihn zum Altar schleppen, bevor er auch nur ›Mäuseschwänzchen‹ denken kann.«

»Der Gentleman hat nicht die Absicht, mir die Ehe anzubieten.« Sofia trank den letzten Schluck Tee. Die verschwommene Erinnerung an seltsame, verführerisch gewisperte Worte schwebten ihr wie Halluzinationen durch den Kopf. Wahrscheinlich wegen der Drogen … »Nun, wie auch immer, ich muss unverzüglich mit ihm sprechen.«

»Tut mir leid, er ist nicht mehr hier.«

»Nicht mehr hier?«, echote Sofia.

»Aye. Hat gesagt, dass er dringend einen gewissen Linsey sprechen muss. Stimmt doch, oder, Rosie?«

»Aye«, bestätigte die zweite Frau.

»Ich muss auch gehen. Er weiß nicht, dass …« Sofia kippte beinahe zur Seite, als sie sich aufrichtete und versuchte, die Füße auf den Boden zu stellen.

»Sie sind nicht in der Form, um sich in der Stadt rumzutreiben.«

»Aber gleich. Dauert nicht mehr lange, bis ich wieder auf den Beinen bin.« Sofia sog die Luft tief in die Lungen, wollte klaren Kopf bekommen und ihre Sinne wieder unter Kontrolle bringen. Schließlich hatte sie im Yoga-Unterricht gelernt, dass der Geist den Körper beherrschen konnte – es war nur eine Frage der Willensstärke.

Nachdem sie mehrmals langsam durchgeatmet und die Lungen gereinigt hatte, schaffte sie es, aufzustehen. »Wo ist meine Kleidung?«

»Sie haben nichts am Leib getragen als diese Lumpen, als Sie hergekommen sind.« Rosie zeigte auf einen Haufen exotischer Seidenkleider auf dem Stuhl vor der Frisierkommode.

»Verdammt!« Sie kämmte sich das Haar aus dem Gesicht

zurück. »Nun, selbst wenn ich mir aus den Laken ein Gewand schneidern muss, ich muss das Haus verlassen.«

Es klopfte an der Tür. »Ist irgendetwas nicht in Ordnung da drinnen?«

»Du solltest lieber reinkommen, Nicky, vielleicht kannst du die Lady zur Vernunft bringen«, rief Rosie. »Sie will dem Goldlöckchen nachlaufen.«

Die Tür wurde geöffnet.

Harkness starrte Sofia ebenso überrascht an wie sie ihn, als er plötzlich begriff.

»Zum Teufel noch mal«, murmelte er atemlos. »Mädchen, geht doch einen Moment vor die Tür.« Er wartete, bis das Schloss geklickt hatte, bevor er einen gequälten Seufzer ausstieß. »Lady Sofia! Ich hatte keine Ahnung, dass Sie es sind.« Sein Blick schweifte zu der luftigen türkischen Hose und zu der ärmellosen Bluse, dann zurück in ihr Gesicht. »Was zum Teufel ist hier los? Deverill meinte, dass Sie mit Drogen vergiftet worden sind. Aber wie um alles in der Welt konnte das passieren?«

»Das ist eine lange Geschichte«, erwiderte sie. »Ich muss mit Osborne sprechen! Es ist äußerst bedeutsam, dass Lord Lynsley und er mich anhören. Wegen Lady Sommers.«

Harkness entspannte sich. »Machen Sie sich keine Sorgen! Deverill ist bereits auf dem Weg zu ihr, während wir hier sitzen und reden. Er will sie warnen, bevor er sich auf den Weg zu Lord Lynsley macht.«

»Nein!« Die letzten Hirngespinste hatten sich plötzlich verflüchtigt. »Ich muss es unbedingt verhindern!«

Harkness berührte sie am Arm. »Kommen Sie schon, Contessa, es ist besser, wenn Sie sich hinlegen! Das Opium ist noch nicht ganz aus Ihrem Körper verschwunden.«

Sofia schüttelte ihn ab. »Ich schwöre, es hat nichts mit den

Drogen zu tun. Deverill befindet sich in höchster Gefahr! Die Lady gehört zum Kreis der Verschwörer, die heute Abend versucht haben, mich umzubringen.«

Harkness sah immer noch so aus, als sei er unschlüssig, ob er ihr glauben solle oder nicht.

»Lord Harkness, mir ist klar, dass es Ihnen schwerfällt, mir zu glauben, aber ich bin nicht wahnsinnig geworden.«

»Können Sie sich eigentlich vorstellen, wie verrückt Ihre Geschichte klingt?«

Sofia lächelte schuldbewusst. »Ja. Was Sie allerdings noch mehr überzeugen sollte, dass ich mir nichts ausdenke.« Sie hielt seinem Blick stand, zuckte nicht zurück. »Bitte! Ich brauche Ihre Hilfe.«

Einen Moment lang herrschte Schweigen zwischen ihnen ... das noch länger dauerte. »Vielleicht gehöre ich ja nach Bedlam ins Irrenhaus.« Er presste sich die Fäuste an die Stirn. »Was stellen Sie sich vor?«

»Das kann ich Ihnen auf der Fahrt erklären. Ich nehme an, dass Sie eine Kutsche vor der Tür stehen haben?«

Er nickte.

»Dann holen Sie sie!« Ihre Schritte waren wieder fest und sicher, als sie zur Tür ging. »Rosie«, rief sie leise, nur um festzustellen, dass die beiden Frauen vom Schlüsselloch fortstoben.

»Äh, ja, Ma'am?« Unter der Schminke konnte man erkennen, dass Rosie leicht errötete. Ihre Freundin hingegen schien sich nicht zu schämen.

»Ohhh«, rief Fanny aus, »die Geschichte ist so viel spannender als das Buch, das Mistress Mavis uns gerade vorliest. Sie wissen schon: *Das Fräulein und der düstere Lord.*« Sie zupfte sich das Mieder zurecht, das beinahe den Blick auf ihre Brüste freigegeben hätte. »Können wir irgendwas tun?«

»Ja, bitte holen Sie etwas zum Anziehen.« Sofia betrachtete die eng anliegenden Mieder der Mädchen und die langen Bänder der aufgeputzten Kleider. »Möglichst praktisch. Es könnte sein, dass ich ein paar Mauern hochklettern muss.«

»Auf dem Speicher lagert jede Menge Männerkleidung«, erklärte Rosie. »Die Herrschaften neigen dazu, ihre Sachen zu vergessen, wenn sie uns verlassen.«

»Ausgezeichnet. Je dunkler, desto besser. Auch ein Paar schwarze Handschuhe dazulegen, wenn es geht«, meinte Sofia. »Und bitte beeilen Sie sich.«

Die Seidenkleider raschelten, als sie davonstoben und beinahe die Hausdame umrannten.

»Nicky«, murmelte Mistress Mavis, als sie Sofia zurück ins Schlafzimmer gezogen und die Tür geschlossen hatte, »Sie wissen hoffentlich, dass Sie und Ihre Freunde uns das Geschäft heute Nacht vollkommen verdorben haben. Meine Gäste schätzen Diskretion und Anstand.«

»Die Quittung geht an Osborne«, erwiderte Harkness, »er wird sich glücklich schätzen, Ihnen den Verlust ausgleichen zu dürfen.«

»Falls er diese Nacht überlebt«, fügte Sofia hinzu.

Mistress Mavis wischte sich eine herunterhängende Straußenfeder aus dem Gesicht. »Sie erwähnten, dass er ebenfalls in Gefahr schwebt?«

Sofia erklärte ihr kurz die Lage, ohne die brisante Information über Lynsley und die Existenz der Merlins zu erwähnen.

Die Hausdame zuckte nicht mit der Wimper, als Sofia berichtete, wie es zu der Einnahme der Drogen gekommen war und was es mit den Ausschweifungen und Korruptionsfällen in den Regierungskreisen auf sich hatte. *In ihrem Beruf hat sie bestimmt schon viel wildere Geschichten gehört,* dachte Sofia.

»Nein, sie ist nicht wahnsinnig«, bekräftigte Harkness.

Mistress Mavis schwieg gemessen, als sie den Blick zwischen den beiden hin und her schweifen ließ. Zweifellos überlegte sie, ob Harkness nicht vielleicht auch vollkommen verrückt geworden war.

»Und es ist auch keine Einbildung, dass Lord Osborne in Gefahr schwebt«, fügte Sofia hinzu. »Sie haben ja selbst gesehen, dass diese Leute selbst vor einem Mord nicht zurückschrecken. Gibt es irgendwelche Waffen in diesem Etablissement?«

Man musste es der Hausdame hoch anrechnen, dass sie diesmal nicht zurückzuckte. »Wissen Sie, wie man diese neuartigen Kavallerie-Pistolen lädt und benutzt?«

»Mit allen Feuerwaffen kenne ich mich bestens aus, sei es eine Taschenpistole, ein Gewehr oder ein Bundukh Torador«, erwiderte Sofia in aller Seelenruhe.

»Das hatte ich irgendwie im Gefühl. Keine wohlbehütete junge Lady hat solche Muskeln wie Sie.« Die Hausdame strich ihre Röcke glatt. »Darf ich Ihnen außerdem noch einen Dolch anbieten?«

»Umso besser.«

»Ich bin gleich zurück.« Auf dem Weg zur Tür trieb sie Harkness an. »Los, Nicky, worauf warten Sie? In fünf Minuten muss Ihre Kutsche draußen vor der Tür stehen.«

»Ich brauche nur vier.«

Sofia hatte sich das Haar bereits zu einem schlichten Knoten gebunden. Sie bewegte den Schultergürtel durch und tat so, als würde sie einen perfekten Schwerthieb durch die Luft vollführen.

»Machen Sie drei draus.«

22. Kapitel

Osborne zügelte die schäumenden Pferde vor einem roten Backsteingebäude in den Stand. Kein Lichtschein drang aus den Fenstern. *Bin ich zu spät?* De Winton und seine Henkersleute hatten reichlich Zeit gehabt, um den mörderischen Weg von Southwark nach Mayfair hinter sich zu bringen.

Er hatte die Hände zu Fäusten geballt, als er vom Kutschbock stieg. Bei dem gehobenen Etablissement, in das er sich geflüchtet hatte, hatte er nicht nach Waffen gefragt. Statt auf Stahl musste er sich nun auf seine Geschicklichkeit und Geschwindigkeit verlassen.

Weit und breit waren keine Scarlet Knights in Sicht.

Osborne bahnte sich den Weg zur Rückseite des Hauses, fand eine Lücke in der Buchsbaumhecke und schlich über die Terrasse zu den verglasten Türen, die alle geschlossen waren. Aber nachdem er die Hand in ein Tuch gewickelt hatte, stieß er sie durch eine Scheibe und schob den Riegel zurück.

Immer noch kein Lebenszeichen. Das klirrende Glas schien den Haushalt nicht aufgeweckt zu haben. Nachdem er ein paar Sekunden gewartet hatte, trat er mit einem großen Schritt über die Scherben und durchquerte das Gartenzimmer bis zum Korridor. Er war in der Eingangshalle angekommen und wollte gerade die Treppe hinaufsteigen, als es hinter ihm metallisch klickte.

»Stehen bleiben! Auf der Stelle.«

Er erstarrte. Angesichts der Dunkelheit und weil er den Kragen seines Kutschermantels hochgeschlagen hatte, war es nicht verwunderlich, dass die Lady ihn nicht erkannte.

»Und jetzt langsam umdrehen! Seien Sie gewarnt … eine

falsche Bewegung, und ich werde Ihnen ein Loch ins Herz schießen!«

Er tat wie befohlen. »Bitte zügeln Sie Ihre Leidenschaft, Lady Serena!«

»Osborne?«

Erleichtert stellte er fest, dass sie unverletzt war. »Leibhaftig.« Ein zaghaftes Lächeln umspielte seine Lippen.

Sie hatte die Pistole immer noch auf seine Brust gerichtet. »Was machen Sie hier?«

»Ich bin hergekommen, um Sie zu warnen. Natürlich möchte ich keinen falschen Alarm schlagen, aber es könnte sein, dass Sie in ernster Gefahr schweben.«

»Gefahr?«, wiederholte sie.

»Ja. Ich ...« Osborne zögerte, war sich unschlüssig, wie er das Netz aus Intrigen beschreiben sollte, in dem sie beide gefangen waren. »Es ist eine lange Geschichte, und uns bleibt nicht viel Zeit. Bitte vertrauen Sie mir, wenn ich Ihnen verrate, dass De Winton und seine Freunde nichts als Ausgeburten des Teufels sind. Heute Abend haben sie versucht, die Contessa umzubringen, und während wir hier stehen und reden, könnten Sie schon auf dem Weg zu Ihnen sein.«

Im Licht ihrer Kerze wirkte Lady Serenas Gesicht gespenstisch blass. »Lady Sofia ...«

»... ist in Sicherheit«, unterbrach Osborne rasch. »Ich habe sie in einem exklusiven Bordell in der Nähe von De Wintons *Paradise* versteckt.«

»Bitte verzeihen Sie, aber Ihre Geschichte sprengt jegliche Vorstellungskraft.«

»Ich weiß, ich weiß.« Ihm wurde klar, dass seine ramponierte Erscheinung nicht unbedingt dazu beitrug, ihr Vertrauen einzuflößen, und stopfte seine Hände in die Taschen. Trotz des Taschentuchs hatte er sich am scharfen Glas geschnitten.

»Dennoch muss ich Ihnen versichern, dass alles der Wahrheit entspricht.«

»Die Anschuldigungen sind sehr ernst, Osborne.« Sie biss sich auf die Unterlippe. »Bedaure. Bevor ich Ihnen glauben kann, müssen Sie mir noch mehr Beweise vorlegen.«

»Ich kann Ihnen keinen Vorwurf machen.« Er warf einen Blick durch das rosettenförmige Fenster nach draußen. Die Straße lag immer noch leer und verlassen da. Aber wie lange noch? Inzwischen mussten auch De Winton und Sforza bemerkt haben, dass Sofia nicht tot in einem der Opiumboudoirs des Etablissements herumlag. »Aber vielleicht können wir uns irgendwo unterhalten, wo wir sicherer sind?«

»Lassen Sie uns in mein privates Arbeitszimmer gehen.« Lady Serena winkte ihn die Treppe hinauf. »Die Tür ist recht dick, und das Schloss ziemlich robust.«

Osborne wartete, bis sie die kleine Lampe auf ihrem Schreibtisch angezündet hatte, bis er weitersprach. »Lady Serena, ich bin nicht betrunken oder wahnsinnig. Adam De Winton hat allen Grund, meinen Tod zu wünschen ... und Ihren.«

»Warum?« Angesichts der Umstände bewahrte sie bemerkenswerte Selbstbeherrschung.

»Weil wir beide zu gut über seine Tätigkeiten hier in der Stadt Bescheid wissen.« Ihre Pistole war immer noch auf ihn gerichtet, aber er konnte es ihr nicht vorwerfen, dass sie weiterhin Vorsicht walten ließ.

»Er ist nicht der einzige Gentleman, der in Drogengeschäfte verstrickt ist«, entgegnete sie. »Ich begreife nicht, warum er versuchen sollte, uns wegen eines bisschen Opiums umzubringen.«

»Ich garantiere Ihnen, dass mehr als nur ein bisschen im Spiel ist! Und selbst wenn es so wäre, dann ist das immer noch der geringste Teil seiner Untaten. Die wahren Verbrechen haben es mit einem verzweigten Netz aus Korruption und Betrugsdelikten zu tun, das sich von London bis Bombay erstreckt. Verstehen Sie? Es geht darum, unsere Armeen in Übersee mit minderwertiger Ware zu beliefern oder die Verschiffungen nur vorzutäuschen. Bei einer Anzahl umfangreicher vertraglicher Vereinbarungen mit dem Militär hat er für sich und seine Freunde einen gigantischen Profit eingefahren. Und es interessiert ihn nicht im Geringsten, dass unsere Soldaten mit nutzlosem Schießpulver in die Schlacht ziehen oder mit Stiefeln, in denen man den Winter nicht überstehen kann.«

»W... wie haben Sie all das herausgefunden?«

»Das habe ich gar nicht«, gestand er ein. »Es war Lady Sofia, die mir die Augen geöffnet hat.«

Lady Serena schauderte leicht. »Seit wann und warum kommt sie überhaupt darauf, sich für De Wintons Angelegenheiten zu interessieren?«

Osborne schüttelte den Kopf. »Bedaure, aber ich bin nicht so frei, mich über Lady Sofias Geheimnisse zu verbreiten. Es muss genügen, wenn ich sage, dass mehr in ihr steckt, als man auf den ersten Blick glauben mag.« Er erlaubte sich ein flüchtiges Lächeln. »In der Tat, ihr Mut und ihre Klugheit sind weit beeindruckender als ihre Schönheit.«

Es sah aus, als würde ein Gefühl in Lady Serenas Blick aufflackern. Eifersucht? Schuldbewusst erinnerte er sich daran, dass seine Flirts mit der Lady in letzter Zeit ziemlich heiß gewesen waren. Vielleicht hatte sie unterstellt, dass er tiefere Absichten hegte, dass seine Gefühle ernster waren.

Aber vielleicht hatte er das flackernde Licht auf ihren goldfarbenen Wimpern auch nur falsch gedeutet. Denn als sie antwortete, gab ihre Stimme nicht den Hauch eines verletzten Gefühls zu erkennen. »Ja, scheint so. Ich nehme an, dass sie die Beweise für die Geschichte in der Hand hält? Denn sonst steht einfach nur ihr Wort gegen De Wintons. Und wie Sie bereits erwähnten, hat er eine ganze Reihe einflussreicher Freunde.«

»Das gilt auch für Sofia«, antwortete er. »Aber davon abgesehen, ja, es ist richtig, dass sie über genügend stichhaltige Beweise verfügt, um die Männer an den Galgen zu bringen. Und ich bin überzeugt, dass diese Schurken mit dem Finger auf ihren Anführer zeigen werden, sobald die Beweise an die Behörden übergeben sind.«

»Das heißt, sie hat ihre Beweise noch nicht ausgeliefert?« Lady Serena ging zum Fenster und spähte durch die Vorhänge.

»Ich war auf dem Weg, ihren ... ihren Verbindungsmann in der Regierung zu informieren. Nun, wie auch immer, ich hielt es für überlebenswichtig, zuerst hier einzukehren und Sie zu warnen.«

»Ich kann mich wirklich glücklich schätzen, dass Sie ein wahrer Gentleman sind.« Aber anstatt sie zu beruhigen, schienen seine Worte sie nur noch mehr aufzuregen. Osborne bemerkte, dass sie den Griff um die Pistole verstärkte. »Wer arbeitet noch mit De Winton zusammen? Wen haben Sie beide noch enttarnt?«

»Ich fürchte, dass eine ganze Reihe Ihrer Freunde zu dem schmutzigen Ring zählen: Andover, Roxbury und Concord, so viel ist sicher. Andere werden zweifellos durch die Dokumente überführt werden.« Er lächelte ermutigend. »Machen Sie sich keine Sorgen! Die Kerle werden ihre verdiente Strafe bekommen.«

Sie erschrak, als sie unten Krach hörte.

»Verdammt!« Osborne erstarrte wieder. Es klang, als würde jemand an der vorderen Tür rütteln. »Können Sie draußen etwas erkennen?«

Lady Serena schaute noch einmal hinaus. »Ja«, bestätigte sie, »eine Kutsche. Sieht aus, als gehöre sie De Winton.«

Er wirbelte zur Tür herum. »Ich werde hinuntergehen und ihm sagen, dass das Spiel zu Ende ist. Jetzt hat er keinen Grund mehr, Ihnen irgendetwas anzutun. Geben Sie mir Ihre Pistole. Dann verschließen Sie die Tür ...«

»Setzen Sie sich, Osborne!«

Als er sich zu ihr drehte, hatte Lady Serena wieder die Pistole auf seine Brust gerichtet. »Ich weiß, wie verwirrend all das sein muss«, rief er aus, »aber Sie begehen einen schrecklichen Fehler! Ich schwöre, dass nicht ich der grausame Schurke bin. De Winton ist es.«

Der Lauf der Pistole glänzte im Licht, als sie einen Schritt auf ihn zu trat. Aber die Wut in ihren Augen glitzerte tödlich, als sie ihm plötzlich den Kolben auf den Schädel hämmerte.

Osborne hatte es kalt erwischt. Er stürzte auf den Teppich.

»Adam!«, rief Lady Serena. »Hier oben!«

Wie durch einen Nebel nahm Osborne wahr, dass mehr als nur ein Mann die Treppe hinaufstürmte.

De Winton war also nicht allein.

»Was hat der denn hier zu suchen?«, vernahm er Sforzas Stimme. »Diese kleine Hure della Silveri könnte jetzt tot sein, wenn er sich nicht eingemischt hätte. Er hat alles verdorben!«

»Beruhige dich, Lorenzo!«, befahl Lady Serena. »Es ist noch nicht alles verloren.«

De Winton sagte nichts, aber als Osborne den Kopf hob, traf ihn der bösartige Tritt mit dem Stiefel genau am Kinn.

»Verlier nicht die Nerven, Adam! Wir haben immer noch die Chance, unbeschadet aus der Sache rauszukommen. Aber wir müssen schnell sein.« Lady Serena legte die Pistole zur Seite und öffnete die oberste Schublade ihres Glasschränkchens. »Hilf ihm auf und setz ihn in den Stuhl.« Mit der Hand deutete sie auf den Holzstuhl anstatt auf den Ledersessel.

»Warum nicht einfach ihm den Hals umdrehen?«, fragte De Winton. »Gleich hier.«

Sie warf ihm das Ende eines dünnen Seils zu. »Weil er weiß, wo sich die Contessa im Augenblick aufhält. Wenn wir sie finden, dann finden wir auch die Papiere, die sie aus Concords Büro gestohlen hat. Es scheint, als habe sie noch keinerlei Beweise an die Behörden weitergegeben.« Lady Serena wickelte die Schnur um ein schwarzes Samttuch ab. »Es kann also sein, dass wir immer noch im Geschäft sind, Gentlemen.«

Obwohl sein Gesicht von De Wintons Tritt immer noch halb betäubt war, brachte Osborne ein Lächeln fertig. »Da können Sie warten, bis Sie schwarz werden, bevor ich Ihnen erzähle, wo Sofia sich aufhält.«

»Oh, Sie werden plaudern, lange bevor es so weit gekommen ist, Osborne.« Sie schlug das schwarze Tuch auf und zeigte die blitzenden exotischen Skalpelle; jedes steckte in einem eigenen dünnen Täschchen. »Nicht nur das. Sie werden schreien. Und dann werden Sie mich um eine Gnadenkugel anflehen, um Sie aus Ihrem Elend zu erlösen.«

In einer dunklen Ecke zügelte Harkness das Gespann in den Stand, nachdem Sofia das Zeichen gegeben hatte. »Ärger?«, fragte er, als sie nach einer kurzen Erkundung der Straße zurückkam.

»Sieht so aus, als sei Osborne nicht der einzige Gast im Haus der Lady«, wisperte sie. »Ich gehe rein. Sie müssen sich unverzüglich auf den Weg zu Lord Lynsley machen – nicht zum Anwesen der Familie am Grosvenor Square, sondern zu seiner privaten Adresse.« Sie nannte ihm die Anschrift. »Berichten Sie ihm, was sich hier abspielt, und auch über das *Paradise.* Er weiß, was er zu tun hat.«

Harkness schüttelte den Kopf. »Ich kann es einer Lady nicht gestatten, sämtliche Risiken auf sich zu nehmen, während ich davontrotte und Hilfe hole«, murmelte er. »Ehrenkodex und dieser Kram.«

»Ich bin für solche Angelegenheiten ausgebildet, Lord Harkness.«

Offensichtlich zweifelte er. »Bei allem Respekt, Lady Sofia, ich kann mir nicht vorstellen, welche Ausbildung Sie hätte befähigen können, irgendeinen Mann im Kampf zu besiegen.«

Jetzt war wohl kaum der richtige Zeitpunkt gekommen, über Einzelheiten des Grundsatzes *Adel verpflichtet* zu diskutieren. »Sehen Sie den Schriftzug über der Eingangstür da drüben auf der anderen Straßenseite?«

»Ja, aber ...«

Sie zog das Messer aus der Tasche, das Mistress Mavis ihr gegeben hatte, und ließ es durch die Luft fliegen. »Was halten Sie von solcher Ausbildung, Lord Harkness?«, fragte sie, als die Spitze mitten in einen Buchstaben traf. »Sie sollten sich auf den Weg machen, es sei denn, Sie können es noch besser.«

Er zögerte kurz. »Der Himmel möge Sie beschützen, Lady Sofia!«

»Sie auch«, murmelte sie und eilte rasch über das Straßenpflaster, um sich die Waffe zurückzuholen. Als sie sich ein letztes Mal umschaute, sah sie den Jagdwagen im Nebel verschwinden.

Sofia war ganz auf sich gestellt.

Sie hielt sich dicht an der niedrigen Mauer, die das Grundstück zur Straßenseite abgrenzte, und schlich zu Lady Serenas Anwesen. De Wintons Kutsche stand vor dem eisernen Gatter; der Kutscher saß gekrümmt auf dem Bock und hatte den Kragen hochgeschlagen, um sich vor der kalten Brise zu schützen. Es kostete sie nur den Bruchteil einer Sekunde, ihm das Bewusstsein zu rauben. Nachdem sie seine Hände mit der Peitsche gefesselt hatte, richtete sie ihre Aufmerksamkeit auf den Hauseingang.

Die Tür war nur angelehnt; durch den Spalt drang kein Licht. Genau wie der übrige Teil des Hauses war auch die Eingangshalle so dunkel wie ein Grab. Sie unterdrückte den Impuls, ihre stählerne Waffe zu zücken und vorwärtszustürmen, und zwang sich stattdessen, sich langsam zu nähern. Der Fechtmeister der Akademie hatte oft genug gepredigt, dass es oftmals erheblich wirkungsvoller war, eine Schwäche vorzutäuschen, als den Feind mit einem einzigen überwältigenden Hieb zur Strecke bringen zu wollen.

Sofia duckte sich an die Buchsbaumhecke, drückte sich an die Backsteinmauer und schlich sich bis zu den geflügelten Fenstern, wo sie einen Blick ins Innere wagte. *Nichts.* Sie gab sich noch eine Minute, wartete darauf, dass sich in der Dunkelheit etwas rührte. Ihre Geduld wurde belohnt. Just, als sie sich abwenden wollte, fing sie eine unscheinbare Bewegung auf.

Der schwarze Bart des Mannes und sein dunkler Teint gaben sein Gesicht im fahlen Mondlicht kaum zu erkennen. Das Tunikahemd und die Hose schimmerten ebenfalls in tiefem Indigo, das in den mitternächtlichen Schatten verschwamm. Nur das aufblitzende Metall in seinem kunstvoll gebundenen Turban verriet seine Anwesenheit. Sofia strengte sich an, konnte aber kaum mehr als seine Konturen erkennen. Er war über einsachtzig groß und so breit wie ein Schrank. Zweifellos würde Lord Lynsley sich brennend dafür interessieren, wie Lady Serena dazu kam, einen indischen Sikh in ihrer Dienerschaft zu halten.

Aber in diesem Moment sollte sie sich über nichts anderes den Kopf zerbrechen als darüber, ihn aus dem Weg zu räumen. Keine leichte Aufgabe. Seine Religion versammelte die gefürchtetsten Krieger in ganz Asien.

Denk nach! Es war nicht notwendig, dass ihr Herzschlag sich rasant beschleunigte, um Sofia daran zu erinnern, dass Osbornes Leben von ihrer Strategie abhing. Eine zweite Chance würde es nicht geben.

Der Mann trat auf das andere Bein und atmete hörbar aus. Er sah aus, als würde er sich zusehends langweilen und unruhiger werden. *Du musst die Stärke des Feindes in eine Schwäche verwandeln.* Der Satz gehörte zu den bevorzugten Ermahnungen ihres Fechtmeisters. Sie beruhigte sich mit einem tiefen Atemzug und bedankte sich stumm, dass nicht nur die besten Fechter Europas unter den Lehrern an der Akademie gewesen waren, sondern auch ein indischer Guru und ein chinesischer Tai-Chi-Experte.

Jede Disziplin hatte gelehrt, dass Geschmeidigkeit – sowohl körperlich als auch geistig – in sich selbst eine Waffe sein konnte.

Sofia erinnerte sich daran, dass der Fensterriegel zum Salon zerbrochen war, und schlüpfte ins Zimmer. Auch sie genoss den Vorteil, dass ihre Kleidung half, ihre Anwesenheit zu verbergen. Rosie hatte eine enge, schwarze Hose zutage gefördert, die der Vorsteher eines Colleges in Eton vergessen hatte, während Fanny das plissierte Seidenhemd eines preußischen Grafen fand, der sich darin gefiel, Lord Midnight zu spielen. Dank Mistress Mavis trug sie Seidenschuhe, die es ihr erlaubten, lautlos das Parkett des Korridors zu überqueren.

»Mmmmh.« Wieder verlagerte der Sikh das Gewicht und streckte die Glieder. An seiner Schärpe baumelte ein *kirpan,* ein gebogener, tödlich scharfer Säbel, den alle Mitglieder seiner Religion trugen.

Der Mann ist ein wandelndes Waffenarsenal, dachte Sofia, als sie sich in einem verborgenen Winkel unter der Treppe versteckte. Falls es zu einem Handgemenge kommen sollte, standen ihre Chancen nicht besonders gut. Aber im Kampf Geist gegen Geist ...

Die Tür hinter ihr war nur angelehnt und gab den Blick auf einen kleinen Lagerraum frei, der für Kohlen und geschmiedete eiserne Kohlenschütten genutzt wurde. Sofia griff nach einem kleinen Stück und schmiss es auf das polierte Parkett.

Der Sikh war groß und kräftig, bewegte sich aber beachtlich leise und schnell. Mit dem Messer in der Hand kam er um die Ecke und ließ den Blick über den leeren Korridor schweifen.

Sie klapperte mit der eisernen Schütte und brummte grimmig. Er musste sich bücken, um in die kleine Kammer lugen zu können.

Wumm. Sein Turban dämpfte das Geräusch, als das Metall auf seinen Schädel krachte. Eine Sekunde später hallte es dumpf, und sein bärtiges Kinn schlug auf den Boden auf.

Sofia hielt sich genau so lange dort auf, wie sie brauchte, um die Wurfringe aus seinem Turban zu ziehen, den Riegel vorzuschieben und zur Treppe zu eilen.

Lady Serena strich mit dem Daumen über die Klinge des ersten Dolches, ein sichelförmiger Stahl, der auf einem dünnen Messinggriff saß. Die anderen Instrumente auf dem Tisch waren ebenso ungewöhnlich geformt und sämtlichst mit einem bestechenden Muster aus Damaszener Gold verziert.

»Haben Sie jemals Messer wie diese gesehen?«, fragte die Lady und hielt Osborne eins unangenehm nahe unter die Nase. »Sie werden von Sikhs benutzt, um ihren Feinden Informationen abzupressen. Die Männer sind in ganz Indien als furchtlose Krieger berühmt.«

»Danke für den ethnologischen Vortrag! Aber falls Sie sich

berufen fühlen, eines der Schmuckstücke aus Andovers Sammlung vorzuführen, dann würde ich mich mehr dafür interessieren, welche Technik er angewandt hat, um die Sammlung illustrierter persischer Bücher herzustellen.«

Lady Serena verpasste ihm eine Ohrfeige mit dem Handrücken, so heftig, dass der geschliffene Diamant eine Schürfwunde quer über seine Wange zog. »Machen Sie es sich nicht schwerer, als es schon ist, mein lieber Deverill!« Ihre Stimme klang eisig kalt. »Verraten Sie mir, wo sie sich jetzt aufhält! Dann kann ich Ihnen einen schmerzlosen Tod versprechen.«

Osborne schluckte schwer. Gallebitterer Geschmack vermischte sich mit dem seines eigenen Blutes. Er schämte sich nicht, zuzugeben, dass seine Hände zitterten und dass man ihm den Schweiß beinahe aus dem Hemd wringen konnte. Schließlich hatte er auch Sofia schon gesagt, dass er kein Bilderbuch-Held war, der niemals Angst oder Schmerz empfand. Harkness wusste zwar, was sein Freund vorhatte; aber er wäre lange tot, bevor der Arzt begriffen haben würde, dass irgendetwas schiefgegangen war.

Die Sache sah also alles andere als gut aus.

Lady Serena lachte leise, als ob sie Gedanken lesen könnte. »Ich an Ihrer Stelle würde nicht damit rechnen, dass jemand kommt, um Sie zu retten. Selbst, wenn Sie hinterlassen haben, wohin Sie gehen, ist ein Krieger der Akali unten an der Treppe postiert, um unerwünschte Gäste zu begrüßen.«

»Er bietet einen prächtigen Anblick«, mischte De Winton sich ein. »Alle Mitglieder der Sekte tragen diesen großen indigofarbenen Turban, der mit Wurfgeschossen in allen möglichen Größen gespickt ist.«

Sforza setzte die Fingerspitze auf Osbornes Brust und fuhr in der Mitte hinunter. »Wir sollten den Feind lieber aufschlitzen.«

»Ja. Aber ich möchte trotzdem gern sehen, wie jemand versucht, ins Haus zu gelangen, wenn Arjun Wache schiebt«, höhnte De Winton. »Neulich habe ich ihn bei seinen Wurfübungen beobachtet. Er ist in der Lage, auf dreißig Schritte einem Mann den Schädel zu spalten.«

Osborne wurde angesichts ihrer Kaltschnäuzigkeit übel. Die Qualen anderer Menschen stimmten sie fröhlich; der Tod war nichts als eine Frage der Unterhaltung. Aber der Gedanke an all die tapferen Männer, die wegen der Gier dieser Leute gestorben waren, entfachte seinen Kampfgeist aufs Neue.

»In der Tat, das könnte er!« Sforza rieb sich die Hände. »Ich möchte wetten, dass Lady Serena auf ihre Art ebenso talentiert ist.«

»Seht nach, ob der Vorhang auch wirklich vorgezogen ist«, befahl sie.

Sforza verkniff sich das anzügliche Grinsen und befolgte eilig ihren Befehl.

Zum Teufel noch mal! Osborne fluchte lautlos. Wären seine Beine frei gewesen, hätte er sich selbst in den Hintern getreten. Es hatte ihn ein hübsches Weilchen gekostet, bis er begriffen hatte, was auf der Hand lag – dass der Anführer der Verschwörung nicht etwa ein *Er*, sondern eine *Sie* war.

»Sehr klug!«, murmelte er. »Keine Ahnung, warum ich es nicht früher begriffen habe.«

»Weil Ihr eigener Stolz und Ihre Vorurteile Sie blind machen für die Tatsachen. Genau wie alle anderen Männer.« Sie senkte die Hand und schlitzte ihm das Hemd mit einem Schnitt auf. »Sie wollen einfach nicht wahrhaben, dass auch Frauen genügend Hirn oder Kühnheit besitzen, um ein Unternehmen wie dieses zu leiten.«

Ja, natürlich, sie hat recht, gestand Osborne sich ein. Obwohl … wenn überhaupt irgendjemand hätte ahnen können und müssen, welche Macht eine Frau in der Welt der Männer entfalten konnte, dann er.

»Ihre Talente sind in der Tat einzigartig«, sagte er laut.

Lady Serena schien das Kompliment zu schmeicheln. Vielleicht war es möglich, dass er ihren Stolz und ihre Eitelkeit zu seinem Vorteil nutzte?

»Wie sind Sie nur auf die Idee gekommen?«, fragte er.

Die Klinge verharrte über seiner nackten Brust. »Ein Freund hat meinen Mann gebeten, in eine Opiumlieferung zu investieren«, erwiderte sie, »nur eine unbedeutende Abmachung, trotz des ordentlichen Profits. Ich habe ihn auf die Möglichkeiten hingewiesen, die in solchen Geschäften stecken. Aber Freddie war zu dumm, die Gelegenheit beim Schopf zu ergreifen, die sich bietet, wenn Napoleon durch Europa marschiert und die Mahratta die Handelsgeschäfte mit der *East India Company* stören.«

»Wie gesagt, äußerst scharfsinnig!«, murmelte Osborne, »Sie haben ihn also überzeugt, das Nachdenken ganz und gar Ihnen zu überlassen?«

Ihr Lachen klang gefühllos. »So könnte man es nennen. Sehen Sie, seine Trunksucht und das Glücksspiel wurden schon bald zur Belastung. Und die Geschäftspartner hatte keine Lust, sich mit einem unzuverlässigen Investor einzulassen. Nun, ich bin mit ihm verfahren wie mit all den anderen Belastungen auch. Ich habe sie aus dem Weg geräumt.«

Osborne blinzelte. Du lieber Himmel, die Lady war ja noch kaltblütiger, als er gedacht hatte! »Lassen Sie mich raten ...«, erwiderte er sanft. »Eine Überdosis Opium?«

»Freddies Exzesse waren nur zu bekannt. Niemand war verwundert, dass sein Herz eines Tages nicht mehr mit den Ausschweifungen Schritt halten konnte.«

»Und die Geschäftspartner waren bereit, eine Frau zu akzeptieren?«

»Anders als Freddie konnte ich ihr Genie erkennen, als ich ihr gegenüberstand«, erklärte De Winton, »und ich hatte nichts dagegen einzuwenden, dass eine Lady die Befehle erteilt. Schließlich war auch die größte Monarchin in der Geschichte Englands eine Frau. Und Lady Serena hat rasch bewiesen, dass sie die Macht verdient.«

De Winton würde sich auch von einer Ratte befehlen lassen, wenn es nur Profit verspricht, dachte Osborne.

»*Sí.* Und weil es in Italien ohnehin zur jahrhundertealten Tradition zählt, dass Frauen ihren Einfluss in Handel und Politik geltend machen, war ich glücklich, mich mit dieser Lösung zu arrangieren«, fügte Sforza schulterzuckend hinzu.

»Schluss mit der Geschichtsstunde!« Lady Sofias Tonfall klang wieder brüsk und geschäftsmäßig. Sie presste das Messer sanft auf seine Haut. »Wo steckt Lady Sofia?«

»Nur so aus Neugier ... Warum haben Sie sich eigentlich um die Freundschaft zu mir bemüht?«, fragte er, um Zeit zu gewinnen.

»Weil Sie uns wegen Ihrer Verbindungen in die Gesellschaft ausgesprochen nützlich hätten sein können. Sie hätten uns neue Türen öffnen können. Die Menschen schätzen und respektieren Sie, Osborne. Ich hätte Sie außerordentlich reich machen können, wenn Sie bereit gewesen wären, Ihre prüde Haltung ein wenig aufzulockern.« Sie verzog das Gesicht. »Die meisten Männer lassen sich durch Gier verführen – oder durch Sex. Sie haben sich als Ausnahme erwiesen. Wirklich ein Jammer! Wir hätten ein wundervolles Paar abgegeben.«

Der Gedanke an Vertraulichkeiten mit ihr jagte ihm einen Schauder über den Rücken.

Osbornes Gesichtsausdruck musste sein Missbehagen verraten haben, denn plötzlich verhärtete sich seine Miene. »Sie jedoch haben dieser Hure Sofia den Vorzug gegeben! Eine schlechte Investition, wie Sie jetzt sehen. Aber ich gebe Ihnen noch eine Chance, Ihre Verluste wettzumachen. Wo steckt sie?«

Osborne schloss die Augen.

»Mein lieber Deverill!« Er spürte, wie sie mit ihrer Fingerspitze über sein Kinn fuhr. »Wir können es einfach machen. Sie können Vergnügen dabei empfinden …« – ihr Mund berührte seinen, ihre Zunge spielte mit seiner Unterlippe – »oder Schmerz.«

Das Skalpell fuhr über seine Haut und schnitt eine rasiermesserdünne Wunde in seine Brust. Osborne biss die Zähne zusammen, um nicht laut aufzuschreien.

Lady Serena wischte einen Blutstropfen von der Stahlspitze. »Wo steckt Lady Sofia? Ich frage nicht noch einmal so höflich.«

»Tut mir leid.« Osborne zwang sich zu einem Lächeln. »Ein Gentleman spricht nicht öffentlich über eine Lady. Es ist eine Frage der Ehre, müssen Sie wissen.«

»Ihnen wird die Schlagfertigkeit noch vergehen, wenn Lady Serena bei Ihren Hoden angekommen ist!«, drohte De Winton.

»Und Ihnen wird die Selbstgefälligkeit vergehen, wenn die Henker des Königs Ihnen die Schlinge um den Hals knüpfen!«, gab Osborne zurück.

Die Antwort brachte ihm einen weiteren Schnitt ein. *Verdammt!* Der Schmerz war noch zu ertragen, aber Osborne hegte keinerlei Illusionen darüber, wie schnell sich das ändern konnte. Während seiner Zeit in Portugal hatte er Partisanen gesehen, die einen Informanten gefoltert hatten. Die Schreie des Mannes verursachten ihm immer noch Albträume.

»Das ist Ihre letzte Chance, Deverill! Spielen Sie nicht den Helden«, warnte Lady Serena. »Oder glauben Sie etwa, dass die Contessa sich für Sie opfern würde?« Die scharfe Klinge küsste seine Kehle. »Wo steckt sie? Machen Sie den Mund auf, oder Sie werden es bereuen!«

Seltsam, aber außer der Tatsache, dass er Sofia niemals seine Liebe gestanden hatte, bereute er gar nichts. Er wünschte sich, dass er sein Herz hätte sprechen lassen, dass er gesagt hätte, wie sehr er ihren Mut bewunderte, ihre Leidenschaft, ihre Überzeugungen. Seinen wundervollen Merlin. Allein der Gedanke an sie verlieh seinem sinkenden Mut wieder Flügel. Es mochte sein, dass sein eigener Stern bereits unterging – aber sie würde leben und den neuen Morgen begrüßen.

Die Vorstellung heiterte ihn auf, und er zwang sich zu einem Lachen. »Gehen Sie zum Teufel!«

»Nun gut. Wenn das Ihre Antwort ist, dann wollen wir uns an die Arbeit machen. Zuerst werde ich Ihnen einen Hautlappen von ...«

»Das glaube ich nicht.«

Osborne riss die Augen auf.

»Treten Sie vom Stuhl zurück, Lady Serena!« Mit der Pistole in der Hand stand Sofia im Türrahmen. »Es gibt keinen Grund mehr, sich bei Lord Osborne nach meinem Verbleib zu erkundigen. Ich stehe leibhaftig vor Ihnen, wie Sie sehen.«

23. Kapitel

»Arjun!«, brüllte De Winton.

»Falls Sie nach Ihrem Wachmann suchen«, entgegnete Sofia, »er ist gerade mit *Naam Japna* beschäftigt, einer stillen Meditation, die ihr Gott allen guten Sikhs jeden Tag abverlangt.« Sie lächelte leicht. »Er wird so bald nicht wieder aufwachen.«

»Was für ein dramatischer Auftritt, Contessa!« Der momentane Schock war aus Lady Serenas Gesicht gewichen und hatte einem Ausdruck kalter Berechnung Platz gemacht. »Aber einer, der auch beweist, wie schlecht Ihre Ausbildung ist, wenn es darauf ankommt, sich mit echten Profis zu messen. Es war ein fataler Fehler, mit gezogener Waffe hier hereinzuplatzen.« Sie lachte kurz, als sie ihren beiden Henkersleuten einen kurzen Blick zuwarf. »Sie hat nur eine Kugel, aber wir sind drei Leute. Erschießt sie!«

Die Lady hat Nerven, dachte Sofia, und sie ist überaus niederträchtig. Und was ihre eigenen Gefühle betraf ... Sie wagte es nicht, den Blick auf Osborne zu richten. Nein, sie musste sich disziplinieren, leidenschaftslos bleiben.

Sie beschloss, Lady Serenas Anschein eisiger Gleichgültigkeit nachzuahmen. »Sie haben recht – die schlichte Rechenkunst schlägt zu Ihren Gunsten aus. Vorausgesetzt, dass ich keine Taschenpistole in meiner Hose versteckt habe.« Sofia krümmte den Finger um den Abzugshahn. »Nun, also, wer will das Opferlamm spielen?«

»Sforza, die Ehre liegt ganz bei Ihnen!«, befahl Lady Serena. »Selbst wenn es ihr gelingen sollte, einen Schuss abzufeuern, wird sie wohl kaum ein offenes Scheunentor treffen.«

»Ich?« Der Italiener wich zurück, während er sich die Lippen befeuchtete. »Blutvergießen gehört nicht zu unserer Abmachung.«

»Ganz besonders nicht, wenn es sich um das eigene handelt«, ergänzte Sofia und lachte kurz, als sie sah, wie Sforzas Unsicherheit sich in De Wintons Augen spiegelte. »Ihr Scarlet Knight scheint ebenfalls keine Eile zu haben, den Helden zu spielen. Kein Zweifel, dass er es vorzieht, wenn die Farbe seiner Schärpe nicht aus dem Blut seiner Venen stammt.«

»Erschieß sie, Sofia!«, rief Osborne. »Nichts anderes hat sie verdient.«

»Halt die Klappe!«, befahl Lady Serena. Sie stand immer noch neben ihm und hielt das blutverschmierte Skalpell gefährlich nahe an seinen Hals.

Zu nahe. Sofias Schussbahn war frei, aber eine simple Drehung des messerscharfen Stahls konnte seine Halsschlagader aufritzen. Und trotz des mörderischen Wahns der anderen Lady brachte Sofia es nicht fertig, kaltblütig zu töten. »Lady Serena, treten Sie zurück von Lord Osborne, und legen Sie das Messer ab! Bestimmt sind Sie klug genug, um zu erkennen, dass das Spiel aus ist. Während wir hier reden, werden die Behörden alarmiert. Es gibt keine Möglichkeit zur Flucht.«

»Sie lügen!« Zum ersten Mal gab Lady Serenas Stimme eine kleine Unsicherheit zu erkennen.

»Nein. Ich lüge nicht.« Sofia sprach ruhig und gemessen, obwohl das Herz in ihrer Brust wie verrückt pochte. Die undurchschaubare Düsterkeit im Blick der Witwe war Furcht einflößend. Weit über jeglichen Hass hinaus, unerreichbar für vernünftige Argumente. »Geben Sie auf, und zwar ohne weiteres Blutvergießen. Dann werde ich dafür sorgen, dass die Regierung Ihr kooperatives Verhalten berücksichtigt.«

»Glaubt ihr kein Wort!« Lady Serena warf einen Seitenblick auf ihre Komplizen. »Außer diesen beiden weiß niemand Bescheid.« Sie schürzte die Lippen. »Und könnt ihr euch wirklich vorstellen, dass die Regierung Gnade walten lässt? Nein, wenn wir geschnappt werden, werden wir alle am Galgen baumeln. Wir haben also nichts zu verlieren.«

Sofia bemerkte, wie die Angst in De Wintons Blick aufflackerte. Er riss die Hand hoch.

Verdammt. Ihr blieb keine Wahl. Sie musste zuerst feuern.

»Sieht so aus, als hätte ich Sie unterschätzt, Contessa!« Lady Serena beobachtete, wie De Winton zu Boden sackte. »In der Tat, Sie haben Nerven. Aber keinen Verstand.« Spöttisch gestikulierte sie mit dem Messer in Richtung Sofia. »Mach Schluss mit ihr, Lorenzo!«

Der Italiener fummelte an seiner Pistole herum.

Sofia nutzte den Bruchteil der Sekunde, der ihr blieb. Sie sprang nach vorn, riss sich die versteckten Wurfgeschosse aus dem Ärmel und ließ sie durch die Luft fliegen. Der Wurf ihrer linken Hand zerschnitt Lady Serenas Handgelenk, sodass das ihr Skalpell aus den Fingern flog. Der zweite Stahldolch traf Sforza mitten in die Brust.

Schreiend taumelte er rückwärts, stieß die Lampe zu Boden. Das Glas zersprang, heißes Öl spritzte an die Damastvorhänge, Funken stoben. Flammen schossen aus dem schweren Stoff.

»Deverill!« Sofia sprang auf den Stuhl zu, schnappte nach der Rückenlehne, stürzte sie um und bedeckte Osbornes festgebundenen Körper mit ihrem eigenen, während Lady Serena die Pistole fluchend aus dem schlaffen Griff des Italieners riss.

Ein Schuss explodierte über ihren Köpfen, als sie auf den

Teppich fielen und gleich darauf ein zweiter spitzer Fluch ausgestoßen wurde.

»*Verdammt!*«, fluchte Osborne. »Hör endlich auf, dich solch teuflischen Risiken auszusetzen, Sofia!«

»Nicht solange du darauf bestehst, mich zu retten.« Sie tastete nach ihrem versteckten Messer und machte sich Sekunden später daran, seine Fesseln aufzuschneiden.

Wieder pfiff eine Kugel am umgestürzten Stuhl vorbei und verpasste sie um ein Haar.

»Ich bin keine große Hilfe, nicht wahr?«, bemerkte er ironisch. »Was ist das nur für ein Held, der dem Feind in die offenen Arme stolpert?«

Die Flammen warfen ein Licht auf seine Verletzungen, auf die Schnitte auf seiner Wange, und Sofia spürte an den Fingerspitzen, das Blut an seinem Hemd klebte. »Nur der tapferste unter allen Helden«, murmelte sie und drückte ihm einen sanften Kuss auf die Stirn.

»Nur die dümmsten.« Seine Lippen verzogen sich zu einem schelmischen Lächeln. »Habe ich dir schon gesagt, wie sehr ich d... dein Draufgängertum liebe?«

»Nein, du warst viel zu sehr damit beschäftigt, mir eine Gardinenpredigt zu halten.« Sie hatte sich kurz unterbrochen, aber jetzt hatten ihre Hände die Arbeit wieder aufgenommen. Einen Moment lang hatte sie geglaubt, er wollte etwas anderes sagen. »Nur noch eine kleine Drehung.« Das letzte Stückchen Seil fiel herunter.

»Jemand wie du ist mir noch nie begegnet.«

»Daran zweifle ich nicht. Deine Freundinnen sind zu Ladys erzogen worden, nicht zu Satansbraten.« Sofia duckte sich weg, sodass die Statue aus Jade an ihr vorbeiflog und am Kamin zerschellte. »Tut mir leid, dass ich dich solch gefährlichen Torturen aussetze.«

Die Flammen schlugen höher. Lady Serena warf die nutzlosen Pistolen zur Seite, duckte sich ebenfalls und rannte durch den beißenden Qualm zur Tür hinaus.

»Tortur? Ich habe lange nicht mehr so viel Spaß gehabt.« Sofia bemerkte, dass die abgesplitterte Jade ihm noch eine hässliche Scharte in die schweißüberströmte Haut geritzt hatte. Und trotzdem lächelte er.

Lord Sunshine. Das strahlende Licht ihres Lebens.

»Jetzt würde ich natürlich gern ein oder zwei Sonette rezitieren, um meine überschäumenden Gefühle auszudrücken«, fuhr er fort, »aber wir sollten uns lieber auf den Weg machen.«

Der Qualm war bereits so dicht, dass sie kaum noch atmen konnte. »Halt!«, rief Sofia atemlos. »Wir können die beiden nicht hier liegen lassen, so sehr sie es auch verdient haben, in der Hölle zu schmoren.«

»Ich glaube, sie sind tot, meinst du nicht?«

Sofia schüttelte grimmig den Kopf. »Die Schüsse waren nicht tödlich.«

»Es liegt mir fern, deine Entscheidung zu kritisieren.« Osborne kroch zu De Winton hinüber und schnappte ihn am Mantelkragen. »Kommst du mit Sforza zurecht?«

Sofia schützte ihr Gesicht vor den aufschießenden Flammen und nickte.

Auf Händen und Knien gelang es ihnen, sich den Weg durch die brennenden Möbel zu bahnen und die verletzten Männer die Treppe hinunterzuschleppen. Der obere Teil des Geländers brannte bereits, und Sofia hörte, wie das Gebälk knackte, bevor es zusammenbrach.

»Los, schnell«, drängte Osborne und drückte die Eingangstür mit der Schulter auf.

Was für ein Segen, dachte sie, als die frische Luft über ihre

Haut strich. Sofia trank die Luft förmlich in großen Schlucken, bevor sie sich umdrehte. »Die Wache ...«

Er schubste sie zur Seite. »Ich hole den Mann.« Die gedämpften Tritte unter der Treppe gaben unmissverständlich zu verstehen, wo der Sikh gefangen war.

Ein paar Minuten später tauchten beide Männer wieder auf, hustend und spuckend. Sie fragte nicht, wie es Osborne gelungen war, den *kirpan* in die Finger zu bekommen.

Der Sikh sah reichlich mitgenommen aus, als er neben seinen bewusstlosen Herren zu Boden sank, ein paar Worte auf Hindi murmelte und sich über den versengten Bart strich. Osborne beugte sich vornüber und stützte sich mit den Händen auf den Knien ab. »Ich habe nicht vor, so etwas noch einmal über mich ergehen zu lassen«, stieß er aus.

Und Sofia hatte nicht die Absicht, ihn noch einmal ins Inferno zu schicken und sein Leben aufs Spiel zu setzen. Außerdem rannte sie bereits in Richtung Eingangstür. »Pass auf die drei auf!«, rief sie ihm zu. »Ich hole Lady Serena raus.«

»Den Teufel wirst du tun!« Osborne wirbelte herum, aber sie entkam. Seine Worte verfolgten sie bis ins Haus.

»Verdammt! Es ist noch nicht so weit.«

Nein, noch lange nicht. Sie schob den Riegel von innen vor und eilte die Treppe hinauf.

Jeder auf eigene Faust. In dieser Mission ging es nicht länger um abstrakte Ideale. Gegen jede Vorschrift war der Auftrag hochgradig persönlich geworden. Lady Serena hatte Robert auf dem Gewissen, ihren Cousin; und den Mann, den sie liebte, hätte die grausame Lady ermordet, ohne mit der Wimper zu zucken. Sofia wich einem herabstürzenden Balken aus. Mochten Feuer oder Schwefel ihr auf den Fersen folgen, sie würde dafür sorgen, dass die Lady ihrer gerechten Strafe nicht entging!

Die Kohlen knackten unter seinen Stiefeln, als Osborne zwei Treppenstufen auf einmal nahm. Der Säbel hatte sich als nützlich erwiesen, die Flügelfenster zu zertrümmern und Fensterkreuze wegzuhauen. Dennoch hatte ihn die Verzögerung wertvolle Sekunden gekostet. Blinzelnd durchdrang er die wabernden Schwaden aus Ruß und Asche, versuchte herauszufinden, welchen Weg Sofia eingeschlagen hatte. Ihre dunkle Kleidung machte es schwer, sie in dem wirbelnden Rauch auszumachen.

Die Flammenwand vor dem Arbeitszimmer drängte ihn zurück. Ihm blieb keine andere Wahl, als dem Korridor in den hinteren Teil des Hauses zu folgen.

»Sofia!«, rief er laut, um seiner Stimme durch das brüllende Feuer hindurch Gehör zu verschaffen.

Sprühende Funken schienen dem schwachen Versuch spotten zu wollen. Seine Kehle war vollkommen ausgetrocknet, und die Hitze wurde unerträglich. Er presste sich ein Taschentuch auf den Mund und stolperte vorwärts. Aus gutem Grund hielt er den *kirpan* immer noch in der Hand; obwohl der Messinggriff ihn in die Handfläche stach, nutzte er die Waffe, um seinen Schritt zu stabilisieren.

»Halt!« Geisterhaft drang der Schrei aus den hinteren Räumen zu ihm. Die Silhouette der Gestalt zeichnete sich vor den gebogenen Fenstern ab, bevor sie mit quecksilbriger Geschwindigkeit durch den Türbogen schoss und zur Dienstbotentreppe rannte. Es sah aus, als würde sich ein wendiger schwarzer Fleck eine heiße Verfolgungsjagd mit ihr liefern.

Osborne rannte ebenfalls los, achtete nicht auf die herabstürzenden Balken und um sich greifenden Flammen. Er wagte nicht, sich vorzustellen, welche schmutzigen Tricks Lady Serena noch im Ärmel hatte. Sofia hingegen standen keine anderen Waffen zur Verfügung als ihr Mut und ihr unbestechliches Ehrgefühl.

Wohl kaum ein fairer Kampf.

Am Treppenaufgang blieb er kurz stehen und lauschte, ob die Verfolgungsjagd sich vielleicht nach oben verzogen hatte. Über seinem Kopf hörte er scharrende Schritte. *Das Dach. Ja, das ergibt Sinn,* dachte er und eilte weiter. Höchstwahrscheinlich hatte sich wegen des Feuers bereits eine Menschentraube um den Eingang zum Stadthaus versammelt – die Behörden eingeschlossen. Lady Serena musste begriffen haben, dass sie nur dann den Hauch einer Chance zur Flucht besaß, wenn es ihr gelang, auf das Dach eines benachbarten Hauses zu klettern. Im Schutz der Dunkelheit und der allgemeinen Verwirrung würde es von dort aus nicht besonders schwierig sein, unbemerkt unterzutauchen.

Eine enge Luke öffnete sich auf die flachen Fliesen, die sich der Länge nach ausstreckten; das niedrige Geländer aus Portlandsteinen grenzte den Bereich ein, an den sich die Schieferschindeln des Daches in einer kurzen, aber zu allen Seiten steil abfallenden Neigung anschlossen. *In der Dunkelheit ist das Fundament sicher trügerisch,* dachte Osborne, *aber es ist zu schaffen.*

Er hob den Kopf und suchte in den Schatten, die seinen Blick immer wieder trübten, nach Sofia. Und nach Lady Serena. Rauchwolken stiegen auf, um sich im schwindenden Mondlicht aufzulösen. Die Nacht war in ein schauriges Licht getaucht, das aus einer anderen Welt zu stammen schien. Es war hell genug, um die beiden hinter einem der großen Schornsteine auftauchen zu sehen.

Genau wie er befürchtet hatte, war Sofia unbewaffnet. Lady Serena schien ebenfalls keine Pistole bei sich zu tragen, aber sie war auch nicht mit leeren Händen aus ihrem Zimmer geflüchtet: Mit der Faust umklammerte sie einen dicken Ochsenziemer.

Die Schnur schnellte nach vorn, verfehlte Sofias Gesicht nur um Haaresbreite.

Sie zuckte nicht. »Sie sollten sich lieber ergeben, Lady Serena, und weiteres Blutvergießen vermeiden.«

»Wie einfältig Sie doch sind! Glauben Sie ernsthaft, dass mich das interessiert?«, entgegnete Lady Serena, als sie die Lederschnur wieder an sich zog. »Im Gegenteil, ich würde großes Vergnügen dabei empfinden, Sie auf der Terrasse unter Ihnen mit zerschmetterten Knochen liegen zu sehen, bevor ich die Flucht ergreife.«

»Es wird keine Flucht geben«, erwiderte Sofia. »Ich werde dafür sorgen, dass Sie nicht entkommen können.«

Wieder schnellte die Peitsche nach vorn und zwang Sofia, hinter dem Schornstein in Deckung zu gehen.

»Zurück, Sofia!« Osborne hatte geschwiegen, aber jetzt konnte er sich nicht länger zurückhalten. Wenn Lady Serena noch ein paar Schritte zur Seite trat, würde sie Sofia in die Falle gelockt haben. »Sie ist das Risiko nicht wert! Lass sie gehen. Mit General Burrands Männern an den Fersen wird sie nicht weit kommen.«

»Männer.« Verächtlich schürzte Lady Serena die Lippen. »Ich habe sie doch alle an der Nase herumgeführt.« Sie hatte ihren Vorteil ebenfalls erkannt und sprang rasch nach rechts.

Aber die Peitsche konnte nicht beide gleichzeitig treffen, sondern nur einen. Osborne wollte gerade nach vorn stürzen, als Sofia die Knie beugte und hochsprang. Mit der Hand klammerte sie sich oben an den Kaminschacht, und nach einem im Dämmerlicht nur verschwommen erkennbaren Salto rückwärts katapultierte sie sich leichtfüßig auf die andere Seite des Schornsteins.

»W… wie…« Überrascht wich Lady Serena einen Schritt zurück. »Man braucht Flügel, um so durch die Luft fliegen zu können!«

»Ich bin ein Falke.« Sofia tauchte wie durch Zauberhand aus den wabernden Rauchwolken auf. »Genauer gesagt, ein Merlin.«

»Sofia!«, warf Osborne wieder ein.

»Schon gut, Deverill! Die Sache geht nur mich etwas an.«

»Du bist eine Soldatin!«, erinnerte er sie. »Du darfst es nicht zulassen, dass deine Gefühle dir die Gefechtsstrategie durchkreuzen. Es wäre ein Fehler.«

»Wer zum Teufel sind Sie?«, fragte Lady Serena und ließ den Blick zwischen den beiden hin und her schweifen.

»Jemand, der Ihrem eigenen machiavellistischen Verstand mehr als gewachsen ist«, erwiderte Osborne, ging Schritt für Schritt bis zum vorderen Geländer und hoffte, dass Sofia bemerken würde, was er vorhatte. »Genau wie Sie ist Sofia nicht das, was sie zu sein scheint. Sie ist eine geübte Mörderin! Und nachdem ihr klar wurde, dass Sie, Lady Serena, ihren Cousin Lord Robert Woolsey umgebracht haben, hat sie nicht die Absicht, Sie sang- und klanglos in die Nacht eintauchen zu lassen.«

»Du lügst!«, gellte Lady Serenas Stimme. »Die Söhne des Herzogs haben keine Töchter.«

»Aber die Tochter des Herzogs«, widersprach Osborne.

»Ausgeschlossen!«, zischte sie. »Elizabeth Woolsey ist vor langer Zeit gestorben. Sie hat keine Kinder zurückgelassen.«

»Dann bin ich vielleicht einfach ein Racheengel«, warf Sofia ein.

Während sie sprach, ging sie an der niedrigen Steinmauer in Stellung. Ihr Blick begegnete seinem; sie nickte kurz. Lady

Serena war jetzt zwischen ihnen gefangen und würde sich entweder in die eine oder in die andere Richtung drehen müssen, um ihre Waffe einzusetzen. Wie auch immer sie sich entschied, der andere würde sich auf sie stürzen können.

»Fahr zur Hölle!« Lady Serena hob die Peitsche – und sah, dass sie in der Klemme steckte.

Unten von der Straße drangen Schreie nach oben. Osborne erkannte Marcos Stimme.

»Ergeben Sie sich!«, forderte Sofia sie auf. »In wenigen Minuten werden die Behörden sämtliche Straßen abgeriegelt haben.«

»Ich soll eine Niederlage eingestehen? Ich verliere nie. *Niemals!*« Lady Serena schaute sich um. Trotz der Wut in ihrem Blick wirkte sie eiskalt und berechnend. »Ha! Nicht nur Sie können fliegen, ich kann es auch.« Die Peitschenschnur überbrückte den Abstand zwischen den Gebäuden und wickelte sich um ein eisernes Ziergitter.

»Verdammt!« Lady Serena wollte die Peitsche offenbar benutzen, um auf den niedriger gelegenen Balkon des benachbarten Hauses zu segeln. Von dort aus hatte sie vielleicht die Chance, zu den hinteren Gärten zu gelangen, bevor Lynsleys Männer die Gegend abriegeln konnten.

Die Lady lächelte zum Abschied und sprang vom Mauervorsprung … Ihre fliegenden Röcke erweckten den Eindruck einer riesigen boshaften Krähe, die sich von den blassen Rauchwolken abhob.

Es gab nur eine Möglichkeit, sie aufzuhalten. Osborne schätzte die Distanz und hob den *kirpan*. Die rasiermesserscharfe Klinge würde das Leder …

»Nein!« Sofia fiel ihm in den Arm.

»Aber …« Er brach ab, als er beobachtete, wie die Peitschenschnur sich langsam von dem Eisengitter abwickelte.

Lady Serenas leises Gelächter verklang in einem schrillen Schrei, als sie bemerkte, was passierte. Ihr atemberaubender Fall endete mit einem dumpfen Aufschlag auf die Terrasse.

Osborne schaute nicht hinunter. Sofia stand neben ihm; ihre Miene war so ruhig und feierlich, als wäre sie in Marmor gemeißelt. »Warum hast du mich abgehalten?«

»Pure Physik«, erwiderte Sofia, »Wenn das Leder nass ist, wird es auf keinen Fall halten.« Sie drehte sich zu ihm und schaute ihn an. »Und aus einem anderen Grund, der viel persönlicher ist. Du bist ein Mann der Ehre. Du hättest es bitter bereut, eine Frau zu töten, wenn es nicht in Notwehr geschieht.«

»Ich hatte verdammt gute Gründe, meine Rache zu fordern«, brummte er.

»Rache ist niemals ein guter Grund, um jemandem das Leben zu nehmen.«

Osborne berührte ihre Wange. »Du hast recht. Außerdem sind die Gründe, ein Leben zu verteidigen, viel verlockender. Zum Beispiel ...«

Neben der Luke schossen die Flammen hoch.

Sofia drehte sich um. »Was wolltest du sagen?«, meinte sie zaghaft. Ihr Gesicht war rußverschmiert, und das windzerzauste Haar wellte sich über ihre Schultern. Kein Wunder, dass Poeten und Maler das diamanthelle Sternenfunkeln und Feuerschein als romantisch empfanden – Sofia bot den schönsten Anblick, der ihm jemals vor Augen gekommen war.

Aber es schien nicht der rechte Zeitpunkt für eine kunstvolle Rede, die von Herzen kam.

»Das kann warten«, murmelte Osborne, »denn ich habe nicht die Absicht, in Glanz und Gloria zu verbrennen.« Mit der Fingerspitze strich er eine störrische Locke von ihrer

Wange. »Ich hoffe, dass der Unterricht an der Akademie dich auch gelehrt hat, wie man einem flammenden Inferno entkommt.«

Sofia lächelte. »Folge mir.«

24. Kapitel

Nach der Untersuchung der Leiche auf der Terrasse klopfte Lynsley sich die Asche von den Fingern. »Es ist nicht ganz das Ende, das ich mir für die Mission gewünscht habe, aber in mancher Hinsicht dürfte es das Beste sein«, erklärte er. »Das Ableben der Lady könnte als unglücklicher Unfall ausgegeben werden. So könnten wir einen schmutzigen Skandal vermeiden, in den sowohl die Regierung als auch die Familie hineingezogen würde.«

»Wer sich in Gefahr begibt, kommt darin um.« Osborne ließ den *kirpan* zu Boden fallen.

Obwohl es schwierig gewesen war, an der Fassade des Nachbarhauses hinabzuklettern, hatte er die Waffe nicht aus der Hand gegeben. *Wie der Ritter aus der Legende des Arthur, der bereit ist, gegen den Feuer speienden Drachen zu kämpfen. Auch wenn der Ritter im Moment reichlich verwahrlost aussieht,* dachte Sofia und lächelte innerlich, ohne Rüstung, ohne Lanze, ohne schneeweißes Schlachtross. Nur er selbst – ein Held aus Fleisch und Blut anstelle jener flüchtigen Erscheinungen, wie sie die Märchenbücher bevölkern.

»Amen«, murmelte Lynsley.

»Ja, ich würde auch sagen, dass sie bekommen hat, was sie verdient.« Sofia seufzte, zwang sich, wieder die irdischen Tatsachen zur Kenntnis zu nehmen. »Und ich kann nicht anders, als ein wenig Mitgefühl für sie zu empfinden. Was für eine Schande, ein solches Talent zu verschwenden! Die Gesellschaft bietet Frauen so wenige Möglichkeiten, sich im Leben zu entfalten. Um ihre schöpferischen Fähigkeiten zu erproben, ist eine Frau gezwungen, sich in der Unterwelt herumzutreiben. Sie muss kriminell werden ... oder eine wie ich.«

»Sie bringen es auf den Punkt«, murmelte Lynsley. Als mehrere seiner Agenten sich dem Leichnam mit einem Leinensack näherten, forderte er Sofia und Osborne auf, ihm zu den Ställen zu folgen. Die Feuerwehr hatte den Brand unter Kontrolle, und unter den Pfiffen der mit Eimern bewaffneten Löschtruppe sah Sofia, dass die verwundeten Gefangenen in eine Seitenstraße verfrachtet wurden.

Die Agenten des Marquis werden gründlich aufräumen, dachte Sofia grimmig, *schon morgen früh wird dem verkohlten Schutt nicht mehr anzusehen sein, was wirklich geschehen ist.*

»Bella!« Marcos Stimme drang aus dem allgemeinen Gewirr an ihr Ohr.

Sie drehte sich um und bemerkte, dass er sich den Weg durch die gaffende Menge bahnte. Seine bordeauxrote Abendkleidung war an mehreren Stellen zerrissen, das Halstuch fehlte, und die Hose war über und über beschmutzt. *»Grazie a Dio!«*, rief er und drückte sie an sich. »Ein paar Minuten lang hatte ich wirklich Angst um dich.«

»Es war ein bisschen warm«, gestand Sofia ein, »aber dank Osborne ...«

»Sí! Prego, prego, amico!« Marco drückte Osborne ebenfalls fest an sich. »Tut mir leid«, fügte er hinzu, als er Osbornes Miene bemerkte, »ich neige dazu, meine englischen Manieren zu vergessen, wenn mir das Herz überläuft.«

»Keine Entschuldigung nötig«, meinte Osborne. »In der Tat, es ist umgekehrt – ich muss mich bei Ihnen entschuldigen. Weil ich nur das Schlechteste über Sie gedacht habe.«

Marco wischte die Bemerkung mit einem spöttischen Grinsen beiseite. »Es stimmt doch, ich kann ein unausstehlicher

Gockel sein, nicht wahr? Aber es diente alles einem guten Zweck.«

»Ja, das ist richtig.« Osbornes Blick jagte ihr einen Hitzeschauder über den Rücken.

Sei nicht dumm!, schimpfte sie mit sich selbst. Wahrscheinlich verhielt es sich so, dass sie sich die aufflammenden Gefühle in seinem Blick nur einbildete, weil noch ein übrig gebliebener Rest der Drogen in ihrem Körper wirksam war. Eine Halluzination. Oder einfach nur der Widerschein des brennenden Gebäudes.

Deverill Osborne hatte rein aus Pflichtbewusstsein gehandelt, nicht aus Hingabe an seine Gefühle. Er war ein Ehrenmann. Und mutig noch dazu. Ein zuverlässiger Kamerad, ein sanfter Liebhaber. Seine Stärke teilte er mit seinen Freunden; aber was sein Herz betraf, so befürchtete Sofia, dass er es ganz für sich allein behalten würde.

»Dev! Lady Sofia!«

Sofia schaute auf und sah Harkness, der auf sie zustürmte. »Verdammt noch mal, ich bin wirklich erleichtert, dass ihr beide noch am Leben seid!« Seine englische Zurückhaltung hinderte ihn, es Marco gleichzutun und seiner Gefühlsaufwallung überschäumenden Ausdruck zu verleihen; aber der Klaps auf Osbornes Schulter dauerte trotzdem ein oder zwei Sekunden länger als sonst.

»Danke, Nick. Mit deiner Hilfe und ein wenig Glück ist es uns gelungen, den Teufel zur Strecke zu bringen.«

»Nicht ohne sich ein paar Kratzer einzufangen«, meinte Harkness und ließ den Blick über Osbornes aufgeschürfte Wange und das blutverschmierte Hemd schweifen. »Was zum Teufel ist mit euch passiert?«

Lynsley unterbrach die Unterhaltung mit einem plötzlichen Husten. »Bedaure, Gentlemen. Obwohl ich Ihre Empfindungen durchaus teile, muss ich diese berührende Szene leider beenden, um meinen Amtspflichten nachzukommen. Die Interessen der Regierung müssen vor persönlichen Fragen rangieren.« Er schaute Sofia und Osborne an und deutete auf das Gatter auf der anderen Seite des Kutschenpfades. »Bitte folgen Sie mir. Die Löscharbeiten werden vom Nachbarhaus aus geleitet. Im hinteren Flügel gibt es einen Raum, in dem wir uns ungestört unterhalten können.«

»Was ist mit De Winton und den anderen?«, fragte Sofia, sobald sie im geschützten Garten angekommen waren.

»Sforza und er werden sich vor Gericht für die Ermordung von Lord Robert Woolsey verantworten müssen«, erläuterte der Marquis. »Marco konnte Familligi überzeugen, als Zeuge der Anklage aufzutreten, um seinen eigenen Hals zu retten. Und zusammen mit Ihren Beweisen werden sie bald am Galgen baumeln. Andover, Concord und Roxbury werden wegen Unterschlagung und Veruntreuung viele Jahre im Gefängnis schmoren.«

Sofia empfand ein wenig professionelle Genugtuung, dass es mit ihrer Hilfe gelungen war, die giftige Mohnblumenverschwörung zur Strecke zu bringen. Bald schon würden die scharlachroten Sünden nicht mehr sein als nur eine blasse Erinnerung. Und was sie selbst betraf – hatte sie nicht auch Lob und Anerkennung verdient? Aber darüber würde der Marquis zu urteilen haben, sobald er die ganze Geschichte gehört hatte. Ja, es waren Fehler gemacht worden, und trotz des heldenhaften Einsatzes an diesem Abend gab es noch viele Fragen, die beantwortet werden mussten.

»Ein schmutziges Geschäft.« Lynsley schloss die Tür seiner zeitweiligen Kommandozentrale hinter sich. »Aber glücklicherweise ist es beendet.« Er seufzte. »Gut gemacht. Alle beide.«

»Vielen Dank, Sir«, erwiderte Sofia.

»Um aufrichtig zu sein – es ist noch nicht vorüber«, unterbrach Osborne.

»Bitte, jetzt nicht, Deverill«, wehrte sie ab; sie ahnte, was er sagen wollte.

Aber Osborne achtete nicht auf sie. »Es sind Komplikationen aufgetaucht, Lynsley. Besonders eine, die nicht einfach unter den Teppich gekehrt werden kann wie andere.«

Der Marquis runzelte die Stirn. »Ja?«

»Soll ich es ihm sagen, Sofia? Oder ziehst du es vor, es selbst zu tun?«

Sie biss sich auf die Lippe, war sich unsicher, ob … über alles. Aber vielleicht hatte Osborne auch recht, und es war das Beste, man brachte es hinter sich.

»Es tut mir leid, Sir, aber es will mir scheinen, äh, das heißt, vielleicht wäre es möglich, dass …«

»Verdammt noch mal, Sofia, du musst dich nicht entschuldigen, weil du bist, wer du bist.« Plötzlich schien Osborne vor Wut förmlich zu explodieren. Mit aufgerissenen Augen wandte er sich an Lynsley, und seine Stimme hatte einen scharfen sarkastischen Unterton, als er weitersprach. »Gratuliere zu einer erfolgreichen Mission. Aber vielleicht sollten Sie den Hintergrund der Waisenkinder ein wenig gründlicher erforschen, bevor Sie sie von den Straßen auflesen und den Gefahren aussetzen, die Ihre dreckige Arbeit mit sich bringt.«

Die Miene des Marquis, der nur selten Gefühle zeigte, verdunkelte sich. »Sie glauben also wirklich, dass ich meine Pflichten vernachlässige? Sie glauben, dass es mir Vergnügen bereitet, die Merlins in gefährliche Situationen zu schicken?« Er runzelte die Stirn. »Sie haben Ihre Kritik recht unverhohlen geäußert, Osborne. Und jetzt erwarte ich verdammt noch mal, dass Sie erläutern, was es mit Ihren seltsamen Anschuldigungen auf sich hat …«

»Gentlemen.« Obwohl Sofia nur sanft sprach, schwiegen die beiden Männer sofort und sahen sogar ein wenig beschämt aus. »Es gibt wirklich keinen Grund, sich anzuschreien.«

»Ich gestehe ein, dass ich Sie auf unfaire Weise angegriffen habe, Lynsley. Bitte nehmen Sie meine Entschuldigung an.« Osborne fuhr sich mit der Hand durch das zerzauste Haar. »Spionage ist eine schmutzige, gefährliche Angelegenheit. Nun, wie auch immer, Sofia lobt Ihre Motive und Überzeugungen stets in den höchsten Tönen.«

Der Marquis nickte steif.

»Übrigens«, fügte er selbstironisch hinzu, »sollten Gentlemen darauf verzichten, Ihre Stimme in Gegenwart einer *Lady* zu erheben.«

Fragend zog Lynsley die Brauen hoch.

»Wir sollten kein Drama daraus machen«, platzte es aus Sofia heraus. »Osborne will nur sagen, dass ich im Zuge meiner Ermittlungen herausgefunden habe, dass ich ... dass ich unter Umständen die Großtochter des Herzogs of Sterling bin.«

»Sofia besitzt ein Medaillon mit einem Porträt ihrer Mutter. Das hat ihr jedenfalls die Prostituierte weisgemacht, bei der sie aufgewachsen ist«, fügte Osborne hinzu. »Dieses Porträt ist die exakte Kopie eines Gemäldes, das in Sterlings privatem Arbeitszimmer hängt.«

»Du lieber Himmel!« Lynsleys Gesichtsausdruck spiegelte den Schrecken, den sie anfangs ebenfalls empfunden hatte; doch die Überraschung verwandelte sich in ein schuldbewusstes Lächeln. »Ich gestehe, dass ich mich auf allerlei Zufälle vorzubereiten versuche. Aber so etwas hätte ich mir in meinen kühnsten Träumen nicht vorstellen können. Obwohl ... um die Wahrheit zu sagen, ich hätte damit rechnen müssen, dass es eines Tages zu einer solchen Enthüllung kommt.«

Sofia zwang sich zu einer lässigen Erwiderung. »Warum hätten Sie jemals auf den Gedanken kommen sollen, dass eines Ihrer hässlichen Entlein sich in einen prächtigen Schwan verwandelt?«

»Nun, es will scheinen, als hätte in unserer Maskerade ein Körnchen Wahrheit gesteckt.« Lynsley lächelte. »Weiß Sterling Bescheid?«

Sofia schüttelte den Kopf. »Nein, Sir. Ich bin selbst erst vor einigen Tagen darüber gestolpert. Und gerechterweise muss ich eingestehen, dass es keine handfesten Beweise gibt.«

»Du bist der lebendige Beweis, Sofia«, beharrte Osborne. »Die Ähnlichkeit ist unübersehbar! Warum sperrst du dich dagegen?«

Weil der Gedanke erschreckender ist als alle Gefahren, denen ich bisher ins Auge geblickt habe. In ihrer gesamten Ausbildung war immer wieder betont worden, dass sie eine gefühlsmäßige Barriere zwischen sich und ihrer Umgebung aufbauen sollte. Nein, sie konnte sich einfach nicht vorstellen, zu einer richtigen Familie zu gehören.

»Ein Gemälde ist ein recht dünnes Seil, um den Anspruch auf einen Adelstitel daran zu knüpfen.« Sofia warf dem Marquis einen auffordernden Blick zu. »Meinen Sie nicht auch, Sir?«

»Ich denke, das ist eine Sache, die nur Sie und der Herzog entscheiden können«, erwiderte Lynsley sanft.

»Aber ich bin so sehr daran gewöhnt, allein zu sein«, wisperte Sofia, »und wir leben in grundverschiedenen Welten. Ich fürchte, dass ich einfach niemals dazugehören werde.«

»Sie werden Ihren eigenen Platz finden, Sofia. Davon bin ich felsenfest überzeugt.« Der Marquis verschränkte die Hände hinter dem Rücken. »Nun, bevor Sie wieder in Ihre Seidenslipper schlüpfen, brauche ich noch Ihren Abschlussbericht über die Mission.«

Osborne, der während des letzten Wortwechsels in eine dunkle Ecke getreten war, räusperte sich plötzlich. »Darf ich noch ein paar vertrauliche Worte mit Sofia sprechen, bevor Sie sich mit ihr zurückziehen?«

»Es handelt sich um eine dringliche Angelegenheit, Osborne«, meinte Lynsley spöttisch. »Ich habe dem Minister zugesagt, dass der Bericht binnen einer Stunde vorliegt. Kann Ihr Anliegen nicht bis morgen warten?«

»Nein, es kann nicht warten«, beharrte Osborne, »es ist ebenfalls dringlich.«

»Nun gut.« Der Marquis zögerte, schenkte Sofia ein väterliches Lächeln. »Sieht so aus, als würde ich abermals eine meiner besten Agentinnen verlieren. Ihre Zimmergenossinnen haben durch die Eheschließung eine Familie gegründet. Sie hingegen ...«

Osborne hustete. »Sir.«

»Zehn Minuten, Osborne!« Es mochte sein, dass es nur am flackernden Kerzenlicht lag, aber Sofia bildete sich ein, dass er ihr zuzwinkerte. »Es können auch fünfzehn sein ...«

»Dann bleibt mir nicht viel Zeit.« Osborne zuckte zusammen, als er zu lächeln versuchte.

Er konnte sich nicht daran erinnern, wie er sich die Lippen zerschnitten hatte. Inzwischen gab es nur noch wenige, dafür aber kostbare Teile seiner Anatomie, die nicht mit Schürfwunden oder Prellungen übersät waren. Alles tat ihm weh ... aber der stärkste Schmerz saß in seinem Herzen, wenn er sich ins Gedächtnis rief, wie wenig gefehlt hatte, und er hätte Sofia für immer verloren.

»Ganz zuerst möchte ich mich bei dir bedanken, dass du mir den Hals gerettet hast«, begann er.

Sofia wich seinem Blick aus. »Ich habe dir nur den Gefallen erwidert.«

Ihr Tonfall – sie klang so kühl, so lässig – jagte ihm einen Schauer über den Rücken. Wollte sie ihm etwa bedeuten, dass sie nichts anderes als nur ihren Job erledigt hatte? Das hieß, dass es nicht leicht werden würde. Osborne war sich nicht sicher, dass er den Mut aufbrachte, sich so verwundbar zu machen.

Feigling! Offenbar war es tatsächlich Sofia, die den unbezähmbaren Willen eines wahrhaften Kriegers besaß ... ganz zu schweigen von dem sinnlichen Körper einer leidenschaftlichen Frau. Schönheit und Verstand – eine unwiderstehliche Kombination. Er hatte sein Herz und seine Seele an sie verloren. Und nun musste er irgendwie die Kraft aufbringen, ihr zu sagen, wie sehr er ihre Überzeugungen und ihren Mut bewunderte.

Wie sehr er sie liebte.

Liebe. Das war kein Wort, welches er schon oft ausgesprochen hatte; ihm fehlte schlicht die Erfahrung. Wie viele andere Phrasen glitten ihm umstandslos über die Zunge; gleichgültig, ob Kunst, Poesie, Politik oder Mode, es gab kein Thema, zu dem die Salongesellschaft ihn nicht um seine fundierte Meinung bat. Auf den charmanten, scharfsinnigen Deverill Osborne konnte man sich immer verlassen. Auf sein fröhliches Gelächter. Nur ... jetzt wünschte er sich nichts anderes, als bitter ernst zu sein. Über lange Jahre hatte er sich gefragt, wer er wirklich war, was er wirklich wollte. Plötzlich schien ihm die Antwort klar vor Augen zu stehen.

»Sofia. Bitte schau mich an«, sagte er.

Sie hatte den Kopf ein wenig zur Seite geneigt; ihre wundervollen Gesichtszüge waren mit Ruß und Schürfwunden übersät. Osborne lehnte sich näher zu ihr. Sein Anblick spiegelte sich im silbernen Tafelleuchter, der auf dem Tisch stand, und er musste feststellen, dass er noch schlimmer aussah als sie. Unwillkürlich musste er lachen. »Du liebe Güte, wir geben wirklich ein herrliches Paar ab!«

Endlich. Die Bemerkung entlockte Sofia ein Lächeln. »Die Salons wären entsetzt! Wir haben sämtliche Regeln des Anstands gebrochen und uns keineswegs so verhalten, wie es sich ziemt. Und anderes mehr, wie ich vermute.«

»Aber wir haben die Mission hinter uns gebracht.«

»Trotzdem gibt es einen Unterschied«, flüsterte Sofia, »ich habe nur meine Pflicht getan, während du ... Ich hätte es niemals zulassen dürfen, dass du dein Leben riskierst!« Ihre Unterlippe zitterte, während sie sprach, das erste Anzeichen, dass sie ihre Gefühle nicht richtig beherrschen konnte.

Das kleine Zeichen machte ihm Mut, einen Schritt weiterzugehen. »Ist es mir nicht gestattet, selbst die Entscheidung zu treffen? Du hast es doch auch getan. Mag sein, dass meine Fähigkeiten nicht so gründlich ausgebildet sind wie deine, aber wer weiß, mit ein wenig mehr Übung ...« Osborne hielt inne, um Atem zu schöpfen. »Nebenbei, muss eigentlich jeder Mann erst eine Feuerprobe bestehen, bevor er die Hand eines Merlins gewinnen kann?«

Die Frage schien sie aus der Bahn zu werfen. Sofia starrte auf ihre Schuhspitzen und murmelte eine verlegene Antwort. »Ich ... ich weiß nicht genau. Da musst du Lord Kirtland oder Mr. Orlov fragen.«

»Allerdings, wenn ich meinen Freund Julian das nächste Mal sehe, habe ich jede Menge mit ihm zu besprechen!«, erwiderte er. »Aber jetzt, in diesem Moment, gilt meine dringlichste Frage dir, Sofia.«

Die Uhr im Kasten in der Ecke tickte und tickte. Nicht mehr lange, und Lynsley würde klopfen. Wenn er es jetzt zuließ, dass Sofia ihm entwischte, musste er damit rechnen, dass dieser Augenblick für immer verloren war.

Jetzt oder nie.

»Willst du mich heiraten, Sofia? Die Etikette verlangt, dass ich eine blumige Ansprache halte und meinen Antrag mit einem kostbaren Schmuckstück bekräftige.« Er umrahmte ihre Wangen mit seinen geschundenen Händen und hob ihren Kopf leicht an. »Aber in dieser Minute kann ich dir nichts anderes schenken als mich und mein Herz.«

Ihre Lider flatterten, und eine schimmernde Träne lief ihre Wange hinunter. »Du«, hauchte sie, »bist ein Geschenk, wie es kostbarer nicht sein kann.«

»Ich liebe dich«, murmelte er, »oder sollte ich lieber sagen: *Ti amo*?«

Ihre Lippen berührten seinen Mundwinkel. »Die Liebe spricht ihre eigene Sprache.«

»Soll das heißen ...«

»... dass ich dich auch liebe?« Sofias Zärtlichkeit strich federleicht über seine Haut. »Ich hatte viele Geheimnisse, Deverill, aber dieses war am schwersten zu hüten. Ich glaube, ich habe dich geliebt, seit das erste Mal ein Sonnenstrahl in das dämmrige Licht des Salons gedrungen ist.«

»Du hattest manchmal eine seltsame Art, es mir zu beweisen.«

»Ich werde mich ganz bestimmt niemals wie eine echte Lady benehmen.« Sie zog sich einen Hauch zurück. »Wirst du damit zurechtkommen?«

»Lass mich einen Moment darüber nachdenken.« Osborne zog sie in die Arme und drückte sie fest an sich. »Ich glaube, ja.«

Er verlor das Zeitgefühl, wusste nur noch, dass der Kuss viel zu schnell endete. »Warum diese Eile?«, murmelte er und versuchte, sie festzuhalten, als sie aus seiner Umarmung schlüpfen wollte. »Lynsley kann sich gern noch ein paar Minuten gedulden.«

»Ich muss mit einem Tadel wegen Pflichtvernachlässigung rechnen.« Sofia lächelte zwar, aber der Schatten des Zweifels in ihrem Blick blieb ihm nicht unbemerkt. »Aber bevor er zurückkehrt ... Bist du dir wirklich sicher, dass du heiraten willst? Ich kann dir nicht versprechen, eine gewöhnliche Ehefrau zu sein. Denn ich kann mir nicht vorstellen, dass ich all die Lektionen vergessen kann, die mir auf der Akademie erteilt worden sind.« Ihre Lippen zuckten. »Unterwürfigkeit und Gehorsam zum Beispiel gehören nicht dazu.«

»Wenn ich ein Geschöpf an meiner Seite haben wollte, das jeden Befehl befolgt, hätte ich mir einen Hund angeschafft.«

»Ich mag Tiere sehr gern«, murmelte sie. »Dürfte es auch eine Katze sein?«

»Du kannst dir eine ganze Menagerie zulegen – Hunde, Katzen, Falken, Einhörner. So lange ich zu den Geschöpfen gehöre, die dir am Herzen liegen.«

»Du bist das *einzige* Geschöpf, das mir wirklich wichtig ist, Deverill. Jetzt und für immer.«

»Amen«, murmelte er. »Darf ich das als Ja nehmen?«

»Ja.« Sofia zögerte den Bruchteil einer Sekunde. »Aber ...«

Er stöhnte. »Kein Aber, bitte.«

»Aber es ist ziemlich wichtig!«, beharrte Sofia. »Kannst du dir vorstellen, was los ist, wenn das Gerücht die Runde macht, wer ich wirklich bin? Die Gesellschaft wäre zutiefst entsetzt, dass du dich für eine solch erschütternde Partie einlässt. Eine Geheimagentin der Regierung, noch dazu in allerlei Fähigkeiten ausgebildet, die gar nicht denen einer Lady entsprechen – nein, das ist alles andere als die angemessene Ehefrau eines Lords, der zu den beliebtesten in ganz London gehört. Nein, natürlich wird niemand die volle Wahrheit erfahren. Aber ich möchte auch nicht, dass du zur Zielscheibe boshafter Spöttereien wirst.«

»Meine Liebe, wenn es uns gelingt, ein Nest gefährlicher Verbrecher auszuheben, werden wir sicher auch mit der Salongesellschaft fertig werden. Vertrau mir. Außerdem vergisst du, dass du in den Augen der Menschen bereits die Contessa bist. Und wenn sich jetzt herausstellt, dass sich in dir auch die lang verlorene Großtochter des Herzogs von Sterling verbirgt, dann wird man die Geschichte als Erfüllung eines romantischen Traumes begrüßen.« Er grinste verschmitzt. »Ich kann mir gut vorstellen, wie die Geschichte anfängt ... Es war einmal in einer dunklen und stürmischen Nacht ...«

Sofia platzte lachend heraus. »Vielleicht sollte Lynsley darüber nachdenken, dich in unsere Reihen aufzunehmen ... in dir schlummert tatsächlich ein Talent für doppeltes Spiel.«

Das Klopfen an der Tür unterbrach ihre Umarmung.

»Wenn man vom Teufel spricht«, seufzte Osborne. »Ich glaube, wir sollten uns jetzt lieber der Pflicht zuwenden.«

»Stimmt.« Er spürte, dass Sofia zögerte. »Ich weiß nicht genau, wie ich ihm die Neuigkeiten mitteilen soll. Oder dem Herzog. Mit Waffen bin ich viel talentierter als mit Worten.«

Osborne ergriff ihre Hand. »Folge mir. Ob wir uns in den Klauen des Todes befinden oder im Salon eines Herzogs, von jetzt an werden wir unseren Weg gemeinsam gehen.«

»Osborne!« Überrascht hob der Herzog den Blick von den römischen Münzen, die er gerade eingehend betrachtet hatte.

»Verzeihen Sie, dass ich unangemeldet bei Ihnen eindringe. Ihr Butler wollte mich aufhalten, aber das durfte ich nicht zulassen.« Ein paar Stunden Schlaf und frische Kleidung ließen ihn zwar in mancher Hinsicht gepflegter erscheinen, aber trotzdem zweifelte Osborne nicht daran, dass sein Gesicht immer noch aussah, als wäre er gerade der Hölle entkommen. »Mir ist klar, dass ich augenblicklich keinen besonders angenehmen Anblick biete. Aber ich war überzeugt, dass Sie meine Neuigkeiten unverzüglich hören wollen.«

Sterlings Hand zitterte leicht, als er das Vergrößerungsglas zur Seite legte. »Hat es mit Elizabeths Medaillon zu tun?«

»Ja«, bestätigte Osborne, »und mit Roberts Tod.«

»Wollen Sie andeuten, dass beides zusammenhängt?«

Osborne nickte.

»Um Gottes willen, reden Sie, Mann!«

»Nun, es steht mir nicht zu, noch mehr zu sagen. Die Person, mit der Sie tatsächlich zu sprechen wünschen, steht draußen vor der Tür. Viel mehr als ich hat sie daran mitgewirkt, dass die Wahrheit ans Licht kommt.« Er warf einen Blick auf das polierte Eichenholz der Tür. »Darf ich sie bitten, einzutreten?«

Sterling schob den Stuhl zurück und erhob sich. »Bitte!« Seine Stimme zitterte.

Zögernd betrat Sofia den Raum. Im Moment empfand sie sich ganz und gar nicht als Merlin. Innerlich fühlte es sich nicht so an, als würde Selbstvertrauen sich in ihr ausbreiten, sondern tausend nervöse Schmetterlinge mit den Flügeln schlagen.

Was soll ich nur sagen? Die Kehle war ihr wie zugeschnürt. Noch nie hatte sie sich so unbehaglich, so verunsichert gefühlt.

»Bitte seien Sie nicht schüchtern, Lady Sofia!« Osborne rettete sie, indem er seinen Arm bot und ihr beruhigend zuzwinkerte. »Kopf hoch, meine Liebe«, flüsterte er kaum hörbar, »du hast schon ganz andere Herausforderungen gemeistert.«

»Hah!«, machte sie, aber sein Humor half ihr auch, sich zu entspannen.

»Contessa!« Der Herzog streckte ihr zu Begrüßung die Hand entgegen. »Was für eine angenehme Überraschung.« Er lächelte, warf Osborne aber einen fragenden Blick zu.

Osborne wiederum schaute sie an.

»Vielleicht sollten Sie sich lieber setzen, Sir«, meinte sie mit einem trockenen Seufzer. »Denn mein unerwarteter Besuch bei Ihnen ist höchstwahrscheinlich nicht die letzte Überraschung, die Ihnen heute Nachmittag blüht.«

Osborne zog sich in Richtung Tür zurück.

»Deverill«, hauchte sie schwach, als ihr letzter Rest Mut schwand.

»Ich stehe gleich draußen, nur für den Fall, dass du meine Hilfe brauchst. Aber ich bin überzeugt, dass du in der Lage bist, diese Schlacht ganz allein zu schlagen.«

»Schlacht«, echote Sterling und betrachtete die beiden mit einer Mischung aus Sorge und Verwirrung. »Sie sehen beide aus, als hätten Sie vor Kurzem Luzifer und seine Legionen in die Knie gezwungen. Ich bin gespannt, was das mit mir und meiner Familie zu tun hat.«

Sofia öffnete die Faust, streckte den Arm aus und drückte ihm die Kette mit dem Medaillon in die bereitwillig geöffnete Hand.

Der Herzog schwankte leicht, erweckte den Eindruck, als würde die ganze Last dieser Welt plötzlich in seiner Handfläche ruhen. »Woher haben Sie das?«

»Die Frau, die mich aufgezogen hat, hat es mir gegeben. Sie hat es ... und auch mich ... von ihrer Schwester bekommen ...« Hastig erzählte sie die Geschichte, beobachtete die Wogen widerstreitender Gefühle, die sich im Gesicht des Herzogs spiegelten. Entsetzen, Trauer, Bedauern. Und Liebe – mehr als alles andere.

»S... soll das heißen, dass Sie ...«

»Vielleicht auch nicht, Sir«, unterbrach sie rasch, »wir können uns niemals vollkommen sicher sein.«

Sein Blick traf ihren, und die Falten um die Augen schienen weicher durch die schimmernden Tränen. »Oh, meine Liebe, es liegt nicht der Hauch eines Zweifels auf meiner Seele, wenn ich Sie aus der Nähe betrachte! In der Art Ihres Lächelns kann ich Elizabeth erkennen, in den Konturen Ihrer Wange, in Ihrem starken Charakter.« Er breitete die Arme aus. »Willkommen zuhause, Kind!«

Es dauerte eine Weile, bis Sofia und der Herzog wieder ein Wort über die Lippen bringen konnten.

Als Sofia schließlich den Kopf von der Schulter ihres Großvaters nahm, war sie sich nicht sicher, ob sie lachen oder weinen sollte. »Du liebe Güte, ich glaube, es wird seine Zeit dauern, bis ich mich an alles gewöhnt habe! Meine Vergangenheit hat mich nicht darauf vorbereitet, ein privilegiertes Leben im Wohlstand zu verbringen.«

Sterling seufzte. »Was natürlich die Frage aufdrängt, wie es geschehen kann, dass Sie hierher nach London gekommen sind und sich selbst Contessa della Silveri nennen.«

»Das war nur eine Tarnung«, gestand Sofia ein und berichtete ihm von der die Akademie, Lord Lynsleys Rolle als Chef des Geheimdienstes und ihre jüngste Mission. »Aber am Ende«, schloss sie, »sind die Verbrecher gefangen worden, sodass Lord Roberts Tod in gewisser Hinsicht doch gesühnt worden ist. Ohne sein Opfer hätten wir vielleicht niemals herausgefunden, was vor sich geht.«

Der Herzog ließ sich schwer gegen die Stuhllehne fallen. »Eine Unterrichtsanstalt für Spione? Nun, ich bin seit Jahren mit Lynsley bekannt. Aber er hat niemals auch nur angedeutet, dass er in solch gefährliche Angelegenheiten verstrickt ist.«

»Er gibt sich die größte Mühe, seine Absichten hinter der Fassade langweiliger Wohlanständigkeit zu verbergen.«

»Allerdings«, nickte Sterling. »Gehört Osborne auch zu Ihrem Netzwerk?«

»Nicht offiziell«, erwiderte Sofia, »aber er hat entscheidend dazu beigetragen, den Feind niederzuringen.«

»Ich werde mich auf jeden Fall bei ihm und bei Lynsley bedanken. Und bei Ihnen, meine Liebe.« Der Herzog streckte die Hand aus und verschränkte seine Finger mit ihren. Es war, als würde ihm die Nähe zu ihr neue Kraft verleihen, denn er straffte die Schultern. »Sie sind wie Phönix aus der Asche des Verlustes gestiegen. Es ist ein Wunder.«

»Man sagt, dass Merlins einen gewissen Zauber an sich haben.«

»Das glaube ich gern.« Sterling drückte ihre Hand. »Ich kann Ihnen gar nicht sagen, wie glücklich ich bin, Sie nach all den Jahren hier zu haben! Und dass Sie endlich Ihren rechtmäßigen Platz im Schoße der Familie einnehmen.«

»Es ist nur recht, Sie darüber zu unterrichten, dass Sie mehr bekommen, als Sie verlangt haben, Sir …«

»Bitte, Sofia, nenn mich Großvater. Und nicht mehr Sir.«

Einerseits fühlte das Wort sich seltsam auf ihrer Zunge an. Aber andererseits gab es noch so viele Dinge, die sie würde lernen müssen. *Übung macht den Meister.* Lächelnd begann sie aufs Neue. »Was ich sagen wollte, Großvater … ich hoffe, du hast nichts dagegen, ein weiteres neues Mitglied der Familie willkommen zu heißen. Du musst wissen, dass Lord Osborne mir einen Antrag gemacht hat, und ich habe ihn angenommen. Ich hoffe, dir wird es nicht zu voll in deinem Haus.«

Der Herzog warf den Kopf zurück und lachte herzlich. »Je mehr, desto besser! Wir sollten deinen Zukünftigen zu uns rufen, und mit ihm eine Flasche Champagner. Es schreit geradezu nach einem Toast.«

»In der Tat, so ist es«, bekräftigte Osborne, riss die Tür auf und gab dem Lakaien hinter sich das Zeichen, die Flasche zu entkorken. »Auf die Familie!«

Epilog

»Auf die Familie!«

Während die Nachmittagssonne die Galerie des Herzogs mit weichem Licht erfüllte, schaute Sofia zu, wie Lynsley das Glas hob und einen Schluck Wein trank. *Es ist bestimmt hart für ihn, den Verlust eines ausgezeichnet ausgebildeten Merlins zu verlieren,* grübelte sie, obwohl der Marquis lächelte wie ein Gentleman und kein Anzeichen einer Rüge zu erkennen gab.

»Sehr freundlich, dass Sie vorbeikommen und gratulieren«, meinte Osborne und trank ebenfalls einen Schluck, bevor er vom Tisch aufstand, an dem er zusammen mit dem Herzog Entwürfe für die Hochzeitsdekoration studiert hatte. »Ich danke Ihnen, dass Sie die Neuigkeiten so würdevoll aufgenommen haben.« Seit der Brandnacht war eine Woche vergangen.

Der Marquis deutete eine Verbeugung an. »Ich habe gelernt, dass man in diesem Geschäft beweglich bleiben muss. Und pragmatisch. Möglicherweise verlassen alle Merlins irgendwann das Nest.« Er wandte sich an Sofia. »Ich wünsche Ihnen Glück.«

»Vielen Dank, Sir!« Sie hatte eine Liebe gefunden, sie hatte ihre Familie gefunden, sie hatte sich selbst gefunden. Nur beim Gedanken an die Trennung von der Akademie empfand sie ein Gefühl des Verlusts. Den Schmutz und die Gefahren musste sie hinter sich lassen, jetzt wo sie ihren angemessenen Platz in der Gesellschaft einnahm. Es schien undenkbar, dass die beiden Welten jemals nebeneinander existieren konnten.

Sterling ging zu Lynsley und schüttelte ihm die Hand. »Bitte verzeihen Sie mir, Thomas«, sagte er und wischte eine

Träne fort. »Scheint so, als hätte ich mich auf meine alten Tage in eine Gießkanne verwandelt ... Gestatten Sie, dass ich mich bedanke, weil Sie mich aus der Trauer um den Verlust eines Großkindes erlöst und das verloren geglaubte Kind in mein Leben zurückgebracht haben.«

»Henry, ich bin nicht der Allmächtige, nur ein bescheidener Diener der Regierung. Aber ich schätze mich glücklich, dass ich Ihnen in gewisser Hinsicht nützlich sein konnte.« Der Marquis warf Osborne einen ironischen Blick zu. »Um die Wahrheit zu sagen – eigentlich sollte ich böse sein. Ich kann es nur schwer verkraften, einen solch ausgezeichneten Merlin zu verlieren, während Napoleon unaufhaltsam nach Moskau marschiert.« Er stieß einen übertriebenen Seufzer aus. »Aber die Liebe siegt über alles.«

Der Herzog lachte.

Sofia drehte sich weg, spürte, wie ihr Tränen in die Augen stiegen. Der Marquis entsprach in so vieler Hinsicht dem Vater, den sie niemals gekannt hatte. Es tat ihr unendlich leid, ihn enttäuschen zu müssen.

Man musste Lynsley zugute halten, dass er seine Enttäuschung nicht zur Schau stellte. Im Gegenteil, er hatte sogar recht vergnügt geklungen, als er sich nach ihren Plänen für die Hochzeitsreise erkundigte.

Sterling neigte den Kopf. »Ich dachte, ich hätte erwähnt, dass wir uns alle zu einem ausgedehnten Aufenthalt auf mein Anwesen in Schottland zurückziehen. Die Heide in den Highlands und das Moor rund um Craigallachie sind um diese Jahreszeit geradezu zauberhaft. Die jungen Leute werden die Gelegenheit haben, sich zu entspannen und von dem Durcheinander zu erholen. Und ich habe die Gelegenheit, meine Großtochter besser kennenzulernen.«

»Ah, ja, Sie hatten etwas in der Art erwähnt.« Der Marquis

hustete und drehte sich wieder zu Sofia. »Ich nehme nicht an, dass ich Sie während Ihres Aufenthaltes dort für eine kleine Aufgabe begeistern kann? Es gibt Gerüchte, dass die französischen Agenten über die Nordseeküste zu uns eindringen. Ich könnte ein paar geschulte Augen gebrauchen, die sich umsehen und mir über die Lage berichten.« Er zog eine zerknitterte Landkarte aus der Tasche. »Aber Sie werden natürlich andere Dinge im Sinn haben.«

Sehnsüchtig ließ Sofia den Blick über das verwitterte Papier schweifen. »In der Tat, es könnte dort verdammt ruhig werden«, murmelte sie.

»Welchen Sinn macht es, mit einer gelangweilten Braut auf Hochzeitsreise zu gehen?«, fügte Osborne amüsiert hinzu. »Wenn du das Angebot des Marquis annehmen willst, muss ich darauf bestehen, dass unserem Ehevertrag noch eine Klausel hinzugefügt wird.«

»Und welche?«, fragte Sofia sanft.

»Dass wir jeder Gefahr, welche es auch sei, immer gemeinsam ins Auge schauen.«

Der Herzog drückte Lynsley den Arm. »Kommen Sie, wir sollten uns in die Bibliothek zurückziehen und uns dort diesen köstlichen Sherry gönnen. Dann können die beiden in aller Ruhe ihren Vertrag aushandeln.«

»Ein ausgezeichneter Vorschlag!«, lächelte der Marquis. »Mir ist zu Ohren gekommen, dass sich ein 89er Amontillado in Ihrem Keller befindet ...«

Sofia wartete, bis die Tür geschlossen war, bevor sie geräuschvoll ausatmete. »Es ist nicht witzig, Deverill!«, schimpfte sie, als sie das Lächeln auf seinen Lippen sah. »Bei der letzten Mission hätte ich beinahe deinen Tod verantworten müssen. Ich will dich nicht in eine Verpflichtung zwingen, die du irgendwann bedauern wirst.«

»Meine Liebe, noch nie habe ich mich so lebendig gefühlt wie in den letzten Wochen. Mit einem Leben in träger Hingabe an den Luxus wären wir beide nicht glücklich. Wir würden uns unendlich langweilen.«

»Aber du bist der Liebling der Gesellschaft! Die Salons blicken zu dir auf, als wärest du der Inbegriff des Charmes und die strahlende Krönung der Klugheit. Ich hingegen ...« Sofia schaute sich um, musterte eingehend die üppige Möblierung, das polierte Holz, die kostbaren Kunstwerke. »Deine Welt ist bequem eingerichtet. Ich fürchte, dass du die Annehmlichkeiten und die Aufmerksamkeit vermissen wirst.«

Sein Lächeln verflüchtigte sich zugunsten einer Zaghaftigkeit und Unsicherheit. »Die Salons werden einen neuen Lord Sunshine finden. So ist es immer. Und was mich betrifft, nun, diese Schlagfertigkeit, das Glitzern und die Fröhlichkeit haben seit Langem ihren Reiz für mich verloren. Bis ich dich gefunden habe, war ich einsamer, als du es dir vorstellen kannst, Sofia.«

»Dev ...«

Plötzlich hielt Osborne sie in den Armen, zog sie stark und sicher an seine Brust. »Nein, jetzt hör mich an, Süße! Scherze und Bonmots mögen mir mühelos über die Lippen gleiten. Worte über meine Gefühle schon viel weniger. Es ist schwer, die richtigen Worte dafür zu finden, wie sehr ich deinen Mut bewundere, das Ehrgefühl, deinen Sinn für Zielstrebigkeit.« Seine Lippen auf ihrer Wange fühlten sich warm an. »Lass mich also einfach sagen, dass ich dich liebe.«

Durch den Tränenschleier konnte sie erkennen, dass seine Augen wie blaue Saphire schimmerten. Sofia zwinkerte die Tränen fort. »Merlins weinen nicht. Wir sind geschult, allein zu fliegen, aber jetzt ist mein Herz hier bei dir. Ich kenne zwar die wundervolle Poesie nicht, die es in deiner Welt gibt ...«

Osborne unterbrach ihre zögerlichen Worte mit einem Kuss. »Wir werden uns unsere eigene Welt schaffen. Ein Balanceakt zwischen Licht und Dunkel«, murmelte er.

»Das klingt schöner, als es mit Worten auszudrücken ist.«

»Dann sollten wir uns sofort der Pflicht beugen und Lynsley nach Einzelheiten unserer nächsten Mission fragen.« Aber anstatt sie loszulassen, hob er sie auf die Arme und trug sie zum Sofa. »Obwohl … nicht ganz sofort.«

Es dauerte eine Weile, bis Sofia sich wieder die Röcke glatt strich und eine störrische Locke aus ihrem Gesicht schob. »Wir sollten uns lieber wieder blicken lassen. Bestimmt wundern sie sich schon, was mit uns los ist.«

Osborne lachte. »Nein, das glaube ich nicht. Aber wie auch immer – ich werde mein sündiges Verlangen fürs Erste zügeln und deinem Befehl gehorchen.«

Sofia lächelte verschmitzt. »Gewöhn dich schon mal dran.«

Er zog die Stirn kraus. »Halt, so geht das nicht! Ich muss darauf beharren, dass wir den gleichen Rang bekleiden. Ich würde es nicht verkraften, wenn meine Freunde erfahren, dass meine Frau in der Familie die Hosen anhat.«

»Wo wir gerade über Hosen sprechen: Es versteht sich von selbst, dass ich zum Reiten Hirschleder und Stiefel tragen werde.«

Osborne lächelte verschmitzt. »Ich habe nichts dagegen einzuwenden, deine hübschen Beine zu sehen …« Als er zur Tür ging und den Messingriegel zurückschob, fiel ein gefaltetes Blatt Papier herunter, das in den Türspalt geklemmt war; ein fliegender Falke zierte das schwarze Wachssiegel.

»Hm.« Nachdem er es ausgiebig betrachtet hatte, reichte er es an Sofia weiter.

Sie brach das Siegel und strich das Papier glatt.

Folgende Städte sollen im Auge behalten werden: Nairn, Fidhorn, Burghead und Lossiemouth. Ich habe dafür gesorgt, dass Ihnen eine bescheidene Jacht zur Verfügung steht, die in dem Dorf Spey Bay vor Anker liegen wird. Nachrichten können über den Inhaber des Gorse & Grouse an mich gesandt werden.

Waidmanns Heil,

L.

Noch ein Letztes: In Betracht seiner jüngsten Dienste richten Sie Osborne bitte aus, dass er sich als voll ausgebildeten Merlin mit allen Rechten betrachten darf.

Osborne hatte über ihre Schulter mitgelesen und lachte. »Dann bleibt mir nur noch eine Frage.«

»Und die wäre, mein Liebster?«

»Bekomme ich auch ein Tattoo?«

Wenn Liebe in dir ist, spürst du die Magie eines jeden Augenblicks

Mary Jo Putney
IM ZAUBERBANN
DER LIEBE
Roman
Aus dem amerikanischen
Englisch von
Ulrike Moreno
464 Seiten
mit zahlreichen
Abbildungen
ISBN 978-3-404-16572-8

Als Jack bei einem Reitunfall schwer verunglückt, bewahrt die magisch begabte Abigail ihn vor dem sicheren Tod. Nach seiner Rettung bittet Abby ihn um einen ganz besonderen Gefallen: Jack soll sie heiraten. Da er nichts mit Magie zu tun haben möchte, stimmt er der Hochzeit mit der Heilerin nur widerwillig zu.
In seiner Ehe lernt Langdon jedoch nicht nur, Abby zu schätzen und zu lieben. Es kehren auch seine magischen Fähigkeiten zurück, die lange und gut versteckt tief in ihm schlummerten. Und erst jetzt kann er diese wertvolle Gabe für sich annehmen. Aber ist er auch bereit, sich endlich den dunklen Schatten seiner Vergangenheit stellen?

Bastei Lübbe Taschenbuch

Zwei verlorene Seelen, ein mächtiger Feind – und die alles überwindende Kraft der Liebe

Christine Feehan
JÄGERIN DER DÄMMERUNG
Roman
Aus dem amerikanischen Englisch
512 Seiten
mit zahlreichen Abbildungen
ISBN 978-3-404-16092-1

Ivorys Herz ist versteinert. Vor langer Zeit wurde sie von ihrem Volk betrogen und von ihrer Familie verstoßen. Nun ist sie auf der Jagd. Ihre Opfer: Vampire. Eines Tages nimmt sie den Duft eines Mannes auf, der ihre Seele gefangen nimmt. Razvan. Er ist ihr Retter, ihr wahrer Seelengefährte. Ein Karpatianer. Seit Jahrhunderten schon führt er einen Kampf, den er nur verlieren kann – und er ist kurz davor aufzugeben. Als die beiden einen gemeinsamen Feind ausmachen, erwacht in ihnen der Wunsch zu leben – und zu kämpfen. Sie stellen sich ihrem größten Gegner. Doch sind sie auch in der Lage, ihren geheimsten Sehnsüchten zu folgen und die heilende Macht der Liebe zu erkennen?

Bastei Lübbe Taschenbuch